每一首诗词，
都有一个传奇的故事

# 最美女子古诗词

刘海兵 编著

知识产权出版社

全国百佳图书出版单位
——北京——

## 图书在版编目(CIP)数据

最美女子古诗词 / 刘海兵编著 . — 北京 : 知识产权出版社, 2021.3
ISBN 978-7-5130-7431-5

Ⅰ . ①最… Ⅱ . ①刘… Ⅲ . ①古典诗歌 – 诗歌欣赏 – 中国 Ⅳ . ①I207.2

中国版本图书馆CIP数据核字(2021)第030552号

**内容提要:**

本书撷取中国历代女性古诗词中的最佳篇章,从历史、文化、人物的角度鉴赏解析,从性别角度挖掘其独特的美感和价值,具有较强的学术性和可读性。这些诗词佳作,有的已传诵千古,有的还不被人们所熟悉,它们是中华优秀传统文化的重要组成部分,每一篇都值得我们用心品读。

本书内容全面,文字简练,编写规范,属于古典诗词普及读物,适合中学生、大学生课外阅读,更可作为广大诗词爱好者和女性朋友修身养性、陶冶情操之读本。

责任编辑:阴海燕　　　　　　　　　　　　　　责任印制:刘译文

**最美女子古诗词**
ZUIMEI NÜZI GUSHICI
刘海兵　编著

| | | | |
|---|---|---|---|
| 出版发行:知识产权出版社有限责任公司 | 网　址:http://www.ipph.cn |
| 电　话:010-82004826 | 　　　　http://www.laichushu.com |
| 社　址:北京市海淀区气象路50号院 | 邮　编:100081 |
| 责编电话:010-82000860转8693 | 责编邮箱:laichushu@cnipr.com |
| 发行电话:010-82000860转8101 | 发行传真:010-82000893 |
| 印　刷:三河市国英印务有限公司 | 经　销:各大网上书店、新华书店及相关专业书店 |
| 开　本:710mm×1000mm 1/16 | 印　张:22.25 |
| 版　次:2021年3月第1版 | 印　次:2021年3月第1次印刷 |
| 字　数:350千字 | 定　价:78.00元 |

ISBN 978 – 7 – 5130 – 7431 – 5

# 前　言

诗词是中华民族的文化瑰宝。中国的诗词很美,它语言凝练、节奏鲜明、音韵和谐,读起来朗朗上口,听起来声声悦耳,诗中有画、画中有情,短短数行字便蕴含着作者丰富的想象和思想情感,或抒情,或言志,或述理;或用"赋",平铺直叙,或用"比",拟喻类比,或用"兴",感发起兴。诗经、楚辞、汉乐府诗、魏晋南北朝民歌、唐诗、宋词、元曲、明清诗歌,以及现代诗和新诗,这些平仄押韵、脍炙人口的作品,凝结成了中国璀璨文学史上最晶莹亮丽的一串珍珠,浸润着我们的精神文化生活,正如诗词大家叶嘉莹女士所言"读诗的好处,就在于可以培养我们有一颗美好的活泼不死的心灵"。

本书精心选编了一百三十首女性古诗词,其中诗一百首,词三十首,都是历代中国女性诗词佳作精品,并综合各方面的学术考证和研究成果进行解读赏析。作品时间起自先秦,讫于当代。附录附有佳句索引。

女性富于情、热爱美、观察细腻、想象力丰富,本应是诗词佳作的多得者。然而,由于中国古代传统社会中女性长期处于从属地位,男子可以为士农工商,女子却只能依附于男子而固守家庭,"足不逾阃阈,见不出乡邦",女性文学创作自然受到性别文化和教育的种种束缚和压抑,社会背景决定了女性在诗词创作中题材较为狭窄,以家庭生活之悲欢、寄外及寄女性亲朋之作、咏物题识怀古等内容居多,相对来说其立意不够高远,且"闺秀之传较文士不易",大量女性作品散佚,但其中仍然有佼佼者,如蔡文姬、谢道韫、李冶、薛涛、鱼玄机、李清照、朱淑真等,她们的才华和作品不被世俗和时间所埋没,留下了足以媲美男性文人的卓尔不凡的铿锵之音。

明代后期,随着思想文化的进步,"才媛"逐渐得到社会认可,女性诗词创作得以发展繁荣。自明清时期开始，女性作家群体日益壮大，《历代妇女著作考》中记载的清朝女诗人就有四千二百多人，同时女性诗词结社、吟咏唱和、教授相长在社会流行，尤其是文化发达的江南地区颇为兴盛，使得女性诗词作品蓬勃涌现，各类个人诗集和诗词合集、著作、评论集的编撰，如《历朝名媛诗词》《国朝闺秀正始集》《妇人集》《名媛诗话》《名媛诗归》《袁枚闺秀诗话》，将大量的女性诗词作品保存并留传下来。

诗歌的价值在于滋养文化和精神。纵观历代女性诗词作品，虽然很多女性作者受到爱情、家庭、社会的约束，压抑于"内言不出""无才是德"的古训，其从属地位影响到创作的题材，也影响到诗词中的情志，但抛开闺阁诗中很多"春闺秋怨、花草荣凋"的作品，我们还可以挖掘出为数众多的佳作精品，这正是本书选鉴作品的着力点，这些作品的美感和价值是具有独特性的。

其一，体现了壮怀真挚的生命美。古代女性在情意表达上常受妇德所限而顾虑重重，然而在遭遇时代变迁或非常变故的情况下，往昔凝聚的潜在能量则喷薄而出，表达出深切的爱国之情，闪耀出诚挚的生命之光。东汉蔡文姬的《悲愤诗》，书写了被掠人民的血和泪，乃内心流出的血泪文字；南宋卢氏的《送夫赴襄阳》和《绝命词》，书写了送夫抗元和丈夫战死沙场后自缢殉国的忠贞之举，乃正义凛然的爱国诗篇；南宋十八岁女子韩希孟在被元兵押解途中赴水而死，慷慨决绝，留下了忠魂烈骨的《练裙带诗》；徐君宝妻的绝命词《满庭芳》将祖国和个人的双重悲剧融汇，令闻者动容；花蕊夫人在后蜀亡国降宋后发出了"十四万人齐解甲，更无一个是男儿"的斥责；李清照的千古名句"生当作人杰，死亦为鬼雄"展现了顶天立地的浩然正气；鉴湖女侠秋瑾为了救亡图存发出了"拼将十万头颅血，须把乾坤力挽回"的呐喊，高歌了"把剑悲歌"为革命献身的决心与英勇。这类至真挚情的悲唱作品以血泪甚至生命来书写，全无承袭，却因一字一泪的真实情感而具有动人心魄的力量。

其二，体现了性灵温婉的人格美。"女子善怀""静女其淑"表明传统女性在强势社会压力下多有隐忍坚持的品质，她们身上散发着与丈夫举案齐眉、为家庭默默奉献、待人恭顺温良的优秀品德。作为女子，她们向往纯洁美好的爱情，卓文君写下了"愿得一心人，白头不相离"的真挚心愿，李冶抒发了"海水尚有涯，相思渺无畔"的无奈感叹,鱼玄机用"易求无价宝,难得有心郎"概括出了亘古不变的爱情主题,唐婉沈园词中的一滴清泪则缠绵悱恻了整个南宋文学史。作为妻子,林佩环用"修到人间才子妇,不辞清瘦似梅花"来表达伉俪情深,而更多的才女以送别寄外之作抒发对戍边、赶考、出仕的丈夫的关心思念之情,苏伯玉妻一首深情含蓄的《盘中诗》成为历代思妇诗作之典范,侯氏的一首聪慧真挚的《绣龟形诗》得到了唐武宗的赞赏,黄峨写给丈夫杨慎的一首《寄外》痛人肝肠。作为女儿,毕著的"杀贼血瀎瀎,手握仇人头"展现了其为父报仇的义勇忠孝,倪瑞璿用"只恐思儿泪更多"突出了母爱之深沉伟大。作为母亲,顾若璞为两儿修读书船寄托了潜心课子的殷殷期望,王凤娴的《空闺》和沈宜修的十多首悼亡诗词表达了母亲对已故爱女的深切怀念。对比男性的"言志",女性更擅长"抒情",在这类体现女性人格美的作品中,我们可以深刻感受到一种厚重的质朴无华的坚韧和高尚的竭诚奉献的情操。

其三,体现了明辨识理的价值美。古代女子虽不能"学而优则仕",但对那些志趣高洁、清才灵妙的女子来说,她们保留了未经淆乱的本真,比男性性情超然很多,对历史、对功名、对世事反而有更为纯正独到的见解。李清照的咏史诗《浯溪中兴颂诗和张文潜二首》深刻揭示了"安史之乱"前后的社会问题,表现出清醒的历史批判意识,并以史鉴今,表达了对北宋末年朝政的现实思考和担忧。在对待科第功名的态度上,女性也不排斥功名利禄,但更关切的是希望其夫其子不要因为科考或仕途而丧失生命的本真。明末有深厚家国情怀的柳如是力劝丈夫钱谦益与其一起自杀殉国,管道昇、徐灿分别以诗词劝勉丈夫归隐山水而不要出仕新朝,顾英以"但保金石心,豪门勿投趾"告诫北上赶考的丈夫要保持品格气节,席佩兰视落第归来的丈夫为久别重逢的知己,给予宽慰尊重。在对待世事上,沈清友的《绝句》和姚允迪的《苦热》都表现出了对劳动人民的同情与悲悯,孙云鹤在《挽高氏女》中歌咏了一对违背礼教而被逼自缢殉情的情侣,而身为诗坛领袖之一的袁枚却感到"褒贬两难",在情理之间举棋不定,说明女性更愿意直抒胸臆。由于才女文化的繁荣,这类作品越来越多,反映出女性作家的博学多才、见解明正和清新旷达的人生观。

诗词是抒情的。诗者,志之所之,情动于中。一名女诗人或女词人,一篇女性诗词作品,背后都是一个个传奇的故事。她们爱国,她们明理,她们至情,她们婉美,她们善良……从她们的人生路径及其作品中,可以品出历史、文化、美德、心灵、智慧、襟抱和生命的乐章。诗歌最宝贵的价值,正是在于它可以从作者到读者不断传达出这样一种生生不已的、内心涌动的、美好活泼的生命触动。品读女性诗词作品,要多一分认真,多一分比心,多一分感发。

就中国诗词数千年传统而言,一百三十篇女性诗词只能算是沧海一粟。在选录诗词作品时,著者始终怀着对女作家的崇高敬意去理解鉴赏每一篇作品,很多时候取舍两难,无法尽含,不仅是因为女性作家在浩瀚的文学史中凭借才思留下一己之名殊为不易,所谓"人才有数传千古",更是因为很多诗词篇章语词瑰丽、清妙空灵、豪放感奋、质素高洁,拨动着我们的心弦,迸发出强烈的艺术感染力,足堪传颂。这些作品凝聚着中华文化的理念、志趣、神韵、气度,是我们民族的血脉,也是中华儿女的精神家园。

本书力求从文学艺术的角度来鉴赏历代女性诗词的辉煌成就,感受女性文学的魅力价值,并注重从性别角度去探寻其独特的细腻和美感,增强故事性和可读性。相信读者阅读之后,能对我国女性诗词加深全景式了解,亦能以科学的历史观、性别观对写作的女性和女性文学作品多一些认识、理解和共鸣。

本书在溯源、选本、释义、评赏等方面付出了极大努力,汲取了很多前人的珍贵的研究成果,参考借鉴了大量文献典籍,如《历代妇女著作考》《中国历代女子诗词选》《历代妇女诗词鉴赏辞典》《历代女性诗词鉴赏辞典》,谨致衷心感谢!由于水平有限,不足之处,敬请各位专家、读者批评指正。

刘海兵

2020年9月于北京

# 目　录

# 先秦两汉

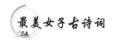 

# 燕 燕

## 【先秦】庄 姜

燕燕于飞,差池其羽。
之子于归,远送于野。
瞻望弗及,泣涕如雨。

燕燕于飞,颉之颃之。
之子于归,远于将之。
瞻望弗及,伫立以泣。

燕燕于飞,下上其音。
之子于归,远送于南。
瞻望弗及,实劳我心。

仲氏任只,其心塞渊。
终温且惠,淑慎其身。
先君之思,以勖寡人。

庄姜,春秋时期齐国的公主,卫庄公的夫人,故称庄姜(姜是齐国皇族之姓)。因为没有子嗣,遭到庄公冷落。

《诗经·卫风·硕人》中描写庄姜:"手如柔荑,肤如凝脂,领如蝤蛴,齿如瓠犀,螓首蛾眉,巧笑倩兮,美目盼兮。"这些句子非常细腻地赞美了庄姜的美:一双纤手柔如茅草的嫩芽,肌肤似凝脂般细腻白皙,脖子像幼虫一样娇嫩柔软,牙齿细白整齐得像瓜子,额头饱满,眉毛细长,盈盈笑时醉人心脾,美目顾盼非常传神。

这首赞美诗可谓描写美女的开山之作和标杆之作。清代姚际恒称"千古颂美人者,无出其右,是为绝唱"。可以说,后世描述美女的作品,几乎都逃不出此诗定下的几个标准,千古美人也都逃不出庄姜的影子,无论是《洛神赋》的甄洛,还是《长恨歌》的杨玉环。

宋代朱熹认为《诗经》中有五首诗为庄姜所作,分别是:《燕燕》《终风》《柏舟》《绿衣》和《日月》。

《燕燕》出自《诗经·邶风》,是中国诗史上最早的送别诗。送与被送者是何人,没有明确记载。《毛诗序》称:"《燕燕》,卫庄姜送归妾也。"汉末郑玄认为归妾指戴妫。庄公因为庄姜不能生育,又娶了陈国的厉妫、戴妫姐妹。戴妫生的儿子名完,被立为太子,善良的庄姜视若己出,十分疼爱。庄公死后,太子完继位,为卫桓公。但是卫桓公被庄公的另一个儿子州吁所杀,州吁自立为君。卫桓公的母亲戴妫自然受到牵连,被送回陈国。这首诗被认为是在戴妫回陈国时庄姜在临行之际的送别之作。

全诗共四章,章六句。前三章采用重章叠句的方式,便于记诵歌唱和渲染惜别情境,反复表达可以强化主题。《诗经》的作品都是可以配乐演唱的。重章叠句不是简单重复,而是每一章都会变换一些字句,描述不同的场景。

"燕燕于飞,差池其羽。之子于归,远送于野。瞻望弗及,泣涕如雨。""燕燕",燕子。"差池其羽",即参差其羽,张舒其尾翼。"瞻",往前看。"弗",不能。燕子双双天上飞,舒展尾翼前后随。我送的这个人啊,要回家去不再归。远远送到郊野外,张望张望再张望,身影渐渐看不见,情不自禁泪如雨。

"燕燕于飞,颉之颃之。之子于归,远于将之。瞻望弗及,伫立以泣。""颉",往上飞。"颃",往下飞。"将",送。"伫立",久立等待。燕子双双天上飞,忽上忽下不分离。我送的这个人啊,要回家去不返回。送行不怕路途远,张望张望再张望,身影渐渐看不见,久立原地泣难声。

"燕燕于飞,下上其音。之子于归,远送于南。瞻望弗及,实劳我心。"燕子双双天上飞,呢喃欢唱歌声美。我送的这个人啊,要回家去永不回。远远送她向南方,张望张望再张望,身影渐渐看不见,心如刀绞悲又伤。

这三章都是以"燕燕于飞"起兴,分别描写燕子羽翼参差、上下翻飞、呢喃鸣唱的不同景象,从身形、动作、声音多种角度来展现燕子自由自在、追逐嬉戏的情景。眼前这美好的场景,却正好反衬出送行双方生离死别的愁苦哀伤。各章下文的展开依然是层层递进,写自己远送姐妹南归,先是情不自禁、泪如雨下,而后伫立凝望、不忍离去,最后感念伤怀、不能自已。

通过运用重章叠句的方式,既循序渐进表达了送别时的情景随着时间层层推进,又生动展现了感情的层次变化,且乐景与哀情相反衬,从而把送别情境和惜别气氛表现得深婉诚挚。诗人没有介绍对方临别时的言行,而是集中描述自己的行为举止和丰富的内心感受,通过这样入情入心的细腻刻画,两人的情谊之深也就不言而喻了。

最后一章由虚而实,将笔墨转向被送之人,将前三章虚写的"之子"具体化,并且毫不吝惜用一连串的形容词来赞美她。"**仲氏任只,其心塞渊。终温且惠,淑慎其身。**""仲",兄弟或姐妹中排行第二者。"仲氏",二妹,这里指戴妫。"任",信任。"塞",诚实。"渊",深厚。"惠",和顺。"淑",善良。二妹你有好品德,为人诚实又忠厚。性情温柔且和顺,善良恭谦心地好,立身谨慎有修养。"**先君之思,以勖寡人。**""勖",勉励。"寡人",寡德之人,这是谦称。先君之德要常思,离别叮咛记心上。末两句可以理解为两人忆及往事,想起死去的卫庄公,戴妫在话别之时勉励诗人。

这首诗没有直接写惜别,但德行如此出众之人却被迫离开此地,两人也许从此再也没有机会相见了,诗人的沉痛之情尽显无遗。全诗在结构上很有讲究,前三章虚笔渲染惜别气氛,后一章实写刻画被送对象,采用了倒装的艺术手法。

《燕燕》是庄姜的代表作,也是《诗经》中非常动人的名篇。清代王士祯在《分甘余话》中称此诗"为万古送别之祖",认为开创了后世送别诗的先河。诗中用"瞻望弗及,伫立以泣"二语来表现送别时难以割舍、痛不欲生的情态,尤为传神写照,宋代许𫖮在《彦周诗话》中赞叹:"此真可以泣鬼神矣!""瞻望弗及""伫立以泣"成了惜别情境的原型意象,反复出现在后世的送别诗中。

# 载　驰

## 【先秦】许穆夫人

载驰载驱,归唁卫侯。
驱马悠悠,言至于漕。
大夫跋涉,我心则忧。

既不我嘉,不能旋反。
视尔不臧,我思不远。
既不我嘉,不能旋济。
视尔不臧,我思不閟。

陟彼阿丘,言采其蝱。
女子善怀,亦各有行。
许人尤之,众穉且狂。

我行其野,芃芃其麦。
控于大邦,谁因谁极?

大夫君子,无我有尤。
百尔所思,不如我所之。

许穆夫人,春秋时期卫国夫人宣姜的女儿,卫戴公的妹妹,嫁许穆公为妻。性聪敏,有才华,貌美多姿,能歌擅诗。被称作中国文学史上见于记载的第一位爱国女诗人。

据《左传·闵公二年(公元前660年)》记载:"冬十二月,狄人伐卫。卫懿公好鹤,鹤有乘轩者。将战,国人受甲者皆曰:'使鹤!鹤实有禄位,余焉能战!'……及狄人战于荥泽,卫师败绩,遂灭卫。……立戴公以庐于曹。许穆夫人赋《载驰》。"卫国灭亡之后,许穆夫人的姐夫宋桓公迎接卫国遗民渡河,暂时安顿在漕邑("曹"),并拥立许穆夫人之兄戴公。但戴公甫立一月即亡,许穆夫人的另一位兄长文公即位。许穆夫人闻讯后,想让许穆公帮忙抗狄复国,但许穆公怕引火烧身,没有出兵。许穆夫人决定自己驱车奔赴漕邑吊唁,许国的大臣纷纷前去拦阻和指责。许穆夫人决心已定,坚定自己的意志,认为自己无可指责,在去慰问卫国君臣的途中写下了千古名篇《载驰》。

《载驰》出自《诗经·鄘风》。全诗分为五章,层层转折,没有采用《诗经》中常见的重章叠句手法,而是每一章都富有变化,用以展现诗人当时内心复杂的思想感情。

第一章交代本事,描写自己听说卫国灭亡、卫侯逝世的消息之后悲痛欲绝,归心似箭,急于奔赴漕邑吊唁。**"载驰载驱,归唁卫侯"**,表现了诗人归心似箭,在路上策马飞驰的情景。"载"用于句首是发语词,并无实义。"唁",不仅是哀悼卫侯(卫戴公),还有凭吊宗国危亡之意。**"驱马悠悠,言至于漕"**,说明道路的悠远漫长,难以立刻赶到漕邑。两者之间形成鲜明的反差,愈加映衬出诗人内心的焦急。"言"亦为发语词。然而尚未到达目的地,丈夫许穆公派来的大夫便已跋山涉水,紧随而至,意在劝阻。诗人内心由此充满了剧烈的冲突,先前的急切焦躁瞬时转化为忧虑感伤。

第二章写内心矛盾,着重展现诗人与许国大夫之间的种种冲突,情绪也渐趋激越。依照古代的礼制,"妇人非三年之丧,不逾封而吊"(《礼记·杂记》),许穆夫人此行并不符合礼法的规定,是不能越出许国边界前去慰问卫国君臣的,因此许国大夫不能赞同她的行为,执意要她返回许国。**"既不我嘉"**,即使你们都说我不好,我也绝不"旋反""旋济"。**"不能旋反"**也包括许国不予以援助让自己非常气愤,所以自己坚持要渡河赴漕。**"视尔不臧"**,你们也拿不出什么高明的主意,这是诗人义正词严地直斥许国大夫,倾吐内心的愤懑。此时处于前不能赴卫、后不能返许的境地,左右为难,十分矛盾。"视",表示比较。"尔"指许国大夫。"臧",好、善。**"我思不远"**强调漕邑就在眼前,只要渡过黄河就能见到故国亲人;**"我思**

不閟"强调自己对故国亲人的思念并不会就此停止,表现出自己的爱憎情绪和果敢勇毅。"閟",同"闭",意为闭塞不通。此章共八句,每句都用"不"字,形成一组否定式的排比句,显得词锋犀利、雄辩有力,表现出许穆夫人的远见卓识和无畏不屈的性格。

第三章写矛盾渐渐缓和,情绪有所婉转,表现内心的苦闷和哀怨。"**陟彼阿丘,言采其蝱。**"因为许国大夫的阻拦,诗人无法顺利前行,只能无奈地登上高坡采摘贝母,以医治愁闷抑郁的心病。"陟",登。"阿丘",指高的山坡。"蝱"是贝母草,据说有治疗郁积的功效。"**女子善怀,亦各有行。**"身为女性,不免内心柔软多愁善感,但也各有自己的作为和主张,自己思念父母之邦完全合情合理,是无可指责的。"怀",怀恋。"行",道理、准则。"**许人尤之,众稺且狂**",许国大夫的责怪和阻挠,恰恰说明他们的幼稚、愚昧和狂妄。"尤",责怪、反对。"稺",同"稚"。诗人用哀婉深沉的笔触,表现了内心的痛楚和对自己的抉择的坚定信念,同时也对许国大夫拘泥旧制而不懂变通的行为给予尖锐的讽刺。

第四章写心中所思,在归途中思索如何拯救故国。诗人行走在原野上,放眼望去,田地里的麦子齐齐整整,长势茂盛,丰收在望。"芃芃",形容植物或草木茂盛。要想办成大事,就需要有相应的力量。诗人心中充满对祖国的热爱之情,想到若要摆脱困境、拯救故国,就应该向实力雄厚的大国奔告求助。"**谁因谁极?**"但到底该向谁去求援呢,又让人颇费思量。"因"在此处有依靠之意,"极"则指来援者的到来。诗人在此刻陷入了沉思之中,诗的节奏也趋于平缓。

第五章奇峰陡起,斩钉截铁表明自己决意前行的态度。诗人再次直面许国大夫的无理指责,"**无我有尤**",你们不用对我生怨,无论遭受什么阻拦,都改变不了我的决定。"**百尔所思,不如我所之**",你们考虑上百次,你们劝说上千次,都不如我亲自去一趟。"之",往,指行动。诗人庄重宣示了自己的决定,坚定捍卫了自己的信念。语气铿锵有力,掷地有声,彰显了一个果敢坚毅、勇往直前、矢志不移的爱国女英雄形象。全诗至此戛然而止,但它却留下无穷的诗意让人去咀嚼回味,真是语尽而意不尽,令人一唱而三叹。

这首诗从赶路写起,繁音促节,一泻而下,充分表现了许穆夫人拯救祖国的焦灼急迫心情。全篇充盈着一股沉郁哀婉的情调,而又不失慷慨激愤的情怀,表现出许穆夫人是一个颇有主张的人,她的救国之志、爱国之心坚贞不渝。诗人将叙事、抒情、写景熔于一炉,采用对比、对话以至内心独白等方式,在强烈的矛盾冲突中表现了其赤诚的爱国主义思想,具有很强的思想性和艺术性。

　　史料记载,许穆夫人后来为了抗狄复国而四处奔走,最终得到了齐桓公的支持,卫国得以复兴。孟子也称赞许穆夫人"有卫女之志则可,无卫女之志则怠",认为她"怀其常道而挟其变权,乃得为贤"。

# 乌孙公主歌

## 【汉】刘细君

吾家嫁我兮天一方,远托异国兮乌孙王。

穹庐为室兮旃为墙,以肉为食兮酪为浆。

居常土思兮心内伤,愿为黄鹄兮归故乡。

刘细君,西汉江都王刘建的女儿。汉武帝为结好乌孙,封刘细君为江都公主,和亲远嫁为乌孙王猎骄靡右夫人。她是早于昭君出塞的第一位"和亲公主"。乌孙王猎骄靡老迈,语言不通,习俗不同,公主心中悲苦。猎骄靡去世后,其孙岑陬继位。汉武帝嘱其从胡俗,复嫁岑陬。后因产后忧伤而死。

《乌孙公主歌》,又作《悲愁歌》。

乌孙是中国古族之一,以游牧为生,汉时生活在今伊犁河和伊塞克湖一带,与汉距离遥远。为了怀柔匈奴,汉初实施和亲政策。汉武帝时期与匈奴之间征战连绵,出于减少战争损耗的目的,汉与乌孙国以和亲方式修两国之好。据《汉书·西域传》记载,匈奴的一支乌孙国提出,想要得到汉公主,与汉结兄弟之好,于是,"汉元封中,遣江都王建女细君为公主,以妻焉"。

汉朝选择藩王女儿作为和亲的工具,大都是由于此藩王开罪朝廷,嫁此藩王女儿到匈奴,多半包含惩罚的意味。江都王刘建企图谋反,于元狩二年(公元前121年)自杀(一说被赐死)。汉武帝之所以选择刘细君远嫁异邦乌孙,因为她是罪族之后,却是皇族血统。

刘细君出嫁时,汉武帝"赐乘舆服御物,为备官属侍御数百人,赠送其盛"。一到乌孙,公主就将陪嫁物品分给百姓,备受爱戴。因为公主皮肤非常白嫩,乌孙百姓爱称她为"柯木孜公主",意思是说她的皮肤像马奶酒一样雪白。公主到乌孙国后,乌孙立之为右夫人。遗憾的是,"而昆莫年老,语言不通,公主悲愁,自为作歌"。

这首诗以第一人称的自诉,深刻表达了公主远嫁异国、思念故土的孤独和忧伤。

首二句**"吾家嫁我兮天一方,远托异国兮乌孙王"**,公主以哀怨的语调诉说自己的遭遇和处境。看似客观的介绍,其实蕴含着无限的伤感和怨愤。"吾家"是指汉帝国。和亲具有政治目的,公主年纪尚小,可是柔嫩的肩膀却挑起了重担,为化干戈为玉帛,千里迢迢去往陌生的西域国度,迎接命运的暴风骤雨。"天一方""远托""异国"等冷漠凄凉之词已透出哀怨之音。

三、四句**"穹庐为室兮旃为墙,以肉为食兮酪为浆"**,描写了乌孙与中原在居住、饮食、文化方面的巨大差异。公主从小生活在江南,故乡富庶,物产丰富,风景秀丽。与之对比的是,到西域之后,举目无亲,孤苦无依,天气恶劣,没有美味佳肴,居住在帐篷之内,以毛毡作墙壁,夜晚呼啸的寒风让她孤独恐惧。"旃",即毡子。一日三餐以肉食为主,以喝奶解渴,让习惯了精致饮食的公主更是难以适应。短短十几个字高度概括了公主无法忍受的生活习俗,为下面抒发深切的思乡怀归之情埋下了伏笔。

末二句**"居常土思兮心内伤,愿为黄鹄兮归故乡"**,公主沉陷于思念的痛苦之中,思念故乡的山水草木、风土人情、亲朋好友,一切的一切,她多么希望自己能化为黄鹄,插上翅膀,自由地飞向久别的家乡,重回亲人的怀抱。明知命运不掌握在自己手中,回归只是幻想,但又日思夜想、难以自拔。公主直抒胸中郁结忧思,凄婉哀痛,想象与事实上的不可能构成强烈的矛盾冲突,加重了诗歌的悲剧气氛,真挚感人,催人泪下。宋代朱熹感叹"公主词极悲伤"(《楚辞集注·楚辞后语》)。

这首诗深受《楚辞》的影响,具有骚体诗的特点,每句前四言加一个舒缓语气的"兮"字,再连缀后三言,增强诗的节奏感,语言质朴,押韵上口,形成一种哀怨悱恻的抒情效果。

# 白头吟

## 【汉】卓文君

皑如山上雪,皎若云间月。

闻君有两意,故来相决绝。

今日斗酒会,明旦沟水头。

躞蹀御沟上,沟水东西流。

凄凄复凄凄,嫁娶不须啼。

愿得一心人,白头不相离。

竹竿何袅袅,鱼尾何簁簁!

男儿重义气,何用钱刀为?

卓文君,西汉时期蜀郡临邛(今四川邛崃)人。冶铁巨商卓王孙的女儿。姿色娇美,精通音律,善鼓琴,有才名。被称为中国古代四大才女之一。

卓文君丧夫家居,与司马相如邂逅相爱,双双出奔,后又返回临邛,当垆卖酒……这段爱情佳话广为传颂。《史记·司马相如列传》载:"司马相如者,蜀郡成都人也,字长卿。少时好读书,……事孝景帝,为武骑常侍,非其好也。……因病免,客游梁。……会梁孝王卒,相如归,而家贫,无以自业。……是时卓王孙有女文君新寡,好音,故相如缪与令相重,而以琴心挑之。……文君窃从户窥之,英才心悦而好之……文君夜亡奔相如,相如乃与驰归成都。家居徒四壁立。卓王孙大怒……相如与俱之临邛,尽卖其车骑,买一酒舍酤酒,而令文君当垆。相如身自着犊鼻裈,与保庸杂作,涤器于市中。卓王孙闻而耻之,为杜门不出……卓王孙不得已,分予文君僮百人,钱百万,及其嫁时衣被财物。文君乃与相如归成都,买田宅,为富人。"司马相如,蜀郡成都人,少年时喜欢读书,曾在景帝朝做武骑常侍,并非其所喜好。于是借生病为由辞掉官职,旅居梁国。又因梁孝王去世,只好返回成都,家境贫寒,没有工作。卓文君是临邛富人卓王孙的女儿,守寡不久,喜欢音乐,相如用琴声引诱卓文君。卓文君喜欢上了相如,于是两人私奔到成都,但家徒四壁,无以为生。之后两人重回临邛,卖掉车马,开一小酒馆,文君卖酒,相如做酒保。卓文君的父亲以之为耻,不理他们,后来听劝,不得已给人给钱给物。卓文君和司马相如两人回到了成都,购置田地房屋,成为富有人家。

《白头吟》是一首汉乐府民歌,一般认为作者是卓文君,但也存争议。这首诗是由于司马相如得势后,准备娶一个女子为妾,卓文君就写了这首《白头吟》给他,表明自己的态度,以及自己对爱情的执着和向往,表现出一个女子内心独特的坚定和坚韧。

首四句的意思是,爱情就像山上的雪一般纯洁,像云间月亮一样光亮,听说你有二心,所以来与你决裂。前两句起兴,言男女爱情应纯洁无瑕,一尘不染。这既是人情物理的美好象征,也是双方当初信誓旦旦的见证。后两句突转,直接构成转折,与之"决绝"。"有两意"和下文的"一心人"形成对比,前后照应自然,谴责之意亦彰。

"今日"四句意谓今天是诀别酒,也是最后一次相聚,散席后一刀两断,如御沟中的流水各奔东西,永不汇合。这爱情也如沟水一般,一去不复返了。"今日""明旦"是为了追求诗歌表述生动选用的措辞,不是确指今天和明天。

"凄凄"四句托意婉切。一般女子出嫁,总是悲伤啼哭,其实大可不必,只要嫁得一个情意专一的男子,白头偕老,永不分离,就很幸福了。言外之意,遭到遗弃才最堪凄惨悲伤,这是初嫁女子无法体会到的。"**愿得一心人,白头不相离**",这是她再嫁司马相如时的初衷。感情受到伤害时,凄伤哀怨是女人的共同心理。这里的语调也变得婉转温情了,隐含着诗人感情的起伏低昂,感情就是这般千丝万缕,她多么希望变两意为一心而白头相守。

末四句,"**竹竿何袅袅,鱼尾何簁簁**",意在比兴,观察大自然,用鱼竿和鱼儿上钩,喻爱情应以双方意气相投为基础,而不是靠金钱利益关系。男女求偶,应两情欢洽。男子汉大丈夫应讲情守义,怎能在金钱面前黯然失色?

全诗格韵不凡,亦雅亦宕,每四句构成一个意群,诗意递进,叙事和说理相结合，塑造了一个个性鲜明、感情真挚的女子形象，贬责男子"有两意""为钱刀"的行为。"愿得一心人，白头不相离"堪称经典佳句。据《西京杂记》载："司马相如将聘茂陵人女为妾，卓文君作《白头吟》以自绝，相如乃止。"

**卓文君像**

（选自《百美新咏图传》）

# 悲愤诗

## 【汉】蔡 琰

汉季失权柄,董卓乱天常。

志欲图篡弑,先害诸贤良。

逼迫迁旧邦,拥主以自强。

海内兴义师,欲共讨不祥。

卓众来东下,金甲耀日光。

平土人脆弱,来兵皆胡羌。

猎野围城邑,所向悉破亡。

斩截无孑遗,尸骸相撑拒。

马边悬男头,马后载妇女。

长驱西入关,迥路险且阻。

还顾邈冥冥,肝脾为烂腐。

所略有万计,不得令屯聚。

或有骨肉俱,欲言不敢语。

失意几微间,辄言毙降虏!

要当以亭刃,我曹不活汝!

岂敢惜性命,不堪其詈骂。

或便加棰杖,毒痛参并下。

旦则号泣行,夜则悲吟坐。

欲死不能得,欲生无一可。

彼苍者何辜?乃遭此厄祸。


边荒与华异,人俗少义理。

处所多霜雪,胡风春夏起。

翩翩吹我衣，肃肃入我耳。
感时念父母，哀叹无穷已。
有客从外来，闻之常欢喜。
迎问其消息，辄复非乡里。
邂逅徼时愿，骨肉来迎己。
己得自解免，当复弃儿子。
天属缀人心，念别无会期。
存亡永乖隔，不忍与之辞。
儿前抱我颈，问母欲何之？
人言母当去，岂复有还时？
阿母常仁恻，今何更不慈？
我尚未成人，奈何不顾思！
见此崩五内，恍惚生狂痴。
号泣手抚摩，当发复回疑。
兼有同时辈，相送告离别。
慕我独得归，哀叫声摧裂。
马为立踟蹰，车为不转辙。
观者皆歔欷，行路亦呜咽。

去去割情恋，遄征日遐迈。
悠悠三千里，何时复交会？
念我出腹子，胸臆为摧败。
既至家人尽，又复无中外。
城郭为山林，庭宇生荆艾。
白骨不知谁，从横莫覆盖。
出门无人声，豺狼号且吠。
茕茕对孤景，怛咤糜肝肺。
登高远眺望，魂神忽飞逝。

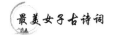

奄若寿命尽，旁人相宽大。

为复强视息，虽生何聊赖。

托命于新人，竭心自勖励。

流离成鄙贱，常恐复捐废。

人生几何时，怀忧终年岁。

蔡琰，字文姬，一作昭姬，东汉陈留郡圉县（今河南开封杞县）人。东汉大文学家蔡邕的女儿，初嫁河东卫仲道，丈夫亡后归母家。博学有才辩，通音律。汉末大乱，被董卓部将所虏，归南匈奴左贤王，居住匈奴十二年，生育两个孩子。后来曹操用重金将其赎回中原，嫁董祀为妻。历史上记载蔡琰的事迹并不多，但"文姬归汉"的故事却在历朝历代被广为流传。有《悲愤诗》五言和骚体各一首。

《后汉书·列女传·董祀妻传》记载："陈留董祀妻者，同郡蔡邕之女也，名琰，字文姬。博学有才辩，又妙于音律。适河东卫仲道，夫亡无嗣，归宁于家。兴平中，天下丧乱，文姬为胡骑所获，没于南匈奴左贤王。在胡中十二年，生二子。曹操素与邕善，痛其无嗣，乃遣使者以金璧赎之，而重嫁于祀。"蔡邕在汉末动乱中，被王允所杀。蔡文姬饱读诗书，富有才华。董卓入洛阳后滥杀无辜，逼迫幼主迁都到长安，激起天下义师讨伐乱贼。蔡文姬个人在此动荡中的遭际，以诗写史。

《悲愤诗》是一首五言古诗，也是我国诗史上第一首自传体长篇叙事诗。全诗一百〇八句，共五百四十字。它真实生动地描绘了诗人在汉末大动乱中的悲惨遭遇，也写出了被掠人民的血和泪，是汉末大动乱和人民苦难生活的实录，具有史诗的规模和悲剧的气氛。诗人的悲愤，具有一定的典型意义，可以说是受难者的血泪控诉，字字是血，句句是泪。

全诗可分三大部分。开头四十句详细叙述遭祸被掳的缘由和被掳入关途中的苦楚。接下四十句讲述在匈奴的生活，听到被赎消息后悲喜交集以及与孩子分别时的惨痛。最后二十八句描述归途和到家后的所见所感。

第一大部分，起首到"**乃遭此厄祸**"四十句，写董卓作乱，诗人被掳入胡和胡人对汉人的虐待。头十四句从董卓之乱写起，是诗人蒙难的历史背景，诗中所写,均有史料可证。**"斩截无孑遗"**以下八句,揭露了以董卓为首的一群豺虎对人民所进行的野蛮屠杀和掳掠,也暗暗点出自己的遭遇。**"所略有万计"**以下十六句,细述诗人在俘虏营中的生活。这些成千上万的俘虏,贼兵不敢让他们在一起屯聚,即使骨肉至亲,彼此也不敢说一句话,稍不留意,就会招致辱骂和毒打。俘虏们日夜号泣悲吟,欲死不能,欲生不可。最后两句**"彼苍者何辜?乃遭此厄祸"**,诗人满怀悲愤,呼天而问,将途中之苦总括收住。这一大段最精妙的是写贼兵辱骂俘虏的几句话,口吻毕肖,刻画了狰狞的面目和蛮横的嘴脸。相较于曹操、王粲等人所写的咏叹这一时期社会祸乱的诗歌作品,此诗显得更加翔实具体,为历史留下真实的场景和画面。如"斩截无孑遗,尸骸相撑拒","相撑拒",互相支持,意指尸体众多堆积杂乱。非亲历者不能道,写出种族灭绝式的屠杀,堪谓史诗。

　　**"边荒与华异"**到**"行路亦呜咽"**四十句为第二大部分,主要叙述在边地思念骨肉至亲的痛苦,以及迎归别子时去留两难的悲愤。**"边荒与华异,人俗少义理"**两句,高度概括了被掠失身的屈辱生活。**"处处多霜雪"**以下六句,略言边地之苦,引出"念父母"来。诗人通过对居住环境的描写,以景衬情烘托自己无穷尽的悲叹,增强了屈辱酸楚的气氛。**"有客从外来"**以下六句,描写引颈望归和急盼得到家人消息的心情。**"邂逅徼时愿,骨肉来迎己"**写平时企望的事情意外实现,情感波澜起伏变化万千。"徼"指求得、得到。**"已得自解免"**以下六句,念及别子又由喜转悲。"别子"一段描写,感情真挚,深切感人。儿子劝母亲留下的几句话,像尖刀一样刺痛了母亲的心。儿子的几句质问,使诗人五内俱焚,神情恍惚,号泣抚子,欲行不前。在去留两难、生死别离中,突出表现了诗人复杂矛盾的心情。她在号啕大哭中,永别了自己的孩子,离开匈奴时最放心不下的还是自己的孩子。"天属"指天然的连属关系,这是指母子关系。**"兼有同时辈"**以下八句,插叙同辈送别的哀痛,诗人描写了马不肯行,车不转辙,连路人都感动得唏嘘流泪的场面,这种衬托手法,更加突出了主人公的悲痛欲绝。

　　**"去去割情恋"**至末尾为第三大部分,叙述归途及到家后的境况。割断情恋,别子而去,上路疾行,渐行渐远。但恋情又如何能够割舍呢?别后彼此天各一方,何时才得会面呢?"遄征"指疾速行走。"日遐迈"指一天比一天地走远了。"念

17

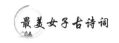 

我出腹子,胸臆为摧败",将强忍的悲痛以念子作收。"既至家人尽"以下十二句先写到家后方知亲人已经死亡殆尽,孤苦无依。"中外"犹中表,"中"指舅父的子女,为内兄弟;"外"指姑母的子女,为外兄弟,此处统指亲人。接下来叙写战后的荒凉,整个城邑变成了山林,庭院长满荆棘蔓草,白骨纵横,荒坟累累。特别是"出门无人声,豺狼号且吠"两句把战后的荒凉写得阴森恐怖。"恒怛"指惊叹、惊叫。"登高远眺望"两句,又以念子暗收,与"念我出腹子"遥相呼应。"奄若寿命尽"以下四句,叙述诗人在百般煎熬之下,已失去了生活的乐趣。"托命于新人"四句,讲述重嫁董祀之后,虽用尽心力,勉励自己好好活下去,却又担心颠沛流离之后,自己已成卑贱的女子,怎知不被新人所抛弃。"捐废"指弃置不顾。末两句"人生几何时,怀忧终年岁"总束全篇,心中阴影永难挥去,是悲愤的终结。

这首诗最大的艺术特点是诗人善于挖掘自己的情感,将叙事与抒情紧密结合起来,至真至诚,极其动人。叙事不枯不躁,不碎不乱,详略分明。言情以悲愤为主,但又有悲喜的变化,波澜动荡起伏。情动于词,情事映衬。在表现悲愤的情感上,多层次多方面地抒发这种情感,如:被掠、杖骂、受辱、念父母、别子、悲叹亲人、重嫁后的忧心,足有七八种之多,而使她最伤心的,也是描写最多的就是别子,"一则以喜,一则以悲",心理异常矛盾。在匈奴,蔡文姬无所依恋,但是孩子是自己身上掉下来的亲骨肉,若要归汉,就须抛下自己的亲生骨肉,这是极其残酷的两难选择。诗中别子那段对话,令人泣下,肝胆俱裂。这也是本诗最强烈、最集中、最突出的悲愤,映衬出一个伟大母亲的一颗心,甚为感人。

全诗条理谨严,语言淳朴,笔力深刻,情感迸发,"由情真,亦由情深也",乃内心流出的血泪文字,让读者感同身受,将五言诗长于叙事的特点发挥到了极致。

蔡琰

蔡琰像

（选自红树楼刊本《历朝名媛诗词》）

# 两晋南北朝

# 盘中诗

## 【晋】苏伯玉妻

山树高,鸟鸣悲。泉水深,鲤鱼肥。

空仓雀,常苦饥。吏人妇,会夫稀。

出门望,见白衣。谓当是,而更非。

还入门,中心悲。北上堂,西入阶。

急机绞,杼声催。长叹息,当语谁?

君有行,妾念之。出有日,还无期。

结巾带,长相思。君忘妾,未知之。

妾忘君,罪当治。妾有行,宜知之。

黄者金,白者玉。高者山,下者谷。

姓者苏,字伯玉。人才多,智谋足。

家居长安身在蜀,何惜马蹄归不数?

羊肉千斤酒百斛,令君马肥麦与粟。

今时人,知四足。与其书,不能读。

当从中央周四角。

这首《盘中诗》是一首思妇诗,相传为苏伯玉之妻所作。诗前原注说:"伯玉被使在蜀,久而不归,其妻居长安,思念之,因作此诗。"但女诗人的姓名已失考,只题"苏伯玉妻"。

据称这首诗是中国最早的回文诗。把诗写在盘中,从中央起句,回环盘旋而至于四角,"屈曲成文",所以称为"盘中诗"。诗尾有指引,"**当从中央周四角**",按照此指引读出诗句,而且许多句子倒着读也能通顺,这就是回文诗的雏形。后人仿作,遂成古代诗歌中的一体。

古代女子表达情意,须遵循礼仪分寸,多是温婉含蓄的。在妻子眼中,丈夫苏伯玉多才足智。眼见丈夫离家到蜀地做官,久久不归,心中思念难耐。如何表达此种闺中思妇的心情?若过于直白,不合古代为人妇的礼仪,因此必须含蓄得体。苏伯玉妻是一个聪慧妇人,发挥自己的才情和文化修养,以一首巧妙的盘中诗表达自己的相思之意。

诗的开篇以自然景物起兴,近乎民谣,"**山树高,鸟鸣悲。泉水深,鲤鱼肥。空仓雀,常苦饥**",因山树太高,从而鸟儿不得栖息;因泉水太深,纵有肥鲤也难以获得;雀儿守着空空的粮仓,以至免不了饥饿。这一系列景物的描写,表达了一种心有希冀而不能达到的痛苦,抒写了一种无可奈何的情绪,于是引发出"**吏人妇,会夫稀**"的慨叹,意思是说做一个官吏的妻子,与丈夫相聚的日子实在太少了,只得长期承受离别的痛苦,过着孤单失望的生活。古代妇女,嫁官吏为妻,丈夫因游宦在外,妻子常常独守空房,失去了很多家庭生活的温暖和乐趣。

接着描写女主人公离别后的思念之情和痛苦的心曲。因盼夫归来心切而出门眺望,看到同样穿白衣服(官服)的人,就一阵惊喜,以为是丈夫归来了,但仔细看看并不是,于是在失望中怏怏入门,心中兀自伤悲,连那机杼声也让人焦灼不安,令她想到岁月催人,伤感不已。"**长叹息,当语谁**",此等凄楚的感觉,一声长叹,无人诉说。

下面笔锋一转,女主人公思绪澎湃,她在家中对丈夫望穿秋水,那丈夫在外思不思"家"、思不思自己呢?在"**出有日,还无期**"的长久不归中,她似乎有一种可能被抛弃的感觉,于是自语"**君忘妾,未知之。妾忘君,当治罪。妾有行,当知之。**"这是在无限担忧中,对丈夫的遥相质问,也是对自己痴情不渝的内心表白。她的担心似乎并不是多余的,同开篇一样以物比兴,"**黄者金,白者玉。高者山,下者谷。**"金黄、玉白、山高、谷低,这是确凿无疑的事实,从而比喻下面的情况也同样是事实:她的丈夫姓苏,字伯玉,是个多才足智之人,但自从离开长安的家而入蜀以后,却久滞不归,她问道:"**何惜马蹄归不数?**"意思是你为何那么珍惜马蹄而不经常归来呢?原来是"**羊肉千斤酒百斛,令君马肥麦与粟**",你在外有酒有肉,享乐生活,连你的马都膘肥体壮了,但就是不肯骑马归来看看自己的妻子。这里可以说是表达得细腻委婉,又意味深长。

23

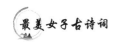

最末几句,是告诉丈夫怎样读懂这首诗。

这首诗充分体现了女性诗人的灵慧巧思,不像文人作品那般使用典故,一如妇人口中娓娓道出,纯粹是"自然英旨",却由于真情款款,浅显生动,成为历代思妇诗作之典范。

清代沈德潜评此诗:"使伯玉感悔,全在柔婉,不在怨怒,在深于情。"又说:"似歌谣,似乐府,杂乱成文。而用意忠厚。千秋绝调。"

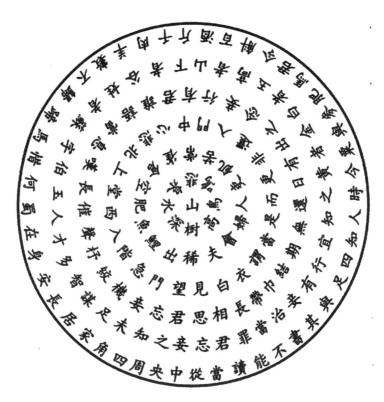

《盘中诗》示意图

# 感离诗

## 【晋】左 芬

自我去膝下，倏忽逾再期。

邈邈浸弥远，拜奉将何时。

披省所赐告，寻玩悼离词。

仿佛想容仪，歔欷不自持。

何时当奉面，娱目于书诗。

何以诉辛苦，告情于文辞。

左芬（？—300），字兰芝，齐国临淄（今山东淄博）人。西晋著名文学家左思的妹妹，为晋武帝妃嫔。少好学，善作文，今存诗、赋、颂、赞、诔等二十余篇。原有集，已失传。

左芬相貌不美，因才入宫。《晋书》记载左芬进宫后的生活："姿陋无宠，以才德见礼。体羸多患，常居薄室，……帝重芬词藻，每有方物异宝，必诏为赋颂。"晋武帝是一个骄奢淫逸的人，左芬的才名被晋武帝司马炎听到后选才女入宫，对左芬的才华很满意，但左芬主要是完成皇帝的命题作文，为其作诗作赋，有宫廷御用诗人之感。后来，她被召进后宫为妃嫔，但是体弱多病，住在"薄室"里，得不到皇帝的宠幸。

左芬于泰始八年（272年）被召进洛阳后宫，她哥哥左思也居住在洛阳，但宫禁清切，近在咫尺而不得相见。左思作《悼离赠妹》，以表达思妹之情，其中有"自我不见，于今二龄"，可见左芬已进宫两年左右。这首《感离诗》就是左芬对其兄诗的答复，可归类于赠答诗，兄妹俩通过赠答诗章寄托思念之情。左思诗是四言，而左芬诗属五言。

全诗十二句，可分为三个层次。第一层叙述自选入宫已经两年，随着时间流逝不知何时才能重新相见。"**自我去膝下，倏忽逾再期。**"所谓"膝下"，一般指孩子依偎于父母身边,此处代指自己离别兄长,进入宫中,很快就两年多过去了。在冷酷险恶的宫廷中,缺乏真情,更令妹妹想见到自己亲爱的哥哥。可是"**邈邈浸弥远,拜奉将何时**",这种企盼变得越来越渺茫,思兄之情深不见底,不禁叩问:什么时候兄妹能够再聚首?骨肉能再团圆?

第二层叙述批阅亲兄的赠言和悼离诗,无由得见,唏嘘落泪。"**披省所赐告,寻玩悼离词。**"一遍遍地奉读兄长寄来的《悼离赠妹》,体味诗中的亲情爱意,既温暖又感伤,不由自主就引出了许多儿时的回忆。"披省""寻玩"是庄重的敬语表达。"**仿佛想容仪,欷歔不自持。**"盼望相见的愿望成为幻想,只好想象记忆中兄长的容貌,伤心的眼泪儿也就扑扑簌簌地流淌下来。

第三层抒发自己强烈的思乡之情,发出了心底的呼告。"**何时当奉面**",像旧时那样,与兄长一起左右读书,品鉴骋怀,那是何等的兴致啊!"**何以诉辛苦**",只能把这无限的深情倾泻于笔墨,各种辛酸思念寄托在诗文之中。

左芬的诗句真情流露,情景交融,思兄心切之情溢于言表,同时表达得很含蓄,很有节制,深味此诗在我们脑海中呈现出一个温厚贞庄的妇女形象,体现了左氏家族文雅的特质。此诗虽短,但还是能够让人体会到被高大宫墙隔断的情与爱,感受到作为知识女性内心的凄楚和孤寂,写出了宫中女子的寂寞无助,更写出了左氏兄妹殷殷关切和情深意长。

这首诗虽然没有直接抒写宫怨,但字里行间表现出一种失去自由的笼中鸟的惆怅和悲哀,道出了整个封建社会后宫妃嫔宫女的普遍感受,从而超出了赠别的意义。从这个角度来看,它是较早的宫怨诗。宫苑深深,唐人有诗言:"侯门一入深似海,从此萧郎是路人。"宫怨诗的写作成了诗歌创作的重要题材,是封建社会妇女所处的地位使然,也是不同时代宫女的共同命运在文人笔下的反映,对我们今天来探讨古代女性文学具有重要意义。

# 登　山

**【晋】谢道韫**

峨峨东岳高，秀极冲青天。

岩中间虚宇，寂寞幽以玄。

非工复非匠，云构发自然。

气象尔何物，遂令我屡迁。

逝将宅斯宇，可以尽天年。

谢道韫，字令姜，陈郡阳夏（今河南太康）人，宰相谢安的侄女，安西将军谢奕的女儿，嫁著名书法家王羲之的次子王凝之为妻。自幼聪敏，素负才名，有诗、赋、颂、诔行于世。原有集，已失传。

隆安三年（399年），孙恩率军攻破会稽城，谢道韫的丈夫会稽内史王凝之死于乱军之中，谢道韫抽刀出门，手刃敌数人而被俘。孙恩感其节义，赦免谢道韫及其族人。王凝之死后，谢道韫在会稽寡居。

《世说新语》记载，谢道韫有文才，谢安曾在一个雪天和子侄们讨论可用何物比喻飞雪，谢安的侄子谢朗说"撒盐空中差可拟"，谢道韫则说"未若柳絮因风起"，其比喻精妙受到众人称许。因为这个著名的故事，她与汉代的班昭、蔡琰等人成为中国古代才女的代表，而"咏絮之才"也成为后人称许才女的常用词。《三字经》中的"蔡文姬，能辨琴。谢道韫，能咏吟"就是指此故事。

这首《登山》诗又题《泰山吟》，为谢道韫登泰山时有感而作，可谓一首玄言诗。

全诗共十句。首二句总叙，遥望泰山所见之整体印象。"峨峨"，即嵯峨，山势高峻雄伟的样子。"东岳"，即泰山，为五岳之首。"秀极"，秀丽的顶峰。"秀"字于平淡中见奇特。屹立在诗人面前的泰山，巍峨挺拔，雄伟高大，气势磅礴，以极其清秀的灵气直冲青天。

接着四句描写泰山石室，这是泰山中最吸引诗人的地方。"岩"，山崖。"间"字读四声,分隔之意。"虚宇",本意是天地万物,这里指泰山石室。"寂寞",清静无声。"幽",僻静幽雅。"玄",奥妙、玄妙。东汉马第伯《封禅仪记》载:"小天门有秦时五大夫松……西北有石室。""云构",本指高大的建筑,如"阿房云构,金狄成行"(《史记·秦始皇本纪》)。"发",出自。山岩中的石室仿佛天然间隔的空虚宅院,寂寞无声,幽静深邃,高大玄妙,这些石室并非出于工匠之手,而是大自然的杰作。此四句所写为诗人登山时所见,是诗中重点描写的对象,但诗人以虚笔勾勒,将主要描写对象泰山石室在其心中的印象表现出来,显得若隐若现,云雾缭绕,幽深而玄奥。

末四句抒发感想,这是此诗要表达的意旨。"气象",自然景色、天地造化。"屡迁",多次迁居。《晋书·周馥传》中有"殷人有屡迁之事,周王有岐山之徙"。前两句表现出诗人有着热爱大自然、回归大自然的愿望,甚至为了欣赏自然景致的独特气象而屡次迁居。"逝",通"誓"。"宅",居住。"宇",本指屋宇,此指泰山石室。"天年",自然年寿。后两句意指明确,自己愿意在此石室长期隐居下来,与外界纷争的社会隔绝,安享天命,终老此生。

时代和门第给谢道韫造成的不幸,对一个封建时代的弱女子来说,是无法抗争的。王、谢本是显赫家族,后随着谢安被排挤和去世,两家失去了世族领袖的地位。王凝之是个迷信五斗米道的庸才,谢道韫对自己的婚姻极其不满,曾提出离婚的要求。王凝之和子女被乱兵所杀后,谢道韫寡居会稽乡下,过着孤苦寂寞的生活。所以,诗人在末句表达的感想十分直截了当,而又真实自然。

从全诗来看,一方面写客观景象,如泰山和泰山石室,一方面写主观心境,"逝将宅斯宇,可以尽天年",二者结合得非常融洽。诗中物景所体现的雄伟、秀美以及恬静、清幽等特点,实际上已融入了诗人的主观情感色彩。可以说,诗中的泰山与泰山石室,已经是被人化或我化了的物景,而"我"所表达的意愿,实际上也已带着物之气象。诗中"秀""幽""玄""自然"等词,与魏晋时期的思想崇尚及人物品评理论有关,也折射出鲜明的魏晋时代色彩。

本诗表达了对泰山的赞美,尤其对神秘岩洞的叹赏,诗人浮想联翩,最后竟表示要与此山相守终老,怀抱之中,忘记俗世纷争的愿望。全诗创造了一个沉醉大自然、物我共融的非凡气象境界,大笔挥洒,笔力矫健,词气展拓,具有阳刚之美。

# 拟青青河畔草

## 【南朝宋】鲍令晖

袅袅临窗竹，蔼蔼垂门桐。

灼灼青轩女，泠泠高台中。

明志逸秋霜，玉颜艳春红。

人生谁不别，恨君早从戎。

鸣弦惭夜月，绀黛羞春风。

　　鲍令晖，东海（今山东郯城）人，南朝宋著名文学家鲍照的妹妹。善作情诗，留传不多，现存仅六题七首。原有集，已散佚。

　　钟嵘《诗品》评价鲍令晖的诗"崭绝清巧，拟古尤胜"。拟古，顾名思义，就是仿效古人的风格形式。这是古诗中一种习用的体式。诗人往往由于某种原因不便直说，或从古人之作中触发起某种感情，于是采取拟古形式。拟古诗并非生搬硬套，而是"用古人格作自家诗"（《昭昧詹言》），形同而神异。

　　鲍令晖的这首《拟青青河畔草》，即拟《古诗十九首》之一《青青河畔草》：

青青河畔草，郁郁园中柳。

盈盈楼上女，皎皎当窗牖。

娥娥红粉妆，纤纤出素手。

昔为倡家女，今为荡子妇。

荡子行不归，空床难独守。

　　《青青河畔草》颇有特色，开头六句连用六个叠字形容词，在诗歌史上可谓创举。运用第三人称的写法，写出了少妇渴望爱情，渴望夫妻相依相偎，甚至举案齐眉的平凡生活。最后四句"昔为倡家女，今为荡子妇。荡子行不归，空床难独守"，率真无忌，深得王国维《人间诗话》的赞赏。

　　鲍令晖是一个女子，闺秀身份，虽都是写离情闺怨，但在拟作的立意上与原作不尽相同，甚至大相径庭，塑造的人物身份、描写手法、表达感情的方式也都不同。《拟青青河畔草》表达了诗人对爱情婚姻的投入和专一，寄托自己无尽的离愁和思念，把一位征人之妇内心隐微的思想感情刻画得淋漓尽致。

　　开篇同样连用四个叠字词，"袅袅""蔼蔼""灼灼""泠泠"，营造的却是一个优雅深闺的场景。临窗有娟娟细竹，轻轻摇曳；迎门有高大梧桐，凉凉绿荫。在这一片清雅幽静的氛围中，一位年华正盛、鲜艳美丽的深闺少妇，步履轻妙，盈盈而上步入高台凭栏远眺，神情又显凄清。"临窗竹"和"垂门桐"两个意象，多用于烘托高士的形象，由于出生于文学家庭，书香浓厚，鲍令晖自然受到哥哥鲍照等人的影响，因此描写一个美丽妇人，在用词上也凸显出了文化的底蕴。"灼灼青轩女"之"灼灼"是暖色调，比喻妇人年华正盛、青春似火。但是其他用词几乎全属冷色调，鲜明的对比衬托出女子内心的孤寂之情。这既是艺术技巧，更是雕琢词句的功底。

　　**"明志逸秋霜，玉颜艳春红。"**这是"诗言志"。"明志"，高洁的志操。"逸"，超过。"春红"，春花。这里所突出的是诗中女子对于爱情和婚姻的坚守，而一个绝色美妇人矢志不渝于爱情，不为外物所诱惑，更令读者感受到这是一位品貌俱佳、内外兼修的贤良淑女。

　　但是，这个好女子为何踽踽登高、神情凄伤呢？**"人生谁不别，恨君早从戎。"**原来她是在思盼从军远戎的丈夫。这位女子深明大义，她并非怕离别，也并非反对丈夫从戎，她"恨"就恨在"早从戎"。这种分别来得太早了，也太残酷了，这是妇人内心难解的结，更是永远的痛。这个"早"字含蕴丰富，既包含着对丈夫早年远出久久不归的怨恨，也流露出时光催人、美人迟暮的悲哀。

　　末两句**"鸣弦惭夜月，绀黛羞春风"**，妇人抚琴于月夜，琴音即心声，苍凉又悲戚，而此夜又恰是圆月，望月思人，月圆人未圆，美妙琴声只有圆月听，美丽容颜只有春风赏。在如此美好的时节，难道她的"灼灼"年华、无价青春就如此空闺虚度了吗？"绀黛"，绀，含也，谓青而含丹色也。最后这两句写得意味无穷，含蓄深挚，使用抒婉的笔触，一"惭"一"羞"，语悲情苦，道出了妇人的挚情内心，也反映出战乱年代广大征人之妇共有的苦痛。

至于诗中刻画的思妇形象到底是谁,鲍令晖是否有远戍的丈夫,目前没有考证结果。但是温文尔雅、深沉委婉、有才有情的人物形象,似乎闪烁着诗人自己的身影。

# 古意赠今人

## 【南朝宋】鲍令晖

寒乡无异服,毡褐代文练。

日月望君归,年年不解绖。

荆扬春早和,幽冀犹霜霰。

北寒妾已知,南心君不见。

谁为道辛苦,寄情双飞燕。

形迫杼煎丝,颜落风催电。

容华一朝尽,惟余心不变。

　　鲍令晖的这首《古意赠今人》,诗题标明了这是一首拟古之作。内容是抒情写怀,女子寄夫望归,属于思妇诗。诗人用一位贤德妇人的口吻,表达对身在寒乡戍边丈夫的关切和无尽情思。

　　全诗结构可分为三层。前四句为第一层,从"寒衣"落笔,抒发对征夫的思念之情。先想着对方身处荒寒之地,却无精致轻暖的衣着,只能以粗毛短衣御寒。然后写自己,寒在他身,忧在己心,所以惦念不安,天天望君归,可是年复一年,这心弦总无缓解之时。"解绖","解"通"懈","绖"通"延",懈怠延缓之意。诗人抓住了御寒的冬衣这一富有典型意义的事物来加以描绘,进行抒发,就把思妇对征夫的思念之情,细致入微地表达了出来。

　　下面六句为第二层,寄情于燕子,希望能带来丈夫的消息。思妇所在南方早已春回大地,而对方所在北方大概还是冰霜犹在。北地之寒妾已知,但思夫之心君不见!冬去春来,暖雨晴风,这里处处春色动人,你可知道?芳草萋萋,思人不归,说不尽的愁怨难过,你可知道?心中凄苦与谁说?唯有托燕传真情。燕子是候鸟,幻想着春秋南北迁徙的玄鸟带去相互的问候。诗人这一层次的描述,曲尽了闺妇的千种情思和万般苦恼,把一个勤劳纯朴、心地善良的女子形象,写得栩栩如生、有血有肉。

最后四句为第三层，抒发要寄之情，以对丈夫永不变心的誓言作结。一个人操持家事，就像织机上的梭子一样，难以停歇。长期的愁苦劳累，容颜姿色也如风雨中的闪电，转眼即逝。可就算容颜芳华尽逝去，我对你的情意亘古不变。真可谓百转回肠，反复致意乃用心良苦，痛苦而又执着的心态既溢于言表，又余意萦怀，悠悠难尽。

本诗最大的特点是多使用对比的写法。"毡褐"与"文练"对比。"毡"，毡帽。"褐"，粗布或粗布衣服。"文练"，有花纹的熟丝织品。"荆扬"与"幽冀"对比。"荆扬"，荆州、扬州，在南方，思妇所在地。"幽冀"，幽州、冀州，在北方，对方所在地。"春和"与"霜霰"对比。"北"与"南"对比。"妾已知"与"君不见"对比。在地理上，妇人的家乡在荆扬，古属吴楚之地，气候温和，物产富饶，而丈夫所处，却远在幽冀。南北存在诸多不同，当南方已经迎来早春和煦的阳光，作为妻子惦念丈夫那边依然祁寒肃杀。而这份发自肺腑的关心，异乡的丈夫是看不见的。"形"指人体，"颜"指人貌。"杼煎丝"，比喻不休；"风催电"，比喻快速。在此忙忙碌碌又漫漫无期的等待中，岁月流逝，青春老去，容颜会迅速地改变，而永远不变的，就是一颗永恒的爱心，也唯有爱情是联结这对苦难夫妻的牢固纽带。

全诗在对比中大量叙事，事中含情，情因事生，情事相融，这是抒情诗一个重要的写作方式和艺术经验。鲍照曾对孝武帝说："臣妹才自亚于左芬，臣才不及太冲尔。"他以左思兄妹自况，足见鲍令晖才华之非凡。

# 咏 灯

## 【南朝梁】沈满愿

绮筵日已暮，罗帷月未归。

开花散鹄彩，含光出九微。

风轩动丹焰，冰宇澹青辉。

不吝轻蛾绕，惟恐晓蝇飞。

沈满愿，吴兴(今浙江德清)人，大约生活在南朝梁天监年间。齐梁时期文学家沈约的孙女，嫁征西记室范靖为妻。善作诗，现存诗十余首。

《咏灯》是一首咏物诗。南朝永明年间，咏物诗的创作极为盛行。当时的文人在宴饮聚会之际，时常会指定某一事物为题，然后竞相吟咏，互较高下。所咏对象虽然大都局限在器具、服饰、花草、鸟兽、乐器上，但不少文人在遣词、造境、审音、用典等方面都极尽风采，留下了很多构思精巧、刻画细致的诗作。永明诗人中，现存咏物之作最多的是有着"一代文宗"美誉的沈约，而沈满愿恰是沈约的孙女，从小耳濡目染，对这种创作风气的学习体会自然会更为真切。

这首《咏灯》诗观察细致，描摹逼真，托物言志，寄意高远，是一首很成功的诗作，得到人们的赞誉。

首二句"**绮筵日已暮，罗帷月未归**"，说明时间、地点，为下文作铺垫。筵席结束，夕阳西下，罗帏轻掩，月亮朦胧，此时白天的种种喧嚣和纷乱渐已散去，屋内逐渐昏暗下来，仿佛静待着那盏灯火的登场。诗人以日月反衬灯火，为咏灯预作烘托，极具匠心和用意。"绮筵"，是一种装饰华美的竹垫席。

三、四句描写打火点灯的情景，"**开花散鹄彩，含光出九微**"，开始切入主题。"开花"，点灯如花开，火刀、火石相互撞击以取火，在昏暗中火星四溅，红白相杂，犹如片片天鹅羽毛飞舞。那情景虽不及如今的礼花壮观，但在斗室之内，亦颇为美妙。取火后，又逐一点燃房中那盏九微灯上的蜡烛。灯焰虽然还比较微弱,但周围环境一片漆黑,倒映衬得灯光明亮耀眼。"九微",灯名,也叫九华灯、九枝灯,指一个灯台上分出九个分支的烛台,也泛指一干多枝的灯,制作极为精致,可见诗人描写的是富贵人家的情景。

五、六句**"风轩动丹焰,冰宇澹清辉"**,又起波澜,体现生动。"风轩",有风的长廊。"冰宇",有灯光的屋宇。一阵微风从长廊之外吹来,将刚刚燃起的烛火吹得左右摇晃、忽起忽伏、忽明忽暗,宛如翩翩起舞,婀娜多姿。正因为这样,原本未被照到的角落也照得清清楚楚,整个房间都笼罩在淡淡的清辉之中。这两句,充分展示了诗人对事物观察细致以及状物逼真的才能。

末二句用拟人手法深化诗意,寄情深切。**"不吝轻蛾绕,惟恐晓蝇飞。"**灯烛原本是没有知觉、没有情感可言的,但在诗人眼里却有着鲜明的爱憎之情。飞蛾因趋光而扑火,彰显出舍生忘我而不惜牺牲的精神,故能得到灯烛的怜爱;苍蝇以逐臭而纷飞,表现出自私营利而贪得无厌的陋习,自然受到灯烛的厌弃。"蛾",本是一种善于追寻灯火光明的小虫,但也容易使人联想到常用作女子代称的"蛾眉"。所以,这里说的是灯烛之爱憎,其实正是诗人心迹的真实表露。如此委婉着笔,托物言志,使得本诗的立意更为深刻。

这首诗开头写景铺垫,末尾象征寓意,既刻意求工,又优美自然。在结构上采用永明诗坛盛行的五言八句体,注重句式、声调、对仗,虽然平仄尚不尽协调,与唐代的五言律诗相比还有欠缺,但诗句基本上都是两两相对,较为工整精巧,如"日已暮"与"月未归","轻蛾绕"与"晓蝇飞",尤其是中间四句,字面都一一相对。由此可见,在唐代才渐至完备的五言律诗,在魏晋时期已具雏形。

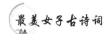

# 杨白花歌

## 【北魏】胡太后

阳春二三月，杨柳齐作花。

春风一夜入闺闼，杨花飘荡落南家。

含情出户脚无力，拾得杨花泪沾臆。

秋去春还双燕子，愿衔杨花入窠里。

胡太后（？—528），安定临泾（今甘肃镇原）人。生性颖悟，才艺出众，能文善射。北魏宣武帝元恪的妃子，孝明帝元诩的生母。孝明帝即位时尚年幼，因得以临朝听政，被尊为皇太后。孝明帝死后，立年仅三岁的元钊为帝，史称幼主。同年四月，尔朱荣发动"河阴之变"，领兵入洛，将胡太后及幼主溺死河中。

《杨白花歌》是北魏胡太后的传世之作，以此寄托对杨白花的思念之情。文学史中常将此诗作为北朝代表作介绍。

胡太后幼年时受到良好教育，成年时入佛寺为尼。她在佛寺精研佛法，深通佛经义理。经人举荐，被宣召入宫讲道，其秀丽优美的姿容、清纯伶俐的口才，深深打动了宣武帝，于是宣武帝破例下诏封其为世妇，随侍左右。

宣武帝去世后，胡太后临朝听政，一度专擅朝政，在年少守寡之后耐不住空闺寂寞，先后与多人私通，甚至采取过"逼幸"这样的强迫手段。其中有一位杨白花，原本是北魏名将杨大眼之子，年纪轻轻，长得孔武有力，相貌魁伟，因而特别受到胡太后的眷顾。后来，杨白花唯恐事情败露而招致杀身之祸，就乘着父亲去世，率领部下连夜逃奔南方的梁朝，并改名为杨华。但胡太后对他仍然念念不忘，无法自制，于是写下这首《杨白花歌》。同时还命令宫女挽着手、踏着脚，日日夜夜歌唱此诗，声调凄怆悲伤，以此来寄托自己的思念之情。

《梁书》曰："杨华，武都仇池人也。父大眼，为魏名将。华少有勇力，容貌雄伟，魏胡太后逼通之。华惧及祸，乃率其部曲来降。胡太后追思之不能已，为作

《杨白华》歌辞,使宫人昼夜连臂蹋足歌之,辞甚凄惋焉。"《南史》曰:"杨华本名白花,奔梁后名华,魏名将杨大眼之子也。"无论从古至今,胡太后与杨白花之事确实不堪,但此诗作却写得哀感透艳,将女性失恋时的痛楚表现得淋漓尽致,非常感人,让人窥见这位政坛女强人脆弱柔情的另一面。

此诗的一大特点是利用谐声双关的手法,将人名与柳絮巧妙地绾合在一起。杨花即杨华,华、花古通。清代张玉毅在《古诗赏析》中称誉道"用笔双关,饶有古趣"。

首二句"**阳春二三月,杨柳齐作花**"晓畅明白,入笔擒题,交代了杨花本体在阳和盛春之际吐絮发花的景象。一个"齐"字把杨花点点、竞相进放的盎然春景渲绘出来,为下文触景伤怀做了铺垫。

三、四句"**春风一夜入闺闼,杨花飘荡落南家**"言春天刚到,和煦的春风一夜之间吹入宫帷,然而,原喜随风飞舞的杨花这次竟没有飘入宫中,而是落入南面人家。诗人表面描写柳絮漫天飞舞,实则触景生情、睹物相思,联想到爱人远去,不再返回,表达了失望和哀怨之情。

五、六句"**含情出户脚无力,拾得杨花泪沾臆**"由暗写转入明言,自从杨花无情、飘落南家之后,诗人满怀离思,情根难断,整日慵懒倦怠,迈步出门都双脚无力,情不自禁拾起杨花也是双泪潸潸。诗人"含情"赋辞,突出表现了一位堕入情海的女政治家追思情人不能已的深情。

末二句"**秋去春还双燕子,愿衔杨花入窠里**",在绝望失落之余,她还是痴情不改,执着不懈,期盼着有朝一日他能够随着秋去春来的燕子再次回到自己的身边。诗人以燕子双双、衔花入窠为喻,寄托和意中人厮守的愿望,进一步表现其缠绵不舍的思情。当时南北政权对峙,杨白花在梁屡立军功,最终一去未返,胡太后在诗中表达的愿望也就不得实现了。整首诗似真似幻,亦虚亦实,更显得情思回环,凄婉哀伤。

从艺术风格来看,这首北朝作家的作品与《敕勒歌》《木兰诗》等北朝民歌豪壮的风格迥异,应是受到南方文化的影响。无论是谐声双关的修辞手法,还是哀婉悱恻的语言韵味,在南朝乐府民歌中屡见不鲜。据记载,南朝刘宋诗人鲍照的作品曾在北方宫廷流行。鲍照有一首《拟行路难》,其中有数句:"中庭五株桃,一株先作花。阳春妖冶二三月,从风簸荡落西家。"胡太后诗开篇几句与之颇为相似,在表现手法上也明显类似,这和北魏时期推行汉化政策有着密切的关系。南北文化相互交融也是中华文化发展的常态。

胡太后此诗影响较为深远,其与杨白花的故事作为典故亦传播甚广,为后人吟咏不息。中唐柳宗元有一首《杨白花》:"杨白花,风吹渡江水。坐令宫树无颜色,摇荡春光千万里。茫茫晓日下长秋,哀歌未断城鸦起。"写杨白花渡江之后,使得宫廷内的花草黯然失色,只有落日昏鸦渲染出哀伤的气氛。杜甫名作《丽人行》中有一句"杨花雪落覆白蘋",杨花覆蘋是用胡太后与杨白花之事影射丞相杨国忠与虢国夫人的暧昧关系。晚唐温庭筠有一首《江南曲》,其中有"早闻金沟远,底事归郎许。不学杨白花,朝朝泪如雨",描写年轻女子期盼爱情,应该及时婚嫁,归依情郎,而不愿像胡太后那般思念杨白花,天天泪如雨下。

# 隋唐五代

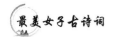

# 书屏风

## 【隋】大义公主

盛衰等朝暮，世道若浮萍。

荣华实难守，池台终自平。

富贵今何在？空事写丹青。

杯酒恒无乐，弦歌讵有声。

余本皇家子，飘流入虏庭。

一朝睹成败，怀抱忽纵横。

古来共如此，非我独申名。

唯有明君曲，偏伤远嫁情。

大义公主（563—593），北周赵王宇文招的女儿，周武帝的侄女。封千金公主，奉命和亲突厥，后谋攻隋，因隋挑拨离间，反被突厥可汗都蓝所杀。幼通诗书，能诗文。诗仅存一首。

大义公主是一位具有传奇经历的女性，其人其事包括本诗见《隋书·突厥传》和《北史·列传》。

大义公主是鲜卑族，北周武帝宇文邕的侄女，父亲是赵王宇文招，母亲是一位汉族女子。宇文招是著名诗人庾信的朋友，有诗存世，日本奈良正仓院藏相传圣武天皇书写的《杂集》里有《周赵王集》，可见他虽是鲜卑贵族，汉诗文造诣却很是了得。受家庭熏陶和汉族文化的影响，公主自幼爱好诗文、书画、艺术。当时封为千金公主，是皇族的贵女。但她十六岁时，周武帝去世，国政落入国舅杨坚之手。公主十八岁被命和亲，嫁给突厥可汗沙钵略，成为政治交易的牺牲品，好在沙钵略很宠爱这位娇弱美丽的公主妻子。公主下嫁第二年，即581年，杨坚篡夺皇位，建立隋朝，是为隋文帝。

隋文帝对北周的宗室诸王斩杀殆尽，公主的父亲赵王宇文招起兵反对杨坚，兵败后，被诛九族。噩耗传来，公主悲痛欲绝，"伤宗祀绝灭"，发誓要为父母报仇，沙钵略可汗大力支持。582年，突厥正式向隋朝宣战，四十万大军势如破竹，先后攻下延安、天水等六城，长安震动。隋文帝以离间计挑动突厥各部落，取得了极大成功，使得沙钵略腹背受敌，陷入困境。为了避免继续残杀，不到二十岁的公主决定先把国恨家仇放在一边，向杨坚去信，请求做大隋皇帝之女。隋文帝也不想在政权未稳之际再添麻烦，将公主认作了干女儿，赐姓杨，改封大义公主，意思当然是在家、国之间，要公主以国家大义为重。此后，两国来往不断，就此各自安宁了八九年。587年，沙钵略病死，其子即位。大义公主按照突厥的风俗，又嫁给沙钵略的儿子都蓝可汗。

开皇九年（589年），隋文帝灭掉南朝陈国后统一了全国，达到一生事功的顶峰。为了表示恩宠，估计也是要分享平陈统一的成就感（也有人认为含示警之意），故将陈后主宫中一面华贵的屏风赐给漠北的公主。这其中可能并无羞辱之意，那时文帝将后主的妹妹赐给贺若弼、杨素各一个，自己还留了两个，其一就是后来有名的宣华夫人。然而这面屏风却引起公主家国兴亡的无限感慨。公主北嫁前，北周、北齐、陈三国鼎立，都很强大，但十来年之间，三国或亡或换姓，一切都变了。这一年已经是公主到漠北的第十年，意外见到陈后主的屏风，工艺一定很精美，造型大约也很独特，但这都引不起公主的兴趣，她只是睹物伤怀，因为陈之兴亡，想到自己的身世，想到国仇家恨，心潮起伏，难以自已，写下了这首《书屏风》诗。

诗的前八句，她感怀一日有朝暮，世事有盛衰，繁华如同朝露般不能持久，寄寓人世的个人也如同浮萍般漂泊无定，难以掌控自己的命运。曾经的繁华，宫苑楼阁，池亭台榭，都会随着时间而经历沧海桑田般的变化。她的思绪回到自己眼前的生活，虽然能写诗文，能绘丹青，还能延续有杯酒弦歌的生活，因为她毕竟还是突厥可汗的可贺敦（可汗之妻），但这一切不能引起她的任何愉悦。"池台"指皇宫中的建筑，它是"荣华"的标志。"平"，毁坏。

诗人所说的富贵，是以往家族的富贵，不是眼前的一切。由是引起身世之感。**"余本皇家子"**，指自己是北周皇族的子孙。**"飘流入虏庭"**这一句不知道是不是她诗的原文，称北族为虏，是历代汉人的习惯。公主虽然族属鲜卑，但已汉化，不自觉仍以汉族的立场来称呼北族,在此也可看到她北行十多年,在心理和文化上并没有融入突厥文化。"飘流"是接续"浮萍"一句,感慨自己无从把握命运。

**"一朝睹成败,怀抱忽纵横"**是全诗的中心要义,眼前的成败是从屏风看到陈后主的繁盛与败亡,触动的是自己对家国的无限感伤,心绪久久难以平复。最后四句是自我宽慰,自古兴亡成败就是如此,不必感伤自己命运之不幸。只是听到当年王昭君的乐曲,为自己的北嫁突厥而感到遗憾。"明君",即昭君,晋时避司马昭讳而改。《昭君曲》是一种乐府歌曲,内容皆是王昭君远嫁匈奴的哀伤。其实这里并非只是表达远嫁异域的不幸,作为亡国的公主,她的不幸显得更加沉重,是双重的。

这首诗是公主看到屏风而作,但全篇没有一句写到屏风,而是抒发议论和不欲明言的怨情,从盛衰易变、荣华无常感慨自己的命运,文辞典丽雅训,刚健之中透有清绮之韵,深得魏晋古诗骨气端详的遗则,是隋代存世不多的女性诗歌中艺术极其娴熟的作品,可见她的才情与素养。

公主所存诗仅此一首,估计是因为传入隋廷作为她的罪证而存留史册的。"上闻恶之,礼赐益薄。公主复与西突厥泥利可汗联结,上恐其为变,将图之。会主与所从胡私通,因发其事,下诏废之。恐都蓝不从,遣奇章公牛弘将美妓四人以啖之。时沙钵略子曰染干,号突利可汗,居北方,遣使求婚。上令裴矩谓曰:'当杀大义公主方许婚。'突利以为然,复潜之。都蓝因发怒,遂杀公主于帐。"隋文帝见诗后,很不高兴,削减了赏赐。于是公主在突厥间联络声气,希望有所作为。隋文帝决定设计杀掉公主,利用各种色诱利引的手段,在突厥间挑拨离间,成功激怒了都蓝可汗。公主也因为此诗而招致杀身之祸,得年仅三十一岁。

# 如意娘

## 【唐】武则天

看朱成碧思纷纷，憔悴支离为忆君。

不信比来长下泪，开箱验取石榴裙。

武则天（624—705），名曌，并州文水（今山西文水东）人，中国历史上唯一的正统女皇帝。十四岁入宫为唐太宗才人，太宗卒后削发为尼。唐高宗时复召入宫作为昭仪，永徽六年（655年）立为皇后，参与朝政，与高宗并称"二圣"。高宗驾崩后，弘道元年（683年）临朝称制。载初元年（690年）废唐，改国号为周，自称圣神皇帝，史称"武周"。神龙元年（705年）还政于唐，中宗复位，卒谥大圣则天皇后。武则天是一位铁腕政治家，也是一位诗人和书法家。有《垂拱集》一百卷、《乐书要录》十卷、《字海》一百卷等，俱佚。

《如意娘》是武则天的代表作，她的许多诗作据传为侍臣代作，然而这一首似无可辩驳。

武则天十四岁入宫为才人，太宗李世民赐号武媚，然而十二年间并不得宠，此间她与太子李治暗生情愫。而后太宗崩，她与众嫔妃一起居感业寺为尼。太宗忌日，她与高宗李治在寺中再见，旧情复燃，因此在感业寺四年之后复召入宫，拜昭仪，后更封为宸妃，立为皇后。在感业寺的四年，可以说是武则天人生中最失意的四年，但祸兮福之所伏，她在感业寺的日子也充满了命运的转机。正是在感业寺，武则天写下了她最有名的诗歌《如意娘》，史载这首诗是写给唐高宗李治的。或许，正是这首诗，使得李治才忽然想到尚在削发为尼的旧情人武媚。如确是如此，那么这首诗便是她命运转折的桥梁。

此诗极尽相思愁苦之感，尺幅之中曲折有致，短短四句，传达出多层次多方位的复杂情绪。

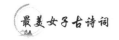

首句"**看朱成碧思纷纷**"赋比兴兼具,有多重含义。一是说自己因为整日相思过度,以致魂不守舍,泪眼迷离,恍惚中竟将红色看成绿色。"朱"与"绿"颜色差别何其大也,这样五色不辨体现了她因相思和孤寂导致的极度痛苦神伤。二是暗指美好春光的流逝,眼见花红褪尽,枝头只剩下绿叶,自身的青春也一天天逝去,然而等到花儿都谢了,却不见旧日情人出现,从前的欢愉只剩下记忆了。三是借喻自己只身独处,红颜薄命,寒冷碧绿触目伤怀,使她愁肠百结"思纷纷",相思之苦成了生活的全部。此句以"朱""碧"两种冷暖色调的强烈反差,折射了强烈的感情对照。"看朱成碧"被认为是武则天的创意,实际也有所本,来自梁王僧孺诗"谁知心眼乱,看朱忽成碧"(《夜愁示诸宾》)。

"**憔悴支离为忆君**",这一句直抒胸臆:原来身心憔悴,思虑万千,都是因为思念你!言语直接而不突兀,情绪流向单一,完全没有小女人的羞羞答答和欲说还休,展现了爽直开朗、刚健清新的大唐风度。前两句诗要言不烦,刻画了一个为相思所折磨致使眼花缭乱、瘦弱憔悴、心力交瘁的痴情女子形象,也深刻传达了她心中的凄切、愁苦和哀怨。

"**不信比来长下泪,开箱验取石榴裙。**"三、四句笔锋一转,打破前两句的和弦,以全新的节奏和韵律突出本诗的主题。你如果不相信我因对你无比思念而日日流泪,那就打开我的箱子看看我石榴裙上的斑斑泪痕吧,看看我都要哭成湘妃了!执着、不掩饰、不造作,言语间有着孩子般的直白和可爱,情人间的娇嗲和哀怨,祈使语气又透着一种让人无法拒绝的霸气,诗人性格中的决然和爽利跃然纸上,若非旧日有情,又如何能以这种口吻说话。这种孩子和情人的语气直逼对方的心坎,电光火石般让昨日重现,对于性格软弱多情的高宗李治,也许这样的哭诉就是温柔的命令。

末两句言有尽而意无穷,诗歌的感情也达到了高潮,丰富了诗歌的情绪构成。它诉说着"断肠"的相思,萦绕着旧日的深情,隐含着相思的无可奈何,并附带着深深的哀怨,使人仿佛亲见她哭诉,怎能铁石心肠还任之孤寂呢?由此可见,武则天心思细腻,也善于攻心。

这首诗写得情思缱绻,融合了南北朝乐府风格,将南朝诗风的婉转多情与北朝诗风的清刚健朗熔于一炉,明朗直白又曲折有致,绚丽又清新,武则天作为一代女皇的大气、爽快、霸气与作为女性的温婉多情、情思细密两面均得以体现。隋唐之前,北朝诗风刚健有余而温婉不足,南朝诗风靡弱有余而骨气不足,此时正是南北诗风合流时期,这首《如意娘》也正好表现了此时诗坛发展的一种潮流和趋势,从文学史的角度来看也很有时代意义。诗中的"看朱成碧",以及演化出的"看碧成朱",后来成了唐宋文人的常用成语,如李白《前有一樽酒行》诗中有"催弦拂柱与君饮,看朱成碧颜始红",辛弃疾《水龙吟》词中有"倚栏看碧成朱,等闲褪了香袍粉"。

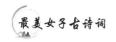
# 彩书怨

## 【唐】上官婉儿

叶下洞庭初,思君万里余。

露浓香被冷,月落锦屏虚。

欲奏江南曲,贪封蓟北书。

书中无别意,惟怅久离居。

上官婉儿(664—710),陕州陕县(今河南三门峡市)人。唐高宗西台侍郎上官仪的孙女,父亲上官廷芝,母亲郑氏。上官仪和上官廷芝被诛杀后,婉儿随母亲郑氏配入内廷为婢,因为聪慧善文,被武则天重用,掌管宫中制诰多年,有"巾帼宰相"之名。唐中宗时,封为昭容。曾建议扩大书馆,增设学士,在此期间主持风雅,代朝廷品评天下诗文,一时词臣多集其门。曾有集,已佚。《全唐诗》收其遗诗三十二首。

《彩书怨》这首五言律诗是模仿闺怨诗写的,因为上官婉儿从小就在宫廷中生活,后来又做了唐中宗的妃嫔。诗人以闺中思妇的口吻,抒写怀念离居已久的丈夫,情真意切。大多认为是写给章怀太子李贤的。

**首联**"叶下洞庭初,思君万里余",点明了时令、地点和主题。初秋时分,洞庭湖边已经落叶纷纷,你依然远在万里之外,叫我如何不去想念。"叶下洞庭初"化用屈原《九歌·湘夫人》"袅袅兮秋风,洞庭波兮木叶下",说明是在落叶纷纷的秋季,这位思妇身处江南洞庭湖畔。秋天本就带些伤感,在这样一个秋风袅袅、木叶飘飘的季节,她不禁伤怀,心有所感,心有所思,她所思所念的正是万里之外的郎君。一个"初"字用得巧妙,体现出女性特有的细腻与敏感。秋天刚到她就开始思念郎君,其实何止在秋天,一年三百六十五天都无时无刻不在思念。因为关注,因为期待,所以身边景物的细微变化都体察深切,一丝的变化都能触发思绪。

中间两联回到眼前实景,抒发怨思和惦念。颔联"**露浓香被冷,月落锦屏虚**",夜深了,露水浓重,身上的被子倍感寒冷;月落了,没有月光的照耀,房间里一片空虚。"锦屏",锦绣的屏风,这里指妇女居住的闺阁。这一联对仗极其工整,"露浓"对"月落",都是时间点,"浓"用作动词,从"露浓"到"月落"构成一个动态的时间段,从夜深到天亮,思妇一个人度过漫漫长夜,倍感寒冷。"香被"对"锦屏",都是名词,是女子闺阁之物,也间接反映出女子生活环境的富丽。"冷"对"虚",都是点题之词,"冷"既有身体之寒,又有冷清之感;"虚"是一种空,由寂寞而生的空虚之感。

颈联"**欲奏江南曲,贪封蓟北书**",我本想弹奏一首江南曲,但是心中始终惦记着你,就坐下来不停地写信给远在蓟北的你。这一联对仗也很工整,"欲"和"贪"都是心理动词,很恰切地表达了思妇的心理活动。尤其是一个"贪"字,急切的意思,承载着她无尽的思念之情。言下之意,给你写多少封书信都不够,我想让你知道我现在的一切,同时,我也很期待你在远方如我一样,时刻想念着我。"江南曲"和"蓟北书"相对,一南一北,一曲一书,既表达了距离之远,又衬托出思情之深、怨绪之烈。

尾联"**书中无别意,惟怅久离居**",道出了写信之意。我写给你的信,并没有其他的意思,只是感慨我们长久分离,心中不免伤感失落。"无别意"一语充满了关切,"久离居"表达了惆怅心情。我很想念你,但是你并不需要担心我,那种欲露还掩的心思颇让人为之动容。

这首诗对仗工整,深沉开阔,感情自然真挚,风格清丽含蓄,富有韵味,体现了诗人的情思和文才。

上官昭容

**上官婉儿像**

（选自《百美新咏图传》）

# 寄校书七兄

## 【唐】李　冶

无事乌程县，差池岁月余。

不知芸阁吏，寂寞竟何如。

远水浮仙棹，寒星伴使车。

因过大雷岸，莫忘几行书。

　　李冶(?—784)，名冶，字季兰，以字行，乌程(今浙江湖州)人。年五岁能诗。后为女道士。形气甚雄，被称之为"女中诗豪"。善弹琴，尤长于诗，得到许多名士称赞。其诗以五言见长，多为寄赠送别、感怀遣兴之作，感情真切，善用民歌手法，颇存汉魏古风。与薛涛、鱼玄机并称唐代三大女诗人。清代纪昀在《四库全书总目提要》中评："置之大历十才子中，不可复辩。"诗存约二十首。后人将其诗与薛涛诗合编为《薛涛李冶诗集》。

　　李冶与当时的文人名士交往频繁，与刘长卿、杜鸿渐、皎然、陆羽、朱放、阎伯均、萧叔子等人有诗和或交游。曾被招入宫中，留月余后优赐归山。德宗建中年间泾原兵乱时身陷长安，曾献诗于叛军朱泚(极可能是被逼)。兴元元年(784年)被德宗以"言多悖逆"的理由所杀。

　　《寄校书七兄》是一首五言律诗，以诗代柬，寄给一位出使在外的兄长，写得清雅别致，备受好评。

　　**首联"无事乌程县，差池岁月余"**，描绘出一幅诗人百无聊赖、岁晚迟暮的心境，为开启后文相思之意作铺垫。"差池"，参差，唐人用参差或差池，作几乎或差不多解。后人不知唐人使用词语习惯，误改为"蹉跎"。意思是说自己独自居住在家乡乌程，无所事事，岁月蹉跎，差不多也有一年时间了。给人的感觉是诗人只从眼前心境说起，淡到几乎漫不经意，既非兴比，又非引事，甚至未点题，只有"无事"加"蹉跎"，写出了百无聊赖的心境，兼带迟暮之感，是为"寂寞"铺垫。

唐代诗人作送别怀人的诗，大多在开头第一句说自己，第二句说对方；或者用首联说自己，颔联说对方。李冶这首诗的布局也是如此，与大多数唐律相同。她和她的七兄，一个在家乡，一个在他乡。首联说的是自己，颔联讲的就是对方的状况了。

**"不知芸阁吏，寂寞竟何如"**，你也是独自一人，但不知道寂寞不寂寞？这是从对方设想，借以表示问候。点出"寂寞"，但不道自己寂寞清苦，而为七兄的寂寞而担忧，这是何等体贴，何等多情！其实，自己的寂寞也是不言而喻的。所以这里的写法是推己及人，情味隽永。这一联与上一联承接自然，同时仍是漫不经意，节奏徐缓，继续渲染了寂寞无聊的气氛，以传相思深情。"芸阁"，政府藏书馆。古人藏书之处，多种芸草，书页中也往往夹着晒干的芸草，因为芸草能辟蠹鱼。"芸阁吏"就是在宫中藏书处工作的校书郎。

颈联一出，上述"寂寞"的担心似乎是多余的了。**"远水浮仙棹，寒星伴使车"**，前句暗用汉代博望侯张骞奉使乘槎探索河源的故事，后句暗用关于使者的典故。根据传说，天上有使星，地上皇帝派使者到什么地方去，天上使星就向那个方向移动。使车是使者乘坐的车辆。诗人想象七兄的行程，他所乘的船（仙棹），想必正飘浮在遥远的水程之中；他所驾的车（使车），四方移动，相信也有天上的星星相追随。汉代曾以"蓬莱"（神山，传说仙府秘籍多藏于此）譬"芸阁"，故谓七兄所乘舟为"仙棹"，这样写来，景中又含一层向往之情。"寒星"则兼有披星戴月、旅途苦辛等意，更让远方的人怜惜和思念。一水程一陆程，以"远水""寒星"来概述旅途，写景简淡而意象高远。诗的前四句是情语，难免会有空疏之感，此联则入景，恰好补足。其对仗天然工致，既能与前文协调，又能以格律约制，使全篇给人散而不散的感觉。这一联，唐高仲武曾赞："如'远水浮仙棹，寒星伴使车'，盖五言之佳境也。"

从乌程出发，沿江溯行，须经过雷池（今安徽望江县）。雷池也称大雷。刘宋文帝元嘉十六年秋，诗人鲍照受临川王征召，由建业赴江州途经此地，写下了著名的《登大雷岸与妹书》。鲍照的妹妹鲍令晖也是女诗人，兄妹有共同的文学爱好，所以他特将旅途所经所见山川风物精心描绘给她，兼有告慰远思之意。

"因过大雷岸，莫忘几行书"，此诗结尾几乎是信手拈来这个典故，从而使诗意大大丰富。简简单单的一个提示,希望七兄经过大雷口的时候,不要忘记也如当年鲍照一样给她来个信,便使读者从蹉跎岁余、远水仙棹、寒星使车的吟咏联想到鲍照的名篇:"渡沂无边,险径游历,栈石星饭,结荷水宿,旅客贫辛,波路壮阔,始以今日食时,仅及大雷。涂登千里,日逾十晨。严霜惨节,悲风断肌。去亲为客,如何如何!"从而,更能深切地体会到"不知芸阁吏,寂寞竟何如"的淡语中,原来包含深厚的骨肉关切之情。

诗人以鲍令晖自况,借大雷岸作书事,寄兄妹相思之情,用典既精切又自然。"莫忘寄书"的告语,道出己不忘情;盼寄书言"几行",意重而言轻。凡此种种,都使这个结尾既富于含蕴,又保持开篇就有的不刻意求深、"于有意无意得之"的风韵。

施蛰存对此诗非常赞赏:"李季兰这首诗之所以能获得极高的评价,因为它是一首完整无瑕的标准唐律。论文字,明白易解,雅俗共赏;论音韵,声调格律,毫无缺点;论结构,第一联说自己,第二联说七兄,第三联又说七兄,第四联归结到自己。凡是赠别怀人的诗,唐代诗人通用这种结构,而李季兰这一首可以作为合格的代表。"

李冶擅于灵巧地将广博的典故自然转换成清新贴切的词语和意象,从而使她的诗作显得优雅而无特意锤炼的痕迹。这首《寄校书七兄》自不经意写来,由己及彼,初似散缓,中幅以后,忽入佳境,有愁思之意,而无哀苦之词,至曲终奏雅,由彼及己,韵味无穷,"工炼造极,绝无追琢之迹",平缓而有沉酣之趣,堪称妙作。

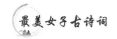

# 送阎伯均往江州

### 【唐】李 冶

相看指杨柳，别恨转依依。
万里西江水，孤舟何处归？
湓城潮不到，夏口信应稀。
唯有衡阳雁，年年来去飞。

　　李冶写了多首与阎伯均有关的诗，包括本诗在内，还有《登山望阎子不至》《送阎二十六赴剡县》《得阎伯均书》等，诗中有"别后无限情，逢君一时说"，"妾梦经吴苑，君行到剡溪"，"莫怪阑干垂玉箸，只缘惆怅对银钩"等句，证明二人关系极其密切。李冶还有一首《有敕追入内留别广陵故夫》，其故夫是否是阎伯均，现在不得而知。

　　阎伯均，名士和，常以字行，这是唐人的习惯。他是著名文士萧颖士的门人，著有《兰陵先生诔》《萧夫子论集》等。阎伯均在大历、贞元间很活跃，与许多文人都有交往，可惜存诗极少。我们未能见到阎伯均写给李冶的情诗，但是从阎伯均的诗友与其唱和的诗中，可以窥见诗友代他传达的对李冶的恋情，如包何的《同阎伯均宿道士观有述》，皎然的《和阎士和望池月答人》《古离别》等。

　　《送阎伯均往江州》是李冶诗歌中影响较大的一首，被选录最多，唐人选唐诗十种里有三种选了这首，俄藏敦煌文书存《瑶池新咏》残卷也有这首。因为选本多，诗题和正文也有不一样，有的诗集题作《送阎伯均》《送韩揆之江西》，但韩揆别无可考。

　　此诗是李冶送阎伯均往江州而作，江州是现在的江西九江。送别的地点没有交代，应是诗里写到的西江，长江在出峡后到江陵、武昌（即夏口）的一段称西江，所以可能是荆州一带。

　　**"相看指杨柳，别恨转依依"**，开头写别离的场景。古人多以折柳枝为别，

"柳"谐音"留",表示惜别之意。分别的时间就要到了,送别者和被送者两情缱绻,依依难舍,虽然恨别离,但还是不得不分开。宋代柳永《雨霖铃》"留恋处、兰舟催发"也用此意。

"**万里西江水,孤舟何处归**",这是延展思绪。两人就此惜别,举目远望,万里西江,浩浩渺渺,江中那一叶孤舟,归向何处,而你我今日相别,何时再见。诗人借用孤舟将分别的愁绪向前推进。

"**溢城潮不到,夏口信应稀**",情感层层推进。溢城在江西,是阎伯均将要去的地方;夏口在武昌,唐代襄阳、荆州、江夏一带是商业活动活跃的地方,彼时商妇离别常用潮水来回借喻彼此之联系。希望分别后彼此还能经常联络,同时也担心可能从此音讯全无,相思无路。分离时很痛苦,分别后则增添了满满的失落和哀伤。

"**唯有衡阳雁,年年来去飞**",结尾抒发感慨。"衡阳雁",衡阳市南有回雁峰,相传北雁南飞,至此歇翅停回,栖息于此,春天从此迁徙北方。鸿雁每年南北来去,准时守信,人就不一定有雁之守时有信了。一个"唯"字道出了诗人的寄意,将别后的情愫婉婉道出,也有叮嘱对方的意思,言虽尽但意无穷。

伤离别,是相知男女刻骨铭心的感受,李冶感情丰富,善于驾驭此类题材,寄赠离别等爱情诗作亦多。此诗写得素朴绵密,诗绪清晰,感情层层递进,展现了诗人娴熟的文学艺术水平。

# 从萧叔子听弹琴赋得三峡流泉歌

## 【唐】李 冶

妾家本住巫山云,巫山流泉常自闻。

玉琴弹出转寥夐,直是当时梦里听。

三峡迢迢几千里,一时流入幽闺里。

巨石崩崖指下生,飞泉走浪弦中起。

初疑愤怒含雷风,又似呜咽流不通。

回湍曲濑势将尽,时复滴沥平沙中。

忆昔阮公为此曲,能令仲容听不足。

一弹既罢复一弹,愿作流泉镇相续。

　　李冶的诗歌艺术成就十分突出。现存的近二十首诗几乎皆为杰出作品。她擅长五言诗,包括古近二体,也写有一些出色的七言绝句和歌行。这首《从萧叔子听弹琴赋得三峡流泉歌》就是其现存诗中唯一的歌行体诗。《三峡流泉歌》是一首琴曲,传为晋阮咸所作。

　　明代谢榛在《四溟诗话》说:"凡起句当如曝竹,骤响易彻。"李冶此诗起句即是如此,如曝骤响。首句"**妾家本住巫山云**",李冶以巫山神女自比,这是何等惊世骇俗,何等英勇豪气!因为巫山神女在梦中遇合楚王的故事及与之相关联的"云雨"意象,在中国文学中久已成为情欲的象征。宋玉《高唐赋序》:"昔者先王尝游高唐,怠而昼寝。梦见一妇人曰:'妾巫山之女也,为高唐之客。闻君游高唐,愿荐枕席。'王因幸之。去而辞曰:'妾在巫山之阳,高丘之阻,旦为朝云,暮为行雨,朝朝暮暮,阳台之下。'"

　　李冶诗中的"巫山云"和"当时梦"皆指向这一故事和象征,明显地自比巫山神女。她在另一首题为《感兴》的诗中曾以云雨意象自比:"朝云暮雨镇相随,去雁来人有返期。"李冶重复而自觉地在诗中扮演古代色情女神的角色,表明自己风流倜傥的性格,同时也作为自己追求爱情和自由的自强力量。这与当时的时代背景也有关联,在六朝以降的男性爱情诗中,女性的形象常常被对象化和情色化,被描绘成绝美、脆弱、无助以及在情感上依求于男性赐予的形象,成为被欲求的客体。李冶则将被欲求的客体转换成欲求的主体。虽然她在诗中也表达了孤独、忧愁、渴望等情感,但这些情感不再是无助的哭泣,而是对于爱情和欲望的独立的、主动的、自强的追求。

诗中主要是用三峡飞泉急流之声来形容优美的琴声,让人如痴如醉,从而抒发自己的感情。琴声起,即引起了诗人的思乡之情。李冶的家乡没有确切考证结果,从她的诗作中看出她的主要活动场所在吴中。所以这里到底是因为自比巫山女神,假意自己是峡中人,还是自小在峡中长大,我们现在也不得而知。

优美的玉琴曲音,清远悠悠,让诗人倏然联想到迢迢几千里的流泉之声。在诗人的艺术世界里,她就是那个绝美的巫山之女,"**三峡迢迢几千里,一时流入幽闺里**",音符跳跃,乐声顺畅。那三峡的潺潺水流之音,曾经陪伴诗人度过了无数的幽闺之夜。思绪由此如滔滔长江水,一发不可收拾。

"**巨石崩崖指下生,飞泉走浪弦中起**",指弦中的琴声忽而起伏激越,犹如冲沙走石,像挟裹风雷一般。"**初疑愤怒含雷风,又似呜咽流不通**",琴声忽而又迂回低鸣,如幽咽泉流,平缓哽咽,艰涩难通。"**回湍曲濑势将尽,时复滴沥平沙中**",最终琴声如回旋急流,渐细渐小,止息于平沙之上,让人感觉余音绕梁,意犹未尽。弹奏者专心致志,听琴者沉浸其中,让读者如同身临其境。诗人化听觉为视觉,以琴声状江流,美妙的乐声化作宏丽的丹青,可谓想象飘远,联觉神韵。

"**忆昔阮公为此曲,能令仲容听不足**",诗歌结尾慢慢回到现实,灵巧自然使用典故,《三峡流泉歌》的曲作者是阮咸,字仲容,《晋书》列传称之"妙解音律,善弹琵琶。虽处世不交人事惟共亲知弦歌酣宴而已"。诗人引典也表明了自己的志趣所指。"**一弹既罢复一弹,愿作流泉镇相续**",音乐艺术的世界让人尽情陶醉,恍若出世,足以移情,忘记尘世间的纷扰与困惑。诗人愿意永远痴醉于这美妙的乐声之中,听罢一曲,复听一曲,让音乐如流泉一样,与自己常相随。诗的结尾从琴音世界回到现实生活,这与开篇呼应,正是"首尾照应有情"。

全诗从巫山神女之遐想开篇,"形气既雄,诗意亦荡",之后状曲声如画,流转自如,笔笔相连,将音乐之想象与个人之思情融为一体,词格疏朗老练,"似幽而实壮,颇无脂粉习气"。明代钟惺评曰:"清适转便,亦不必委屈艰深。观其情生气动,想见流美之度。"

　　需要说明的是,李冶虽自比巫山神女,但她并不是一个妓女,而是一位不同寻常的特立独行的才女。她的这首《从萧叔子听弹琴赋得三峡流泉歌》就体现出不同于一般女性诗人的豪气,是唐诗中的名篇,被赞为"大历正音"。

# 相思怨

### 【唐】李 冶

人道海水深，不抵相思半。

海水尚有涯，相思渺无畔。

携琴上高楼，楼虚月华满。

弹著相思曲，弦肠一时断。

    李冶是中唐诗坛一位多才多艺的有情才女，她写下了许多感情真挚的爱情诗，她的爱情诗既有女性的婉丽情肠，又包含出世者的大明睿智。

    李冶又是一名女冠。唐代道教大兴，"凡道士给田三十亩，女冠二十亩"，入道不失为一种谋生良方，也是一种改换社会境遇的方法。唐代女冠还享有种种自由，其中包括与男性的自由交往。李冶容貌秀美，才华横溢，在行为上也算是离经叛道，超凡脱俗。

    这首《相思怨》五言古诗是李冶最激情洋溢的诗作之一，它是描写男女之间相思之情的绝唱，至情至感。她幽思怀念的情人到底是谁，不得而知，可能并非单指一人。我们不妨从她的诗篇中寻找与其有密切来往或相恋的男子。

    《送阎伯均往江州》中有："相看指杨柳，别恨转依依。万里西江水，孤舟何处归？"《送阎二十六赴剡溪》中有："离情遍芳草，无处不萋萋。……归来重相访，莫学阮郎迷！"《得阎伯均书》中有："莫怪阑干垂玉箸，只缘惆怅对银钩。"从很多诗篇中可以看出阎伯均是李冶的情人，可谓一往情深，但两人聚少离多。

    《湖上卧病喜陆鸿渐至》中有："相逢仍卧病，欲语泪先垂。强劝陶家酒，还吟谢客诗。"茶学家陆羽相貌丑陋，长年居住在佛寺，精于茶道，鄙夷富贵，属隐士者。李冶与之都热爱自由，属志同道合，应是惺惺相惜的知己好友，但一僧一道，也只能是友而已。

    《寄朱放》中有："相思无晓夕，相望经年月。……别后无限情，相逢一时说。"

朱放工诗,风度清越,与李冶关系非同一般,但是由于两人社会地位不同,这是一段注定没有结果的感情。

李冶与诗人刘长卿、释皎然等也多有交往,但多属于文人诗酒风流唱和,有言语上的调谑,关系应未到深入密切的程度。

由此可见,这首《相思怨》倾注了诗人的相思之苦,也是诗人感情上的宿命。为了自由而出家为女冠,同时也注定了一辈子孤独无依,不可能有长相厮守之人,在感情上只能饱受无尽相思的凄凉。

前四句中的海水是一个古老的譬喻,但诗人关于海水不及相思之情深意广的宣称扩展了这一譬喻。首先以海水之深尚不足相思一半,来比喻相思的铭心刻骨。古人写相思,多以杨柳、月夜、春风、夜雨、鸿雁等植物、自然、动物来作比拟或起兴。诗人以海水开篇,可谓空前绝后,充分体现出她的豪迈诗风,不同凡响。接着重申前意,从深度变换到广度,这是虚写、泛写,海水再深再大还有边涯,而彼此的情爱相思却渺茫无际。诗人以深水喻相思,可谓形象具体,而又不及其一半,反衬出相思之无穷无尽。这与李白的"桃花潭水深千尺,不及汪伦送我情"用意相同,用法相近,都是用物比情。

如此相思,何以排遣?后四句写携琴高楼独弹,在清冷的月光下,孤独与寂寞倍增,在《相思曲》的凄凉旋律中,情肠与琴弦一起断绝,如此曲声,怎不令人哀伤悱恻,让人情何以堪。空楼昭示人的孤独,月光是离别相思的传统意象。高楼、月光、音乐及情绪的交织营建出含义丰富的张力,而弦断和断肠的巧妙双关又进一步增强了感人的力量。诗歌到此戛然而止,留下极大的想象空间。相比《古诗十九首·西北有高楼》中的那位歌者还有一名默默的知音在欣赏,诗人则是被彻底的孤独所围绕,如同一名要被海水淹没的思妇,其内心痛苦无以言表。

整首诗凄楚低沉,言语直白,没有复杂的场景,没有雕饰的语言,只是由心而发,一气呵成,清空如话,感人至深。所用比喻手法,深得乐府民歌的神韵。全诗最大的特点是感情强烈,首尾重复使用"相思"更是加重了这种情感,这也或许是源于她内心深处对于爱情的渴望和追求。

# 八　至

**【唐】李　冶**

至近至远东西，至深至浅清溪。

至高至明日月，至亲至疏夫妻。

《八至》是李冶的一首六言诗。因为此诗首字"至"字在诗中反复出现八次，故题名《八至》。古人有四至的说法，指一个国家或州县领土，从东西南北四边达到最远的地方。这首诗的八至，与此无关。

本诗是一首极简单，又极深刻且富有哲理的诗，在唐代流传很广，敦煌也有写本。法藏敦煌文书题注："此一篇天下□子不能过。""子"字前面缺一个字，可能是男子，也可能是才子，意思都是感叹这么好的一首诗，出自一位妇人之手，男子又何能过此。

全诗四句，讲了四层意思，说的都是浅显而至真的道理，具有深刻的辩证法哲学意味。

首句是从方向来说距离。**"至近至远东西"**，一个人如果面对南方，左手指出的方向是东，右手指出的方向是西，都可以无限延长（古人还没有地球是圆的认识），因此东和西永远也不会会合，所以东西向是最远的距离。同时，东西的起点都在我脚下，起点是共同的，因此也是最近的。所以"东西"说近就近，可以间隔为零，"至近"之谓也；东西方向相反，甚至无穷远，谓之"至远"。

第二句是用清溪比喻程度。**"至深至浅清溪"**，清溪是山间的溪涧，不似江河湖海，清澈到底，一眼能看到水底，"浅"是其所以为溪的特征之一。然而清溪从山间奔流而出，肉眼虽可见清澄见底，但实际有多深却令人莫测，特别是水流缓慢近乎清镜般的溪流，可以倒映云鸟、涵泳星月，形成上下天光，就如"江清月近人"那样，其实深不可测，因此也可以说是很"深"的。诗人也借此寓指人心有深有浅，有的在表面，有的却是深藏，要真正了解人心是很不容易的。

　　第三句以日月形容高洁。"**至高至明日月**",日和月高高在上,光明普照大地,"高"取决于天体与地球的相对距离,"明"指天体发光的强度,最高远、最明亮的就是太阳和月亮,并且日月同光、日月并举。这一句与其他句不一样,其他句都是用相反对立的立场来议论,但是这句没有对立面。如果要使用对立,诗人完全可以用"至暗至明"之类的字词,但是没有,可见诗人是以情绪入诗,使用了"对立、对立、统一、对立"的顺序,情绪稍微缓转,恰是松弛心力,最后集中意旨,引出结尾。

　　末句"**至亲至疏夫妻**"是全诗的结论。诗人把古往今来、东西南北所有夫妻关系的实质,作了一个最彻底、辩证、明确的概括。世间各种人事关系中,还有什么能比夫妻关系更亲密的呢? 整日耳鬓厮磨,肌肤相亲,无话不说,忧乐共享,神仙伴侣、伉俪情深者有之。然而即便结发为夫妻,又谁能保证各自没有各自的想法呢? 貌合神离、同床异梦者有之,在一起是一个人,分开则形同陌路,轻则勃溪于广室,怒或对簿于公堂,化玉帛为干戈,老死不相往来,甚者因分手而仇杀。至亲最终变成了最恨,人世间演出过多少这样的悲剧。李冶的这六个字,真是把一切都说尽了。

　　全诗语言淡致,平中见绝,前三句层云叠嶂,是为了突出最后一句峰峦。简单的道理,就是人生的哲理,想必经历过世间沧桑方能凝练出来。明代钟惺评曰:"字字至理,第四句尤是至情。"清代黄周星评曰:"六字出自男子之口,则为薄幸无情;出自妇人之口,则为防微虑患。大抵从老成历练中来,可为惕然戒惧。"黄周星从男女性别不同的角度作评价,既属难得,又深化了这首诗的意义。

# 谒巫山庙

**【唐】薛　涛**

乱猿啼处访高唐,路入烟霞草木香。

山色未能忘宋玉,水声犹是哭襄王。

朝朝夜夜阳台下,为雨为云楚国亡。

惆怅庙前多少柳,春来空斗画眉长。

　　薛涛(约768—832),字洪度,长安(今陕西西安)人。因父亲薛郧被贬谪,幼年随父从长安入蜀。通音律,善辩慧,工诗赋,多才艺。得剑南西川节度使韦皋召见后入乐籍,成为歌伎,后参与案牍工作,时称"女校书"。脱乐籍后,终身未嫁。好着女冠服,居浣花溪上。以深红小笺赋诗,人称"薛涛笺"。与李冶、鱼玄机并称唐代三大女诗人。《全唐诗》录存其诗一卷。后人录其与李冶诗为《薛涛李冶诗集》二卷。

　　唐贞元元年(785年),韦皋任剑南西川节度使,总镇川蜀。韦皋是个文人,书法很好,也懂诗,他早闻薛涛大名,很想召入府,第一次见面,想试探一下薛涛的诗文水平,就让她当面赋诗,题目不限。薛涛略微思索,就写出了这首《谒巫山庙》。

　　这是一首七律诗,诗歌选题可谓别有用心。"谒",拜谒、拜见。"巫山庙",在神女峰,传说楚襄王游高唐,梦遇巫山神女,幸之而去。宋玉《高唐赋》:"昔者楚襄王与宋玉游于云梦之台,望高唐之观。"即指此庙。有人说诗人这是借古讽今,也有人说这是薛涛的试探之作,想试探韦皋对她的心思。无论怎样,初次见面,薛涛此诗是为了展示自己的才华,给韦皋留下深刻印象。

　　**首联"乱猿啼处访高唐,路入烟霞草木香"**是描写近景,在一片猿啼声中去踏访高唐神庙,再往前走,渐渐地便看到烟霞缥缈,地上的奇花异草散发着迷人的幽香。这一联描写细致如画,读来仿佛身临其境般逼真。有不住的猿声,有缥缈的烟雾,有醉人的芳香,从声、色、味三个方面来勾画一幅立体画面。一动一静,先是"乱猿啼",有些凄厉神秘,后是"草木香",原来佳境迷人。

颔联**"山色未能忘宋玉,水声犹是哭襄王"**是描写远景,看到这神仙境界的山色,真的就像宋玉在《高唐赋》中所描绘的那般美丽,远方潺潺的流水声也好似在为楚襄王低声哭诉。山色与水声对仗工整,一静一动,好似一幅山水画。这一联是远望引发联想,宋玉与楚襄王都是楚国人,此处引用二人的典故,更增加了高唐观的历史韵味,同时也吸引着人们继续探寻追索。

颈联**"朝朝夜夜阳台下,为雨为云楚国亡"**是以典寓意,楚襄王听宋玉讲了楚怀王夜梦神女之事,亦心向往之,却被神女拒绝。在历史上,楚国最后在楚襄王统治时期逐渐走向败亡。《高唐赋》中描写神女在离开楚怀王的时候告辞说:"妾在巫山之阳,高丘之阻,旦为朝云,暮为行雨。朝朝暮暮,阳台之下。"诗人在这里化用这些史实与典故,有借古讽今、暗含规劝之意。同时还有另一层寓意,暗示君臣遇合之难。神女居于巫山之阳,中间有高丘阻隔,所以要想遇见知遇者,可谓难上加难,就好比自己空有文学诗才,而未遇到赏识者,同样的何其不幸。

尾联**"惆怅庙前多少柳,春来空斗画眉长"**是抒发感叹,巫山庙前种了如此多的柳树,长长的柳枝在空中翻飞舞动,柳叶好像要与女子的眉毛争个短长,可惜已无人欣赏,唯有独自惆怅寂寞。"画眉",眉毛。古人常用柳叶比喻女子的眉毛。诗人借柳喻己,因为社会制度所限制,自己一个女子,虽然有满腹才华,但无人欣赏,无处可用,只能为自己的不幸身世遭遇而慨叹。诗人如此隐晦表达也许是对韦皋的一种试探,韦皋对这首诗也非常赞赏,后来让薛涛参与案牍工作,仍感觉大材小用,意欲授予"女校书"一职(因格于旧例未能实现),这也说明了诗人聪明与文采并举。

这首诗用语对仗工整,景物描写如入画境,引用典故含蕴无穷,是一首有见地的绝妙佳作。

# 送友人

**【唐】薛　涛**

水国兼葭夜有霜，月寒山色共苍苍。
谁言千里自今夕，离梦杳如关塞长。

中唐诗人薛涛作为一个才女乐伎，又参与过幕府事务，与当时的文人也多有交往，如白居易、牛僧孺、令狐楚、裴度等与她时有唱和。据说薛涛曾与诗人元稹有过一段情感经历。唐元和四年（809年）三月，当时正如日中天的元稹以监察御史的身份奉命出使地方。他久闻薛涛芳名，到蜀地后，两人约在梓州相见。与元稹一见面，薛涛就被元稹的才貌所吸引。两人在蜀地共度了短暂的美好时光，不过最终没有结果。元稹后来曾寄诗给薛涛，表达思念之情，但最终还是中断了这份感情。《送友人》这首诗被认为是元稹离开成都时薛涛所作。

古往今来，"天下无不散的筵席"，歌咏离别或伤感离别的诗词咏唱数不胜数，送别诗也是诗歌中的一种常见题材，但具体到不同的人和事，每一首离别诗又都别具一番情意。离别在即，多有感伤，送别之时，往往还有托寄，如"海内存知己，天涯若比邻"；有不舍，如"劝君更尽一杯酒，西出阳关无故人"；有祝福，如"莫愁前路无知己，天下谁人不识君"。

相比男性之间的送别，女性送男性往往感情哀婉，含蓄中忧伤，不舍又无奈。同是送友，薛涛的这首《送友人》感情就很浓烈。因为她要送的元稹，既是文友，更是情人，是她全部感情的寄托。这一送，刻骨铭心。

前两句主要是写景，送别的凄景。"水国"即水乡，指成都，点明了送别的地点。"兼葭"是一种芦苇，因《诗经·秦风·兼葭》而为人们所熟知，并印上了爱情的色彩，"兼葭苍苍，白露为霜。所谓伊人，在水一方"，"古之写相思，未有过之《兼葭》者"。这里的兼葭是起到起兴的作用，既是眼前实景，也是诗人感情的依附，表达了一种友人远去、思而不见的怀恋情绪。"夜有霜"既点明了时令在深秋，又道出了具体时间在夜晚。在这样一个深秋的晚上，芦苇上挂满了秋霜，诗人要送别自己的好友。寒月升起，照着远方的青山，山月共同浸濡在一片苍茫之中。诗人眼前所见，夜、霜、月、寒、山色"共苍苍"，一片萧瑟，令人触目神伤、凛然生寒。这两句诗主要写景，但景中含情，定下了离别的基调，引用修辞寓意深厚，处处隐含着不舍之情。

后两句主要是抒情，惜别的深情。**"谁言千里自今夕"**，用一种反诘的语调，似是一种不平，更是一种安慰。一别千里，音容杳然，今夕开始，似乎悲剧就要上演。诗人希望他们的友情不要因距离的遥远而疏淡，即使相隔千里，依然可以**"隔千里兮共明月"**，希望"海内存知己，天涯若比邻""千里佳期一夕休"。诗人既在慰勉自己，也不禁问自己，自此天各一方，远隔千里，你不在我还有心观赏明月吗？流露出对友人情意的执着。

末句**"离梦杳如关塞长"**则是一大转折，透出无尽的苦楚，余味悠长。江淹《别赋》中"知离梦之踯躅，意别魂之飞扬"写出了别后离梦迟迟不到，自己的魂魄早已随友人飞向了远方。"离梦"，离人的梦。"杳"，无影无声。"如"不但表示一种状态，而且兼有语助词"兮"字的功用，读来有唱叹之感，配合曲折的诗情，其味尤长。远在他乡的友人相见已是太难了，唯有通过梦境来缓解相思之苦。更何况"离梦杳如"，连梦新近也不做了，这让人情何以堪！

这首诗运用修辞手法，以景开篇，以情点题，景中含情，情中有景，诗意层层推进，处处曲折，愈转愈深，可谓兼有委曲、含蓄的特点。诗人用语既能翻新又不着痕迹，娓娓道来，不事藻绘，便显得"清"。又"短语长事"，得吞吐之法，又显得"空"。清空与质实相对立，却与充实无矛盾。此诗尺幅虽短，但情味隽永，蕴藉无限，向来是一首为人传诵的送别佳作。

薛涛

**薛涛像**

（选自《百美新咏图传》）

# 罚赴边上韦相公二首

### 【唐】薛 涛

一

萤在荒芜月在天,萤飞岂到月轮边。

重光万里应相照,目断云霄信不传。

二

按辔岭头寒复寒,微风细雨彻心肝。

但得放儿归舍去,山水屏风永不看。

　　薛涛的这两首诗作于唐贞元年间,彼时诗人是蜀中的一名官妓,因才情美貌名动蜀中,被当时任剑南西川节度使的韦皋所赏识,就让她参与做一些案牍(即公文)处理的工作。后来因事得罪了韦皋,被罚逐出成都,贬往偏远的松州。薛涛在赶赴松州的途中写下了十首著名的离别诗,分别为《犬离主》《笔离手》《马离厩》《鹦鹉离笼》《燕离巢》《珠离掌》《鱼离池》《鹰离鞲》《竹离亭》和《镜离台》,总称《十离诗》,差人送给韦皋。

　　松州,即现在的四川松潘县,直到现在自然条件依然恶劣,在古代更是一个人迹罕至的荒芜地方。薛涛在松州的时候孤苦伶仃,十分怀念之前的生活和幕府中的诗友,而现在眼前尽是凄凉,无以寄托,于是感伤作诗,如《罚赴边有怀上韦令公二首》以及这组《罚赴边上韦相公二首》,一则借诗抒发相思之情,二则表明心迹,期盼韦皋早点赦还自己回成都。

　　**"萤在荒芜月在天,萤飞岂到月轮边"**,首先描写月亮和萤火虫,一个在天上,一个在地下,一大一小,一明一暗,对比鲜明,画面感极强。此处的萤火虫和月亮又有着更深层的寓意,身处寒苦之地的薛涛,就如同那荒芜之上的萤火虫一样渺小,而韦大人您就像那高空的圆月一般明亮,照耀着大地,也照耀着渺小的我。

这里虽不免有阿谀奉承之嫌，但同时也是对身不由己的人生的无奈。弱小的萤火虫怎么可能飞到"月轮边"呢？她深刻认识到现实的残酷，被罚出成都，贬至松州，如果没有召令，就只能在这里永久待下去。为了结束这惩罚的日子，别无他法，唯有示弱，寻求依附。

"重光万里应相照，目断云霄信不传"，即使相隔万里，我依然能感受到韦相公的光辉盛德，我望眼欲穿，盼着云儿带来好消息，盼啊盼，却始终没有盼到您的回信，怎不让人忧思焦虑呢。"重光万里"是透过云层照射到大地的月光，也可以是韦相公的赦还命令。这里包含着诗人强烈的返回成都的渴望，也有着稍许的隐隐幽怨和乞求催促之意，您看重光万里也应该照过来了，我待在这里如此苦凄，怎么您还迟迟不肯下令召还我回去呢？

"按辔岭头寒复寒，微风细雨彻心肝"，是对苦寒边地生活的生动描绘。按住马鞍，翻山越岭，阵阵寒意扑面而来，即使是一点点微风细雨，也让人觉得是透彻心肝的寒冷。"寒复寒"，说明寒之又寒，冷之又冷，极其寒冷。薛涛自小生活在天府蜀州，环境优美，哪受得边地这般的苦寒。然而这里诗人更多的是心冷，是为自己一时糊涂而被贬至此感到懊悔，孤单一人，希望渺渺，此时多么需要有人来给予身心两方面的慰藉啊！

"但得放儿归舍去，山水屏风永不看"，是表明自己的心迹。我已经认识到自己错了，只希望您能尽早放我回去。回去后我决心收敛自己，不再"性亦狂逸"、恃宠而骄。"但得"，只要之意。"山水屏风"是个典故：唐玄宗初立，开元时，宰相宋璟为书《尚书·无逸》篇，立为屏风，玄宗朝夕相对，颇自振作。及璟罢相，改立山水屏风，玄宗志渐骄奢。用在此处是诗人对自己对得罪韦相公的反思，今后绝不再犯的意思。

据说韦相公在看到这两首情意绵绵又楚楚可怜的诗作后，旋即下令召回了薛涛。薛涛被放还后即脱了乐籍，隐退浣花溪。薛涛被罚发配松州，可算是她人生的一个转折，在此之前她是韦皋身边的红人。在荒凉的边陲之地，体会了这里生活的艰辛，看到了戍边战士的疾苦，于是将这些感触诉诸笔端，留下了很多首动人的诗作。

# 金缕衣

## 【唐】杜秋娘

劝君莫惜金缕衣，劝君惜取少年时。

花开堪折直须折，莫待无花空折枝。

杜秋娘，约生于唐大历年间，名仲阳，金陵（今江苏南京）人。十五岁为镇海节度使李锜妾。后来李锜造反失败，杜秋娘被纳入宫中。唐穆宗（李恒）即位后，任命杜秋娘为皇子李凑（后封漳王）的傅姆。唐文宗（李昂）太和三年（829年），漳王李凑被黜，杜秋娘赐归故乡。

著名诗人杜牧曾经在经过金陵时看到杜秋娘，"感其穷且老"，并为之作了一首《杜秋娘诗》。诗中有一句："秋持玉斝醉，与唱金缕衣。"意思是杜秋娘手捧玉杯，为他歌唱《金缕衣》。据说元和时镇海节度使李锜酷爱此词，常命侍妾杜秋娘在酒宴上演唱。原诗可能并非杜秋娘所作，因《唐诗三百首》等选本将其归于杜氏名下，相沿已久，并有盛名，故仍其旧。

《金缕衣》是中唐时一首流行的七言乐府诗，富有哲理。

前两句用赋，句式相同，都以"劝君"开始，一个"莫惜"，一个"须惜"，一弃一扬，一舍一取，一否定一肯定，形成重复中的变化。两句单刀直入，诗意贯通，强烈对比中衬出"少年时"是比"金缕衣"更加珍贵的东西。所以劝君要惜取少年时，珍惜青春年华，及时进取。正所谓"一寸光阴一寸金，寸金难买寸光阴"，贵如黄金也有再得的时候，"千金散尽还复来"；然而青春对任何人都只有一次，一旦逝去是永不复返的。两次"劝君"，用对白语气，致意殷勤，谆谆说法，娓娓动人，构成诗中第一次反复和咏叹。

后两句**"花开堪折直须折，莫待无花空折枝"**用喻述理。用"花"来比喻人生的青春时光，包括生命中所有美好珍贵的事物。青春年华如同鲜花盛开一样，该采摘时就要及时摘取，莫要等到枝上无花时再去摘取，那可就要落空了。"堪折"

"须折""空折"的使用,层层跌宕,节奏短促,语调节奏由徐缓变得峻急,构成第二次反复和咏叹。鲜花盛开在眼前,急需我们伸手去采摘。时光匆匆而逝,容不得半刻耽搁。"莫"是否定的意思,否定是为了强调前面的"直须折"。"直须折"说得理直气壮,告诫世人,特别是少年郎,人生花朝,朝气蓬勃,不宜荒废,应有所追求。而"空折枝"蕴含惋惜之情,虽没有悔、恨等字眼,却耐人寻味。

全诗韵律感强,郎朗上口,含义单纯,寄情殷切,主题就是"珍惜时光"。劝君要珍惜少年的大好时光,时不我待,要抓住机会及时建树,莫要"少壮不努力,老大徒伤悲"。此诗还有一个特点是在修辞上新颖别致,一般诗歌是先景后情、先比后赋,但本诗一反常例,它赋中有兴,先赋后比,先情语后景语。"劝君莫惜金缕衣"是赋,以物起情,又有兴的作用。诗的下联用比喻,想象出"无花空折枝"的意景,富有艺术感染力,蕴意深刻,发人深省。

# 寄李亿员外

## 【唐】鱼玄机

羞日遮罗袖，愁春懒起妆。

易求无价宝，难得有心郎。

枕上潜垂泪，花间暗断肠。

自能窥宋玉，何必恨王昌。

鱼玄机（？—868），字幼微、蕙兰，长安（今陕西西安）人。懿宗咸通中为补阙李亿纳为妾，后为李妻"妒不能容"，于长安咸宜观出家为女道士。曾历游各地。咸通九年（868年），因为私刑打死婢女绿翘之罪，被京兆尹温璋处死。聪慧，好读书，有才思。与诗人温庭筠、李郢等交好，唱和甚多。其诗作对仗工稳，韵调情致，擅写男女之情，细腻真切，热情坦率。与薛涛、李冶并称唐代三大女诗人。有《唐女郎鱼玄机诗》一卷。《全唐诗》收其诗一卷，共五十首。

这首诗是鱼玄机的传世名篇，题目一作《赠邻女》。通常理解，"赠邻女"是说别人的事，"寄李亿员外"则是说自己，诗的内容表达了对李亿负心的怨恨，经分析比较，倾向于这首诗是说自己的心声。

李亿，字子安，在鱼玄机的诗里记载很多，但其他史籍资料上记载很少。唐代孙光宪《北梦琐言》中关于鱼玄机的记载中有："咸通中，为李亿补阙侍宠。夫人妒，不能容，亿遣隶咸宜观披戴。有怨李诗云：'易求无价宝，难得有心郎。'"补阙是八品言官，员外则至少是五品。如果确是如此，说明鱼玄机跟随李亿的时间不短。

尽管鱼玄机名传千古，但因她不是官宦显要，其生平事迹不见正史，一些传记资料散见于其他书籍资料中。这是由唐代的社会制度造成的，唐代法律规定"士庶不婚"。一个女子为人妻或为人妾，不是婚姻早晚的差别，而是身份、地位决定的。鱼玄机出身寒微，不是士族家庭，所以无论她如何美丽，如何有才，即使两情相悦,与文化更高的士人在一起,也只能取得妾的身份。

鱼玄机写给李亿的诗,多数是诉说分别之后的思恋和忆情。这首诗也是如此。全诗两句一组,形象与心意间出,达到了形神兼备。

"**羞日遮罗袖,愁春懒起妆。**"美丽的女子,白天总是用衣袖遮住脸,春日里更添惆怅,懒得起床装扮。"愁春懒起妆"借用温庭钧《菩萨蛮》"懒起画蛾眉,弄妆梳洗迟"的意思,女子心情失落、情绪不好、百无聊赖的样子大概就是这样子。温庭钧是晚唐负有盛名的诗人和词人,擅长写作妇女生活和男女情爱,后世赞其"花间鼻祖"。鱼玄机"与温庭筠交游,有相寄篇什",两人年龄相差二三十岁,是很好的朋友,彼此诗词唱和颇多。温庭钧委婉虚写,鱼玄机这句则是直写心情不好,春日阳光灿烂但心里愁绪不定,因此一袖遮面,懒得起床梳妆。

"**易求无价宝,难得有心郎。**"无价的珍宝容易求得,女子想要获得一个志诚的有情郎君,却是太难了。这两句直抒胸臆,感慨跃然纸面,所谓千金易得,真爱难求,鱼玄机用自己的经历作了高度概括,阐述了女子对爱情的重视和追求,诉说了爱情追求的艰难与痛苦。这也是本诗的点睛之笔,对仗工稳,意义深厚,堪称千古传诵的名句。

"**枕上潜垂泪,花间暗断肠。**"无论是孤衾独宿时,还是繁花丛中,都会潸然泪下,思念感伤。这两句把失意伤心的情感描述得非常真切,垂泪天明,肝肠寸断。因为没有鱼玄机本人的更多资料文献,无法得知她的情史细节,此诗写于何时也不得其详。她写给李亿的其他几首诗中称其"子安",关系更近,此诗称"李亿员外",则显客气官方。如是两人分手后所写,似乎是倾诉哀伤。

"**自能窥宋玉,何必恨王昌。**"既然自己有如此才貌,那么应该鼓起勇气振作起来,便是宋玉这样的美男子也可以求得的,不必怨恨王昌这样的才子了。意思是可以自由自在地寻觅多才多情的男子,又何必遗恨于被薄情寡义的人抛弃呢!宋玉,战国辞赋家,美男子,在《登徒子好色赋》中言"东家之子……此女登墙窥臣三年",我邻居东家那位姿色绝伦的美女趴在墙上窥视我三年。王昌,诗词中常与宋玉并列,可指身居高位、容貌美丽的男子,具体的历史原型没有定论。钱锺书曾评价王昌为"只是意中人、望中人,而非身边人、枕边人"。鱼玄机在这里指曾经相许的男子现在已经分开,也无须记恨那个负心人了。如果是写给邻女的,

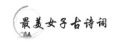 

则是"不恨也不悲"的宽慰之意。

　　唐代男女间的社交活动相对活跃,文人墨客与淑女名姝之间交往较为密切,甚至成为一时风尚。鱼玄机作为女冠,敢于蔑视封建礼法,勇于表达自己的观点,实属难得。全诗格调哀婉,至情至真,含蕴深刻,点睛名句堪称经典。

鱼玄机像

# 闲居寄杨女冠

## 【唐】元　淳

仙府寥寥殊未传，白云尽日对纱轩。
只将沉静思真理，且喜人间事不喧。
青冥鹤唳时闻过，杏蔼瑶台谁与言？
闻道武陵山水好，碧溪东去有桃源。

元淳，约生活在"安史之乱"前后。洛阳女道士。工诗，有才名。

女冠，即女道士。唐代称女道士为女冠，到宋徽宗时改女冠为女道。在唐代，道教为国教，女冠规模很大，她们多能文善诗，李冶、鱼玄机就是女冠诗人的代表，生活在"安史之乱"时期的元淳也是其中佼佼者。从元淳的诗篇和可能为她撰写的墓志中，可以看出她是一位出色的宗教领袖、道教信仰者和实践者。

《闲居寄杨女冠》是元淳在闲居时寄给同道杨姓女冠的一首赞美诗，主要赞美杨女冠清幽的修炼环境和高妙的修炼境界，也表现出诗人渴望友情的安慰。

**"仙府寥寥殊未传，白云尽日对纱轩"**，首联写对方所居道观的清幽环境。"仙府"指杨女冠所居道观。"寥寥"意为广阔、空旷。"殊未传"指对方久无消息传来。"白云尽日对纱轩"为倒语，本是纱窗尽日对白云，偏要说白云尽日对纱窗。白云由被动变为主动，增加了情趣，也是韵脚的需要。此联描绘了杨女冠修炼环境之清静幽雅。

**"只将沉静思真理，且喜人间事不喧"**，颔联写女冠的修炼活动。沉浸在这寂静的环境里，一心思索纯真至上的道理，不被人世间的纷繁琐事和生活喧嚣所扰乱，甚为开心。"只"和"且"字，两个虚词的运用，表达出对道观脱离尘世喧嚣的平静生活的满足，保持了内心的宁静和安纯。这一联写道教徒的生活具有相当的典型性和概括性。

**"青冥鹤唳时闻过，杏蔼瑶台谁与言"**，颈联发挥想象，表达诗人的羡慕之情。

想必你在如此清幽的仙府中专心修炼,应该能经常听到从辽阔的青天上传来的清脆鹤唳声吧,请问你都和哪些神仙在对话呢？仙鹤频飞,必是仙境。"瑶台",指传说中的神仙居处。"杏蔼瑶台"用了《神仙传》中仙人种杏成林的典故,描绘的是杏树婆娑的仙境。此联是诗人对杨女冠修炼生活的独特细节的一种想象或向往。

**"闻道武陵山水好,碧溪东去有桃源"**,尾联借助典故向对方表示赞美。诗人引用陶渊明《桃花源记》武陵人缘溪而行进入桃花源的典故,既是以桃花源喻对方环境和人文之美,又是想象对方居处之碧溪向东去即有桃花源,多么美妙。结尾以桃花源来烘衬,逗起遐想,言外之意,女冠的修炼之所,正是人间的世外桃源,也表明对方心思纯净,境界美好。

作为同道中人,这首诗是赠送赞美另一位女冠的,可以看出两人应有同样的旨趣追求,都渴望远离尘世喧嚣,乐于道教的冥思实践,安享仙山楼阁特有的清幽寂静,这正是女冠们理想的修炼环境。对于唐代女冠的修炼生活,今人已经很陌生了,读此诗能使人感到心境澄澈,可以想象其所描绘的意境空间。

# 寄洛中诸姊

## 【唐】元 淳

旧国经年别，关河万里思。

题诗凭雁翼，望月想蛾眉。

白发愁偏觉，归心梦独知。

谁堪离乱处，掩泪向南枝。

　　因"安史之乱"，女道士元淳远离故乡洛阳，逃至蜀地，寄居于忠州丰都县之仙都观。《寄洛中诸姊》是元淳寄给洛阳姊妹的一首五言律诗，主要表达魂牵故乡、殷切思念同处于战乱的远方家人的深厚感情，属思乡之作。

　　**首联"旧国经年别，关河万里思"**点题，叙述深沉的离别之思。"旧国"指故乡洛中，即洛阳，唐时称东都。"关河"指边关。述说诗人已经离开洛中一年多，尽管与家乡相隔万里，但是无时无刻不对亲人和故土魂牵梦萦，时间阻止不了思念，空间距离也无法切断对亲人的牵挂。"万里思"传达出关山迢递、思念倍至之情。这两句使用对仗，显示出诗人精心遣词造句，发语不凡。

　　颔联在空间距离上进一步展开，抒发感情。**"题诗凭雁翼"**是说自己因为相距太远又难以回归，只能写信寄洛中诸姊。"雁翼"代指雁，意指鸿雁传书，诗人把自己的思念全都写入诗书中。**"望月想蛾眉"**，弯弯的月儿正像姊妹们的蛾眉，举首望月，仿佛能见到诸姊妹的面容。诗人思念又寄托在月亮上。中国文化有见井思乡、望月怀人的传统，以月寄怀很常见。"蛾眉"出自《诗经·卫风·硕人》："蝤首蛾眉，巧笑倩兮，美目盼兮。"常用以指代美女。此处用"蛾眉"，既写新月形状引起的联想，又用以代指洛中诸姊，笔墨上可谓一箭双雕，妙手偶得。

　　颈联在时间距离上进一步展开，增强感情。李白说"白发三千丈，缘愁似个长"，白居易说"人生四十未全衰，我为愁多白发垂"，都是说因愁而生白发。"白发"本是因思乡之愁而两鬓华发，诗人在此却说头上的白发偏偏被"愁"发现了。

"**归心梦独知**",急欲归乡的情绪常常寄托在梦中,急欲归去而不得。这种痛苦别人不知,甚至自己也不知,只有"梦"知道。一个"愁觉",一个"梦知",这两句用拟人手法极大加强了情感的表达。"偏""独"二字点出了诗人欲回避却又不能回避的痛苦,欲解脱又不能解脱的凄苦心境,给全诗增添了愁苦哀怨的氛围。

尾联深化主题,直诉离乱所造成的痛苦,盼望早日回到家乡。有谁能承受思乡之苦,又有谁能承受亲人离散天涯的哀伤?"**谁堪离乱处,掩泪向南枝**",只能向着家乡的方向,默默地以袖拭泪。"南枝",代指故土,典出《古诗十九首·行行重行行》中"胡马依北风,越鸟巢南枝",用动物自然习性比喻人的思乡之情。南方的鸟儿尚且要飞返故乡筑巢栖息,而自己却只能滞留异乡。这两句以"谁堪"的悲伤和"掩泪"的凄泣结尾,深化了诗人对遥远的故乡、对离别的亲人的深挚思念,充满了真情流露和世事无奈之感。

这首诗语言朴实,叙事与抒情相结合,主要从时间和空间上表达不堪离乱之苦,采用首句不入韵("别"字不入韵)的五律体,格律规整,对仗精巧,表现出诗人于律诗的尺幅之中尺水兴澜之技,是元淳最优秀的诗篇之一,置于其他著名大历诗人感时伤别的五言律诗中,不复区别。

# 拜新月

## 【唐】张夫人

拜新月，拜月出堂前。

暗魄初笼桂，虚弓未引弦。

拜新月，拜月妆楼上。

鸾镜始安台，蛾眉已相向。

拜新月，拜月不胜情，庭花风露清。

月临人自老，人望月长生。

东家阿母亦拜月，一拜一悲声断绝。

昔年拜月逞容辉，如今拜月双泪垂。

回看众女拜新月，却忆红闺年少时。

张夫人，唐中叶诗人，尤善歌行，是"大历十才子"之一吉中孚的妻子。《全唐诗》存其诗五首、断句六句。

《拜新月》这首诗最早见于《才调集》卷十，此后《文苑英华》《乐府诗集》《唐诗纪事》等有收录，个别字有出入。本篇录自《才调集》。《才调集》是五代时后蜀（934—965）韦縠所编，这说明此诗在唐代时流传了很广。

"拜新月"是指一种特定题材，专指女子咏叹拜新月之事。在农历每月的初一、初二，月球背影对着地球，在地球上看不见月亮，古人称之为"朔"，约到初三后才会看见半圆月轮的边沿，故称"新月"，也称"蛾眉月"，最初出现在傍晚时西方天空。此外，古人亦称中秋满月为新月，但本诗中有"暗魄初笼桂，虚弓未引弦""蛾眉已相向"等句，所以是指初月。

古代有女子拜月之俗，在唐代仍流行。唐代李端《拜新月》诗记录了唐代女子拜月的过程，"开帘见新月"，时间是在傍晚初见月亮时，"细语人不闻"，表明拜月不是公开的，而是在安静的地方独自完成。拜月是以祈祷为主，多与女子祈求婚姻幸福有关,或求良缘,或求生子,或求平安,等等。

张夫人的这首《拜新月》抒发了红颜易衰的感伤和人生苦短的感慨。

"**拜新月,拜月出堂前。暗魄初笼桂,虚弓未引弦。**"描写了新月初显的状态,"魄",古同"霸",指月出月没时的微光。新月未显前,只能见到这种微光,传说月中有桂树,这个情景如同灯笼里有桂树,被微光笼罩着,若隐若现。新月初显时只看得到一弯发亮的弧线,好像一张没有拉弦的空弓。此时闺中女子心事久积,无人可诉,乍见新月,急于吐露心声。

"**拜新月,拜月妆楼上。鸾镜始安台,蛾眉已相向。**"地点由堂前移到妆楼,新月如蛾眉,女子见新月,入楼照镜梳妆,见到自己漂亮的眉毛,觉得与天上的蛾眉月可相映成趣。新月出现,表明一个月的开始,但同时也提醒人们时光在流逝。对于独守闺房的女子来说,这是一件让人感伤的事,含蓄地暗示女子对青春易逝的系念与忧虑。

"**拜月不胜情,庭花风露清。月临人自老,人望月长生。**"感伤者自然情不自禁,觉得庭间花上露珠随风坠落,如同自己伤心落泪。面对此景,想到新月一次次升起,而年华一点一点地流逝,明月似乎会看着自己渐渐变老,而月亮始终是那样美丽明媚,人与月亮相比总是那么无奈。"月临人自老,人望月长生"两句回环吟唱,辗转关生,造语天成,表达了对难以掌握命运的深沉感叹。

最后六句来一个鲜明对比,以东家阿母这一老年妇女拜月的悲伤场景,"**昔年拜月逞容辉,如今拜月双泪垂**",直接点明了红颜易逝的主题。结句的一个"忆"字,既写出了年轻众女皆乐而年老妇女独愁的悲情,又引发出人们对人生的反思,留下意味深长的蕴意。

本诗的艺术特点有三点:一是场景描述细致,写出拜月场景的空间特征;二是心理描写细腻,写出了拜月者女性化的心理特点;三是主题有升华意义,易触动人们的人生思索和感慨。明代胡震亨《唐音癸签》曰:"吉中孚妻张氏《拜月》……尤彤管之铮铮者。"清代吴瑞荣《唐诗笺要》云:"儿女口角,似从老成阅历中来;裁云制霞,不伤天工,洵佳制也。"他认为本诗最大的特色在于全是女性口吻,有天然之趣,又体现了成熟的人生感悟。

# 绣龟形诗

## 【唐】侯　氏

睽离已是十秋强，对镜那堪重理妆。

闻雁几回修尺素，见霜先为制衣裳。

开箱叠练先垂泪，拂杵调砧更断肠。

绣作龟形献天子，愿教征客早还乡。

　　侯氏，盂县(今属山西)人。唐武宗会昌间的边防将领张睽(一作"揆")的妻子。《全唐诗》存其诗一首。

　　这首诗最早见于五代后梁卢瑰的《抒情集》，是一本专门选录男女情感相关诗歌故事的笔记，宋以后失传。《太平广记》据《抒情集》引录该诗："会昌中，边将张睽防戍十有余年，其妻侯氏绣回文，作龟形诗诣阙进上。诗曰：(即本诗)。敕赐绢三百匹，以彰才美。"《诗话总龟》《吟窗杂录》等文献亦有类似记载，意思大体相同。武宗会昌间(841—846年)，边防将领张睽奉命戍守边疆，十多年未归，其妻侯氏甚为想念，于是绣织锦为回文龟形诗，进呈皇上。皇上阅后赞赏侯氏的文采，恩赐绢布三百匹。

　　此诗原无标题，因绣成龟形，故称"绣龟形诗"。龟，取"归"之谐音，含蓄向皇帝请求恩准丈夫早日归来团聚。

　　这是一首七律诗。首联"**睽离已是十秋强，对镜那堪重理妆**"，交代离别岁月之久，妇人相思之苦，感慨与丈夫张睽分离已经超过十年了，如今久不见面，哪有心情再梳妆打扮。"睽离"，即离别之意。会昌年间，朝廷对内打击藩镇，对外击败回鹘，国势强盛，史称"会昌中兴"。内外用兵可建功立业，也造成了很多家庭离别。人生能有几个十年啊，年华易逝，女为悦己者容，对镜梳妆只是为了得到丈夫的欣赏，可如今独守空房实在太久了，思夫之情，见于言外。

　　颔联"**闻雁几回修尺素，见霜先为制衣裳**"，以"雁""霜"两个场景和传书、制衣两件事来描述自己对丈夫的思念和关心。古人常说飞雁传书,每当听到大雁的鸣叫,就忙不迭地给丈夫写信,希望大雁带去自己的思念。秋风将起,晚霜即白,第一件事就是想到戍边的丈夫是否能够穿暖,赶紧为之赶制御寒的衣物。"几回",非一回也,尤见其深念之切。"修",书写之意。"尺素",指代书信,古人用长约一尺的绢帛写信。秋天见霜制衣,这是古代妇女的一项专门工作,称妇功。唐代府兵制度规定,入伍兵士自备甲仗、粮食和衣装,存入官库,行军时领取备用,但征戍日久,衣服破损,就要家中寄衣去更换,特别是御寒的冬衣更是需要。

颈联**"开箱叠练先垂泪,拂杵调砧更断肠"**,继续额联的思念和哀伤。"开箱""叠练""拂杵""调砧",都是妇女的日常家务生活行为,处处触景生情,引起自己叹息落泪,悲伤无尽。这正如李白的《子夜吴歌·秋歌》:"长安一片月,万户捣衣声。秋风吹不尽,总是玉关情。何日平胡虏,良人罢远征?""拂杵",擦拭捣衣的棒槌。"调砧",调试捣衣的垫石。侯氏将日常生活细节浓缩在这两句,表达的也是这种无法排遣的伤感。征夫久戍不归,"更断肠"写出了闺思之沉重。

尾联**"绣作龟形献天子,愿教征客早还乡。"**诗人在尾联直截了当地向皇上提出请求:让我丈夫回家吧!龟形诗,一般指把诗文写在龟形图案上的回文诗,可以回环旋读。本诗却不是,猜想侯氏是在龟形的织品上回环绣诗,充分发挥其能诗文、擅刺绣的特长。

全诗格律平稳正矩,诗意层次清晰,从感慨、思念、悲伤到诉求依次写出,波澜不惊但感情真挚,要求合理,诗情哀而不伤,不失温柔敦厚之旨,所以也得到了皇上的肯定和赏赐。武宗究竟有没有批准张睽回家,宋人的几处记载都没有说明。清康熙《全唐诗》卷七九九在此诗的解题中注"敕揆还乡",清乾隆《山西志辑要·盂县·列女》:"唐张睽妻侯氏,会昌中,睽戍边十年,侯氏绣回文诗作龟形,诣阙献之,睽得归。"我们当然高兴看到的是一个阖家团圆的完美结局。在古代,这样的喜剧实在太少了,我们深深同情古代妇女所遭受的这份苦难和辛酸。

古代女子凭借一首诗为自己维权,诉说自己的心灵血泪,这既是英勇的表现,试问有多少女子敢于向皇上直陈个人要求;这又是自信的表现,在诗歌繁盛时代能以诗表达己意,是对自己才华的信心;这更是智慧的表现,别出心裁,值得称赞。

# 雨中看牡丹

**【唐】窦梁宾**

东风未放晓泥干,红药花开不耐寒。

待到天晴花已老,不如携手雨中看。

窦梁宾,夷门(今河南开封)人,卢东表的侍儿。其事迹仅载于宋代王铚《补侍儿小名录》。《全唐诗》录其诗二首。

关于窦梁宾的史料记载极少,唐五代文献没有记录,最早见于宋代王铚的《补侍儿小名录》,载其诗两首,其中一首就是此诗,这是一首咏牡丹的七绝。牡丹是唐代的"花王",唐人咏牡丹的诗作数量非常多,但名篇不多,可见咏牡丹的诗不易写出新意。清代著名诗论家沈德潜说:"唐人牡丹诗每失之浮腻浅薄",而咏雨中牡丹的好诗更不多见,唯有罗隐的"带雨方知国色寒"一句名垂千古。

这首诗写诗人在雨中观赏牡丹,别有一番雅致和情趣。

首句**"东风未放晓泥干"**,从侧面写清晨春雨还在朦朦胧胧地下着。"未放"为唐宋的习语,可解为"未使""未令""未教",东风不让早晨的泥土变干,也就是雨还要继续下的意思。

第二句**"红药花开不耐寒"**中的"红药"指红牡丹,古无"牡丹"的名称,统称"芍药",如《诗经》中的"赠之以芍药"就包括牡丹,大约在南北朝时以木芍药称"牡丹",到唐代时期"牡丹"的名称开始普遍流行。春天早晨的风雨是颇有寒意的,刚刚绽开的牡丹花恐怕还经不住寒风冷雨的侵袭,看来女诗人非常担心新开牡丹花的安危。这里可以看出诗人雨中观赏牡丹的原因,原来是担心牡丹花经受不住寒冷而凋谢,因而冒雨欣赏。

前两句铺垫,后两句着意,这是唐代诗人写绝句的一般手法。**"待到天晴花已老"**,经过寒风冷雨吹打之后的牡丹,待到天一放晴便会凋零,正所谓"细雨轻寒花落"。经过前三句的蓄势,最终引出了最后一句**"不如携手雨中看"**,大家抓紧时间去欣赏花开时的美丽瞬间吧,又何必在意现在外面还下着雨呢。

古人作诗通常将人比作花,或将花拟作人,用"花已老"突出了诗人对牡丹的疼惜。女子爱花,常常慨叹青春易逝,花容不常在,而诗人冒雨赏花,希望趁牡丹未凋零之际与人见证它的美丽,这并不只是少女惯常的惜春伤春,更主要的是体现了她对自然的喜爱,对美的珍惜。也许,诗人并不是想独自欣赏牡丹,而是希望与心上人携手一起冒雨观赏,这里的赏花也有美人自怜的寓意。

这首小诗语言自然清新,不事雕琢,写赏花却不落俗套,生动活泼而又情趣盎然。至于诗人以花抒情,到底是惜美、惜情,还是惜人,可以任由读者去想象了。

# 辞婚诗

## 【唐】黄崇嘏

一辞拾翠碧江湄,贫守蓬茅但赋诗。

自服蓝衫居郡掾,永抛鸾镜画蛾眉。

立身卓尔青松操,挺志铿然白璧姿。

幕府若容为坦腹,愿天速变作男儿。

黄崇嘏,临邛(今四川邛崃)人。她的父亲曾为刺史,但父亲早逝。年三十许未嫁。善棋琴,工诗文书画。现存诗二首。

才女黄崇嘏之所以在历史上非常有名,是因为她女扮男装的故事颇具传奇。明清以来大量女驸马、女状元甚至女宰相的文学作品,都是虚构的,其源头就是唐末黄崇嘏的真实故事。关于她女扮男装的故事,最早的记录见五代时期金利用所著的《玉溪编事》,此书后失传,但《太平广记》引录了金书的佚文。原文为:"王蜀有伪相周庠者,初在邛南幕中,留司府事。时临邛县送失火人黄崇嘏,才下狱,便贡诗一章曰:'偶离幽隐住临邛,行止坚贞比涧松。何事政清如水镜,绊他野鹤向深笼?'周览诗,遂召见,称乡贡进士,年三十许,祗对详敏,即命释放。后数日,献歌,周极奇之。召于学院,与诸生侔相伴,善棋琴,妙书画。翌日,荐摄府司户参军,颇有三语之称,胥吏畏伏,案牍严明。周既重其英聪,又美其风彩,在任将逾一载,遂欲以女妻之。崇嘏又袖封状谢,仍贡诗一篇曰:(即本诗)。周览诗,惊骇不已,遂召见诘问,乃黄使君之女。幼失覆荫,唯与老奶同居,元未从人。周益仰贞洁,郡内咸皆叹异。旋乞罢,归临邛之旧隐,竟莫知存亡焉。"

周庠在《九国志》卷六和《十国春秋》卷四〇有传,根据他的生平,可考知黄崇嘏的故事发生在唐末昭宗龙纪、大顺年间(889—891年)。因此,《全唐诗》卷七九九收录黄崇嘏此诗,题作《辞蜀相妻女诗》,是不正确的。因为彼时周庠是幕府中留司府事的官员,他武成三年(910年)才为前蜀政权的宰相。

周庠对亲身经历的这件事念念不忘,到晚年还经常提起,经他叙述和民间传颂,金利用写入了《玉溪编事》,后被引录,所以这段传奇才得以保存流传下来。故事翻译过来是:周庠在邛南幕府中留司府事,临邛意外失火,县里抓获肇事责任人黄崇嘏,刚关进狱中就献诗一首,说自己行为端庄,如同山涧中的青松一样坚贞高洁,县政应清白如镜,不应为难自己。负责审案的周庠读诗称奇,立即召见,黄崇嘏自称乡贡进士(得到进士考试资格的读书人)。周庠见黄崇嘏着男装,三十多岁,应对清楚,感觉不错,也就不追究失火的责任了,立即释放。过了几天,黄崇嘏再献诗,周庠更加称叹,于是让黄崇嘏在学院伴诸生侄读书,慢慢知道黄崇嘏琴棋书画样样精熟,干脆推荐黄崇嘏代理司户参军,负责地方上的户籍赋役事务。这是最繁难的工作,黄崇嘏也应付自如,文牍清楚,下面的官吏很敬畏。考察了一年,周庠相信自己识人不错,决定招黄崇嘏为女婿。显然这事超出了黄崇嘏的预计,没有办法,只能写诗坦白交代,说明自己的态度。

这首诗意思明了,利落大方,语言凝练,在艺术方面主要运用对比的手法,在节奏上跳跃性很大。

首先说自己的不幸身世,自称是曾任刺史的黄使君的女儿,因为父亲早逝,生活清贫,但家出士族,有较好的修养和才华。颔联写自己穿上男装,在郡府担任属吏,不再像女性那样天天对镜化妆、修饰眉眼,愿意永远像男子那般生活。颈联二句评价自己品德良好,节操如青松一样高洁,心志像白璧一样无瑕。最后表明自己的态度,感谢您的好意,我愿意在幕府中做您的女婿,只愿老天爷立即把我变成男儿身。"坦腹"是用王羲之的典故,代指女婿。

黄崇嘏在诗中未说拒绝之词,而是说自己愿意,只是需要老天把自己变为男子。可以说,这是黄崇嘏在不得已说出真相时的正话反说,幽默应对。毕竟那是一个绝无女性担任公职的时代,她的女扮男装是有欺骗性质的。故事的结尾是:虽然周庠赞赏她的贞洁和才能,临邛郡内都感叹其事之不可思议,但是黄崇嘏再也不可能继续着男装在那里管事了,于是归隐故里,从此再无消息。

在唐至清长达一千三百多年的科举时代,共有五百九十二名文科状元和一百一十八名武科状元,全都是男性。在男尊女卑的封建社会,是不会有女状元的,只有太平天国时期的东王杨秀清曾开女试,南京姑娘傅善祥考中状元,她是中国科举史上唯一的女状元。

虽然戏曲小说中关于女扮男装的故事编排很多,但历史上真实的女扮男装且曾在官场理事者极其罕见。因此,黄崇嘏的这首诗及其故事更加珍贵。

# 送 人

**【唐】徐月英**

恻怅人间万事违,两人同去一人归。

生憎平望亭前水,忍照鸳鸯相背飞。

徐月英,晚唐江淮名妓,与徐温诸子游,善谐谑,工诗,有诗集行世,今佚。现仅存两首七言绝句和一联断句。其事迹散见《北梦琐言》《唐诗纪事》。

《送人》是一首内容独特的送别诗。诗人没有正面描写"执手相看泪眼,竟无语凝噎"的动人场面,而是从侧面入笔,写别后归来的所见所感。诗人送的是自己的情人。

首句**"恻怅人间万事违"**,用虚笔泛写人间万事皆不尽如人意的恻怅,直抒胸臆,"恻怅"二字即给全诗奠定了一种怅惘与忧愁的基调。在诗人眼中,人世间失意恻怅的事太多了,一事不顺便觉事事不顺,而这些不顺心的事当中,最难消受的莫过于**"两人同去一人归"**了。送别之艰难,正如李商隐所说"相见时难别亦难",不只有相见时困难重重,分别时的痛苦更是难以承受的。两人同去,却不能携手一起归来,眼睁睁地看着他远去,这种心情实乃哀婉恻怅。首二句虚实结合,行文至此已擒题得旨。

**"生憎平望亭前水,忍照鸳鸯相背飞"**,"生憎"一词是唐宋时期的口语词,是"深恨""最恨"的意思。"平望亭"为驿亭名,在今江苏吴江西南,徐月英正生活在吴地,故有平望亭送别之事。诗人为什么恨平望亭前的水呢?原来亭前的池水也是这般无情,竟然忍心像镜子一般照出这对比翼鸳鸯相背飞离!此处奇峰拔地,使用了移情手法。亭前池水本无所谓有情无情,诗人此时与情人分别,满腹愁怨无处抛洒,看到池水中鸳鸯分离的倒影,只能把这依依不舍化为怨恨倾泻于亭前之水,读起来感觉情意别然。一个"生憎",一个"忍"字,足见主人公怨深恨极,表面是怨水,实则是恨那阻挠和破坏有情人成眷属的社会势力。

为了更好地理解这首诗,我们可以读徐月英仅存的另一首诗《叙怀》:"为失三从泣泪频,此身何用处人伦。虽然日逐笙歌乐,长羡荆钗与布裙。"徐月英身为歌舞妓,身份低微,生活悲苦,渴望从良,热切盼望能遇上一位知音,希望可以从良赎身。所以,《送人》的"人"可能是她结识的一位知音或情人,是她盼望的依靠、追求的依托。"鸳鸯"指形影不离的情侣。能遇到知音是一件幸事,然而眼前却要分别,不知何时才能重逢,这种孤独绝望之情涌上心头,眼前的山水美景只能反衬她的哀情。正如有诗刻画的那样,"早知半路应相失,不如从来本独飞",表现出诗人内心十分渴望得到长久的爱情和幸福生活。

这首诗语言流畅生动,不事雕琢,感情真挚,采用移情和比喻的修辞手法,使诗情摇曳而神韵悠然,艺术效果得以升华。通篇没有对情和爱着一字,然而读罢掩卷,却使人感到这离别之情很深很深,也隐含了诗人强烈的悲愤之情,感人肺腑。此诗当可为唐人绝句佳作之一。

北宋词人贺铸有一首著名的为悼念亡妻赵氏而作的《鹧鸪天》,上阕四句为"重过阊门万事非,同来何事不同归?梧桐半死清霜后,头白鸳鸯失伴飞。"这是借用了徐月英这首诗的意韵,由此可见,本诗的艺术魅力打动了宋代名家。经过贺铸的锦上添花,本诗也得到进一步流传。

此外,徐月英仅存的一联断句为:"枕前泪与阶前雨,隔个窗儿滴到明。"这是借用温庭筠《更漏子》中的"空阶滴到明"。我们虽然看不到徐月英此诗全文,但是把泪珠和雨声联结在一起写,从一夜雨滴表现出无尽的怨恨感伤,非常动人。宋代女词人聂胜琼在《鹧鸪天·寄李之问》的结尾就借用了这两句。

# 述国亡诗

## 【五代十国】花蕊夫人

君王城上竖降旗,妾在深宫那得知?
十四万人齐解甲,更无一个是男儿!

　　花蕊夫人,后蜀孟昶妃子。姓费,一说姓徐,徐匡璋之女。《铁围山丛谈》记载,后蜀为宋所灭亡后花蕊夫人归宋太祖,后被赵光义射杀。花蕊夫人善诗词,宋初颇流行,有《采桑子》词、《述国亡诗》及一百余首《宫词》等作品留存。

　　这首《述国亡诗》最早见于宋代陈师道的《后山诗话》,曰:"费氏,蜀之青城人。以才色入蜀宫,后主嬖之,号花蕊夫人。效王建作《宫词》百首。国亡,入备后宫。太祖闻之召使,陈诗诵其《国亡诗》云:'君王城上竖降旗,妾在深宫那得知? 十四万人齐解甲,宁无一个是男儿。'太祖悦,盖蜀兵十四万,而王师数万尔。"孟蜀亡国后,其后宫女性被作为战利品送归宋太祖,花蕊夫人便是其一。宋太祖久闻其诗名,召令其陈诗,于是吟诵了这首诗。

　　关于这首诗的作者,后人也有诸多质疑,或说沿袭他人旧作,或是出于后人附会,"更无"还是"宁无"也有很多考证和推测,《全唐诗》作"更无"。虽然此诗是否出于花蕊夫人难以遽断,但至少与花蕊夫人有很大关系。自宋以来,多以其作流传。

　　这是一首七言绝句。首句叙述蜀王孟昶降宋的事实,**"君王城上竖降旗"**,"降旗"表明亡国投降之事。史载后蜀君臣极为奢侈,荒淫误国,宋军压境时,孟昶一筹莫展,屈辱投降。前、后蜀先后投降曾为当时史家的笑料。《新五代史》卷六十四载:"初(李)昊事王衍,为翰林学士。衍之亡也,昊为草降表,至是又草焉。蜀人夜表其门曰:'世修降表李家。'当时传以为笑。"本诗仅只说"竖降旗",选取投降的一个片段,遣词含蓄。下语只三分而命意十分,耐人寻味。

　　第二句诗意更为深入,**"妾在深宫那得知"**,这是一句反问,可理解为两层含义:一是感叹君主投降之迅速,完全出乎后宫女眷的想象,后蜀从交战到投降的时间也就是两个月;二是一种自我申辩,古时亡国常常归咎于"女祸亡国",如妲己亡商、西施亡吴等,这里包含着对那些把亡国之责归咎于女人之无能者的反讥。这句诗纯用口语,措辞委婉,我一个弱女子不可能有回天之力,但自己虽为房妾,却不可轻侮,这为下面的怒斥埋下伏笔。

"十四万人齐解甲",讲述了后蜀投降的羸弱无能。"十四万人"说明后蜀并不缺少抵御的军队,但是这支庞大的军队却以"齐解甲"的方式放弃了抗敌保国的职责。宋太祖说"王师数万尔",说明赵宋灭后蜀应是以少胜多,花蕊夫人的感叹正表达出宋太祖所需要的战役效果。有记载说当宋兵将要围城之时,孟昶叹"养兵四十年,无一人为我东向发一箭",说明当时蜀军丢盔弃甲,望风而逃,十几万军队居然顷刻就瓦解了。

在前面一系列的情感铺垫之下,诗人最后发出了"**更无一个是男儿**"的感叹和斥责。上至君主,下至士兵,面对外敌压境,竟无人抵抗。不是缺少抵御外侮的能力,而是缺少奋然相抗的勇气。这让诗人不由得感慨,在这偏安一隅的后蜀根本就没有一个血性的男子汉!当然这使用了夸张的手法,如《蜀梼杌》记载当时有一名叫高彦俦的守将在夔州被攻破后便自焚殉国。但整体来看,后蜀的军队的确是一触即溃,毫无斗志。

本诗以一位后宫弱女子口吻对没有骨气的亡国奴提出一个义正词严的责问,足令懦弱投降之辈汗颜,同时也反映了花蕊夫人的胆气和爱国之心,她在面对一得胜君王时表现得不卑不亢、不谀不媚,令人钦佩。全诗写得激情奔放,个性鲜明,语言泼辣,"更无一个"与"十四万人"对比,"男儿"和"妾"相照,结句反诘,颇具匠心。

宋代流传此诗,应与诗中展现的气节有关。因为宋重文抑武,在军事方面屡屡受挫,面对外敌,赵宋一味退让求和,其懦弱无能的表现让人痛心,"更无一个是男儿"正戳中痛处,时人急切呼唤男儿热血精神。

花蕊夫人像

（选自《百美新咏图传》）

# 宫　词

## 【五代十国】花蕊夫人

其二十一
殿前宫女总纤腰，初学乘骑怯又娇。
上得马来才欲走，几回抛鞚抱鞍桥。

其八十八
月头支给买花钱，满殿宫人近数千。
遇著唱名多不语，含羞走过御床前。

中国古代诗史上，以皇宫禁掖的日常生活琐事为描述对象，并以"宫词"的名字作诗的，最早的是唐代崔国辅《魏宫词》。之后有薛奇童《楚宫词》、顾况《宫词》、戴叔伦《宫词》、王建《宫词》等。其中影响最为深远的，是中唐王建的《宫词》一百首，创制了七绝百首联章体宫词组诗的形式，颇为后世所摹写，包括花蕊夫人在内。

宫内之事有很多是传闻，多数"宫词"是反映遭受冷遇、幽居深宫的女子孤独清苦、寂寞无聊的生活情形，表达对其同情之感。但花蕊夫人作为后宫贵妃，她书写宫廷生活，都是亲身经历，很多是纪实之作。花蕊夫人有一百余首《宫词》作品存世，其中较早较可信的有三十二首，这里录其两首。

第一首写后宫佳丽们的一个生活场景，描绘殿前宫女初学骑马的娇怯情态。平时宫女们循规蹈矩，谨小慎微，难得今日主子高兴，叫她们殿前骑马，大家也趁机尽情享受一番，打发那难耐的时光。

开头两句点出描写对象的窈窕纤弱体态，以及初学骑马羞怯、娇气、胆小的心理。"乘骑"，指骑马。一个"总"字，反映出封建帝王为了满足自己荒淫无耻的生活，年复一年在民间搜罗美女进宫；同时也表现出诗人对这种状况早已司空见

91

惯的心态。后两句描写更加具体,这些纤弱的宫女,初学骑马,刚跨上马背,马还没来得及跑起来,就已经吓得花容失色,几次抛却缰绳,紧紧抱着马鞍不放,生怕掉下来了。"鞑",指马勒,有嚼口的络头。"鞍桥",即马鞍,因中凹似桥,所以称作鞍桥。诗人着墨不多,以近乎白描的手法,细致刻画了人物心理,语言自然明快,生动质朴,使这些"娇才怯胆、如无所倚"的宫女形象明晰生动,可谓形神兼备。

除了欣赏诗中的文学美,我们还可以从侧面了解一些当时的社会信息,比如后蜀宫廷女性喜欢"细腰"的审美观念,花蕊夫人的几首宫词中都有所体现;比如当时社会流行打马球,此诗描述的宫女学习骑马应当也是为学打马球做准备,唐代是马球运动的兴盛期,女性打马球也具有一定规模,后蜀五代依然流行,花蕊夫人涉及打马球的宫词亦有多首。

第二首选取后蜀后宫月初发领"买花钱"这一生活场景加以描绘。历史记载,隋唐两代妃嫔、女官都各依品级而得到一定的俸物供给,包括衣服铅粉等。这首诗说明五代时期这一后宫制度继续承袭,并且后蜀后宫宫女有"近数千"。

诗中细腻描写宫女们在领取月钱的过程中,"走过御床"谢恩这一短暂瞬间展现出的复杂情态。这些"一入深宫中,经今十几年"的普通宫人平日难得一睹龙颜,只在每个月初支领月钱被叫到名字的时候,才得到一次经过御床谢恩的机会。宫女们"不语""含羞""走过"等诸种情态的流露,既有面对圣颜的敬畏,也有女性内敛羞涩的本性,当然也不能排除借娇媚含羞的魅力而得到帝王宠幸的期待。

作为后宫中尊贵的女性,诗人以其特殊的视角体察描摹领取月钱过程中数千普通宫人的表情及心态,观察入微,辅以凝练的遣词用字,显出这首宫词主旨与诗意的新妙,确如清代王士祯所评"清婉可喜"。这两首也是花蕊夫人《宫词》诸诗中的代表作。

# 宋辽元

# 咏 怀

### 【宋】王 氏

白藕作花风已秋,不堪残睡更回头。

晚云带雨归飞急,去作西窗一夜愁。

王氏,宋宗室赵德麟之妻。王氏的这首《咏怀》诗成就了一段传奇佳话,因为此诗是她与丈夫赵德麟的"媒人"。《苕溪渔隐丛话》曰:"此赵德麟细君王氏所作也。德麟既鳏居,因见此篇,遂与之为亲。余以为乃二十八字媒也。"细君,古称诸侯之妻为细君,后为妻的通称。

赵德麟(1064—1134),名令畤,初字景貺,苏东坡为之改字德麟。袭封安定郡王,善词。赵德麟丧偶后,"欲得善配,未有久之"。适逢有王氏女,聪慧,父母为之择配,未偶,壮年不嫁。作《咏怀》诗。……赵德麟听闻这首诗后,就去求媒,两人相见恨晚,遂缔白首之盟。

一位文学修养极高的赵宋宗室为什么会被这首七言绝句打动,并且还娶王氏女为妻呢?绝句篇幅短小,语言明了,但意味绵长。因其容量小,通常是咏一时、一物或一景,但贵在有超越文字表面的更深远的含义和想象的空间,才有袅袅不绝、余音不断的效果。正所谓易学难工。本诗咏秋风欲雨天气中的荷花,并借荷自喻自怜,抒发美人迟暮的感叹,透着一种孤独落寞的情绪。句句是画,环环相扣,情景交融,画出了一个寂寞的影像。

"**白藕作花风已秋**。"荷池之中,很多荷花已经开过了,荷叶已枯萎,所剩花秆显得无精打采。就在这一片枯荷中,竟然还有几株晚开的,荷叶略显娇嫩,颜色似也没有满池盛开时那么清鲜。突然,一阵微风吹来,已经有了簌簌的凉意,原来是起秋风了。这一幅"秋风吹败荷"图,画面处处都透着清寂,使人心中蓦然升起一种怜爱的感觉。

"**不堪残睡更回头**。"此处运用生动的拟人化动作。是秋风惊动了沉睡中的荷叶吗？虽然已经开始枯萎衰败,荷叶荷花还是轻轻地翻了个身,毕竟已经"残睡"很久了。此情此景,是不是也可以想象为由景及人:窗前一回头。某间闺房内,一个像一朵秋荷一样的女子,没有爱着谁,也没有谁爱,情思睡昏昏,一腔春情变成了幽闺的哀怨,伴着寂寞入睡,又伴着寂寞醒来,一声轻叹,转向窗外,那凄美的眼神带着些许期盼。

"**晚云带雨归飞急**。"就这一个转身,视线转向天空,恰好看到暗暗的天色,涌来厚厚的云层,挟着浓浓的雨意,呼呼地飞了过来,身上不觉更冷了。风中这朵雨做的云要飞向何方? 今天将带雨到谁的窗前?

"**去作西窗一夜愁**。"秋风过,晚云飞,尽显萧瑟,西窗夜雨中,一夜愁思起。唐朝诗人李商隐写道:"君问归期未有期,巴山夜雨涨秋池。何当共剪西窗烛,共话巴山夜雨时。"自此之后,西窗夜雨就成了思念和寂寞的代名词。

整首诗充满了凄美的画面感,从"秋风吹败荷"到"窗前一回头",接着"晚云带雨急",最后"西窗夜雨愁",诗人用丰富的想象将它们连缀起来,中间那些空白的、衔接的、晕开的画面则是才女用情思去填充的。

这是一首颇具晚唐情致的小诗,语言婉媚而清丽,细读之下,一朵在凄凉晚风中伫立的身上写满愁丝的秋荷,挟着一颗寂寞婉约的心和一缕悠长的情丝,深印在人的脑海中,难怪会使多情多才怜香惜玉的赵德麟为之倾情,遂结为良缘,就此成为一段以诗为媒的韵事美谈。

# 送　外

## 【宋】谢　氏

此去惟宜早早还，休教重起望夫山。

君看湘水祠前竹，岂是男儿泪染斑。

谢氏，谢郎中的女儿，嫁隐士王元甫为妻。

此诗来自宋代阮阅《诗话总龟前集》的记载："谢郎中有女，数岁能吟咏，长嫁王元甫。元甫调官京师，送别云：……（即此诗）。"

这是一首妻子送丈夫赴官京师的诗，"外"指丈夫。在漫长的中国古代社会中，无数男子为了生活、为了学业、为了仕途，告别妻小，离别家乡，因为路途遥远，交通不便，出门远去动辄几年，无数的诗歌、小说、戏曲都曾经表现过这种"生别离"。男子想念家人，捎回家书一封，称"寄内"，女子回信则称"寄外"。因为女性识文断字的少，所以"寄外"信亦少些。

首二句"**此去惟宜早早还，休教重起望夫山**"，是切切叮咛，这趟远赴京师，不管差事多么重要，不管前途如何辉煌，我都不在意，我只希望你早早回到我的身边，千万别让我因为思念你，变成了另外一块望夫石。一个"惟"字，一个"宜"字，一个叠词"早早"，把女主人公生怕丈夫迟迟不归的心境突现出来，令读者如闻其声。"望夫山"，在江西省德安县北，《方舆记》云："夫行役未回，其妻登山而望，每登山辄以藤箱盛土，积日累功，渐益高峻，故以名焉。"这两句语气中有不舍、有爱昵、有依赖、有戏谑，可见妻子的殷殷不舍，也见双方情感的和谐，诗意之间还带着少许幽默。

末二句"**君看湘水祠前竹，岂是男儿泪染斑**"，又用一典，再起一波，将感情推向更高点。"湘水祠前竹"，就是"湘妃竹"的故事。传说舜帝晚年时巡察南方，在一个叫作"苍梧"的地方突然病故，他的两个妻子，即尧的两个女儿娥皇和女英，闻讯后立即前往，一路失声痛哭，她们的眼泪洒在山野的竹子上，形成美丽的斑纹,世人称之为"斑竹",又称"湘妃竹"。哭泣之后,她们飞身跃入湘江,为夫君殉情而死,其情状之壮烈实属旷世罕有,因此她们是忠于丈夫的模范妻子的代表。历来诗人多用斑竹表达思乡怀人情怀,如宋之问《晚泊湘江》"唯余望乡泪,更染竹成斑",刘禹锡《泰娘歌》"如何将此千行泪,更洒湘江斑竹枝"。这两句隐含的意思是,丈夫远走后,自己一定会整日思念流泪,但是不知道丈夫是否也会那么思念自己呢?想来可能不会,不信你看那湘水祠前,那著名的湘妃竹上,哪有一滴男人的眼泪呢?

诗中用"望夫山"和"湘妃竹"两种意向来活化和强调自己对丈夫的思念,暗示男人可不会像女人那样思念对方,自古都是女人思念丈夫更加殷切啊,意即"都是女儿泪染斑"。这种貌似幽怨实则玩笑的口气,在诉说自己情意的同时,还透着女子的聪明知性和优雅通达。

送别是平常题材,诗人却发掘出不平常的诗意,给人以清新的感觉。全诗用典不艰涩,通过语言刻画人物,使人物个性鲜明,诗情也因此具有单纯明快之美。

古时候,男人背负整个家族与社会的殷殷期望,胸怀大志,远走四方,因为要实现这种大志很多时候就要割舍爱情和家人,而女性由于社会角色的限制,并无建功立业的社会压力,所以她们把精力都用在支持丈夫身上,同时把爱情视为人生最主要的精神世界,困守闺房,思念守候唯一的男人。因此,就有了大量的"思妇"。

需要说明的是,"思妇"并非都是春闺秋怨、花草荣凋,或批风抹月、沾花弄草,很多清才灵妙的女子,她们保留了未经淆乱的本真,比男性性情超然很多,这体现在很多女性写给丈夫、儿子赶考之前和落第归来的诗词之中。

# 浯溪中兴颂诗和张文潜二首

## 【宋】李清照

### 一

五十年功如电扫，华清花柳咸阳草。

五坊供奉斗鸡儿，酒肉堆中不知老。

胡兵忽自天上来，逆胡亦是奸雄才。

勤政楼前走胡马，珠翠踏尽香尘埃。

何为出战辄披靡，传置荔枝马多死。

尧功舜德本如天，安用区区纪文字。

著碑铭德真陋哉，乃令神鬼磨山崖。

子仪光弼不自猜，天心悔祸人心开。

夏商有鉴当深戒，简策汗青今具在。

君不见张说当时最多机，虽生已被姚崇卖。

### 二

君不见惊人废兴传天宝，中兴碑上今生草。

不知负国有奸雄，但说成功尊国老。

谁令妃子天上来，虢秦韩国皆天才。

花桑羯鼓玉方响，春风不敢生尘埃。

姓名谁复知安史？健儿猛将安眠死。

去天尺五抱瓮峰，峰头凿出开元字。

时移势去真可哀，奸人心丑深如崖。

西蜀万里尚能反，南内一闭何时开？

可怜孝德如天大，反使将军称好在。

呜呼！奴辈乃不能道辅国用事张后尊，

乃能念春荠长安作斤卖。

李清照(1084—约1151),号易安居士,齐州章丘(今山东章丘)人。宋代著名女词人。文学家李格非的女儿,嫁赵明诚为妻。早期生活优裕,受到良好的文化熏陶。婚后与夫共同致力于书画金石的整理研究。金兵入据中原,国破夫亡,李清照流寓南方,境遇孤苦。所作词,前期多写闺阁闲情,灵秀清丽;后期则易感怀伤逝,沉痛沧桑。其词肆意落笔,曲尽人情,佳者能以闺房之秀而兼以文士之豪,芳馨之思而兼以神骏之致,独辟蹊径,被称为"易安体"。论词强调协律,崇尚典雅,有《词论》一篇,提出词"别是一家"之说。亦能诗文,留存不多,部分篇章感时咏史,情辞慷慨,与其词风不同。著有《易安居士文集》《易安词》,已散佚。后人有《漱玉词》辑本。今有《李清照集校注》。

《浯溪中兴颂诗》的作者实际上是秦观。唐肃宗上元二年(761年),诗人元结撰写了碑文《大唐中兴颂》,记载了平定"安史之乱"、大唐中兴的史实,对肃宗颇多粉饰谀颂之辞。这篇颂文由颜真卿书写,并刻于祁阳浯溪石崖之上。北宋元符元年(1098年),秦观被贬时路过浯溪,托名张耒写了一首《浯溪中兴颂诗》,李清照获此诗时,还未得知其真实作者。秦观在诗中把平定"安史之乱"归功于郭子仪,改变了颂扬的对象,并在诗中抒发了身世之感和兴亡之叹。

秦观的这首《浯溪中兴颂诗》当时流传很广,黄庭坚、潘大临等人均有唱和。李清照的这两首诗也是和作,约创作于元符三年(1100年),此时李清照年仅十七岁(一说作于李清照十九岁蔡京用事时)。

古人的和作,在形式上,要求严格按照原诗的韵脚,一般不能有失韵之处;在内容上,却要求出新意,不能与原作相重复。一篇好的唱和,创作难度是非常大的,更何况原诗还是一篇名作。李清照受过良好的教育和文化熏陶,这两首诗充分展示了她的才华,不仅奠定了她的诗名影响,而且赢得了高度赞誉。南宋周辉曰:"非深有思致者能之乎?"明代陈宏绪曰:"二诗奇气横溢,尝鼎一脔,已知为驼峰、麟脯矣。"

这两首和诗内容丰富,思想深刻,深刻分析了唐朝发生"安史之乱"和军队无能的原因,对平定动乱决定性因素进行探究分析,并以史鉴今,表达了对北宋末年朝政的现实思考和担忧。

"安史之乱"发生在玄宗末年至代宗初年(755年12月—763年2月),是唐王朝由盛而衰的转折点。对于这场内乱产生的原因，自来评说者甚多，而"女祸"说最为盛行。秦观原诗有"玉环妖血无人扫"之语，看来也归咎于杨玉环。

李清照对这场动乱的认识则更加理性和全面，她也认同前人看法，将"安史之乱"与夏、商亡国联系在一起："夏商有鉴当深戒，简策汗青今具在。"夏桀宠信妹喜，商纣宠信妲己，双双亡国，以此告诫后人，避免女色祸国的悲剧重演。但是李清照同时又意识到，一场内乱持续八年之久，有着更为深刻的社会原因，其最主要的责任和问题还是出在唐王朝的君臣身上，当政者才是问题的核心。

首先，李清照对唐明皇纵情享乐、不思进取、腐化昏聩进行了尖锐批判，如诗中的"五坊供奉斗鸡儿，酒肉堆中不知老"，"谁令妃子天上来，虢秦韩国皆天才。花桑羯鼓玉方响，春风不敢生尘埃"，"何为出战辄披靡，传置荔枝马多死"，等等。其中"谁令"句最具深意，杨氏兄妹之所以能为祸朝廷，正是因为李隆基的宠信和支持，因此深究这场内乱的罪魁祸首，唐明皇难辞其咎，首当其冲。"五十年功"，唐玄宗实际在位四十四年，"五十年"为约数。"五坊"，不务正业之人。"斗鸡儿"，唐玄宗爱好斗鸡，玩物丧志。

其次，李清照认为大臣不合、奸相弄权也是重要原因，对奸雄误国进行了鞭挞。如诗中的"张说当时最多机，虽生已被姚崇卖"，"奸人心丑深如崖"等。李清照生活在宋代新旧党争最为激烈的时期，创作这两首诗时，旧党大多仍在贬谪之中，她对张说、姚崇的批评应该是有现实针对性的。"张说""姚崇"，二人均为唐玄宗时宰相。"奸人心丑"，指李辅国等心地险恶。

最后，李清照并没有把"安史之乱"的平定归功于某一个人，而是归功于天时人和，"子仪光弼不自猜，天心悔祸人心开"，这是具有全面客观的历史观的。并且，李清照没有把"安史之乱"的平定看作一个圆满的结束，在动乱平息之后，唐王朝其实并未真正实现"中兴"，而是走上了日薄西山的下坡路。"子仪"，郭子仪，唐代名将，唐玄宗时，累迁朔方节度使，平"安史之乱"有功，封汾阳王。"光弼"，李光弼，唐代名将。平"安史之乱"有功，授天下兵纪都元帅，封淮郡王。

第二首诗侧重于描写"安史之乱"之后的乱象。一是世人沉醉于成功而不知反省，"不知负国有奸雄，但说成功尊国老"，"姓名谁复知安史，健儿猛将安眠死"。二是朝廷内部陷入乱局，父子不和，"西蜀万里尚能反，南内一闭何时开"。

三是内廷干政、宦官弄权，"辅国用事张后尊"。朝政之混乱由此可见一斑，"中兴"之说又何从谈起？元结的《大唐中兴颂》只是辞藻美而已，实际上唐王朝已由盛转衰了。"国老"，告老退休的卿大夫。指郭子仪、李光弼等平息"安史之乱"的功臣。"西蜀万里"，"安史之乱"时，玄宗逃至西蜀（今四川）。"南内"，长安有大内、西内、南内三宫，南内是唐玄宗听政处。"安史之乱"平息后，玄宗回到长安，肃宗信用李辅国，迁玄宗于西内，故称"南内一闭"。"辅国用事"，辅国，李辅国，玄宗时为阉奴，得肃宗信任，权势日益显赫。用事，当权。"张后"，肃宗皇后，与李辅国勾结专权，后为李辅国所杀。

李清照的这两首诗的政治批判锋芒十分尖锐，全面揭示了"安史之乱"前后的社会问题，表现出诗人深刻而清醒的历史批判意识，确是"深有思致"。同时，诗中影射了北宋末年腐败的朝政，君主荒淫无能，臣僚尔虞我诈，在外患日益严重的时候，李清照深为腐败朝政感到不安，只有用借古讽今的方式来对当权者予以劝诫，从中我们也读到了李清照那颗赤诚的爱国之心。从后来者的角度，我们今天看到，自北宋一直持续到南宋的新旧党争确实加速了两宋的衰亡。反观历史，我们不得不佩服李清照的远见卓识和政治历史观。

从文学和社会的角度来看，《浯溪中兴颂诗和张文潜》这类题材的诗歌，对于绝大多数女诗人都是难度非常大的。其一，这属于广义的七言歌行，篇幅也长，是需要以一气呵成的气势来驾驭文字的诗体，非女性作者（也包括很多男性）所擅长。其二，这是特殊时代的咏史诗，既要求诗人有高超的叙事能力，把复杂的史实以诗歌的精练语言不失委婉地表现出来，又要求具有驾驭史料的能力和出色的才识。

李清照并非"身在深闺，见闻绝少"，她的少女生活应该是非常活跃的，父亲李格非给予的宽松开明的家庭教育，让她不仅有博览群书、登山临水的机会，而且形成了卓然独立、自信自傲的性格，所以她才能在不到二十岁的年纪写出如此名作。

这两首诗大气磅礴、思想深刻、语言老到，充分体现了李清照高涨的才情、开阔的胸怀和深远的见识。

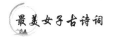

# 夏日绝句

## 【宋】李清照

生当作人杰,死亦为鬼雄。

至今思项羽,不肯过江东。

《夏日绝句》又题作《乌江》,是李清照创作的一首五言绝句。这是一首借古讽今、抒发悲愤的怀古诗,饱含昂扬的爱国热情和犀利的批判精神,是李清照影响最大的诗歌,流传久远。

靖康二年(1127年),金兵入侵中原,掳走徽、钦二帝,赵宋王朝被迫南逃。后来,李清照的丈夫赵明诚出任建康知府。建炎三年(1129年)二月的一天,城中爆发叛乱,赵明诚不思平叛,反而连夜翻墙而逃。李清照为国为夫感到耻辱,在路过乌江时,有感于项羽的悲壮,创作此诗,含有暗讽南宋王朝和劝诫自己丈夫之意。

诗的前两句,发调惊挺,语出惊人,直抒胸臆,掷地有声,提出人**"生当作人杰"**,为国建功立业,报效朝廷;"死"也应该做"鬼雄",方才不愧于顶天立地的好男儿。这十字道出了人生的要义,深深的爱国之情喷涌出来,震撼人心。"人杰",出自《史记·高祖本纪》,指张良、萧何和韩信等贤臣良将。"鬼雄",出自屈原《九歌·国殇》:"身既死兮神以灵,魂魄毅兮为鬼雄。"高度凝练的诗句鲜明而响亮地唱出了李清照"为国捐躯,生死何惧"的人生价值观。

自先秦以来,爱国主义精神一直是中华文化的主流,李清照的人生价值观正是这种民族文化精神在个体上的体现。值得颂赞的是,这种爱国的人生价值观放在女性文学的视野中,其意义凸显深刻。因为战争和侵略对于女性而言,其残酷之处在于她们无法像男性一样投笔从戎、保家卫国,而只能是铁蹄下哀叹呻吟的承受者,如汉末的蔡文姬(有名作《悲愤诗》)、后蜀的花蕊夫人(有名作《述国亡诗》),以及两宋末年被掳北上的宫人,都以各种文学方式真实再现了女性在战争中遭受的非人待遇,以及无力掌握自身命运的绝望和悲愤。但是在李清照的诗笔下,她所展现的自我形象却并不是一个等待挽救的弱者。李清照虽然不能像梁红玉那样亲临沙场,但也从未置身事外,她热烈地关心着时代时局,为深受压制的抗金志士扼腕不平,又毫不留情地对南宋君臣苟且偷生的无耻行径表示愤怒和批判。

诗的后两句**"至今思项羽,不肯过江东"**借史讽今,项羽兵败,退至乌江,乌江亭长舣船相待,项羽却以"无颜见江东父老"拒绝东渡,自刎江边。在楚汉相争的过程中,项羽暴露了作为军事领袖的诸多缺点,如妇人之仁、匹夫之勇、虎狼之残,然而在其生命的最后关头,却显示了一个英雄的铮铮铁骨和凛然无畏。诗人盛赞"不肯过江东"的精神,实因感慨时事,借史实来抒写满腔爱国热忱。在李清照看来,项羽宁死不愿忍辱偷生与宋廷不思抗敌、仓皇南遁形成鲜明对比。"至今"二字从时间与空间上将古与今、历史与现实巧妙地勾连起来,透发出借怀古以讽今的深刻用意。

建炎三年(1129年)二月,江宁(今江苏南京)发生兵乱,时任守臣的赵明诚却临阵脱逃。可以想象,对于丈夫临危而遁的行为,一向光明磊落的李清照内心是有多么失望和悲哀。这首诗写于同年四五月路过乌江之时,其中用"人杰""鬼雄"也是对丈夫不思进取、缺乏男儿气概的劝诫和勉励。

全诗刚健豪迈,只有短短的二十个字,却用了三个历史典故,可谓字字珠玑,字里行间透出一股浩然正气和凛然风骨,充满慷慨激昂的英雄主义色彩,足以令志士奋起,让懦者自惭。"生当作人杰,死亦为鬼雄"因其势如千钧的英雄气魄而成为千古传诵的名句。

易安居士三十一岁之照

**李清照像**

（选自《四印斋所刻词》）

# 题八咏楼

## 【宋】李清照

千古风流八咏楼,江山留与后人愁。

水通南国三千里,气压江城十四州。

《题八咏楼》是宋代著名女词人李清照南渡后所作的一首七言绝句,约作于绍兴五年(1135年)卜居金华时。李清照擅长写词,实际上她的诗却早得盛名,宋人评她"自少年便有诗名,才力华赡,逼近前辈"。这首诗寓意深刻,气魄宏大,是李清照诗歌的佳作之一。其中的"江山留与后人愁",流传甚广。

首句"**千古风流八咏楼**",从时间的纵向角度对八咏楼进行描写,笔调轻灵潇洒。"千古风流"四字虽略带夸张,却展现了一个让人无限神往的境界,比摹真写实更为生动传神。八咏楼,建于南齐隆昌元年(494年),为诗人沈约知婺州时所建,原名元畅楼,因沈约曾作《元畅楼八咏》诗,宋初据此而改称八咏楼。八咏楼建成之后,历代诗人多有吟咏,风流相继,至今不绝。

次句"**江山留与后人愁**",紧承前句又陡然急转,诗情重重地落在一个"愁"字上。像八咏楼这样千古风流的东南名胜,留给后人的不应再是逸兴壮采,也不只是沈约似的个人忧愁,而是为大好河山可能落入敌手生发出来的家国之愁。据记载,站在八咏楼上,"尽见群山之秀,两川贯其下,平林旷野,景物万态"。面对大好江山,诗人百感交集,此时的她,飘零异乡,忧谗失意,却始终秉持忧国爱国之志。个人的伤痛和国家的苦难,绝非一个"愁"字所能道尽,可是又只能用一个"愁"字进行概括。前两句情感对比强烈,语调宛转,意蕴深邃。

后两句"**水通南国三千里,气压江城十四州**",气势恢宏,以登上八咏楼为视角,描绘了一幅开阔壮美的南国江山图。八咏楼下临婺江,双溪绕行,"水通"句既符合实景,又不受拘泥,境界开阔,让人神飞三千里外。"十四州"代指两浙路,辖"府二:平江、镇江;州十二:杭、越、湖、婺、明、常、温、台、处、衢、严、秀"。着一

"压"字,点明八咏楼据江城形胜之地,写得气象万千,又显出了诗人开阔的胸襟和奔放的激情。此二句"纳须弥于芥子,现国土于毫端",表现出李清照出色的文学才华,也彰显出其胸怀和气魄,目光远大,志向无羁。

唐末诗僧贯休有"满堂花醉三千客,一剑霜寒十四州"的诗句,唐代才女薛涛有"壮压西川十四州"的诗句,李清照这两句可能也从中有所取意,对前者主要是以其"三千里"之遥和"十四州"之广极言婺州(今浙江金华)地位之重要,对后者改"壮压"为"气压",其势更加壮阔。贯休还有宁可背井离乡远走蜀川,也不肯轻易把"十四州"改为"四十州"的典故,李清照的借取或还有讥讽南宋朝廷割地偏安之意。

李清照作此诗时已年过半百而孑然一身,国破家亡,生灵涂炭,物是人非,此情此景怎能不感慨万千,所以她在诗中暗含了悲宋室不振、慨江山难守、渴望收复失地之情。

《题八咏楼》这首诗不仅"气象宏敞",跳动着时代的脉搏,而且在结构上也有创新。七言绝句大都按照起、承、转、合进行构思,先景后情,先平后扬。李清照这首诗却先情后景,首句发端不凡,次句含蕴丰厚,并未采用平铺直叙的叙事方式,如果沿"愁"字继续抒情,难以出彩,诗人后两句却凌空推宕,不写情专写景,不是写眼前之景,而是写想象中的壮阔之景,气势恢宏,开辟了新的境界。

这是李清照的风格,她的文学心性就是不甘人后,创作之时常常超越前人,其见解、勇气、胆识压倒了诸多"须眉",绝响一代,是为"千古第一才女"。

# 如梦令

## 【宋】李清照

昨夜雨疏风骤。浓睡不消残酒。试问卷帘人,却道"海棠依旧"。知否?知否?应是绿肥红瘦。

这首《如梦令》是李清照早期的作品,作于其南渡之前,描写闺中惜花伤春之情。词中有人物,有场景,有对话,充分显示了宋词的语言表现力和作者的才华。从审美效果而言,词作给人以极大的新奇感,语言清新,词意隽永,赢得了一致好评,"当时文士莫不击节称赏,未有能道之者",是一篇不朽的名作。

首先,这种新奇感来自于构思。《如梦令》的词意与晚唐韩偓的《懒起》"昨夜三更雨,临明一阵寒。海棠花在否?侧卧卷帘看"有一定的相似性,但词人又作了大胆的创新。这首词的内容像一出独幕情景剧:风雨后的早晨,女主人心系海棠,而侍女(卷帘人)却事不关己地来一句"海棠依旧",全不体谅她惜春爱花之意,引来了她的不满:"知否?知否?应是绿肥红瘦。"戏剧冲突的引入,使词作突破了内心独白式的抒情方式,既让读者有真切活泼的审美感受,又融情感抒发于叙事之中,表现得既活跃生动又含蓄委婉。

其次,在叙事上,词人有意打破单一的线性结构,词作一开始以倒叙的手法插入昨夜既模糊又深刻的回忆:之所以模糊,是因为浓睡和沉醉;之所以深刻,是因为即使在醉中梦里,一夜的风雨也让她心有牵挂。这自然让读者心生疑问,究竟是什么让词人如此放心不下?但词作并没有马上揭开谜底,而是引入一段人物对话,读完了这段主仆对答,恍然大悟,原来让词人一夜牵挂的是海棠花啊。这里采用曲笔的叙事方式,使词作起伏有致、婉转曲折,让人有玩索无尽之味。陈匪石云"盖词之用笔,以曲为主"。清代黄苏激赏此词:"短幅中藏无数曲折,自是圣于词者。"

第三,在用词用字上,极具深意和创造性,字字珠玑。一个"浓"和一个"残",

其背后潜藏着另一层意思,昨夜酒醉沉睡是因为惜花,不忍看到海棠花谢,所以才饮了过量的酒。一个"试"字,将词人关心花事却又害怕听到花落的消息,不忍亲见落花却又想知道究竟的矛盾心理,表达得贴切入微,曲折有致。一个"却"字,既表明侍女对女主人委曲婉转的心事毫无觉察,对窗外发生的变化无动于衷,也表明词人听到答话后感到疑惑不解。一个"应是",表明词人对窗外景象的推测与判断,因为她毕竟尚未亲眼看见,所以说话时要留有余地,同时也暗含着"必然是"和"不得不是"之意。一个"绿"字代替叶,一个"红"字代替花,是两种颜色的对比。一个"肥"字形容雨后的叶子因水分充足而茂盛肥大,而一个"瘦"字则形容雨后的花朵因不堪雨打而凋谢稀少,形成两种状态的对比。词人将平平常常的字经过搭配组合,就使得整首作品形象生动,实在令人叹为观止。

李清照的作品常常映现出活泼而新奇的情趣,这种审美的新奇感也来自于她新鲜独特的生活感受和细腻敏锐的情感体验,比如酒醉加沉睡并不是所有的贵族女性都有的经历,李清照的生活显然比她们更为恣纵,但更主要的还是李清照具有出众的才华和高傲的心性。

与很多深陷闺中的女性一样,李清照也有在漫长无聊的等待中伤感时间流逝的时候,但李清照的惆怅并不能简单地归之于"闲愁",这其中就蕴含了她对自身生活状态的无奈和不满。历来为人们所叹赏的"绿肥红瘦"四字,正是这种情绪的投射,一个"瘦"字不但描摹出花儿枯萎憔悴的形态,也体现出词人坐看春光老去却无能为力的焦灼。海棠未落却已老,春天正在悄然而去,正呼应前文的借酒浇愁。

总的来说,这首小令只有短短六句三十三言,却写得曲折委婉,富有层次,步步深入,将惜花之情表达得摇曳多姿,加之新奇活泼的构思、疏荡跳跃的节奏以及精工自然的造语炼字,使其成为宋词史上"天下称之"的妙作。

# 一剪梅

**【宋】李清照**

红藕香残玉簟秋。轻解罗裳,独上兰舟。云中谁寄锦书来? 雁字回时,月满西楼。花自飘零水自流。一种相思,两处闲愁。此情无计可消除,才下眉头,却上心头。

　　李清照的这首《一剪梅》是描写别愁之作,写于她与赵明诚婚后不久,寄寓着自己不忍别离的一腔深情,反映出初婚少妇沉溺于情海之中的纯洁心灵。全词以女性特有的沉挚情感,丝毫"不落俗套"的表现方式,展示出一种婉约之美,格调清新,意境幽然,称得上是一首工致精巧的别情佳作。

　　首句**"红藕香残玉簟秋"**领起全篇,营造了伤感而又空灵的抒情氛围,清代梁绍壬认为"有吞梅嚼雪不食人间烟火气象"(《两般秋雨庵随笔》)。"红藕"指荷花,词作突出了荷花的"红色",更给人美好生命刹那凋零的悲剧感。花已凋谢,却仍残留着淡淡的香味,逗引出词人内心的愁绪。"红藕香残"是户外之景,而"玉簟秋"则写室内之物,尚未撤换的竹席,触手生凉,也提醒着词人秋天已到。全句设色清丽,意象蕴藉,不仅刻画出四周景色,而且烘托出词人情怀。

　　接下来五句按顺序写词人从昼到夜一天内所做之事、所触之景、所生之情。**"轻解罗裳"**的"轻解"是轻轻揽起的意思,她揽起罗裙,**"独上兰舟"**,独自一人坐上小舟,希望借泛舟来消解自己内心的思念。这里连写两个动作,充满年轻女性轻盈灵动的气质,"独上"又笼罩着若有若无的伤感色彩,**"云中谁寄锦书来? 雁字回时,月满西楼。"**坐在船上,仰望天空,希望大雁飞过,给她带来丈夫的书信。"锦书",典出《晋书·列女传》,多指夫妇间的书信。大雁传书的传说见《汉书·苏武传》。可是大雁飞回,却没有带来丈夫的音信,词人徘徊在西楼之上,任圆月高挂,却无心欣赏。因惦念游子行踪,盼望锦书到达,遂从遥望云空引出雁足传书的遐想。而这一望断天涯、神驰象外的情思和遐想,不分白日或月夜,也无论在舟上或楼中,都萦绕于词人心头之上。

上阕表现离愁,但情感表达不即不离,若有若无,轻灵飘逸,用语也清新浅丽。下阕以直接抒情和吐露胸臆为主。

过片以**"花自飘零水自流"**承上启下,词意不断,语出唐代崔涂《春夕》"水流花谢两无情",同时又与上阕"红藕香残""独上兰舟"遥相呼应,所喻的人生、年华、爱情、离别,则给人以"无可奈何花落去"(晏殊《浣溪沙》)、"水流无限似侬愁"(刘禹锡《竹枝词》)之意。

**"一种相思,两处闲愁。"**词人与丈夫虽然离别,却并非"两无情",而是异地同心,遥相思念,她由己身推想到对方,遥想丈夫和自己一样,深深陷入相思之中,也有着难以排遣的"闲愁",体现出伉俪情深、心心相印的美好婚姻状态和她对感情生活的自信,这在中国古代社会非常难得,也令人艳羡。但词人设想对方对自己的思念,只是点到为止,令人回味。

结拍三句**"此情无计可消除,才下眉头,却上心头"**,达到情感高潮,是历来为人所赞赏称道的名句。王士禛在《花草蒙拾》中指出,这三句从范仲淹《御街行》"都来此事,眉间心上,无计相回避"脱胎而来。这说明,诗词创作虽忌模拟,但可以化用前人语句,使之呈现新貌,融入自己的作品之中。成功的点化总是青出于蓝而胜于蓝,不仅变化原句,而且高过原句。李清照的这一点化,就是一个成功的例子。王士禛也认为,相对于范句,李句"特工"。两相对比,范句比较平实板直,不能收到醒人眼目的艺术效果;李句则别出巧思,以"才下眉头,却上心头"这样两句来代替"眉间心上,无计相回避"的平铺直叙,给人以耳目一新之感。"才上"和"却上",词人连用两个动词,将虽有意掩饰愁绪却又无法摆脱心头相思之苦的心理过程描写得淋漓尽致,楚楚动人。"眉头"和"心头"两个"头"字连用,体现了巧慧尖新的特点,颇有民间曲子词的风格韵味,又与"一种相思,两处闲愁"前后衬映,相得益彰。

这首词结构工整,兰香玉润,平易自然,在情感表达上十分巧妙,上阕秀绝委婉,有雅致清秀的大家风范;下阕坦白率真,几乎不假修饰,直透人心,正如南宋王灼所言"能曲折尽人意,轻巧尖新,姿态百出"。李清照将两者巧妙结合起来,营造出既深挚细腻,又明白晓畅的风格,别具超逸清绝之气,具有独特的艺术魅力。

# 永遇乐·元宵

## 【宋】李清照

落日镕金，暮云合璧，人在何处？染柳烟浓，吹梅笛怨，春意知几许！元宵佳节，融和天气，次第岂无风雨？来相召、香车宝马，谢他酒朋诗侣。

中州盛日，闺门多暇，记得偏重三五。铺翠冠儿，撚金雪柳，簇带争济楚。如今憔悴，风鬟雾鬓，怕见夜间出去。不如向、帘儿底下，听人笑语。

这首《永遇乐》是李清照晚年的作品，为伤今追昔之作，富含远韵和深意，是易安词中极为世人所重视和赏爱的一篇作品。此词用对比手法，写了北宋京城汴京和南宋京城临安元宵节的情景，借以抒发自己的故国之思，并含蓄地表达了对南宋统治者苟且偷安的不满。

**"落日镕金，暮云合璧"**，首二句着力描绘元夕绚丽的暮景，气象高远。落日的光辉，像熔解的金子，一片赤红璀璨；傍晚的云彩，围合着璧玉一样的圆月。两句对仗工整，辞采鲜丽，形象飞动。"合璧"二字暗用古诗"日暮碧云合，佳人殊未来"，暗示了国破家亡和其夫赵明诚也长逝不返的极痛深哀。故紧接**"人在何处？"**，一声充满迷惘与痛苦的长叹，点明了其所思不在而人事全非的悲慨。

接续**"染柳烟浓，吹梅笛怨，春意知几许"**，同样是两句偶句和一个单句。偶句写景色，浓浓烟霭的熏染下，柳叶已可见轻微之绿色；笛子吹奏出哀怨的《梅花落》曲调，原来先春而开的梅花已经零落了，这是暗示元宵的早春节候。后面用了一个单句"春意知几许"，将节候明白点出。"几许"是不定之词，说春意尚浅。

开端这六句，叠用两偶一单，两个偶句之对偶都写得极美，这正是此词最得人赞美之处。两个单句作结，而一为四字句，一为五字句，整齐中有变化，虽说这是《永遇乐》词调的基本格式，但李清照确实用得极好，把形式方面的骈散句法与内容情意作了完美的结合，耐人咀嚼。

在展开了既具气象又富感发的铺垫后，进入了这首词的主题"元宵佳节"。

如此欢庆的佳节,如此美好的天气,本应带给人一片欢乐才是,但出人意料陡然一转,**"次第岂无风雨?"** 此处着笔颇有深意。李清照与秦桧妻王氏为姑表姐妹,当时秦桧日益得势,粉饰太平,屡上贺章,李清照也被推荐向皇室写祝贺帖子。这首词正是这一时期所作。李清照具有忠义劲直的性格,对于当时苟且偏安的风气是不满的,联系下面的"香车宝马"是对显贵的形容,所以这里的"风雨"是深有讽喻之意,这也是她多年颠沛流离的境遇和深重的国难家仇所形成的特殊心境。由于心绪落寞,临安城中一些显贵乘着香车宝马邀她参加元宵的诗酒盛会,她都婉言推辞了。

上阕从气象景物中所透露的人事全非和时节变易转入元宵佳节时贵显的邀请,这些叙写都充满了幽约深隐的讽喻之意,一个"谢"字表达了对元宵不仅意趣索然,更感到忧从中来,是为伤今。

下阕笔锋一转,是为追昔,描写对北宋盛世元宵佳节良辰美景的回忆。**"中州盛日"** 是国家当年升平安乐的美好时世,**"闺门多暇"** 是自己当年青春年少时的美好生活,**"记得偏重三五"** 的意思是当年"元宵"佳节非常为人们所重视。以李清照争强好胜和充满游兴的性格,自然会热闹地过此佳节。这天晚上,同闺中女伴戴上嵌插着翠鸟羽毛的时兴帽子,和金线捻丝所制的雪柳,插戴得齐齐整整,前去游乐。"铺翠"是以翠羽为装点的饰物,"撚金雪柳"是撚有金线的装饰,非常精美,这都是当日妇女的流行头饰。"簇带"是说装戴盛多。"济楚"是说整齐、美盛动人之貌,柳永《木兰花》(心娘自小能歌舞)中有"举意动人皆济楚"之句。"争"字写出了好与人争妍斗盛的一种爱美心情。这几句集中写当年的着意穿戴打扮,既切合青春少女的特点,充分体现那时候无忧无虑的游赏兴致,同时也从侧面反映了汴京的繁华热闹。以上六句语调轻松欢快,多用当时俗语,宛然少女心声。

紧接着,笔锋转入强烈的盛与衰的对比。昔日的繁华欢乐早已成为不可追寻的幻梦,而现实的境况是:**"如今憔悴,风鬟雾鬓,怕见夜间出去。"** "风鬟雾鬓"呼应前面"铺翠""撚金"的青春美丽,反衬如今的鬟髻不整、两鬓霜华的憔悴衰老。所以"怕见夜间出去",回想当年元夕华灯之下盛装争妍的往事,真有不堪回首的伤痛。在如此强烈对比下,词人最后用一种闲淡的笔法,以一句**"不如向、帘**

儿底下,听人笑语"的淡泊轻松收束全篇。面对现实,心意矛盾的词人以这般难以言说的隔帘听人笑语来结束抒情,实则饱含着深沉的无奈和压抑的忧伤。

这首词在艺术上运用了今昔对照与丽景哀情相映的手法,用语极为平易,化俗为雅,雅俗相济,未言哀但哀情溢于言表,委婉含蓄地表达了自己心中的大悲大痛,堪称词坛大手笔。

此阕词具有很强的艺术感染力,得到了诸多赞赏,一是赞赏用词精妙,有的称赞"染柳烟浓"三句"气象更好",有的称赞"于今憔悴"三句"炼句精巧"。二是被内容所打动,因为词中有写当年北宋汴京元夕的美景良辰,许多渡江南来的词人读到此处,自然感同身受,不免产生许多今昔悲慨。南宋末年词人刘辰翁曾用同调《永遇乐》写过两首"上元"词,并在词前的小序中写道:"余自乙亥上元诵李易安《永遇乐》,为之涕下。今三年矣,每闻此词,辄不自堪。遂依其声,又托之易安自喻,虽辞情不及,而悲苦过之。"当时南宋危亡已近在眼前,所以刘辰翁每次读李清照的这首词就"为之涕下",产生了深切的共鸣。

# 声声慢

## 【宋】李清照

寻寻觅觅,冷冷清清,凄凄惨惨戚戚。乍暖还寒时候,最难将息。三杯两盏淡酒,怎敌他、晚来风急。雁过也,正伤心,却是旧时相识。

满地黄花堆积,憔悴损,如今有谁堪摘。守着窗儿,独自怎生得黑。梧桐更兼细雨,到黄昏、点点滴滴。这次第,怎一个愁字了得!

"靖康之变"后,李清照遭遇国破、家亡、夫逝,伤于人事。南渡以后,她的作品再没有当年那种清丽优雅、浅斟低唱,而转为沉郁凄婉,主要抒写她对亡夫赵明诚的怀念和自己孤单凄凉的景况。这首《声声慢》是她后期的典型代表作品之一,被称述和评说得最多,展现了女性化的美感特质。

毫无疑问,这首词的开端用十四个叠字非比寻常,不但在填词方面,即使在诗赋曲的作品中也绝无仅有。妙处不仅如此,这七组叠词还极富音乐美,因为宋词是用来演唱的,音调和谐是一个基本要求。李清照对音律有极深造诣,所以这七组叠词朗读起来,便有一种大珠小珠落玉盘的感觉。只觉齿舌音来回反复吟唱,徘徊低迷,婉转凄楚,有如听到一个伤心至极的人在低声倾诉,然而她还未开口就已能使听众感觉到她的忧伤,而等她说完了,那种伤感的情绪还没有散去。一种莫名其妙的愁绪在心头和空气中弥漫开来,久久不散,余味无穷。诸多词评家对李清照连用这十四个叠字都大加赞美。

从词意来看,"**寻寻觅觅**"是对于骤然失落的未能遽信,可见词人百无聊赖,如有所失,于是东张西望,仿佛漂流在孤独中一样,希望找到点什么来寄托自己的空虚寂寞。结果只寻得"**冷冷清清**",不但一无所获,反被一种孤寂清冷的气氛袭来,使自己感到孤寒无托。于是紧接着"**凄凄惨惨戚戚**",写出了自己内心的凄凉惨痛和悲苦。这十四字是词人对自己内心进行一个层层递进的整体叙写,层次感很强,极为细致地传达出了凄寒孤寂、无依无靠的感觉和感情,营造了一种愁惨而凄厉的氛围。

"乍暖还寒时候"是写外在的季节气候引人伤怀,这是指一日之晨,而非一季之候。秋日清晨,朝阳初出,故言"乍暖",但晓寒犹重,秋风砭骨,故言"还寒"。"最难将息"与上文"寻寻觅觅"句相呼应,说明从一清早自己就不知如何是好。"将息"是养息、休养之意。"三杯两盏淡酒,怎敌他、晚来风急"是写自己虽然做了借酒消愁的排解之努力,但此凄寒之感仍不可解。"雁过也,正伤心,却是旧时相识",这有两层意思,一是指南来秋雁,正是往昔在北方见到的;二是暗含了对往事的追忆,李清照曾在婚后丈夫外出写过一首相思怨别的《一剪梅》(红藕香残),词中有"云中谁寄锦书来,雁字回时,月满西楼"句,而今日鸿雁从云中飞过,却再也没有对她关爱之人寄来"锦书"了,所以说"正伤心,却是旧时相识"。

上阕从一个人寻觅无着,写到酒难浇愁,然后是风送雁声,倍增惆怅。下阕很连贯地由秋日高空转入自家庭院,园中开满了菊花,秋意正浓。这里"满地黄花堆积"是指菊花盛开,而非残英满地。"憔悴损"是指自己因忧伤而憔悴瘦损,也不是指菊花枯萎凋谢。正由于自己无心看花,虽值菊堆满地,却不想去摘它赏它,这应是"如今有谁堪摘"的确解。然而人不摘花,花当自萎;及花已损,则欲摘已不堪摘了。这里既写出了自己无心摘花的郁闷,又透露了惜花将谢的情怀,笔意比唐人杜秋娘所唱的"有花堪折直须折,莫待无花空折枝"更为深远,渗透着深刻的生命悲哀。

"守着窗儿,独自怎生得黑",守窗独坐,唯盼一日尽快消逝,并且好像天有意不肯黑下来而使人更为难过,这应是孤寂苦闷的极境了吧,表现的是对白日完全无可期待的放弃。"梧桐更兼细雨,到黄昏、点点滴滴",既化用温庭筠《更漏子》"梧桐树,三更雨,不道离情正苦;一叶叶,一声声,空阶滴到明"之词意,又继续以叠字与开端十四叠字相呼应,又进一层写出了从白昼到黄昏都是这种无尽无休的孤凄寂寞之感。

最后以"这次第,怎一个愁字了得"作收,"次第"是情况之意,"这次第"是总结全词所历叙的种种情事,包括节候伤怀、遣愁无计、雁过伤心、憔悴堪摘、独守窗儿、梧桐雨滴,种种哀感纷来,这诸多感受自然不是一个"愁"字能包含得尽的。李清照在这里化多为少,妙在不说明于一个"愁"字之外更有什么心情,即戛然而止,表面上有"欲说还休"之意,实际上已倾泻无遗,表达得淋漓尽致了。

这首词在结构上打破了上下阕的局限,一气贯注,不假雕饰,着意渲染愁情,如泣如诉,一字一泪,风格深沉凝重,哀婉凄苦,极富艺术感染力。叶嘉莹先生认为,此词以极具女性色彩的语言来书写女性的情思,即"当我书写,那是写出我自己",这就是女性语言与女性书写的特质与特点。

# 鹧鸪天·寄李之问

【宋】聂胜琼

玉惨花愁出凤城,莲花楼下柳青青。尊前一唱阳关后,别个人人第五程。

寻好梦,梦难成。况谁知我此时情!枕前泪共帘前雨,隔个窗儿滴到明。

聂胜琼,长安(今陕西西安)人。据南宋杨湜《古今词话》记载,聂胜琼为汴京名妓,善填词,后归礼部属官李之问。《全宋词》存其词一首,即《鹧鸪天》。

关于这首词的故事,最早记载于南宋学者杨湜所著的《古今词话》中,云:"李公之问仪曹解长安幕,诣京师改秩。都下聂胜琼,名倡也,资性慧黠,公见而喜之。李将行,胜琼送之别,饮于莲花楼,唱一词,末句曰:'无计留春住,奈何无计随君去。'李复留经月,为细君督归甚切,遂别。不旬日,聂作一词以寄之,名《鹧鸪天》,曰:(即本词)。李在中路得之,藏于箧间。抵家为其妻所得,因问之,具以实告。妻喜其语句清健,遂出妆奁资募。后往京师取归。琼至,即弃冠栉,损其妆饰,奉承李公之室以主母礼,大和悦焉。"

这是一首寄赠词,是聂胜琼送别李之问之后所作。

上阕主要写离别时的情景。"**玉惨花愁出凤城**"即点明离别。"玉"与"花"喻自己,"玉惨花愁"形容女子忧愁之貌,通过"惨""愁"二字,可以看出词人送别时候的依依不舍与痛苦,包含着她不忍分别的真挚感情。"凤城"这里代指京城汴梁。"**莲花楼下柳青青**"点明送别的地点在莲花楼,而楼下的柳色青青,恰是留别的氛围。柳者,留也。这正与樽前演唱的《阳关曲》相应,《阳关曲》即王维《送元二使安西》:"渭城朝雨浥轻尘,客舍青青柳色新。劝君更尽一杯酒,西出阳关无故人。"唐人将这首送别诗配曲,称为《阳关曲》或《阳关三叠》,此曲成为离别的代名词。"**别个人人第五程**",意为送了一程又一程。"人人"为宋代市井俗语,用于对昵爱者的称呼,如晏幾道《踏莎行》中的"伤心最是醉归时,眼前少个人人送"。"第五程"表示送别的路程之远,也有用"第四程"表达路程之远,杨万里《舟过望亭》有"已离常州第四程"句,那么"第五程"当然更远。眼前的青青柳色与悲哀的离别之曲一起颤动着离人的心弦,这一曲《阳关》唱完,心中的人儿就起程了,就这样一程一程地送他。上阕写离别,表达了词人情意绵绵、愁思满怀、难舍难分的离别感伤。

下阕主要叙写别后的思念之情。**"寻好梦,梦难成"**,离别之后,多么希望能在梦中遇见自己心爱的人啊,但是更加悲哀的是难以成梦。连用两个"梦"字,表现了词人相恋之深,思念之切,辗转反侧,渴望与李之问在梦中相遇而不得的痛苦之情。**"况谁知我此时情"**,又有谁知道我此时此刻的相思之苦呢,突出了作者的孤独感。**"枕前泪共帘前雨,隔个窗儿滴到明。"**结尾两句本为唐末江淮名妓徐月英所作的名句,被聂胜琼借来使用,意义情调都恰到好处。这两句随着《鹧鸪天》词而流传更广,许多人以为是聂胜琼的原创。"帘前雨"与"枕前泪"相互映衬,以无情的雨声烘染相思的泪滴,雨不停泪也不停,窗内窗外,共同滴到天明。这是把客观环境和主观感情相结合,以大自然的夜雨寄托了离人的凄苦,道出了词人在雨夜之中那种强烈的孤独感与痛苦的相思之情。晚唐温庭筠《更漏子》的下阕曾描写:"梧桐树,三更雨,不道离情正苦。一叶叶,一声声,空阶滴到明。"宋人万俟咏的《长相思·雨》也写道:"一声声,一更更。窗外芭蕉窗里灯,此时无限情。梦难成,恨难平。不道愁人不喜听,空阶滴到明。"相比之下,聂胜琼对夜雨中情景交融的描绘,把人的主体活动与雨夜的客体环境融合一体,显得更加深刻细腻。

这首词实写与虚写相结合,现实与想象相交融,痴情缠绵,凄婉悱恻。难怪李之问的妻子读到这首词时,"喜其语句清健",欣赏词人的艺术才华,被作品中的真挚感情所感动,"出妆奁资夫取归",支持丈夫将词人娶回家,遂了二人的心愿。

# 如梦令·宫词

## 【宋】孙道绚

翠柏红蕉影乱。月上朱栏一半。风自碧空来,吹落歌珠一串。不见,不见。人被绣帘遮断。

孙道绚,北宋末年到南宋绍兴年间人,号冲虚居士。原籍河南开封,移居福建蒲城。黄铢的母亲。三十岁丧夫,守志以终。经历坎坷,晚年家中遇火,词作焚毁殆尽。黄铢搜访其散落各处词作,仅得数首。善诗词,词风飘逸,有清宕之气。《全宋词》存其词八首。

"宫词"是唐诗中一种独特的题材类型,以皇宫禁掖的日常生活琐事为描述对象,多反映遭受冷遇、幽居深宫的女子孤独清苦、寂寞无聊的生活情形,表达对其之同情。中唐王建的《宫词》百首,创制了七绝百首联章体宫词组诗的形式,对后世影响尤为巨大。宋词中亦有不少类似的"宫词体"作品,将幽怨之情与婉约词特有的艺术特质结合到一起,开拓了新的艺术境界。

孙道绚的这首《宫词》,将情感主体进行转换,从旁观者的角度,描摹抒情主人公经过宫苑楼阁之外,被里面传出的女子歌声所吸引和陶醉,想见却不能的失落和怅惘之情。

首句"**翠柏红蕉影乱**"是对周围环境的描写,翠柏和红蕉衬托的是"影乱"二字。"红蕉"即红花芭蕉,一种较常见的观赏花卉。柳宗元《红蕉》:"晚英值穷节,绿润含朱光。以兹正阳色,窈窕凌清霜。远物世所重,旅人心独伤。"红蕉除了形色美丽外,还可赋予一种高洁不俗之意。青翠的柏树,红艳的美人蕉,红绿相间,环境优美,隐衬了宫苑中女子的美丽。晚上树木花卉的凌乱之影,则暗含着一种困惑、纷杂的心理。

次句"**月上朱栏一半**"点明了时间,月亮才刚刚升起,说明夜还不深,时间不算太晚。"**风自碧空来,吹落歌珠一串**",在月光皎洁、微风吹拂、花影绰约的静谧夜色中,从青碧色的天空中却突然传来了一阵清脆悦耳的歌声。以动人静,在画面中融入了歌声这一声音元素,意境优美。更巧妙的是,词人将动人的歌声比喻为一串"歌珠",以珍珠滚圆光滑的形状和质感,形容歌声的圆润、婉转、美妙。白居易《琵琶行》中的名句"大珠小珠落玉盘",用珍珠与玉盘碰撞时的清脆爽落之音形容优美的琵琶声。孙道绚这里采用了通感和移觉的修辞手法,以视觉、触觉来表现听觉形象,形容歌声是被微风从碧空中吹落而来的,甚为缥缈灵动。

词的前部分主要描写了一种美妙的情境。随即出现转折,陡然转入另一层境界:**"不见,不见。人被绣帘遮断。"** 因为听到了动听的歌声,难免就让人去想象歌者的样子,应是超凡脱俗,并且具有非同一般的容貌和气质吧。在这样一窥究竟的心理支使下,即使垫着脚尖探寻,却也只能看到或想象到一层薄薄的绣帘。那唱歌的女子在深闺宫苑中,绝难出来示人,让听者只能无可奈何地喟叹"不见、不见",怅惘失望之情尽显,正如苏东坡《蝶恋花》中"墙外行人,墙里佳人笑。笑渐不闻声渐悄。多情却被无情恼"的意境。

从审美的心理角度来说,最美好的事物总是存在于人的想象之中。在可望而不可即的时候,审美者就会按照自己的理想和标准进行想象,这就是一种美好但又虚幻的意境。所以,卓人月评这首词"情景全在'不见、不见'四字",可见词人和读者对此种意境的感知是相通的。

这首词篇幅简短,却具有层次感,显示出女词人细微敏锐的观察力和出色精妙的艺术创造力,《历朝名媛诗词》评孙道绚"笔力矫健,似作家老手,《如梦令》首最佳",对此词给予充分肯定。

# 自责二首

**【宋】朱淑真**

一

女子弄文诚可罪,那堪咏月更吟风。

磨穿铁砚非吾事,绣折金针却有功。

二

闷无消遣只看诗,又见诗中话别离。

添得情怀转萧索,始知伶俐不如痴。

朱淑真(约1079—约1133),号幽栖居士,钱塘(今浙江杭州)人。生于官宦之家,兼擅诗词书画,聪明任性,才名早著。婚姻不谐,离异收场。朱淑真去世后,父母将其遗体连同诗稿一起焚化,不为她立墓,免于凭吊。有《断肠集》《断肠词》传世。

《自责二首》是朱淑真以"自责"为题,用反讽的手法,讥讽和谴责世俗的愚昧,诉说身为女子有才学却不为现实所容的悲愤和无奈。

第一首是议论女子学文。首句"**女子弄文诚可罪**"就说女子无才便是德,女子学文就是罪过,反对女子学文和熟悉书史。次句"**那堪咏月更吟风**"更进一步,反对女子学诗,吟风咏月就是罪上加罪,更加无益于世道人心。这两句表面上是附和世俗的观点,其实都是愤激性的反话。面对传统社会,朱淑真诗文兼擅,她几乎触犯了所有的规条了,但依然无所畏惧,表现出胆色和见识。第三句"**磨穿铁砚非吾事**"用典换意,用了李白铁杵磨成针和桑维翰铸铁砚以坚定考进士的决心,指出自己并非志在科考。末句"**绣折金针却有功**",意思是磨砺金针就可以绣出文采了。可见,女子弄文既是锻炼意志,又是陶冶性情,一举推翻了世俗的谬误和偏见。朱淑真曾云:"然翰墨文章之能,非妇人女子之事,性之所好,情之所钟,不觉自鸣尔。"认为诗歌由性情中流出,自然是禁之不止的"自鸣"现象。"绣折金针"的寓意蕴含了博大精深的文化情怀,不等同于一般的吟风咏月,女子学文是可以提升见识胸襟的。宋朝很多家庭重视女子教育,很多伟大的母亲都有深厚的文化修养,如欧阳修、苏轼、苏辙、李清照、岳飞等,都是由母亲一手调教出来的。

第二首写出诗人矛盾痛苦的心理。**"闷无消遣只看诗,又见诗中话别离。"**读诗本来为了消遣和解闷,她的理想、她的憧憬只能到诗中去寻找。然而翻开书卷,又读到一些不忍卒读的离别场面,更勾起自己无限的伤感,引发内心的共鸣与难过。**"添得情怀转萧索"**,第三句换意,因为读诗,让人感动深刻,更容易令人情绪低落、惆怅凄凉,世间上的悲剧太多了,难以化解。结句**"始知伶俐不如痴"**,引用俗语智慧,才之为累,烦恼不尽,白痴没有任何精神负担,可能比聪明伶俐的人过得更适意。诗人有一颗敏感的心,万事萦心,在俗世中充满了内心矛盾和痛苦。前三句塑造了情绪的低潮,末句说的是反话,以激愤的态度推翻愚昧的偏见,难道要让聪慧伶俐的女子都像白痴一样度过人生吗?!

这两首诗分别论述女子有学、女子有才的命题,表面上是责己,其实是"他责",是对传统社会扼杀女性人才的谴责与抨击,但是在世俗中又难以抗争,自己的爱憎痛苦无法尽陈,只能"自责"了。全诗写得自然流畅,笔法含蓄,字直意曲,在艺术上有"正面不说说反面"之巧,看似寻常,实则力透纸背。

# 落　花

**【宋】朱淑真**

连理枝头花正开,妒花风雨便相催。

愿教青帝常为主,莫遣纷纷点翠苔。

《落花》是南宋女诗人朱淑真创作的一首七言绝句,在《千家诗》中题作《落花》,在张璋、黄畬校注《朱淑真集》中题作《惜春》。

这首诗表面赋咏落花,但通于身世之感,自然也带出了惜春的情绪,正所谓写景以自况、借花以自怜。

诗人写惜花之情非常直露,起首两句,"**连理枝头花正开,妒花风雨便相催**",描写的似乎是一种搏斗的场面,一方是正在开的娇弱花朵,另一方则是满怀妒意的狂风暴雨。"正"和"便"二字突出了时间的紧迫和紧张感。花开正好,风雨何急?在诗人眼中,暴雨狂风夹着妒意向落花袭来时,已经成为人间暴虐力量的化身,而那正当新鲜娇嫩的花枝则成了美好事物的象征。这恰如不幸的人生一样,天有不测之风云,难以对抗命运的捉弄。

因为无力改变残酷的现实和苦难的人生,诗人只能从内心发出呼唤:"**愿教青帝常为主,莫教纷纷点翠苔**。""青帝"乃司春之神及百花之神,掌管万物的生机。"教"读平声,意为叫也、使也。"点"字有轻飘着地的意思,"点翠苔"刻画落花婀娜多姿的神态。诗人希望司春之神保护花儿,多给一些时间,不要让花儿很快就飘落在翠茵上化作尘埃。

惜花即惜春。花儿飘落之后,其实春天也快要消逝了。诗人希望挽留落花,看来也就是希望挽留春天,包含对人生短促的叹惜,以及对生命不能圆满的茫然。诗人的惜花和惜春之情,并非是对自然景物的感伤,而是表达了对人生的感慨,是一种哲理,将落花代入个人的身世之中,以落花来写人世的风雨沧桑,以惜花来表达对人世间不平的愤懑和对美的呼唤。

　　这首诗不知道写于何时,"连理枝"可以寓意夫妻美满的爱情,但妒花的风雨来临,双方经不起环境的考验,那么这首诗可能意在期待挽救一段婚姻。但也可能是朱淑真早年的作品,小女孩正在编织爱情的美梦,可是父母竟为自己安排了一段婚姻,风雨横来,花魂零落,恳求青帝怜悯,留一条生路,如此,这首诗可能就隐含了哀伤与自怜,带着反抗命运的寓意了。

　　此诗语言平易,写得含蓄,纤柔哀婉。诗无达诂,其中含义在于读者不同的体会和感悟了。

朱淑真像

(选自《百美新咏图传》)

# 清平乐·夏日游湖

## 【宋】朱淑真

恼烟撩露,留我须臾住。携手藕花湖上路,一霎黄梅细雨。

娇痴不怕人猜,和衣睡倒人怀。最是分携时候,归来懒傍妆台。

朱淑真是有名的才女,出身于官宦之家,家中男女长幼皆能文墨书琴。后人评价朱淑真和李清照并称"隽才",其词作可与李清照媲美。朱淑真的书画造诣也相当高。但遗憾的是,朱淑真的婚姻不幸,嫁给了一个小俗官吏,刚开始她还对丈夫抱有很大的希望,多次写诗勉励他,希望丈夫心怀大志。可惜她丈夫毫无大志,一事钻营,辗转为吏,并混在商妓之中。两人最终因为志趣不合,婚姻不谐,以离异收场,朱淑真也抑郁而终。

在中国传统社会中,男性以修齐治平为终身之志,而女子被局限于闺阃之中,不能以修齐治平为事,其唯一的志意就是求得一个真正相爱的男子以终其身。朱淑真的不幸就是她生为一个自负清才的才女,想要寻求一个与之相匹配的才郎,但现实是残酷的。

但朱淑真与一般婚姻失意女子不同,她有一颗强烈的自我追求之心。为了寻求称心如意的人,她竟然敢于冒天下之大不韪,不仅在行为上突破礼防,而且更敢于在作品中大胆表述。一般女性所写闺情,多限于对自己丈夫的相思和怀念,连婚前对于爱情的向往都不敢轻易说出口,但朱淑真在作品中公然自写其婚外恋情。

这首《清平乐》是一篇叙事言情之作,写的是词人与恋人在湖边幽会的情景和经历。

该词的上半阕概写游湖之事,开头道出了游湖的时间,是夏日的清晨,如烟一般朦胧的雾气和晶莹剔透的露球将消未消之时,一个"恼"字和一个"撩"字,便为"**留我须臾住**"找到了理由,待了一会儿,词人与恋人携手走上开满荷花的湖堤。一霎时工夫黄梅细雨下起来了,这种情景在江南的五六月间黄梅季节是常见的景象,这时漫步湖边,烟雨茫茫,格外增添一份朦胧的情趣,陶醉喜人。

词的下半阕就大胆直白,"**娇痴不怕人猜,和衣睡倒人怀**",或许是为躲避细雨,他们在树荫下,拥坐下来,窃窃私语,相亲相爱。她娇柔妩媚,也不怕别人猜度,按捺不住内心的爱情烈火,干脆不解衣服倒入恋人的怀抱里,在默默不语中,如痴如醉地享受着美好恋情的幸福。"**最是分携时候,归来懒傍妆台**",最令人难忘的是分手时的情景,待到回到自己家里之后,不想急忙去靠近梳妆台看自己的模样,而是处于回忆的恋想之中,不知不觉又陷入了孤寂愁苦的境地。

这首词在描写缠绵缱绻的情意时姿态横生,在感情的表达上坦率大胆。在宋代重视妇女贞德的历史背景中,对于非自己丈夫的男子,做出如此举动和表达,其社会压力是可以想见的,不过这也正是朱淑真性情的表现。

朱淑真在《自责》中曾写道"女子弄文诚可罪,那堪咏月更吟风",包含两层含义:"女子弄文"是第一层"罪";"咏月吟风"应是指写闲情和爱情之作,那自然是第二层"罪"了。但是朱淑真在如此双重"自责"的情况下,依然写出如此大胆的作品,"住"只"须臾","雨"亦"一霎",她所能有的只不过"和衣睡倒人怀"的片刻"幽欢"而已,可见一个才女对"吟咏""风月"的向往和追求。

朱淑真为了追求纯真的爱情,在汴京遇到了一位恋人,但在战乱中离散,回到娘家后备受冷眼,过得也不快乐,日益感到无常和空虚,盖断肠人也。她去世后,其诗词集被父母焚化,今天留传下来的已百不存一,后人辑录起来名其集曰"断肠"。

# 钗头凤

## 【宋】唐　婉

世情薄,人情恶,雨送黄昏花易落。晓风干,泪痕残。欲笺心事,独语斜阑。难,难,难!

人成各,今非昨,病魂尝似秋千索。角声寒,夜阑珊。怕人寻问,咽泪装欢。瞒,瞒,瞒!

唐婉(? —1155),越州山阴(今浙江绍兴)人。南宋爱国诗人陆游的妻子,为陆游母亲所逼,与陆游离异,改嫁同郡赵士程,郁郁而死。

这首词的背后是一个凄婉的爱情故事。

绍兴十四年(1144年),十九岁的陆游与唐婉(多认为是陆游的表妹)成婚,夫妻甚为相得,情爱弥深,但唐婉不得陆母唐氏的欢心,她认为唐婉把儿子的前程耽误了,且未有身孕。在陆母的逼迫下,夫妻离异。唐婉而后由家人做主改嫁同郡赵士程。多年以后,陆游在一次礼部会试失利后到会稽禹迹寺南的沈园春游,于沈园遇见了赵士程和唐婉,唐婉征得丈夫同意,给陆游送去了酒肴。陆游感念不已,在沈园的墙壁上题了一首《钗头凤》词:

红酥手,黄滕酒,满城春色宫墙柳。东风恶,欢情薄。一怀愁绪,几年离索。错,错,错。

春如旧,人空瘦,泪痕红浥鲛绡透。桃花落,闲池阁。山盟虽在,锦书难托。莫,莫,莫。

当唐婉再次游沈园的时候见到了陆游的题词,不由感慨万千,便和了这首词。后抑郁而终。

陆游的词里说:“东风恶,欢情薄。”唐婉词的开头照应这两句,说“**世情薄,人**

情恶",世情是淡薄的,人情是险恶的。开篇就抒发对世道人心的控诉,正是由于世道人心的险恶,一对恩爱夫妻被拆散了。这种直抒胸臆是感情累积到极点时喷薄而出,然后用一句景加以烘染,接**"雨送黄昏花易落"**,黄昏时下起的雨,就好像要送走黄昏一样,在雨的淋漓下,花也容易飘落。这是眼前景,晚春黄昏雨打花落之景,同时又有象征意义,象征美好的爱情也被雨打花落了,有力地烘托了首句的控诉。

**"晓风干,泪痕残"**,拂晓的风吹干了地上零落的花草,但吹不掉自己脸上的泪痕。从黄昏到拂晓,说明自己一夜未眠。**"欲笺心事,独语斜阑"**,这一夜想要写封信表达自己的心事,却又限于礼制没法儿写,只能独自在斜栏边自言自语。"笺",信笺,用作动词化,意为写书信。倚栏杆,在古典诗词中一般是表达愁苦之情,而在斜栏边自语,愁情更深一层。上阕结于**"难,难,难"**,千种愁恨,万种委屈,是处境难,还是心事难,全都包含在三个重叠的"难"字之中了。

下阕开头**"人成各,今非昨"**,又呼应陆游的"春如旧,人空瘦",意思是一对恩爱的夫妻成了各自一人,一个再娶,一个另嫁,今天也已经不是昨天了。词人从空间、时间两个方面抒发了彼此的夫妻睽离。**"病魂尝似秋千索"**,接着写到自己的处境与身体,因相思而成病,生病的身体就像风中的秋千一样摇摆。这一比喻形似且凄厉。"尝似",有版本作"常似",常常像之意。

**"角声寒,夜阑珊。"**上文暗示了一夜未眠,现在黑夜将尽了,春夜的角声是寒冷的,给人感觉十分凄凉,这是用景烘托。拂晓前的一段时间,是不眠人最难受的时候,心中又怕人寻问,不能像夜里那样尽情地流泪,只能**"咽泪装欢"**,吞下眼泪,强作欢笑,令人更加伤心痛苦。最后结以**"瞒,瞒,瞒"**,瞒别人,也瞒自己。

这首词如诉如泣,以女主人公内心独白的形式写出,尽情诉说自己对陆游的无限思念,哭诉自己忧思成疾的境况,以感情的真切痛苦感动着后人。

经受长久心灵折磨的唐婉,不久之后就在忧郁中去世。陆游闻知此事,同样悲痛欲绝,终生难以释怀,沈园从此成了他对唐婉思念的承载之地。晚年入城,凡逢沈园开放之日,必入园中凭吊。在唐婉逝去四十年后的一天,陆游再一次来到沈园,物是人非,感慨万千,作《沈园》二首;陆游七十九岁时的一天夜里,在梦中见到了沈园,醒时又作绝句二首;年至八十四岁时,陆游再游沈园时又作《春游》一绝。陆游为怀念唐婉而追忆沈园,共留下了十多篇诗文。

　　感情的"真"是文学艺术的命脉。两人这种深挚凄然的爱情,伴随着催人泪下的文学作品成了千古绝唱。而唐婉的一滴清泪,缠绵悱恻了整个南宋文学史,这一首谁读谁落泪的《钗头凤》则是数不尽的爱的缠绵。

# 卜算子

### 【宋】严 蕊

不是爱风尘。似被前缘误。花落花开自有时,总赖东君主。

去也终须去。住也如何住。若得山花插满头,莫问奴归处。

严蕊,原姓周,字幼芳,为天台营妓。自小习乐礼诗书,善琴弈、歌舞、丝竹、书画,色艺冠一时。学识通晓古今,诗词语意清新,四方闻名,有不远千里而登门者。词作多佚,仅存《卜算子》《鹊桥仙》等数阕。

严蕊的才华敏慧过人,是一位文化层次比较高的妓女,因为营妓的身份使得她只能在歌筵酒席中供士人欣赏笑乐,这本是一种不幸。然而更不幸的是,她在一次士大夫之政争中被无辜牵连,几乎被杖毙。

据周密《齐东野语》记载,南宋淳熙九年(1182年),台州知府唐仲友为严蕊、王惠等四人落籍。浙东常平使朱熹巡行台州,因唐仲友的永康学派反对朱熹的理学,朱熹连上六疏弹劾唐仲友,其中第三、第四状论及唐仲友与严蕊风化之罪,下令抓捕严蕊,施以鞭刑,逼其招供,严蕊宁死而无一语及唐仲友,并道:"身为贱妓,纵是与太守有滥,科亦不至死;然是非真伪,岂可妄言以污士大夫,虽死不可诬也。"由于严蕊语词坚决,结果"两月之间,一再受杖,委顿几死"。此事朝野议论,震动孝宗。后朱熹改官,岳霖任提点刑狱,释放严蕊,令其赋诗自陈,严蕊作了这首《卜算子》。岳霖判令从良,被赵宋宗室纳为妾。

朱熹弹劾唐仲友,这本来是当时士大夫之间的政治斗争,朱熹将"与严为滥"作为其中的一大罪状,既可看出弱势之妇女往往成为被侮辱与损害的对象,又可看出严蕊虽为一歌伎,但是她的才慧节操为很多男子所不能及。

词的上阕写自己沦落风尘、俯仰随人的无奈。"**不是爱风尘**",首句开宗明义,追述其沦为倡伎并非一卑弱女子的自愿选择,特意声明自己并不是生性喜好风尘生活。词人因事关风化而入狱,这句词中有自辩,有自伤,也有不平的怨愤。

"**似被前缘误**",出语和缓,用不定之词,说自己之所以沦落风尘,是为前生的因缘,即所谓宿命所致。"似"字实耐寻味,它不自觉地反映出词人对"前缘"似信非信,既自怨自艾,又自伤自怜,还包含着无可奈何。

"**花落花开自有时,总赖东君主**。"借自然现象喻自身命运。花落花开自有一定的时节,可这一切都只能依靠司春之神东君来做主,比喻像自己这类歌妓,命运不能自主,总是操在有权者手中。这是妓女命运的真实写照,既已沦落,则一切得失祸福便都已不是个人所能主宰,故曰"总赖东君主"。"赖"隐隐传出祈求之意,话语委婉含蓄。

下阕承上不能自主命运之意,转写自己在"去住"问题上皆非自己所能做主。离开风尘苦海,自然是她所渴想的,但却迂回其词,用"终须去"这种委婉的语气来表达。意思是说,以色艺事人的生活终究不能长久,将来总有一天须离此而去。"**住也如何住**"从反面补足此意,说仍旧留下来做营妓不能想象如何生活下去。两句一去一住,一正一反,一曲一直,将自己不恋风尘而愿离苦海的愿望表达得既婉转又明确。

"**山花插满头**"是到山野农村过自由自在生活的一种借代性表述,意思是倘得有从良的机会,为人妾妇自是一件喜事。"莫问"和"若得"是相呼应的,只要能得此"山花插满头"之从良脱籍,则不论归向何人何处都不计较,所以"**莫问奴归处**"。这种强烈的摆脱愿望,往往产生于大磨大难之后,由此可见词人的从良之意愿情真、心切。

这是一首在长官面前陈述衷曲的词,她在表明自己希望有机会脱籍从良的愿望时,同时考虑到特定的场合、对象,采取比较含蓄的方式,以期引起对方的同情,但她并没有低声下气,而是不卑不亢。她用女性语言来表露女性真正的情思,以花为喻,上阕以"花落花开"喻倡伎之不能自主,下阕以"山花满头"喻脱籍之得以从良,从过去、现在、未来三个阶段写自己对一份真挚生活和感情的追求与向往。

这篇《卜算子》是文化水平较高的歌伎词中的一篇代表作品,同时也是一名尊重自己人格的风尘女子的婉而有骨的自白。

# 练裙带诗

## 【宋】韩希孟

我质本瑚琏,宗庙供蘋蘩。

一朝婴祸难,失身戎马间。

宁当血刃死,不作衽席完。

汉上有王猛,江南无谢安。

长号赴洪流,激烈摧心肝。

韩希孟(1241—1259),巴陵(今湖南岳阳)人。相传为北宋宰相韩琦的五世孙女,襄阳贾尚书子贾琼妻,聪颖有诗才。宋理宗开庆元年(1259年),元兵攻破岳阳,掳之欲献其主司。在押解途中,她赴水而死,三日后,尸体浮出,在其裙带中发现一诗,是为"裙带诗"。《宋史·列女传》为之立传。

这首诗有一长一短两种版本,短版本如上,长版本载于陶宗仪《南村辍耕录》,首句为"宋未有天下",篇幅七十八句,比本篇长出许多,存在很大不同,可能系后人伪托之作。

据《宋史》记载,此诗为韩希孟被元兵掳获,临终绝命前所写,时年十八岁,后被人从她的裙带中发现的。"练",把丝麻布帛煮熟,使它洁白柔软叫练,后多借指白色的熟绢。

首句"**我质本瑚琏**"系自报家门,表明自己高贵的出身与品质,决不受侵略者的侮辱。"瑚琏",是古代宗庙盛放黍稷的礼器,后比喻人特别有才能,可以担当大任,此处应是指韩氏出身的正统与高贵。韩希孟是北宋名相韩琦的后代,属望门贵胄。"**宗庙供蘋蘩**","蘋蘩",泛指祭品,蘋、蘩是两种可供食用的水草,古代常用于祭祀。《诗经·召南·采蘩》小序中曰:"《采蘩》,夫人不失职也。夫人可以奉祭祀,则不失职矣。"后世常以"蘋蘩"指能遵祭祀之仪或妇职等。此处应是指婚仪,韩希孟被掳时才十八岁,应是新婚不久。诗人一开始就开宗明义,表明自己出身正统高贵,展现自己民族大义感和人格精神,对元兵的野蛮侵犯凛然不屈。

"**一朝婴祸难,失身戎马间**",写自己遭遇这场"亡天下"的祸难,被元兵掳获。"婴",遭遇、陷入。宋理宗开庆元年(1259年),元兵攻破岳阳,韩希孟没能幸免。这两句与首两句形成了鲜明对比和反差,情感陡然转折,语气非常强烈。可以想见,战争之残酷,给人带来多少痛苦、悲愤和屈辱,更何况这只是一个十八岁的女子。

"**宁当血刃死,不作衽席完**",大义凛然地表明自己的立场和气节,为保全名节,宁拼将一死,血溅刀刃,绝不会苟且偷生。勇敢、顽强、决绝!"衽席",席床,隐指失身遭受侵略者的侮辱。面对生死,面对考验,年轻的女诗人没有任何犹豫,毅然选择了舍生取义的道路,让人敬佩。这两句充满热血,气势磅礴,可歌可泣。

"**汉上有王猛,江南无谢安**",借用历史人物以喻当前局势,转入理性的叙述。有与无形成对比。"汉上",代指蒙古政权。汉上本是陕西汉中,因汉水的上游在陕西,故名汉上。十六国时期氐族政权前秦统治的核心就在关陕地区。王猛,是前秦的丞相,本是汉人,出身贫寒,极富才略,辅佐苻坚统一北方,为前秦建立了大业。王猛效力于异邦,但他为历史进步做出了贡献,应当得到正面评价。不过,在蒙古侵宋之时,在民族矛盾激烈冲突这一特定历史背景下,诗人要表达的是对变节投蒙、为敌效力的汉族人给予讽刺批判。令诗人同时感到无奈的还有"江南无谢安",谢安是东晋名相,具有雄才大略,率军抵御前秦侵略,为保全东晋半壁江山立下了汗马功劳。通过对比可以看出,蒙古得到了投降汉人的帮助越来越强大,而南宋却没有谢安那样的人才来挽救民族危亡。这是诗人对南宋君臣昏庸无能、怯懦软弱、痛失江山的失望、谴责和鞭挞。战争的失败,就是政治上的失败。元军之所以得胜,南宋之所以衰败,关键在于人。这两句,道出了元兴宋亡的真谛。

末两句"**长号赴洪流,激烈摧心肝**",写诗人慷慨决绝,使全诗的情感冲向了最高峰。千载之下,仍令人动容。诗人在写下这首绝命诗的时候,早已抱定必死的信念,义无反顾奔赴洪流,这是对国破家亡的哀号,是忠魂烈骨的绝唱,是高尚品格的颂歌。

全诗情感激烈,饱含血泪,语言劲直,一气呵成,出自一个十八岁女子,不仅毫无娇小柔弱之感,而且尽显其英勇气概和忠贞气节,同时体现出很高的历史见识,诗中还彰显汉魏古风的气质神韵,是一篇在精神上、思想上、艺术上都很杰出的作品。

# 白雪曲

## 【宋】张玉娘

帘白明窗雪,风急寒威冽。

欲起理冰弦,如疑指尖折。

霜帷眠不稳,愁重肠千结。

闲看腊梅梢,埋没清尘绝。

张玉娘(1250—1277),字若琼,自号一贞居士,处州松阳(今属浙江)人。出身仕宦家庭。自幼饱学,敏慧绝伦,诗词尤得风人体,时以班昭比之。与李清照、朱淑真、吴淑姬并称宋代四大女词人。然而才丰而命蹇,未尽其才,将婚而逝。著有《兰雪集》二卷。

这是一首托物言志的五言诗。诗歌表面是歌颂白雪,实质上是诗人对自我人格的肯定。白雪,比喻心志忠贞、品格高尚。诗人以"白雪"自喻,虽为闺阁女子,却有着大丈夫一样的高洁人格。

"**帘白明窗雪,风急寒威冽**",白色的帘子使窗外的雪看起来更明亮了,急促的风使本就凛冽的天气更添几分寒冷。首联以赋的手法写景,既是雪使得帘子更加洁白,又是帘子使得雪更加明亮,两者都是白色,互相衬托。"明"和"寒"是词类活用。这两句一静一动,鲜明对比。室内是寂静,是冷清,室外却是凛冽,是疾风。诗人写景从室内往外,由近及远,由静到动。这么冷的天,很自然的就想动一动。

"**欲起理冰弦,如疑指尖折**",想要坐起来抚弄琴弦,又害怕太冷了,似乎手指都会折断。紧承前一句"寒"字而来,从切身感受出发,侧面描写天气的寒冷。诗人怀疑伸出手指就要被冻折,虽有点夸张,倒是非常贴近女性的柔弱心理。"冰弦",琴弦的美称,传说有用冰蚕丝做的琴弦。

"**霜帷眠不稳,愁重肠千结**",在这寒冷的天气中,在睡帐中难以入睡,总感觉睡不踏实,只为心中那千斤重的愁思所牵绊。这两句依然是诗人的自我心理活动,一个"重"字揭示出了心中无尽的愁思。"愁重"是赋予愁以重量,将愁物化了,古人也常常用,如"愁重声迟""愁重不知春",李清照"载不动许多愁"也是此意。

"闲看腊梅梢,埋没清尘绝",尾联点出了诗的主旨。第二天起来漫步庭院,抬头看到腊梅枝头白雪满梢,白雪掩埋了尘埃,这就是她最高洁的品质。这虽然是诗人想象中的画面,但是在她看来,庭院中的树木经过白雪的拂除,都会焕然一新,即使是在苦寒天气中傲然绽放的腊梅也不例外。"闲看"体现之人清心雅致、泰然处之的人生态度。"清尘",本义拂除尘埃,比喻清静无为的境界和高尚的品质。

这首诗运用借景抒情的手法,赋予白雪清高亮洁的精神,这也是诗人追求的精神境界。全诗节奏紧凑,承转顺畅,写景生动,虚实相生,描摹细腻,一位闺阁女子在雪夜中独自赏雪,既想温婉抚琴一曲,又因天气寒冷而作罢,惆怅之情跃然纸上,被诗人描写得极为形象,读诗如画。

# 满江红

### 【宋】王清惠

太液芙蓉,浑不似、旧时颜色。曾记得、春风雨露,玉楼金阙。名播兰馨妃后里,晕潮莲脸君王侧。忽一声、鼙鼓揭天来,繁华歇。

龙虎散,风云灭。千古恨,凭谁说?对山河百二,泪盈襟血。驿馆夜惊尘土梦,宫车晓辗关山月。问姮娥、于我肯从容,同圆缺。

王清惠,宋度宗昭仪。恭帝德佑二年(1276年),临安(今浙江杭州)沦陷,随三宫一同被俘往元都,后自请为女道士,号冲华。现存诗四首,词一首,皆融个人遭遇与国破家亡、去国怀乡于一炉,为亡国遗民长歌当哭之作,格调低回悲壮。

德祐二年(1276年)正月,元兵攻入临安,时为昭仪(宫中嫔妃名,位列九嫔之首)的王清惠随三宫被掳,一起被押解到大都。北上途中,经过原北宋都城汴梁的夷山驿站时,今昔对比,勾起了王清惠深沉的家国之痛,于是在驿站的墙壁上题写了这首《满江红》。这首词后被传遍中原,文天祥、邓光荐、汪元量等皆有词相和。

"**太液芙蓉,浑不似、旧时颜色**",皇宫太液池中的荷花,原来娇艳无比,但今是昨非,已失去往日颜色。这是写来到北宋皇宫所在地的感受,汉唐两代皇宫内都有太液池,此用以比皇宫。王清惠刚刚经历了南宋的灭亡,现在又来到早已灭亡的北宋都城,以她宫人的身份,自然对宫中的景象特别敏感。白居易《长恨歌》中有"太液芙蓉未央柳,芙蓉如面柳如眉,对此如何不泪垂"的诗句,写太液池中的芙蓉容颜依旧,但王清惠写的是"浑不似、旧时颜色",与白居易的意思相反。同时,这也意在双关,不仅指江山变色,也以荷花自比,说自己憔悴潦倒,但"出淤泥而不染",表明自己立志保全名节。

"**曾记得、春风雨露,玉楼金阙。**"既然提到了皇宫,写出了现在的凄清飘零,自然就会想起往昔的荣华欢乐。"春风雨露"是比喻皇帝的宠幸,"玉楼金阙"是形容皇宫的壮观,渲染繁华生活。能够这样讨得皇帝的欢心,当然是与众不同的,于是下面用"**名播兰馨妃后里**"一句轻轻点出。从写花自然过渡到写人,说自己在众多的妃子中,声名远播,也就是艳冠群芳,在皇宫里受到君王的宠幸。"晕潮"暗示和皇帝的鱼水之欢,"莲脸"是自比,说自己面容美如荷花,又照应前面的"芙蓉",这都是对过去生活的无限留恋。

幸福总是短暂的,过往就像一场梦,在无情的现实面前,突然就会烟消云散,只留下无尽的怅惘。"**忽一声鼙鼓揭天来,繁华歇。**"忽然一声鼙鼓惊天动地,元兵汹涌而来,使住在深宫里的高贵妃子,来不及反应,一朝繁华已烟消云散了。这是写惊天动地的历史之变,"忽"字用得极精当。"鼙鼓"是军中所击之鼓,鼙鼓震天是指元军攻打南宋的浩大声势。"繁华歇",高度概括德祐之变。"繁华"二字,既指繁华生活,也指逸乐时代。这二句,仍然从白居易《长恨歌》中来:"渔阳鼙鼓动地来,惊破霓裳羽衣曲。"繁华的消歇仿佛在一瞬间,这与当年杨贵妃的命运如出一辙。上阕通过文势上的跌宕,表现了词人感情上的巨变。

下阕一开始,就从感情的变化中生发出无穷的感慨,由江山巨变,泻出胸中的亡国之恨。《易·乾卦》:"云从龙,风从虎。"喻君明臣贤,上下同心。可现在却是"**龙虎散,风云灭**",朝廷既已土崩瓦解,君臣流散,局势已经不可收拾到一败涂地了。想到三百年基业,大好的山河,一旦彻底失去,当然痛感"**千古恨,凭谁说**"!南宋亡国,是汉族政权在中国历史上第一次被少数民族政权全面代替,实乃"千古恨"也。

"山河百二"典出《史记·高祖本纪》"持戟百万,秦得百二",喻问宋代本来江山稳固,国力强大,怎么会灭亡呢?这是偏安江南一隅的南宋王朝犯下的一个大错,王清惠一个红粉佳人能有如此反思和政治见解,亦属可贵。但词人没有明说,只是用"**泪盈襟血**"四个字表示极度的痛苦,谴责之意已在不言中了。

"**驿馆夜惊尘土梦,官车晓辗关山月。**"词人从个人的遭遇写到国家的命运,又回过来写自己。"驿馆",即驿站,是古代官办的交通站。夜宿驿馆常被噩梦惊醒,梦中也是车轮滚滚,尘土飞扬。这两句说明作者在北上羁旅的途中,宫人们清晨即受到催迫,被逼赶路,做了俘虏,命运全由别人安排。此二句写尽满腔辛酸和身心痛苦。

前途漫漫，词人不知等待自己的是什么，却又不能不对人生进行选择，所以，最后表达了自己的心灵活动："问姮娥、于我肯从容，同圆缺。"这既是说明人间悲欢离合自古已然，词人以此聊以自慰，同时对她来说，一位"晕潮莲脸君王侧"的皇妃，一朝沦为敌俘，是忍辱求荣，还是保持节操？她仰望天空中冰冷的月亮，对月思语：月里嫦娥啊，你容许我追随你，去过那同圆缺、共患难的生活吗？

　　文贵有情。这首词格调苍凉凄婉，意境深远，艺术个性较为突出，就是因为词人将惋惜、悲痛、惊恐、凄苦等复杂感情表达得淋漓尽致，既可信，又惟妙惟肖。

　　这首词虽是题写在驿站的墙壁上，但很快就受到了关注，四处传播。当时一些著名词人都有和作，如文天祥、邓光荐、汪元量等。引起人们特别关注的，除了作者是一位身份特殊的女词人之外，更由于作品写在北行路上，词人即将被掳入宫，面临着出处的取舍。最终，王清惠选择了脱离尘世以作反抗，当了女道士，过清静寂寞的生活，后客死北地。

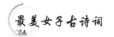

# 满庭芳

## 【宋】徐君宝妻

汉上繁华，江南人物，尚遗宣政风流。绿窗朱户、十里烂银钩。一旦刀兵齐举，旌旗拥、百万貔貅。长驱入，歌台舞榭，风卷落花愁。

清平三百载，典章人物，扫地俱休。辛此身未北，犹客南州。破鉴徐郎何在，空惆怅、相见无由。从今后，梦魂千里，夜夜岳阳楼。

徐君宝妻，据元人笔记记载，其夫徐君宝为南宋末年岳州（今湖南岳阳）人。元人南下，岳州失陷，兵荒马乱之中，夫妇失散。徐君宝妻被掠，自岳州押解到杭州的数月之中，敌虏屡欲犯之，徐君宝妻每以巧计得脱。后知终不可免，乃假托祭奠亡夫之际，赴池水而死，死前题《满庭芳》一阕于府壁。

这是一首非常有名的绝命词，以其深刻的社会内容和强烈的艺术感染力而为后世所瞩目。

关于此词，元人笔记陶宗仪的《辍耕录》及无名氏的《东园友闻》皆有记述，内容大致相同。"岳州徐君宝妻某氏，被掳来杭，居韩蕲王府。自岳至杭，相从数千里，其主者数欲犯之，而终以计脱。一日主者怒甚，将即强焉。因告曰：'侯妾祭谢先夫，然后乃为君妇不迟也。君奚怒哉。'主者喜诺。即严妆焚香，再拜默祝，南向饮泣，题《满庭芳》词一阕于壁上。书已，投大池中以死。"

上阕首先追忆故国的繁华，彼时无论南宋的都市还是人物，都还保持着宋徽宗时的流风余韵，千里长街，连云高楼，朱户绿窗，帘钩银光灿灿，依旧繁华。"汉上"，泛指汉水至长江一带。"江南人物"，指南宋的许多人才。"宣政"，政和、宣和，北宋徽宗的年号。"绿窗"，多指贫女的居室。"朱户"，指富贵人家。"烂"，鲜明光亮。"银钩"，银质的帘钩。

词人接着叙述敌军入侵，势如洪水猛兽，国家沦亡。转眼间元军南下，如风暴横扫落花，个人便也如落花一样不能主宰自己的命运。这和辛弃疾《永遇乐·

千古江山》中的"舞榭歌台，风流总被雨打风吹去"是同样的意思，表达了词人对国破家亡之恨和自身被掳之辱的无限悲慨之情。

下阕首先描写战乱中个人的遭遇，国破家亡，自己被掳敌人之手。虽然被掳，幸而犹在杭州，尚未北行，这可以说是不幸之幸。"三百载"，北宋建国至南宋灭亡共三百多年，这里指整数。"典章文物"指有宋一代文化全体，灿烂文化三百年，如今"扫地俱休"。词人之绝笔，乃是历史文化悲剧之写照。"犹客南州"既是庆幸自身在死节之前犹未遭到玷辱，保全了清白。即使死也要死在故国的土地上，足可自慰并可告慰于家国。一名弱女子，能在被掳数千里后仍全身如此，非一般人所及，令人肃然起敬。

最后抒发对丈夫的深挚怀念，并表明以死明志的决心。"破鉴"即破镜之意，此处典出唐代孟启（一作孟棨）《本事诗》："南朝陈太子舍人徐德言与妻乐昌公主恐国破后两人不能相保，因破一铜镜，各执其半，约于他年正月望日卖破镜于都市，冀得相见。"后世夫妇生离后又复合也叫"破镜重圆"。词人丈夫也姓徐，所以用此典很贴切。词人与丈夫生死两茫茫，惆怅何其多。从今后，我的魂魄，要飞过几千里路，回到岳阳故土，到夫君身边。词人是岳阳人，相信死后魂魄能回到故乡，是为落叶归根，意蕴遥深。

这首词反映的是时代的悲剧，也是词人个人的悲剧。整首词直笔叙写，饱含深情和悲愤，虽为绝笔之辞但气若从容，词人对自身被掳之艰危反倒着墨无多，把更多笔墨用于对文明的追思和对祖国沦丧亲人永别的哀悼之中，最后表明自己从容决绝的死节之心，将祖国和个人的双重悲剧融汇，产生一种令闻者动容的力量，整首词意境重大而高远。

历代词评者对此词给予很高评价，刘永济在《唐五代两宋词简析》中的评价很有代表："读其'此身未北，犹客南州'与'梦魂千里，夜夜岳阳楼'之句，知其有'生为南宋人、死为南宋鬼'之意。惜但传其词而逸其名胜，至香百年后无从得知此爱国女子之生平也。"杰出的作品往往要付出过人的代价，一个女子遭受国家和个人双重不幸，以殉死无悔的深情写出了蚀骨摧心之作，却连姓名都不曾留下。

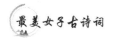

# 送夫赴襄阳

### 【宋】卢　氏

羡君家世旧缨簪，百战常怀报主心。

草檄有才追记室，筑台无路继淮阴。

射雕紫塞秋云黑，走马黄河夜雪深。

白首丹衷知未变，归来双肘印黄金。

卢氏，荆门（今属湖北）人。荆门统制吴源妻。元兵入侵，吴源援救襄阳，最终战死，卢氏前往收尸，赋《绝命词》，自缢而死。通音律，善诗。存诗仅二首。

这首《送夫赴襄阳》诗，是卢氏送丈夫吴源去襄阳战场时所写。吴源官任荆门统制，文才武略兼备。宋度宗咸淳三年（1267年）到九年（1273年）的襄阳保卫战，是宋元战争中一场极为关键但又异常艰苦的战役。咸淳七年（1271年），元兵围攻襄阳，宋军形势危急，吴源奉命领兵支援，最后英勇殉国。

首联"**羡君家世旧缨簪，百战常怀报主心**"，表达了诗人对吴源家世的羡慕和钦敬，勉励丈夫在此国难之时，应秉承家风为国报效，不计生死。"缨簪"，古代显贵的冠饰，借指贵官。从吴源的家世写起，说明吴源的家世比较显赫，具有忠君爱国的传统，世世代代是忠良之臣，经历了无数次考验，都没有改变过报主之心。

颔联"**草檄有才追记室，筑台无路继淮阴**"，诗人用典故中的历史人物勉励丈夫尽忠报国。"记室"，官职名，负责起草章表文檄，这里指三国时期"建安七子"之一陈琳，他善于草拟檄文，先效力于袁绍，后被曹操俘获，曹操欣赏其才，让他担任掌管记室的职位，军国书檄多出其手，为曹操统一北方大业做出了贡献。"淮阴"，指汉淮阴侯韩信，刘邦曾经修筑了拜将台，拜他为大将，为最终消灭项羽西楚政权、建立汉家基业立下了汗马功劳。陈琳和韩信，一文一武，当是报国尽忠之榜样。

颈联"**射雕紫塞秋云黑，走马黄河夜雪深**"，是展望丈夫前往出征杀敌的情景。"射雕""走马"意谓征战行军。"紫塞""黄河"代指前线战场。"紫塞"本指长城,据宋崔豹《古今注》等书所载,秦朝所筑的长城,因土色皆紫,所以被称为"紫塞"。"秋云黑""夜雪深"是形容战争的艰苦残酷环境。通过对边地和征途景象的描写,烘托渲染了悲壮慨然的出征氛围。

尾联**"白首丹衷知未变,归来双肘印黄金"**,诗人期待丈夫立功凯旋。"丹衷",指为国尽忠之心。"双肘印黄金",代指建立军功,典出《晋书·周颙传》中的周颙之语:"今年杀诸贼奴,取金印如斗大系肘。"结尾两句说明吴源当时虽然已经上了岁数,但妻子仍然知道他的报国之心一如既往,没有发生任何改变,对他非常信任,鼓励他勇敢杀敌,期待丈夫早日得胜凯旋。

全诗充满家国情怀,意旨鲜明,章法精严,格律铿锵,展现了保家卫国、勇往直前、坚定果敢的精气神儿,也表现出诗人明大节、识大体的品质。

吴源战死沙场、英勇殉国之后,卢氏前往襄阳收尸,作了一首《绝命词》:"夫为苌弘血,妾感共姜诗。夫妻同死义,天地一凄其。"随后自缢而死。现在在湖北荆门南薰门内的"双节祠",就是纪念吴源和他贞烈的妻子卢氏的。《荆门州志·忠义》记载:"吴源,荆门人,官统制。起家材武,尤嗜读书。妻卢氏亦善诗。宋咸淳七年(1271年),元兵围襄阳急,朝廷敕源救之。将兵至襄,五战皆捷,军声大振。元人麾集外军合围夹击,源军孤弱无援,矢石并尽,然犹掉臂一呼,擒杀无算,竟被数创而死,部下五百人无一生还。卢氏闻之,自缢而死。乡人义之,相与殓葬,立祠,号曰双节。"

在南宋末年抗元的激烈斗争中,出现了众多可歌可泣的英勇人物,其中有不少贞烈妇女,留下了一些正义凛然的爱国诗篇,就包括卢氏以及她的这两首不巧诗作。

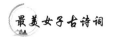

# 游碧沼胜居

## 【宋】林杜娘

幽谷泉声冷,鸟啼僧定深。

好花丛古砌,寒瀑发高岑。

游客陆鸿渐,居人支道林。

欲归青嶂去,临去复沉吟。

林杜娘,杭州新城(今浙江富阳)人。

碧沼胜居,指杭州新登青峦山下的东晋古刹碧沼寺,建于东晋安帝隆安五年(401年),当时朝廷赐额"碧流院"。古寺位于新登镇南,幽旷秀丽,半山腰有一股甘泉,终年不涸,寺院清静庄严,周围树木茂盛,景色优美。"碧沼春晴"是古时"东安八景"之一。东晋时道教名人郭文举曾隐居此地。两宋时期是碧沼寺的鼎盛时代,清代咸丰同治后开始衰落。从唐代到清代一千三百多年间,无数文人雅士在此参游,留下诸多华章,被《新登县志》收录的宋代诗人题咏诗就有二十七首,明清两代更是不胜其数。宋代才女林杜娘所作的这首《游碧沼胜居》就是其中的一首佳作。

这首记游诗,主要描写碧沼寺的幽美清新。五言古朴,律诗整肃,选择五言律诗描写古寺,可以说在风格上最相宜。

诗的前四句重点写景,分别描写谷、鸟、花、瀑,并映带出泉、僧、砌、岑,由点及线,由线及面,勾勒出了一幅千年古寺的意象画。

**"幽谷泉声冷,鸟啼僧定深。"** 首先说明碧照寺坐落在一个幽谷之中,幽谷之中有一道清泉,这是远观。幽谷清泉是碧照寺的标志景观。"冷"字则传递出一种清冷肃静之气,为这清幽的寺院营造了一个主题气氛,没有进去已觉肃严宁静。古寺院内的古树郁郁葱葱,环境优美,鸟雀和鸣。在这鸟雀的聒噪中,得道的高僧寂寂入定,丝毫不为杂音所扰,想必这里的僧人都有很高的修为。这里的僧人属于必然有之的猜测,虽然看不见,却是能自然联想到的,为古寺增添了一分莫测高深。

"**好花丛古砌,寒瀑发高岑**。"清香优美的花儿在寺庙古老的台阶旁静静地开放,一道带着清寒之气的瀑布从寺庙身后小山的山顶上涌出。"古砌",指寺中古老的大殿和禅房的台阶。"岑",小山。可见寺庙古朴安静,走动的人很少,显得神秘脱俗。山峰与幽谷是一高一低。泉声是冷色的,而好花是暖色的,两者一动一静。一个"丛"字,把好花写活了,似乎丛生的好花,将这古老的建筑紧紧包围。万花丛中一古刹,这是十分动人的景象。前四句诗,色彩有冷有暖,景色有动有静,层次有高有低,组成一幅既幽邃深远,又充满生机的生动画面。

后四句写寺庙的人和自己的感想。"**游客陆鸿渐,居人支道林**。"春天到了,慕名而来的游客越来越多,有名的僧人选择常住此地。陆鸿渐,即茶圣陆羽,字鸿渐,他在寺院长大,但不愿剃度,脱逃而去,一生喜游名山大川,在这里代指游客。支道林,是东晋高僧,名遁,字道林,以字行,开封人,年二十五出家,与谢安、王羲之等交游,好谈玄理,为般若学六大家之一,在这里代指名僧。游人与高僧的到来,为古刹增添了应有的活力气息,令人愈加神往。

"**欲归青嶂去,临去复沉吟**。"游览完古寺,深深感受到了古寺的幽美,心灵得到了净化,真的很想就在这里隐居,可惜最终还是要回归到自己生活的人间去。临走之际,心中所怀,吟诗一首,表现出流连忘返的心情。"青嶂",青山,代指寺院。

此诗描写江南古刹碧照寺,坐落在清新优美的山光水色之中,处处透着古静清幽之气,衬托出神秘迷人的浓浓禅意,带给人一种心静、旷远和超脱的感觉,颇有魏晋之风,彰显了诗人的自然情怀与文学才华。

# 水仙花二首

## 【宋】来　氏

### 其一

瑶池来宴老仙家,醉倒风流萼绿华。
白玉断笄金晕顶,幻成痴绝女儿花。

### 其二

花盟平日不曾寒,六月曝根高处安。
待得秋残亲手种,万姬围绕雪中看。

来氏,豫章(今江西南昌)人,身世无考,此诗收入《全芳备祖》(前集卷二一)。《全芳备祖》是宋代花谱类著作集大成之作,是一部植物学的专门类书,专辑植物(特别是栽培植物)资料,故称"芳",南宋陈景沂辑撰。著名学者吴德铎先生誉其为"世界最早的植物学辞典"。该书所辑资料以宋代诗文作品为主,收录大量文人墨客之赋咏,其中不乏存世文集不载者,是宋代文集辑佚、校勘的重要资源,堪称宋代文学之渊薮。

这是两首咏物诗,所咏对象是水仙。水仙是中国十大名花之一,顾名思义,是水中之仙。水仙又称凌波仙子、金盏银台、洛神香妃、玉玲、金银台、姚女花。传说中水仙花是洛神或者湘妃的化身,是妇女的道德典型,是"纯洁"的形象和代表。

古人写水仙,经常使用两种意象,一种意象是花卉植物,另一种是神话传说中的水中之仙,这两种意象往往互相结合,增添丰富灵动的意蕴和浪漫主义色彩。

第一首,诗人以描写女性的方式来描写花,将水仙花直接当作仙子萼绿华。萼绿华是中国古代传说中道教女仙,年约二十,身穿青衣,是一位美丽的仙女,唐代李商隐《重过圣女祠》诗云:"萼绿华来无定所,杜兰香去未移时。"在古典诗歌意象中,她是美丽多情而仙风道骨的形象。

　　"瑶池来宴老仙家,醉倒风流萼绿华。"这是描写水仙花的生长环境和姿态,想象丰富。在诗人遐想的世界中,生长在一盘清波中的水仙花,枝干碧绿,但形态各异,有的亭亭玉立,有的斜卧水中,那斜卧的水仙花像极了西王母在瑶池大宴众仙时喝醉了酒的萼绿华,她难以自持,横斜侧卧在一潭碧波之中,体态风流,形象娇美,清丽脱俗。这一整体比喻不但刻画出了水仙花的生长环境、颜色、体态,而且赋予其一种风流脱俗的神韵气质,丰富贴切,形神兼备,颇为浪漫。

　　"白玉断笄金晕顶,幻成痴绝女儿花。"这是从细节上描写水仙的花朵。"笄",古代女子用来装饰发耳的一种簪子。在碧绿的枝干上,开出了围成一圈的五瓣白色的小水仙花,花瓣犹如白玉做的簪子,顶上是颤巍巍金黄色的花心,犹如晕染。这一观察细致,描摹入微,色、状、态俱神似,恰如"玉台金盏"。水仙花如此美丽,如此超凡脱俗,令人痴绝,就好像风流醉卧的萼绿华瞬间幻化而成。诗人把这一圈白色花瓣和金色花心,想象成萼绿华头发上插戴的白玉笄和金光灿灿的头顶,生动贴切,撩人心扉。

　　第二首,语言简单,意思明了,主要描写水仙的栽培过程和观赏季节。

　　"花盟平日不曾寒,六月曝根高处安。"水仙并不与其他花儿争时斗艳,在别的花儿争先恐后开放的六月天,把水仙的根茎洗干净,就那样暴露着花根,在高高的地方静静安身,个性十足。"待得秋残亲手种,万姬围绕雪中看。"当秋天快要结束了,百花都凋零的时候,亲手把水仙种到盆里。等到冬来雪落,水仙将怒放成雪中美人,在那洁白寒冷的世界中,身处水仙丛里,就像被千千万万超俗气质娴雅、冰清玉洁的美人拱簇,能不欣喜乎!

　　这一首详细介绍了水仙花的众不同,其生长时间、生长方式、开花季节都不一样。诗人用一种期待的口吻幻想花开后的美景,并将之比成在雪中悄然绽放的女性,想象丰富,笔触奇特,平中有韵。

　　咏物诗是以客观的"物"作为描写对象,或以描为主,细致刻画其色彩形态,咏出其他人未咏之处,咏出新意创意;或借物抒怀。这两首诗都属于前者。

　　可以看出,诗人非常喜欢水仙花,只有对水仙具有特别的情结和爱恋,才能做到观察仔细,描摹入微,在形似的基础上还能画出物的神韵,赋予其美感和生命力。这正是优秀的咏物诗所具有的特征。

# 绝　句

### 【宋】沈清友

晚天移棹泊垂虹，闲倚篷窗问钓翁。
为底鲈鱼低价卖，年来朝市怕秋风。

　　沈清友，姑苏（今江苏苏州）人。宋代陈世崇《随隐漫录》中记载了沈清友的少量诗句。

　　沈清友的这首《绝句》表现了对渔民生活的关心，体现了同情劳动人民的情怀。

　　江南一带盛产鲈鱼，因其肉质鲜美，常令历代文人雅士心向往之。晋代张翰在外为官，因见秋风起，就想到家乡的鲈鱼，居然连官都不想做了。宋代陈尧佐《题松陵》诗中有"秋风斜日鲈鱼乡"。可见，秋天是鲈鱼肥美的季节。

　　说到鲈鱼，大多数人想到了北宋文学家、诗人范仲淹的《江上渔者》："江上往来人，但爱鲈鱼美。君看一叶舟，出没风波里。"这首五言绝句道出了江上来来往往饮酒作乐的人们，只知道品尝鲈鱼味道的鲜美，却不知道也不想知道打鱼人出生入死同惊涛骇浪搏斗的危境与艰辛。通过反映渔民劳作的艰苦，希望唤起人们对民生疾苦的注意，体现了诗人对劳动人民的同情。

　　沈清友与范仲淹的用意相似，关注打鱼人的辛苦生活。两人的关注点有所不同，范仲淹关注的是打鱼人为了生计在惊涛骇浪中出没的危险，沈清友关注的是辛辛苦苦打来的鲈鱼只能低价卖掉，从商业贸易方面说明渔民的艰辛和不易。

　　这首诗语言质朴，意思明了。"垂虹"是江苏吴江东面的一座桥名，俗称长桥，有七十二孔，桥上有垂虹亭，因盛产鲈鱼，加上风景绝佳，吸引苏轼、王安石、陆游等名士在此留下了诗篇。"底"是什么的意思。全诗描写了一幅短暂的对话场景：女诗人有一天傍晚时分，乘着小船停泊在石拱桥下，闲靠船上的窗子，问旁边钓鱼的老翁"这么好的鲈鱼为什么低价卖了"，答曰"这是担心待到秋风起时，肥美的鲈鱼纷纷上市,价钱只怕要下跌很多啊"。

就这么一问一答,体现了基本的贸易规律,商品多了就成了买方市场,价格就会下跌,所以趁早"贱卖""甩卖"。这背后确是普通劳动者的辛酸,甚至是宿命。秋天是鲈鱼的丰收季节,其味道是那样鲜美,也是人们向往的美味,那么打鲈鱼的老翁是否就能多获得一些收入呢?答案是不能!这和白居易《卖炭翁》中写的"可怜身上衣正单,心忧炭贱愿天寒"可以说是同样的心理状态,让人对渔民和底层劳动人民的同情油然而生。

这首小诗是一幅生活气息很浓的风景画,形象生动,词浅意深,言近旨远,余韵无穷,饱含着和《悯农》(李绅)、《蚕妇》(张俞)、《陶者》(梅尧臣)一样的朴素情怀,能引起人们深深思索其画外之音。

# 回心院

## 【辽】萧观音

扫深殿,闭久金铺暗。游丝络网尘作堆,积岁青苔厚阶面。扫深殿,待君宴。

拂象床,凭梦借高唐。敲坏半边知妾卧,恰当天处少辉光。拂象床,待君王。

换香枕,一半无云锦。为是秋来展转多,更有双双泪痕渗。换香枕,待君寝。

铺翠被,羞杀鸳鸯对。犹忆当时叫合欢,而今独覆相思块。铺翠被,待君睡。

装绣帐,金钩未敢上。解却四角夜光珠,不教照见愁模样。装绣帐,待君贶。

叠锦茵,重重空自陈。只愿身当白玉体,不愿伊当薄命人。叠锦茵,待君临。

展瑶席,花笑三韩碧。笑妾新铺玉一床,从来妇欢不终夕。展瑶席,待君息。

剔银灯,须知一样明。偏是君来生彩晕,对妾故作青荧荧。剔银灯,待君行。

爇熏炉,能将孤闷苏。若道妾身多秽贱,自沾御香香彻肤。爇熏炉,待君娱。

张鸣筝,恰恰语娇莺。一从弹作房中曲,常和窗前风雨声。张鸣筝,待君听。

萧观音(1040—1075),契丹族,枢密使萧惠的女儿,辽道宗耶律洪基的第一任皇后。姿容冠绝,善琵琶,工诗书,善谈论。曾作《伏虎林应制》等应制诗,被辽道宗誉为"女中才子",深得宠爱。后因辽道宗游畋无度,萧观音极谏之而被疏远。太康元年(1075年),被人诬陷与伶人赵惟一私通,被赐自尽。

"回心院"作为一个词牌,由萧观音自创。萧观音是辽代最著名、成就最高的女词人。她才德兼备,深得辽道宗的赏识。萧观音见道宗沉溺于狩猎,有时还会遇到危险,于是仿效唐太宗的徐贤妃,在与道宗一起的时候,常常进谏得失。道宗表面上虽然夸赞,但心里却不愉快,后来就渐渐开始冷落萧观音了。为感君恩,萧观音作了十首《回心院》词,希望劝说君王回心转意,再与自己和好。这是十首结构别致的词,每首分写一个题目,前后互相勾连,十首连起来也可以看作一首长词,所以是一组结构比较严整的联章体词。

第一首**"扫深殿"**,从殿门写起,距离由远及近,视线由外及内。"金铺",门上的兽环。由于君王长期未临，所以殿里非常冷清，有很多蛛网，灰尘也成堆，台阶上长满了厚厚的青苔。为了迎接君王到来和举行酒宴，所以要清扫。这一首主要是景物描写，衬托了词人内心的凄凉苦闷，以及对君王的渴盼之情。

第二首"**拂象床**"，写到了床，"象床"是指由象牙做的华美的床。"高唐"典出宋玉《高唐赋》，写楚襄王梦游高唐而遇到巫山神女之事，后世以此作为男女交欢的代名词。"凭梦"二字，显得格外凄凉。君王来此临幸已是很久之前，如今只能在梦里回忆以往的欢乐时光。"手拍象床"表现渴盼君王到来的急切之情，以致床都被敲坏了半边。这是夸张的写法。"辉光"喻指君王，意谓白天应是有阳光的时候，如今却黑暗一片，形容君王对于自己的重要性，表现了词人内心的极度失落感。即使如此，还是在不断拂扫象床，幻想有一天君王会突然到来。

第三首"**换香枕**"，写到床上的枕头，指代同床共枕之意。为何要"换香枕"，原来由于长期处于等待君王的凄楚和悲伤之中，常常泪水涟涟，把枕头的一半都渗湿了，时日久之，导致枕头泪痕斑斑，遮掩了上面原有的色彩和花纹，所以要更换新枕头，等待君王前来就寝。

第四首"**铺翠被**"，写铺被子，看到被面上绣着成双成对的鸳鸯，不免羞愧难当。萧观音容貌美丽，智慧过人，本来也该像鸳鸯那样与君王成双成对、双宿双飞的，怎奈如今只能独宿，所以要羞报满面了。回想起以前君王在的时候，二人之欢乐，与被子上的鸳鸯相映成趣，可谓"合欢"。而如今，独自一人就寝，鸳鸯被就只盖在自己身上了。"相思块"即喻己身，一说"相思袂"。

第五首"**装绣帐**"，写装上绣帐，却不敢把金钩也同时挂上，不敢让四角垂挂的夜光珠照见自己哀愁的样子，于是又将其解开，以免引得更为伤心。希望君王垂幸自己，仿佛在渴盼恩赐一般。

第六首"**叠锦茵**"，写铺褥子。一层层华美的褥子，如今只能摆放在那里。自己愿意始终保持如同白玉一般洁白无瑕的躯体，等待君王前来，不愿意就此甘当薄命之人。这是"怨而不怒"的写法。

第七首"**展瑶席**"，开始铺席子，席子上面缀满了朝鲜的美玉，极为华美。汉代时，朝鲜南部分为马韩、辰韩、弁韩三国，合称"三韩"，后来就成了朝鲜的代名词。虽然瑶席华美，但自己铺设瑶席时，却为周围的花儿所取笑，只因"从来妇欢不终夕"。这是侧面描写,凸显内心哀婉幽怨。

第八首"**剔银灯**",看到灯光,不免就产生了联想,仿佛君王到来的时候,灯光就格外明亮,甚至生出彩晕来;而自己独处的时候,却是冷光荧荧。这是自己幽怨之情的喻示,所谓以有情之人见无情之物,物皆有情也。这是以灯光的多变来体现内心的渴望。

第九首"**爇熏炉**",在熏炉中加上香料,点燃熏炉。这些香气,仿佛使自己能稍微清醒一些,"若道妾身多秽贱,自沾御香香彻肤",可见词人深为沉痛、痴情,以"多秽贱"与"香彻肤"对举,以自我贬低来表达极端的渴盼之情。

第十首"**张鸣筝**",写弹奏鸣筝。萧观音除了擅长诗词外,也精通音乐,"琵琶尤为当时第一"。这鸣筝的声音如同莺啼燕语一般,悦人之耳。她弹奏的曲子是汉高祖唐山夫人所作的表现妃子事君的《房中歌》,可如今君王好久没来了,没有知音,琴声只能与窗前的风雨声混杂在一起,内心多么希望君王能前来欣赏啊。

这十首词,每一首都以一种景物和行动为中心,联章铺叙,反复咏叹,中心明确,意向归一,即希望能重获宠幸。在每首词首句所提到的深殿、象床、香枕、翠被等无一不能掠起女主人公相思之情,女主人公费尽心思扫深殿、拂象床、换香枕、张鸣筝等,也只是为了待君而来。词句不惜笔墨,把被君所弃、为爱所困那种深情凄惨的感情表现得婉转而又淋漓尽致。

这十首词语句较长,但词意鲜明,表现手法细腻,情感凄丽哀婉,十分动人。词中香艳的字词由于是发自内心的真情实感,语愈切,情愈惨,所以也没有狎昵气息。徐釚在《词苑丛谈》中评价:"《回心院》词怨而不怒,深得词家含蓄之意,斯时柳七之调尚未行于北国,故萧词大有唐人遗意也。"吴梅在《辽金元文学》中曰:"词意并茂,有宋人所不及者,谓非山川灵秀之气独钟于后不可也。"

让人悲叹的是,这十首曲子不仅没有让萧观音得以梦圆,反而给她带来了杀身之祸,被人设计诬陷她和谱曲的宫廷乐师私通,三十六岁的契丹才女最后被赐自尽,令人扼腕。

# 渔歌子·渔父图题词

## 【元】管道昇

遥想山堂数树梅,凌寒玉蕊发南枝。
山月照,晓风吹,只为清香苦欲归。

    管道昇(1262—1319),字仲姬,一字瑶姬,吴兴(今浙江湖州)人。嫁书画名家赵孟頫为妻,夫妇二人意趣相投,十分和睦。赵孟頫出仕元朝后,随夫入京师。元仁宗延祐四年(1317年)加封魏国夫人。工书画,所写行楷与赵孟頫相似,与卫夫人(卫铄)并称"书坛二夫人"。绘画尤擅墨竹、梅、兰,笔意清绝。善诗词,文字清新别致,可惜现存作品不多。

    这是从管道昇一幅《渔父图》画作上摘引的题画词,原作没有词牌名和题目。这幅画上共题写了管道昇的四首词和丈夫赵孟頫的两首词,这是其中的第一首。管道昇的四首词表现的共同主题是对自由的向往、对家乡的思念和对官场功名利禄的厌弃。这首词作于她跟随赵孟頫到北京入仕几年后,表达了词人希望回乡归隐的心境。

    在中国古典文化传统中,"渔父"是隐逸的符号和象征。它始自《庄子》和《楚辞》中的《渔父》篇,经唐代诗人张志和的《渔歌子》,"渔歌子"更是广为流传。张志和不问世事,适情山水,在赵孟頫、管道昇的家乡湖州隐居长达十年。管道昇以"渔歌子"词调写隐逸情怀,应该也是受到这种隐居文化传统的影响。

    首句"**遥想山堂数树梅**","山堂",即山中草堂、茅檐草舍,这里指吴兴老家的隐居之地。梅花是孤傲坚贞、高洁不俗的象征。词人身在北方大都,遥遥牵念远在千里之外江南老家的数枝梅花,以梅花明志,表达了对山水田园自由生活的向往。

    "**凌寒玉蕊发南枝**"是对梅花姿态的具体描写。顶着冬雪严寒,梅花绽放出了洁白如玉的花蕊。梅花的傲雪精神历来受到文人学士的赞赏,而且这里特别强调是南面的花枝,是深有寓意的。白居易在《白氏六帖·梅部》中称"大庾岭上梅，南枝落，北枝开。"唐代诗人宋之问被贬岭南的时候，写的一首《度大庾岭》诗中有"魂随南翥鸟，泪尽北枝花"的名句，表达对家乡的思念之情。管道昇以"南枝"写梅，进一步表达渴望回到江南老家的感情。

**"山月照，晓风吹"**是描写梅花周边的环境，营造一种氛围和意境。夜里在山间有明月的清辉相照，早晨沐浴在微风的轻拂中，这是何等的自由和惬意，同时也寄托了词人的人生理想和心志。

末句**"只为清香苦欲归"**，是赞扬梅花的内在品质。梅花色彩淡雅，花型较小，素以清香凌寒取胜。而这种清香，在人们的心中，就是梅花傲骨气质的化身。作者最为看重的就是梅花这种高洁不俗的气质，期以自比，希望摆脱官场世俗的是非纠缠。"苦"字语气刚劲，情感色彩非常强烈。

这首词语言清新，意境淡泊，直抒胸臆，如同行云流水，正是管道昇的气质个性和其作品的一贯艺术风格。她的绘画洒脱熟练，小楷清闲自由，行书幽新俊逸，所谓翰墨辞章全才也。

词人在另外几首同题词中采取了明确的叙述语言，自明心志，如第二首："南望吴兴路四千，几时回去雪溪边。名与利，付之天。笑把渔竿上画船。"第四首："人生贵极是王侯，浮利浮名不自由。争得似，一扁舟，弄月吟风归去休。"词人通过梅花傲寒与众芳凋谢、雪溪垂钓与功名利禄、美酒新鱼与帝王显赫、吟风弄月与王侯富贵的对比与取舍，从不同侧面表达了厌恶功名利禄和追求自由自然的主题。

赵孟頫在画中题跋云："此渔父词，皆相劝以归之意，无贪荣苟进之心。"南宋遗民中，有不少人选择隐居生活，对元朝采取不合作态度。但作为赵宋王室后裔的赵孟頫，却听从程钜夫的推荐，出仕为元朝官吏，引发了不少汉族士人的非议。管道昇作为赵孟頫之妻，内心依然保持独立的人格精神，看透功名利禄和世俗人情，令人钦佩。

**管道昇像**

（选自《百美新咏图传》）

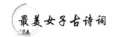

# 读文山丹心集

### 【元】郑允端

藉甚文丞相，精忠古所难。

舍生归北阙，效死只南冠。

血化三年碧，心存一寸丹。

偶携诗卷在，把玩为悲酸。

　　郑允端（1327—1356），字正淑，吴中平江（今江苏苏州）人。出身儒学世家，多才多艺，聪慧，工诗词。嫁同郡施伯仁，其夫为儒雅之士，夫妻相敬如宾，暇则吟诗自遣。1356年，家为兵所破，贫病而卒，其夫施伯仁编辑整理其遗著成帙，名《肃庸集》。

　　这首诗是女诗人读文天祥《丹心集》后所作的五言律诗，歌颂了文天祥一片丹心精忠报国的赤诚。

　　文天祥（1236—1283），号文山，是南宋著名的爱国将领和爱国诗人，是抗元名臣和民族英雄。德祐元年（1275年），元军沿长江东下，文天祥倾尽家财为军资，招勤王兵入卫临安。德祐二年（1276年），文天祥担任临安知府。不多久，宋朝投降。朝廷继续任命文天祥为枢密使，后担任右丞相兼枢密使，作为使臣到元军中讲和谈判，因慷慨陈词激怒元朝丞相伯颜，被拘留，之后设法在镇江逃脱，坚持抗元。景炎二年（1277年）率军再攻江西，因势孤力单败退广东。祥兴元年（1278年）在五坡岭（今广东海丰北）战败被俘。1279年，被押至元大都（今北京），元方威逼利诱，元世祖忽必烈亲自劝降，许以中书宰相之职。文天祥大义凛然，誓死不降，宁死不屈。元至元十九年十二月初九（1283年1月9日）于大都遇害，终年四十七岁。

　　首联"**藉甚文丞相，精忠古所难**"，概述文天祥一生精忠报国，气吞寰宇，可歌可泣。"藉甚"是盛大的意思，这里指"名声藉甚"，文天祥一心为国的精忠之志古所少有,他的名声非常大。

　　颔联讲述了文天祥的报国事迹。"**舍生归北阙**"是舍命出使元营被扣留后又逃脱,历经艰险,回到南宋。元兵围困临安之时,宋朝大臣逃的逃、降的降,太皇太后又失去了文天祥,无人依靠,向元军投降。"**效死只南冠**",这是引用《左传》的典故,讲述文天祥兵败五岭坡被元军俘获。"南冠"即楚冠,指被俘的楚国囚犯,出自《左传》:"南冠而絷者谁也? 郑人所献楚囚也。""舍生""效死"二词彰显了文天祥作为宋朝大臣的忠义和气节。

　　颈联描写了文天祥舍身殉国的忠勇行为。"**血化三年碧,心存一寸丹**",指文天祥一片丹心,被囚三年,心向南方,面对威逼利诱不失气节,不屈服,不受辱,最后惨遭杀害。"血化三年碧"引用了《庄子·外物》里的典故:"伍员流于江,苌弘死于蜀,藏其血三年而化为碧。"碧是碧玉,人死后血液凝结成了碧玉,比喻人的精诚所至感动了上天。这里是赞扬文天祥对宋室的忠心耿耿。

　　尾联是抒发自己的心理感受。"**偶携诗卷在,把玩为悲酸。**"读了《丹心集》后,为文天祥精忠报国的精神和气节感染,反复吟赏,发自肺腑地感到心酸悲痛。诗人对文天祥所处的时代背景和其个人英雄事迹非常了解,当时宋廷普遍妥协投降,文天祥舍生忘死,力兴宋室,这一忠诚之心、浩然之气、高贵之人格,与日月争光,正如文天祥自己在《过零丁洋》诗中所写"人生自古谁无死,留取丹心照汗青"。

　　诗人在读到民族英雄的作品时直抒胸臆,抒怀感慨,既表达了自己对英雄的崇敬和悲惜之情,也寄托了自己的志节和情操。

明

# 虞 姬

**【明】朱妙端**

力尽重瞳霸气消，楚歌声里恨迢迢。
贞魂化作原头草，不逐东风入汉郊。

朱妙端（1423—约1506），字仲娴，又字令文，号静庵，海宁（今属浙江）人。尚宝卿朱祚的女儿，嫁教谕周小济为妻。晚年随子迁居江宁，年八十余卒。博览群书，年幼时聪慧过人，工诗，善吟传咏，颇有诗名，被称赞"闺品之豪"。著有《静庵集》十卷。

这是一首赞颂虞姬对爱情坚贞不渝的诗。虞姬，是楚汉之争时期西楚霸王项羽的美人，名虞（一说姓虞），曾在项羽当年困于垓下、兵少粮尽、四面楚歌的困境下一直陪伴在项羽身边，项羽为其作《垓下歌》。相传虞姬容颜倾城，才艺并重，舞姿美艳，有"虞美人"之称。后人根据《垓下歌》以及相传是虞姬所作的《和垓下歌》，臆想公元前202年楚汉战争项羽兵败之际，虞姬楚帐饮剑自刎，这就是"霸王别姬"的传说。

首句"**力尽重瞳霸气消**"写项羽兵败。"重瞳"，眼中有两个瞳仁，这里指项羽。《史记·项羽本纪》太史公曰："吾闻之周生曰：'舜目盖重瞳子'，又闻项羽亦重瞳子。羽盖其苗裔邪？"说明项羽也是两个瞳仁。"霸气消"是指项羽兵败，项羽在公元前207年大破秦军主力之后自立为西楚霸王，勇武无比，"霸王"几乎成为项羽的专称，但是项羽有勇无谋，坑秦降卒，烧秦宫室，鸿门宴放走刘邦，导致楚汉相争时节节失利，垓下之战惨败，霸气全消。这一句正常语序是"重瞳力尽霸气消"，将"力尽"提前，从音韵来说是以仄声开篇，营造凄厉之调，从词义来看是颓势的感觉，一股英雄末路的苍凉铺展开来，定下了诗歌的基调。

"**楚歌声里恨迢迢**"，是写项羽的彻底失败。紧跟上句的"霸气消"，垓下之战，刘邦用张良的四面楚歌和韩信的十面埋伏之计击败项羽，使项羽自刎于乌

160

江。"恨迢迢",遗恨无穷无尽。当四面楚歌、走投无路之时,项羽有没有悔恨?恨自己刚愎自用?恨自己有勇无谋?恨自己妇人之仁?还是恨天意如此?……此时此刻,也许无颜见江东父老的西楚霸王最恨不能再保护虞姬了吧,与虞姬的诀别让英雄牵肠挂肚,泪别之时虞姬作歌附和已表必死之心,一代英雄就此含恨自刎。

"贞魂化作原头草",写虞姬对项羽的深情。"贞魂"即指虞姬,标明她的坚贞。"原头草",这里指美丽的花。一缕贞魂化作原野上美丽的花朵。传说垓下之战结束后,在虞姬埋葬的地方,长出一种过去从未见过的野花,柔韧刚劲,婀娜多姿,花瓣血红,艳丽娇媚,于风中翩然起舞,人们说野花是虞姬鲜血与魂魄的化身。于是,它被赋予一个美丽的名字"虞美人"。这个传说便包含了人们对虞姬的怜爱和颂赞。

"不逐东风入汉郊",是写虞姬的忠诚。"汉郊",指刘邦政权所在之地。刘项鸿沟议和之后,鸿沟以西为汉,所以东风往刘邦那边吹。贞魂化作的花朵,也绝不会随着东风进入汉宫。此句的意思是连魂魄都不会入汉,更何况是活着的虞姬呢!绝不会随着被俘军队进入汉王城。这体现了虞姬的一片忠贞和果决态度。苏轼《虞姬墓》曰:"帐下佳人拭泪痕,门前壮士气如云。苍黄不负君王意,只有虞姬与郑君。"同样是表达虞姬的忠诚。

关于虞姬的结局,《史记》里并无明确记载。《史记·项羽本纪》记载四面楚歌时:"项王则夜起,饮帐中。有美人名虞,常幸从;骏马名骓,常骑之。于是项王乃悲歌慷慨,自为诗曰:'力拔山兮气盖世,时不利兮骓不逝。骓不逝兮可奈何,虞兮虞兮奈若何!'歌数阕,美人和之。项王泣数行下,左右皆泣,莫能仰视。"张守节《史记正义》引《楚汉春秋》录虞姬和诗:"汉兵已略地,四方楚歌声。大王意气尽,贱妾何聊生?"说明虞姬心智非常坚决,自己绝不会独自苟且生存。

这首诗想象了两幅画面,一幅是英雄气尽的西楚霸王在楚歌声里恨迢迢,一幅是贞魂化作的美艳花朵绝不逐东风。两者既有深情联系,又有不同对比,前者含有"虞兮虞兮奈若何"的无奈哀叹,后者则表现出绝不偷生、宁死不屈的刚烈,诗人以情真意切的笔触赞叹了虞姬坚贞不渝的品格。

明代顾起纶评朱妙端:"昔刘长卿谓李季兰为女中诗豪,余亦称朱为闺品之豪者。"本诗后两句词义忠烈,颇有豪气,恰如"闺品豪者"之作。

# 寄 外

## 【明】黄　峨

雁飞曾不到衡阳，锦字何由寄永昌。

三春花柳妾薄命，六诏风烟君断肠。

日归日归愁岁暮，其雨其雨怨朝阳。

相闻空有刀环约，何日金鸡下夜郎？

黄峨（1498—1569），字秀眉，四川遂宁人。工部尚书黄珂的女儿，嫁文学家杨慎为妻。能诗词，所作散曲尤有名，后人辑有《杨夫人乐府词余》。著有《杨状元妻诗集》。

古代女子寄外，就是妻子寄信或他物给丈夫。这首诗是黄峨写给被贬云南的丈夫杨慎的，表达对丈夫的无限思念和强烈的盼归愿望，深情感人，痛人肝肠。

黄峨自幼聪明好学，写字、弹琴、作诗、填曲等都有较高水平。正德十四年（1519年）与状元、翰林院修撰杨慎（字升庵）结为伉俪，婚后居住在四川新都桂湖之滨的榴阁。次年，随杨慎回京。嘉靖三年（1524年），杨氏父子在"议大礼"的政争中，忤触嘉靖帝，杨慎两受"廷杖"，谪戍云南永昌卫（今云南保山）。黄峨回到四川新都居处，其间以诗词寄情，所作《黄莺儿》词四阕最为感人。嘉靖五年（1526年），杨慎回家探父病，黄峨被允许与丈夫一起赴云南戍所。嘉靖八年（1529年），杨慎夫妇由云南戍所奔父丧，之后杨慎返回云南，黄峨独居于四川榴阁。这首《寄外》诗就写于黄峨独居榴阁的这段时间，闻名当世。

**"雁飞曾不到衡阳，锦字何由寄永昌。"** 诗题既然是"寄外"，但开篇却写传书的鸿雁飞到湖南衡阳就再也不能向南飞了，我的信怎么才能到达云南戍所永昌呢？相传北雁南来，飞到衡阳回雁峰就不再南行。而云南永昌又在衡阳之南，寄书更难到达。"锦字"，即锦书，典故出自前秦秦州刺史窦滔之妻苏惠，因夫妻天各一方，苏惠在一块锦缎上绣回文诗《璇玑图》诗寄给丈夫，后世称"锦字"为妻子寄给丈夫的信。关于衡阳雁和锦书的典故，女性诗人常常使用。唐代李冶《送阎伯钧往江州》："唯有衡阳雁，年年来去飞。"宋代李清照《一剪梅》（红藕香残玉簟秋）："云中谁寄锦书来？雁字回时，月满西楼。"首联即表现出了伤感压抑的情绪，思念丈夫之情与日俱增，本欲寄信却说雁不过衡阳，夫妻天各一方，在这美好的春天，如此离愁，更与谁诉？

**"三春花柳妾薄命，六诏风烟君断肠。"**"三春"，指春天，春天有三个月，孟春、仲春、季春。"花柳"，也是春天的象征，但因为其美好易逝而常常与女性的命运联系在一起，如花红易衰、红颜易老，都是薄命之叹。"六诏"，指杨慎戍地，唐初分布在洱海地区的众多少数民族部落经过相互兼并而形成六个大的部落。中国近代以前，南方一般被称为蛮荒之地，流放至此就是一种惩罚。"风烟"，风景之意。"花柳""风烟"，都有美好易逝的特征，诗人以此表达出时光之易逝，离别之久远，思念之迫切。颔联对仗非常工整，一句写诗人自己之伤感，一句设想丈夫思己亦断肠，颇有杜甫名作《月夜》"心也神驰到彼，诗从对面飞来"的笔法，思念更深一层。

颈联对仗也十分工整，**"曰归曰归愁岁暮，其雨其雨怨朝阳。"**思念之深，则盼归之切，这两句引用《诗经》，将盼归之情表达得淋漓尽致。《诗经·小雅·采薇》："曰归曰归，岁亦暮止。"听说你要回来，听说你要回来，可是一年都快到头了，你还没有回来。《诗经·卫风·伯兮》："其雨其雨，杲杲出日。"说要下雨了，说要下雨了，可是却艳阳高照。诗人用这种说要下雨却出太阳，说要回来却见不着的得非所愿，来表达极其失望的情绪，日日愁，年年愁，天天盼，时时盼，却没有明说，而是采用了一种深沉含蓄的方式。

尾联诗人发出了痛心之问：**"相闻空有刀环约，何日金鸡下夜郎？"**我们曾经相约归期，可是赦罪诏书什么时候才能到达你的谪戍之地呢？"刀环"指还乡，"环"谐音"还"。典出《汉书·李陵传》："遣陵故人陇西任立政等三人，俱至匈奴招陵……立政等见陵，未得私语，即目视陵，而数数自循其刀环，撞其足，阴谕之，言可归汉也。""金鸡"，颁布赦诏时用的仪仗，《新唐书·百官志》："赦日，树金鸡于仗南……""夜郎"，指杨慎贬所，古人诗中常指边远之地。一个"空"字包含了诗人无尽的无奈和失落的失望，"何日"用反问形式，表明没有归期，蕴含诗人深

163

深的绝望。

诗句伤悲,事实亦悲伤。嘉靖十三年(1534年),杨慎纳妾。嘉靖三十八年(1559年),杨慎卒于戍所,此时黄峨万里奔丧,接丈夫灵柩回乡归葬。

黄峨人品才德极高,其"才情甚富,不让易安、淑真"。这首诗用语自然,富有韵致,句句用典且贴切顺畅,饱含深情厚谊,写得哀婉动人,表达典雅含蓄,实属名作。

# 送外赴试

**【明】项兰贞**

柳阴轻绾木兰舟,杯酒殷勤动别愁。
此去但看江上月,清光犹照故园楼。

项兰贞,一名淑,字孟畹,秀水(今浙江嘉兴)人。嫁贡生黄卯锡为妻。幼承家学,婚后复学诗十余年,兼取众家之长,所作秀雅飘逸,妩媚别致。著有《裁云草》一卷,《月露吟》一卷。

这首诗是诗人送丈夫参加科举考试时写的,感情含蓄婉转,柔情万种尽在清丽诗句中,表现出女性诗人特有的细腻和婉美。

开篇写离别场景,**"柳阴轻绾木兰舟"**,赏之如画,这是静态描写。绿水长堤,杨柳依依,柳树浓阴下,泊着一只精致的小船,柳阴笼着船儿,那么依恋,那么不舍。"绾"指挽或者牵的意思。"木兰舟",指精美的船。任昉《述异记》记载,浔阳江中有木兰洲,洲上有吴王阖闾种的木兰树,七里洲中,有鲁班刻木兰为舟。后世以"木兰舟"称精美的船,其实并非都是木兰木所制。诗人造语美丽而优雅,柳阴本不能牵挽住船,妙在无理,实在传情。

**"杯酒殷勤动别愁"**,观之如戏,这是动态叙述。夫妻依依话别,欲说还休。"殷勤"不仅指频频劝酒,也表现了夫妻间的情深意厚,劝酒只不过是情感表达的凭借。诗人竭力抓住别前这一刻的留恋,殷勤的动作中包含情义万千。离别就在眼前,诗人无法克制自己的情感,还是直接道出了"别愁",离别情感到了喷薄而出的地步,但是诗人用语轻柔,让离愁显出优雅柔婉的姿态。

后两句写诗人的叮咛,话中含情。**"此去但看江上月,清光犹照故园楼"**,如果你在异地他乡想我了,你就看看江上的明月吧,就是这轮明月,她那如水的清光也照在故乡的楼上。丈夫去科举应试,这是不能阻止的,无论离别之愁有多深、多重。用什么话来表达这万千柔情呢? 诗人只是轻轻拈出一轮明月,以寄相思。

165

这两句表面是安慰丈夫之词,实是诗人思念之语。因为天下仅此一方明月,当丈夫抬头望月的时候,诗人也在故园的窗前看月,想念丈夫。

诗人这种看似漫不经心的叮嘱,实际反映出内心深深的担忧。"江上月""清光"都是冷冷的感觉,营造出一个清幽的环境。用"但""犹"两个虚词传情深刻,丈夫此去,沿途风景肯定很多,"但看"就是只看,只看明月即只想故园之妻;"犹"字写出明月的多情和善解人意,不论什么时候,明月都一如既往,照着故园小楼。可见诗人多么害怕离别,但是用词清淡,侧面表达,余韵悠悠。

全诗语言妩媚清丽,深情含蓄似水,节奏张弛有度,景情结合辗转,体现了女性诗人独有的特点和魅力。

项兰贞一生酷爱诗,常与姑母黄柔则唱和。临终时说:"吾于尘世,它无所恋,惟《云》《露》小诗,得附名闺秀后,足矣。"

# 禅 灯

## 【明】徐　媛

石壁秋光老，兰釭静夜融。

星悬狮子座，月满梵王宫。

色相摇空影，阎浮入照中。

应知万古夜，一点破鸿蒙。

　　徐媛（1560—1619），字小淑，长洲（今江苏苏州）人。太仆徐时泰的女儿，嫁副使范允临为妻。与寒山闺门陆卿子唱和，世称"吴门二大家"。有《络纬吟》十二卷。

　　这首《禅灯》是明代诗人徐媛运用佛家名物借以歌颂禅境的一首五言律诗。全诗紧扣佛寺"禅灯"之光，营造出浓厚的禅家意韵，思悟出一灯破鸿蒙、修禅在佛心的真谛。

　　首联**"石壁秋光老，兰釭静夜融"**，说明了季节、时间和地点，即秋天、夜晚和"石壁"。拂照着石壁的秋光随着夜晚的到来而渐渐黯淡，燃着兰膏的禅灯在静夜里融融地映照着石壁及周隅。"兰釭"，燃兰膏的精致灯具，此指禅灯。首二句以禅灯、石壁快速营造出一种"禅寺"的氛围，融融的灯光给冷冷的石壁覆盖了一层暖意。

　　颔联**"星悬狮子座，月满梵王宫"**，描写诗人的瞻望与虔想。看到禅寺禅灯，诗人自然而然的心驰神往，望向夜空，穿过寺顶，仿佛看见了佛陀宝座高悬着灿烂的星星。佛陀在菩提树下修行，夜睹明星因而契悟本心本性，成无上正等正觉，那圣洁的月光溢满映照着禅室，一片庄严光明。"狮子座"，佛家将释迦牟尼喻为大无畏的狮子，故佛陀宝座称为狮子座。"梵王宫"，指大梵天王的宫殿，也泛指佛寺。这组对句一写星光，一写月辉，星月高悬普照着佛陀，溢映在禅寺，与禅寺中的禅灯融成一片。诗人用此典故营造的意象寓含修悟殊胜的佛法。

前两联主要是写禅寺禅灯之意境,后两联转入禅思禅悟之理致。

**"色相摇空影,阎浮入照中"**中的"色相",乃佛家所指一切物质的存在,包括肉身,四大(地、水、火、风),五尘(色、声、香、味、触),一切物质都是短暂的幻象,均属空无;"阎浮"是梵语,原指大树名,又指南赡部洲,洲上阎浮树最多,故称阎浮提,亦指世间。诗人深明禅义,在禅灯荧芒的映照下,凡人眼耳鼻舌身所接触的一切"色相",都不过是世间空无晃动的影像而已。月亮本光明清净,而阎浮树影入照成为月中黑影,使得月光受到树影的遮染而失去了清净。诗人的这个想象,巧妙地刻画了迷离光影中的灯月,禅灯映照下世间一切色相均为空无,阎浮树影遮蔽了本应光明清净的月影,寓指众生红尘凡心就如树影遮月一样是杂染不净的。

既然"万法皆空",又"空而不净",诗人在末联有什么佛法启悟呢?**"应知万古夜,一点破鸿蒙。"**传说在盘古开天辟地之前,世界是一团混沌的自然元气,谓之"鸿蒙"。寂寂长空,漫漫长夜,只需一盏明灯,就能冲开混沌,于是便有了方向。诗人以此意象譬喻人类的文明一如万古长夜,禅修佛法正如这盏禅灯一样,只需一点灯光,便能破除混沌不明的黑暗,开启智慧,照见方向。此联运用大小对比的映衬修辞,点明一盏"禅灯"即可点亮万古长夜,可见修禅不在于外物,而在于是否有一颗佛心。

全诗以"禅灯"为主题,运用多方佛家名物,如石壁、兰釭、狮子座、梵王宫、色相、空影、阎浮等,以物叙景,从景入思,描写了一幅星月交辉、夜空灯明的禅意情境,洞透出习禅修佛之真谛。诗中用语优雅得体,联想丰富,禅意广博,"烨若朝采,皎若夜光"(钱希言语),别有志趣。

# 空 闺

【明】王凤娴

壁网蛛丝镜网尘,花钿委地不知春。
伤心怕见呢喃燕,犹向雕梁觅主人。

王凤娴,生活在明神宗万历(1573—1620)前后,字瑞卿,号文如子,直隶华亭(今上海松江)人。解元王献吉的姐姐,嫁宜春县令张本嘉为妻。自幼聪颖,工文墨,有诗名。生有一子二女,皆亦能诗词。丈夫逝世后,艰辛自誓,抚其子女。有《焚余草》。

王凤娴的诗集名为《焚余草》,使用“焚”字,这是有历史背景的。明代妇女写作和结集出版日渐繁盛,同时“女子无才便是德”的言论也尘嚣四起。有人针对妇女出版作品评论道:“从来妇言不出阃……胡可刊版流传,夸耀于世乎?”当王凤娴在犹豫自己的诗稿存留之时,她的兄弟王献吉以《诗》三百为例驳斥了“妇道无文”的教训,王凤娴也就释然地将诗稿付梓,流传后世。王献吉并为《焚余草》作序,讲述妇女的诗集应结集出版而不“焚稿”的缘由和意义,他认为妇言一经付梓就成为后世史家有案可稽的材料。许多女作家也认识到出版的重要性,只是刻意地用“焚余”“绣余”等命名自己的文集,或在序跋中以妇德的表白来作一些包装和遮掩。

《空闺》是王凤娴《悲感二女遗物四首》中的第一首,其余三首为《闲针》《剩粉》和《燕子楼》。王凤娴与两个女儿张引元、张引庆感情深厚,常有诗词唱和。不料丈夫去世后,两个女儿也早亡。看到至亲先后离去,白发人送黑发人,让她肝肠寸断。看到二女遗物,更是睹物思人,悲从中来,以诗作念,催人泪下。

“**壁网蛛丝镜网尘,花钿委地不知春**”,开篇紧扣诗题,描绘了人去闺空、满目萧索、伤感寂寥的景象。闺房本应墙壁清洁,玉镜明亮,可如今却光线昏暗,结网积尘。首饰珠宝本应精美细巧,流光溢彩,可如今却散落在地,存者伤痛,无人收拾。为什么？因为主人已经不在了。"花钿委地"出自白居易《长恨歌》"花钿委地无人收"，杨贵妃在"马嵬兵变"中香消玉殒，其精致的首饰散落一地也无人收拾。"不知春"点明时值春日。

诗人实写闺中种种凋零落寂的景象，让人自然想象之前闺房温暖快乐的情景，暗示自己对二女的刻骨思念。想当年，母吟女和，互相梳妆，多么其乐融融。现如今，物是人非，悲戚难当。此时正是春天，春天给大地带来勃勃生机，让人满怀美好希望，而感觉不到春天的人必有伤心事。李白在《拟古十二首》中写道："白骨寂无言，青松岂知春？"是生者为死者哀痛，这里的"不知春"也表达了相似的意思。其实哪儿是花钿不知春啊，分明是诗人因为痛失爱女，神情木然，心如那散落一地的花钿，感受不到春天的温暖。

**"伤心怕见呢喃燕，犹向雕梁觅主人"**，下联由景抒情，直抒"伤心"。屋外一片春色，雕梁上的燕子也飞回来了，叽叽喳喳的，和每年的暖春一样，燕子们回来就寻找熟悉的主人，可是它们不知道女主人早已不在房中了。刘禹锡《乌衣巷》："旧时王谢堂前燕，飞入寻常百姓家。"清代施补华《岘佣说诗》评曰："盖燕子仍入此堂，王谢零落，已化作寻常百姓矣。如此则感慨无穷，用笔极曲。"诗人一个"怕"字，写尽了心酸苦楚。闺内一片凄凉，闺外生机盎然，如此鲜明的场景对比，让独自承受丧女之痛的母亲情何以堪？燕子在梁间呢喃，似在寻找旧主，而旧主早已谢世，这失女之伤，感慨遂深，其伤弥漫纸面，痛彻心扉。

《玉镜阳秋》评王凤娴的诗："《哭女》诸绝，最真挚可诵。"《哭女》即是指王凤娴《悲感二女遗物四首》。悼亡的作品有很多佳作，因为感情真挚，自然而成。在这首诗中，诗人选取了墙上的蛛网、镜上的灰尘、散落的首饰这三处细节，运用白描手法，真实记录，打动人心。燕子之呢喃，恰恰反衬孤独之人最"怕"热闹，一丁点儿温暖快乐的场景，都能引起内心的感伤，这都是真实的内心写照。

此诗写景入情，景简情深，用语直白，真情流露，真实地表达出了一个母亲对已故女儿的深切怀念，让人感同身受，久久不能平静。

# 江城子·重阳感怀

### 【明】沈宜修

霜飞深院又重阳,漫衔觞,遣愁肠。为问篱边,能得几枝黄。聊落西风吹塞雁,罗袖薄,晚飘香。

韶华荏苒梦凄凉。望潇湘,正茫茫。木落庭皋,秋色满回廊。泣尽寒蛩悲蕙草,空惆怅,暮年光。

沈宜修(1590—1635),字宛君,吴江(今属江苏)人。山东副使沈玥的长女,著名曲家沈璟的侄女,嫁工部虞衡司主事叶绍袁为妻。出身书香门第,聪颖好学,在操劳家计之余,喜咏诗作赋,并以此教导儿女,满门风雅,文采斐然。后叶绍袁辑妻儿作品,刻成《午梦堂集》,其中《鹂吹》为沈宜修的作品。沈宜修还曾搜罗四十余位女诗人的作品,辑成《伊人思》一卷,保存了大量的闺秀诗作。

叶绍袁与沈宜修于万历三十三年(1605年)成婚,育有五女八子,都有才子才女之称,其中长女叶纨纨、次女叶小纨、三女叶小鸾、五女叶小繁均工诗词,幼子叶燮为诗论家,这都离不开沈宜修的悉心教养。在儿女四五岁的时候,沈宜修就给孩子们教授《毛诗》《楚辞》《长恨歌》《琵琶行》等。从沈宜修母女的诗集中也可以看出,她们围绕"四时""秋日村居""拟连珠""竹枝词""水龙吟"等题目,一家人愉快地唱和,收获高质量的精神生活享受。对这样的生活,沈宜修非常满意,她曾对丈夫说,不要忧虑生计问题,我们已经很幸福、很圆满了,贫困是造物主赐给我们的必要的缺憾("暂将贫字与造化,籍手作缺陷耳")。幸福的生活常常被意外所摧毁。当三女叶小鸾、长女叶纨纨、次子叶世偁、婆婆冯氏相继离世之后,叶家的生活就变得特别凄凉。自崇祯五年(1632年)十月叶小鸾去世之后,沈宜修此后三年的作品都是惨恻哀伤之音。

这首《江城子·重阳感怀》应该作于崇祯五年之后,可能作于次年重阳节。虽未明写是悼女之作,但词中情绪凄怆,三女叶小鸾病逝于崇祯五年农历十月十一日,七十天后,长女叶纨纨又因悲伤过度病逝。第二年的重阳节,因为时节临近亡女的忌日,沈宜修悲从中来,作此词,以寄悲伤。

"霜飞深院又重阳",这一"又"字,自然是今年重阳唤起了词人对去年重阳的记忆。去年的重阳前后,叶家在为叶小鸾的出嫁做准备,全家都沉浸在忙碌和喜悦之中。九月十五日,叶小鸾的夫家送来了催妆礼,可当天夜里叶小鸾忽然得了重病,此前没有任何征兆。到十月十一日早晨,叶小鸾与世长辞,距离十月十六日的婚期不到五天,年仅十七岁。在八月底九月初的时候,叶小鸾的长姊纨纨曾从娘家回夫家,与三妹叶小鸾举樽欢别,一家人相约九月二十日再聚首送叶小鸾出嫁。可没想到的是,叶小鸾和叶纨纨突然相继病逝。叶小鸾曾于九月九日重阳节作诗《九日》,描写临嫁前心中的紧张、焦虑、恐惧等感情,叶小鸾发病是在重阳之后的九月十五日。因此,"又重阳"包含了沉重的悲伤和心酸。

"衔觞"即饮酒,"黄"指菊花。值此重阳佳节,只好苦对秋菊,借酒排遣哀愁。穿着薄薄的衣物,看到天空的大雁飞过,目之所及,都是一片哀寂的情景。一阵风吹来,也让人甚觉悲寒。寓情于景,景由心生。

"韶华荏苒梦凄凉",这既是感叹时光迅急地流逝,又是实写"梦凄凉"。叶纨纨、叶小鸾姐妹去世后,叶绍袁夫妇和其兄弟们经常梦见她们,如五子叶世儋曾梦见叶小鸾在深松茂柏的茅庵中读书,长子叶世佺曾梦见叶小鸾赠给他几盒松子,每一次梦见,都倍添凄凉。为了排解悲伤,叶家老少都相信叶纨纨和叶小鸾并非俗骨凡胎,而是贬谪到人间的仙子,她们的逝去是重新回到了天界。为叶氏姐妹追荐亡灵的僧尼也都这么说。二女叶小纨还创作了一部杂剧《鸳鸯梦》,述说三位仙子贬谪人世,后来又重回天界的故事。虽说这是幻人说梦,但痛极之人,唯有如此自我慰藉了。

"望潇湘,正茫茫"是说梦醒之后难遣凄凉。"木落庭皋,秋色满回廊"是说女儿病逝之后,家中只剩下空旷寂寞,当年充满欢笑的回廊里,如今只有萧萧的落叶声。秋虫的鸣叫,更增添了庭院的静寂。"寒螀",秋虫之属。"蕙草",是《楚辞》中美人香草之属,这里代指两位女儿。

"空惆怅,暮年光",词人觉得自从女儿去世之后,生命的意味已经消磨殆尽。叶绍袁曾回忆说,沈宜修本来是个对生活充满热情的人,"好谈笑,善诙谐,能饮酒",喜欢花花草草,能把清贫的生活打理得诗趣盎然,但是,"自两女亡后,拾草问花,皆滋涕泪,兴亦尽灭矣",儿女的去世让一个母亲失去了对生活的热忱。叶小鸾病逝三年后,沈宜修也郁郁而终。

沈宜修的《鹂吹》集中有许多悼念女儿的诗词,除这首之外,还有《重午悼女》《十月朔日忆亡女》《夜梦亡女琼章》《哭季女琼章》《壬申除夜悼两女》《癸酉人日》《寒食悼两亡女》《梦》《七夕思两亡女》《亡女琼章周年》《琼章二周》《夜坐忆亡女》,等等。悼女词是沈宜修后期作品的重要主题,这首词可以视为其中的代表。此词与苏东坡的《江城子》(十年生死两茫茫)词牌相同,韵部也相同,沈宜修在填写此词时,也许就是以东坡词为摹本的。悼亡之作以情动人,情真者自成至文。

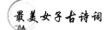

# 临江仙·经东园故居

## 【明】叶小纨

旧日园林残梦里,空庭闲步徘徊。雨干新绿遍苍苔。落花惊鸟去,飞絮滚愁来。
探得春回春已暮,枝头累累青梅。年光一瞬最堪哀。浮云随逝水,残照上荒台。

叶小纨(1613—1657),字蕙绸,吴江(今属江苏)人。叶绍袁与沈宜修的次女,曲坛盟主沈璟之孙诸生沈永祯的妻子。明清易代之际,国破家亡,父兄丈夫接连去世后,与孤女相依为命,贫病以终。有诗稿《存余草》。著有缅怀大姊叶纨纨、三妹叶小鸾的杂剧《鸳鸯梦》,成为我国戏曲史上第一位有作品流传的女作家。

叶小纨的父亲叶绍袁,是明朝天启年间进士,官工部主事,是一位负有才名的文学家。母亲沈宜修是山东副使沈珫的长女,通经史,善诗词。叶氏一家曾有过若干年的幸福时光。沈宜修与三位女儿"相与题花赋草,镂月裁云",过着书香世家相当惬意的日子。但自崇祯五年(1632年)始,叶小纨的三妹叶小鸾、大姊叶纨纨、二弟叶世偁、祖母、母亲、八弟、五弟等相继过世,叶小纨无时不在悲悼之中,尤其是大姐、三妹和母亲的去世对她打击太大,血泪千行,肝肠寸断,伤感之余展纸挥毫,于崇祯九年(1636年)著成杂剧《鸳鸯梦》,以为追念。

叶小纨的六弟叶燮后来回忆说:"余伯仲季三姊氏,自幼闺中相唱和,迨伯季二姊氏早亡,仲姊终身如失左右手,且频年哭母、哭诸弟,无日不郁郁悲伤,竟以忧卒焉。"在三姐妹中,叶小纨年寿最长,因此,她所承受的离别痛苦也就最多。越到后期,她的诗词越趋沉哀。

这首《临江仙·经东园故居》是一首伤逝之作。东园是叶小纨娘家午梦堂的后花园,是她们兄弟姐妹曾经嬉戏、唱和的乐园,也是她们的精神花园。但自从骨肉分离、亲人谢世之后,尤其是明清易代以后,这青春的乐园就变成了荒凉的失乐园。1645年,清兵南下江南,叶绍袁带着三个儿子四处避乱,永远辞别了家园。不久,两个儿子误食毒菌而亡,叶绍袁也于1648年病故。同年,叶小纨的丈夫也因病辞世。经此世变之后,叶小纨偶回故园,其感慨可想而知。从词句可以推断,她曾在这旧园子里徘徊良久,但触目之处,无不是引其伤怀之景物。

词的大意为:常常出现在残梦里的旧日东园,如今只剩下一个空空的庭院,一片凄凉。徘徊四周,到处都是伤感,湿漉漉的苔藓,残败的落花,无聊的飞絮,还有那累累青梅,让人哀不自胜。春去春回,往事可伤,想起小园里的风光还依稀如昨。人生如梦,十余年的岁月迅如一瞬。当年的欢笑仿佛还在耳畔,母亲的慈语,长姊的笑声,妹妹的呢喃,若隐若现,但细听却又杳然无声。猛一抬头,只见一抹残阳斜照在荒圮的台榭上,只剩下荒凉的亭台楼阁。如同一场幻梦,眼泪顺着脸颊流了下来,心中阵阵悲凉。

这首词写的全都是眼前之景,没有夸张,没有转折,没有运用典故,却传递出国破家亡的沉哀心事,并且让人感觉在哀亡伤逝之外,还有一段地老天荒的历史沧桑感,有一种遗民之意贯注其中,正如古人所说的"情景交炼,得言意外"。叶燮认为叶小纨的诗作"情辞黯淡,过于姊妹二人",绝非虚誉。这也是因为她比姐姐妹妹经历了更多的痛苦,遭遇了不得已的人生变故。

据考辨,叶小纨存词十二首,数量不多但首首可观,其中这一首更是深受选家们青睐的名作。《中国词学大辞典》称此词为"传世佳作"。

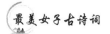

# 贺新郎·对月有怀

## 【明】王 微

醉里眉难熨,正秋宵、半帘霜影,满林风叶。搅乱闲愁无歇处,况是酒醒更绝。猛拍阑干歌一阕,转调未成声已咽,想那人、此际同萧瑟。山水远,梦飞越。

别来积念从谁说?喜相逢、伊迹屈指,尚须十日。见了定应先问取,曾觉几番耳热。又恐怕见时仓卒。待写相思争得似,不如六字都拈出:隔千里、共明月。

王微(1600—1647),字修微,号草衣道人,江都(今江苏扬州)人。华亭许誉卿的姬妾。七岁丧父,流落青楼。长大后,才情优异,与杨宛叔同归茅元仪,但因性情孤傲清峻,不甚得宠。遂飘然远去,扁舟载书,往来吴会间,所与游皆胜流名士等。曾皈心禅悦,布袍竹杖,游历江楚。后归许誉卿。工诗词,自称一言一咏,或散怀花雨,或笺志山水,喟然而兴,寄意而止。有《期山草选》《樾馆诗》等。

这是一首月夜怀人之作。

起句**"醉里眉难熨"**五字绝佳,既可以直接理解为点题,以一弯秀眉比喻天上新月,而且透过醉眼望去,月亮是影影绰绰、晃晃悠悠,仿佛眉毛不够熨帖一般,从侧面写出了词人的醉态,旖旎娇羞,惹人怜爱。也可以理解为词人的眉毛醉后凌乱,因为"月"字到最后一句才出现。不过以眉喻月是常见的用法,如五代词人牛希济的"新月曲如眉,未有团圞意",宋代晏几道的"新月又如眉,长笛谁教月下吹",更妙的是暗喻,如王沂孙《眉妩·新月》中的"画眉未稳,料素娥、犹带离恨"。王微的"难熨"与"未稳"有异曲同工之妙,隐含了忐忑不安、纤纤如晃的心思。

**"正秋宵、半帘霜影,满林风叶。搅乱闲愁无歇处,况是酒醒更绝。"**在这深秋静谧的夜晚,寒霜冷气吹帘,听着风吹满林残叶响,本来就已经挺让人心烦意乱的了,更何况半夜里醒来,微醺未散,这悲秋的感受、思念的煎熬都仿佛加倍了。**"猛拍阑干歌一阕"**,带着醉意狂放一回,似乎是想给自己打气,制造点声响来陪伴自己、安慰自己,但却**"转调未成声已咽"**,无法终曲,悲从中来。想洒脱一点儿

176

不去思念,但心头全是思念之人的身影,又怎能放得下呢?"**想那人、此际同萧瑟**",自己思念别人,却在想象中仿佛看到了别人也思念自己。"**山水远,梦飞越。**"词人内心对这份感情充满了笃定,虽隔千山万水,但阻隔不了两颗互相牵念的心,身不能飞越,但希望彼此可以在对方的梦中相会。

"**别来积念从谁说**"承上启下,下阕转入对重逢喜悦的盼望,已经想着如何跟对方述说长时间分别所积攒的相思了。掰着手指头计算,还有十天所思念的人儿就回来了。千言万语,就等着重逢的时候说给对方听。"**见了定应先问取,曾觉几番耳热**",词人脑中幻想着相逢的时候,一定要先问问对方有几次觉得耳热呢,因为民间有被人念想时耳朵就会发烫的说法。幻想得很美,可心中又起担忧,"**又恐怕见时仓卒**",害怕重逢的日子太短暂,来不及述说那许多纠缠心底的感情,来不及厮守就又要分离了。词人患得患失的想法,说明她心思百转,感情细腻又多情善感。

"**隔千里、共明月**",心中婉转千折的感情,实在太过复杂,不知道该用什么词来形容了,还是借古人的话来表达吧,那就是谢庄《月赋》中的名句:"美人迈兮音尘阙,隔千里兮共明月!"这一句可谓写尽了千秋万世的月夜相思之情,阐发了多少情侣夫妻、文人墨客的心声与共鸣。苏东坡的"但愿人长久,千里共婵娟"也是由此而来。

王微才情殊众,在有清一代的才女中堪称翘楚,与柳如是齐名。黄宗羲说"当是时,虞山有柳如是,云间有王修微,皆以唱随风雅闻于天下",钱谦益说她们"清词丽句,秀出西泠六桥之间",陈继儒赞王微的词"娟秀幽妍,与李清照、朱淑真相上下"。这首《对月有怀》情深蕴藉,缠绵悱恻,一波三折,读后撩人心弦,只有才女才能写出这样的词句,正如《玉镜阳秋》中的评价:"结体清遥,如珠泪玉烟,无复近情凡采。"

# 纪　事

### 【明】毕　著

吾父矢报国，战死于蓟邱。

父马为贼乘，父尸为贼收。

父仇不能报，有愧秦女休。

乘贼不及防，夜进千貔貅。

杀贼血漉漉，手握仇人头。

贼众自相杀，尸横满坑沟。

父尸舆櫬归，薄葬荒山陬。

相期智勇士，慨然赋同仇。

蛾贼一扫尽，国家固金瓯。

　　毕著，字韬文，歙县（今属安徽）人。工文翰，善击剑，精骑术，能挽强弓。明崇祯年间，随父亲镇守蓟邱。清兵来犯，其父战死沙场，尸身被清兵掠走，毕著率领精兵夜袭敌营，杀死敌人主将，趁机夺回父尸，归葬金陵（今南京）。后嫁昆山王圣开为妻，夫妇归隐。有《织楚集》《韬文诗稿》。

　　这是一首叙事性很强的诗歌，讲的正是毕著"二十芳龄夜袭清军营，夺回父尸"的巾帼英雄故事。

　　全诗按照时间顺序讲述，分为三段。

　　前六句为第一段，讲的是为父报仇的开端及起因。毕著父亲战死蓟邱，尸首被敌人掳去。想到杀父大仇不能报，作为女儿既痛且急，义愤填膺，当有此仇不报誓不为人之感。于是，她决意以秦女休为榜样为父报仇。秦女休，三国时魏国左延年所作乐府杂曲《秦女休行》中的人物，歌中叙写的是秦女休在兄弟们懦弱无能的情况下，勇敢无惧，冒死为宗族长辈复仇的故事。诗人以古朴的笔调描写了大战过后的悲壮场面，为下文杀贼报仇的举动做了铺垫。

中间六句为第二段,讲的是夜袭敌营为父报仇的过程。当时部下有人提议请援兵,毕著认为等待援兵,旷日持久,敌人反而有所准备。于是,毕著当机立断,乘敌胜而骄懈之机,以袭击战术,率领千余名精兵夜袭敌营。敌军果然在营中饮酒庆贺,夜幕笼罩下,毕著挥戈冲进大营,敌营大乱,惊恐之中自相残杀,四处逃窜,尸横遍野,毕著擒贼先擒王,手刃敌军主将,斩下人头,并乘机夺回父尸,既报得大仇,又挽回战局。"貔貅",古籍中的一种猛兽,此处比喻勇猛的军士,与文天祥"百万貔貅扫犬羊"中的意思一样。

最后六句为第三段,讲的是报仇之后的事情。带着丧父之痛,将载着父亲尸骨的棺材运到金陵,由于国家战乱,四方不靖,无法厚葬,只能草草安葬在一处山脚下。"舆榇",载着棺材。"陬",山脚下。作为女儿,心里一定非常凄悲,只是现在还不是尽情忧伤的时候。她必须压住悲痛,振作精神,激励将士们继续忠勇杀敌,同仇敌忾、同心协力抵御外侵。等把那些敌军扫尽之后,给老百姓一个固若金盆、山河完整、安居乐业的国家。"蛾贼",同"蚁贼",是对敌军的蔑称。"金瓯",即金盆,比喻祖国完整的大好河山。

从艺术上看,本诗古风古意,如同一首战歌,壮怀激烈,激情高昂。诗人善用重复叠沓的字词和结构来加强节奏感,第一段连用排比,连续用"父"字,"父马为贼乘、父尸为贼收、父仇不能报"读起来有一种咬牙切齿之感,仇恨情绪到了顶点。第二段音节铿锵,字词有力,一句一事,画面感很强,"杀贼血漉漉"展现出复仇得胜的酣畅淋漓,也表现出毕著的非凡胆识和机智勇谋。第三段情绪转折,从薄葬家父到保卫国家社稷,希望扫清所有来犯之敌,奏出时代最强音,全诗在充满斗志和希望的情绪中结束。

清代沈德潜将毕著的这首诗选进《清诗别裁集》,并赞扬毕著"机智、义勇、忠孝于一诗见之",确实如此,能被后人津津乐道,说明这首诗的艺术表现力和诗人的人格精神是互相彰显、交辉相应的。

沈德潜将此诗选进《清诗别裁集》,被清代昭梿认为"失于检阅",因为毕著的父亲战死其实是抗清之战,且毕著言"海宇未一,不妨属词愤激",称清军为贼,居然能逃过沈德潜和内廷诸公之眼。所以,到底是"失于检阅",还是别有怀抱或不忍割爱,我们就不得而知了。

# 修读书船

**【明】顾若璞**

闻道和熊阿母贤，翻来选胜断桥边。

亭亭古树流疏月，漾漾轻凫泛碧烟。

且自独居杨子宅，任他遥指米家船！

高风还忆浮梅槛，短烛长吟理旧毡。

顾若璞（1592—1681），字和知，浙江钱塘（今杭州）人。明末上林署丞顾友白的女儿，嫁贡生黄茂梧为妻。早寡，遂尽心抚教子女，诸孙、女孙辈皆能诗。以贤孝闻名，幼娴诗书，为明清之际杭州闺秀诗坛之冠，年九十仍不废诗文，无疾而终。有《卧月轩集》六卷。

顾若璞注重子女教育，在丈夫因病去世后潜心教子。她重视女学，认为对女性进行文学教育是必不可少的。她的教育远见对其家族女性影响很大，在她的带动下，其娘家夫家顾黄两氏几乎满门女诗人。清初，中国历史上第一个有名可考的女子诗社——"蕉园诗社"在杭州成立，主要成员就是顾若璞的女孙辈，这也是顾若璞对中国女性文学发展的一大贡献。有学者分析研究，认为顾若璞是《红楼梦》中贾母史太君的原型。

《修读书船》又名《秋日为两儿修读书船泊断桥作》，诗前有一序，交代了诗作背景。序文曰：秋日为灿儿修读书船，泊断桥合欢树下。雨山峭蒨，空水澄鲜，断烧留青，乱烟笼翠，与波上下，倏有倏无。忽焉晴光爽气激射于丛云堆黛之中，令人心旷神怡，不复知有人间世矣。览物兴思，为诗以戒。

从序文中可知，这首诗是写顾氏在一个秋日，为了大儿子黄灿读书而为他修了一艘读书船，停泊在西湖断桥边。断桥是西湖名胜，"断桥残雪"就是西湖十景之一，景色美丽醉人，让人心旷神怡。顾氏"览物兴思，为诗以戒"，告诫儿子应勤奋好学，不能沉溺于四周景物。

开篇以"和熊"典故入题，《新唐书·柳仲郢传》载："母韩，即皋女也，善训子，故行郢幼嗜学，尝和熊胆丸，使夜咀咽以助勤。"后以"丸熊""和丸"为母教的典实。"**闻道和熊阿母贤**"，诗人效法古代贤母助勤的故事，但她不是为儿子泡制苦涩难喝的熊胆丸，而是为儿子修了一艘读书船，并且将船停泊的地方选在了西湖断桥这个胜景之中。

"**亭亭古树流疏月，漾漾轻凫泛碧烟**"，颔联主要是描写周围的优美环境，此处有亭亭古树，月光经过树叶缝隙泻在地上，飞凫在西湖的碧波上自由自在翱翔，荡起一圈粼粼的波纹，好一幅空水澄鲜、青烟笼罩、波光明净的优美风景画。

颈联"**且自独居杨子宅，任他遥指米家船**"是诗人用两个典故给儿子以告诫。"杨子宅"，即"扬雄宅""子云亭"，喻指文士的贫居、陋室。西汉文学家扬雄（字子云）家贫，少田产，门前冷落，但博览群书，长于辞赋。左思《咏史》："寂寂杨子宅，门无卿相舆。"这是诗人叮嘱儿子要甘于处身"寂寂杨子宅"中，认真读书，做到心无旁骛。"米家船"，是指北宋著名书画家米芾常把书画载于游船上。后常以"米家船"借指米芾的书画。不过此处诗人的意思是前者，告诫儿子即使有人嘲笑自己在船中学习，就如"米家船"载着书画而在游览江湖一样，也"任他"说好了，心中不必介怀。可见，诗人是为了给儿子创造一个独立的学习空间，并培养他的心志。

"**高风还忆浮梅槛，短烛长吟理旧毡**"，尾联是勉励儿子克绍箕裘，继承家学传统。《浮梅槛集》是儿子祖父的著作。"旧毡"，家传的故物，比喻珍贵之物，出自《晋书·王献之传》"青毡我家旧物，可特置之"。顾若璞在丈夫去世后，肩负教育孩子的重任，孩子不仅是光耀门楣的希望，亦是她文学艺术的希望。因此，她这里是提醒儿子要继承传家史学，发扬书香门第的传统。虽然他们的父亲黄茂梧早逝，没有考取大的功名，但是祖父黄汝亨为万历进士，官至江西布政司参议，多有著述，包括《浮梅槛集》存世。顾氏《卧月轩稿》讲述了"浮梅槛"的由来："家学宪公用竹筏施阑幕浮湖中，仿志梅湖以梅为筏故事，题曰浮梅槛。"

这首七律首二联描写学贤助勤和断桥美景，后二联勉励儿子专心读书青箱传学，情景交融，工整有致，用典丰富，既体现了诗人的文学才华，又表达了一个母亲对儿子的殷殷寄望。

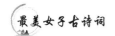 

# 中秋泛舟

## 【明】商景兰

秋光何事月朦胧，玉露澄澄散碧空。

野外香飘丹桂影，芙蓉分出满江红。

商景兰（1605—1676），字媚生，浙江会稽（今绍兴）人。明兵部尚书商周祚的长女，抗清名臣祁彪佳之妻。能书善画，德才兼备。夫妻伉俪相敬，琴瑟和谐，时人以金童玉女相称。清顺治二年（1645年），清兵攻下南京，祁彪佳投水殉国。商景兰挑起教子重任。二子理孙、班孙，女德琼、德渊、德茝及儿媳张德蕙、朱德蓉，俱以诗名。每暇日登临，则令媳、女辈笔床砚匣以随，角韵分题，家庭内竞相唱和，一时传为胜事。著有《锦囊集》一卷。

商景兰和丈夫祁彪佳都精通文墨，十分契合，两人一起度过了二十五年的幸福生活。祁彪佳出身仕宦家庭，是晚明的治世能臣。1644年，崇祯自缢于北京。1645年，清兵攻下南京，清人以书币聘祁彪佳出仕为官，祁彪佳选择了自沉殉国，流芳百世。

《中秋泛舟》共三首，这里选录的是其中一首，写于祁彪佳自沉殉国之后。晚明女诗人崇尚气节。在国破夫亡之后，商景兰以一介女流，课二子三女，以一己之力撑起了家庭，带领祁氏家族在乱世中生存。面对家国离乱，她没有消沉逃避，而是苦苦支撑，遵守丈夫遗愿，"以保祁氏之门不坠于地"。这样的女子中秋泛舟赏月，没有陷入凄苦哀怨之中，而是以超脱开阔的姿态感受人世间的沉浮和时代的大变迁。

**"秋光何事月朦胧"**，首句写景，中秋佳节的月色朦胧，犹如诗人的心绪，笼罩着淡淡的惆怅忧伤。中秋是阖家团圆举家欢聚的日子，诗人虽有着异于平常女子的坚毅，但在她坚强的外表下，也隐藏着丧夫亡国的伤痛。值此月圆之夜，泛舟水上，一个月亮悬晃在空中，一个月亮倒映在江上，这怎能不让人想起心心相印的丈夫呢,与其说是月色朦胧,不如说是诗人内心的朦胧哀伤。

次句继续写月景,"**玉露澄澄散碧空。**""玉露"在这里指月光,"澄澄"是清澈明洁的样子。清澈宁静的夜空在朦胧月光的映射下,呈现出明明暗暗的斑斓。夜空中的明暗交替,也如诗人人生的悲喜交错,亦如诗人心绪的彷徨无从。中秋泛舟,而月亮却朦胧遮面,不与人赏玩,只隐约散出一些月光。置身此种景致,心中难免会有忧伤愁绪,所以,诗人在下联转换了视角,开阔了心境,形成鲜明对比。

"**野外香飘丹桂影,芙蓉分出满江红。**"诗人收起朦胧的心绪,将目光从中秋月上转移,望向岸边和江上的风景。远处飘来浓浓的桂花香,似乎看到了岸边一排排丹桂树的婀娜影子。江上的水芙蓉花开得正艳,绿色的荷叶在月夜下与江水融为一片,隐去了颜色,只有满眼的荷花排列在水面上,映衬得江水成了一片红彤彤。

末两句从嗅觉和视觉两个角度来体会中秋月夜的美好,既有扑面而来的桂花香,又有映入满眼的荷花红,这种嗅觉和视觉上的舒适骤然洗去之前的哀愁,心情自然豁然开朗。"香飘"和"满江红"将景从一隅铺开至整个空间,生动别致,意境强烈。"满江红"又与上联的"月朦胧"形成色彩上的对比,形成了反差效果,反衬出观感和心境的截然不同。

商景兰受过良好的教育,经历过悲欢离合,有着开阔的眼界和深刻的见识。此诗写中秋泛舟,写景形象而富有内蕴。其以诗歌吟咏人生,把对自然、对人生、对社会的思考融入其中。在那样的时代,面对跌宕的人生遭际,她以一份超脱坦然应对,保有理性平静的思考,是其内心坚强和安稳的表现。

陈维崧《妇人集》评商景兰:"会稽商夫人,以名德重一时……故玉树金闺,无不能咏,当世题目贤媛以夫人为冠。"在丈夫殉国后,商景兰深明大义,独立坚强,挑起了家庭重担,精心抚育子女,同时倡导诗文,形成了盛极一时的创作群体,组织聚会联吟,一时传为胜事,所以她的才名德名广为传颂。

明迴挝忠惠祁公妻商夫人景蘭

商景兰像

（选自清任熊绘《于越先贤像传赞》）

# 美女篇

## 【明】商景徽

美女东城隅,红颜华灼灼。

垂垂十二鬟,一一飞金雀。

初日照楼台,春游出宛洛。

采桑攀远杨,搴芳将丛薄。

行路何踟蹰,中心谅有讬。

不知谁家子,白马黄金络。

强言立道傍,翩然互酬酢。

本非淇上妹,宁践桑中约。

家无薄幸儿,白头负前诺。

赠妾双明珠,还君抵飞鹊。

日暮行归来,空闺守寂寞。

　　商景徽,字嗣音,浙江会稽(今绍兴)人。明兵部尚书商周祚的次女,商景兰的妹妹,上虞徐咸清之妻。有国色,博学工诗,诗逼盛唐,讲究格律,居然名家。清兵入关后,与丈徐咸清偕隐,年逾八十犹吟诗读书不辍,其子女承母训,多才华,名重一时。著有《咏雏堂诗草》。与夫合著《资治文字》。

　　《美女篇》是乐府歌辞,最著名的是三国时期魏国文学家曹植所创作的一首:"美女妖且闲,采桑歧路间。……盛年处房室,中夜起长叹。"曹植的这首诗语言华丽、精炼,描写细致、生动,塑造了一个美丽而又娴静的姑娘,写得栩栩如生,跃然纸上。该诗以绝代美人比喻有理想有抱负的志士,以美女不嫁比喻志士的怀才不遇,含意深长,是千古绝作。

　　商景徽的这首《美女篇》在写作手法上借鉴汉乐府诗《陌上桑》(日出东南隅),《陌上桑》是以采桑女秦罗敷拒绝使君调戏的故事,表现她的美貌与坚贞。

本诗也有类似的情节,但结尾却出人意表。

"**美女东城隅,红颜华灼灼**。"开篇写美女在东城城隅,面若桃花,神采奕奕,像花儿一般娇艳。"红颜"指女子美丽的容颜。"灼灼"化用《诗经》:"桃之夭夭,灼灼其华。"将美女的脸蛋比作桃花,色泽红润,美丽娇艳。

"**垂垂十二鬟,一一飞金雀**。"接着描写美女的头饰和灵动美。"鬟"是古代妇女梳的环形发髻。"垂垂"是美女行走的时候,头发也随之动了起来,增添了动态的妩媚感。"金雀"是钗名,形容发钗富丽雍容,出自陆机《日出东南隅行》"金雀垂藻翘,琼珮结瑶璠"。此句的"飞"字极为传神,尽情展现了美女灵动飘逸的样子。

"**初日照楼台,春游出宛洛**。"然后写初日东升,照在高楼上,美女春日出游。"宛洛",古时的"宛"即现在的南阳,"洛"是洛阳,"宛洛"即二古邑,《古诗十九首》有"驱车策驽马,游戏宛与洛"。此处是泛指名都古城,意指繁华的景象,在春日好时光里,应尽情地游赏。

"**采桑攀远杨,搴芳将丛薄**。"美女出游做了什么呢,原来是为了采桑搴芳。"搴芳",采摘花草。古人对美女的描写,《陌上桑》是其经典。后人写美女多有模仿,也常言采桑,如曹植笔下的美女"采桑歧路间"。商景徽诗中的美女也去采桑,采摘花草,但用了"攀""搴"二字,将美女在花草丛中穿梭的姿态写得活灵活现。

诗的前半部分主要是描写美女的美貌与春游的场景。接下来笔锋一转,出现了插曲。"**行路何踟蹰,中心谅有讬**。""踟蹰",徘徊,想走不走的样子,说明美女心中有迟疑,行路踟蹰是因为心中有所托有所虑。原来是远方来了个骑白马的男子,强留美女于路旁。美女脱身不得,又不能正面冲突,只能用言语与之周旋应对。"**白马黄金络**"化用《陌上桑》的"白马从骊驹……青丝系马尾,黄金络马头",坐骑的高贵衬托了来人地位的尊贵。"酬酢"意为应对。

那么美女是如何与显贵进行周旋的呢?"**本非淇上姝,宁践桑中约**"引用《诗经·鄘风·桑中》中的"期我乎桑中,要我乎上宫,送我乎淇之上矣",古代淇上女子在婚姻恋爱上表现得大胆热烈、真挚朴实,不仅与恋人在桑中约会,还邀请恋人去上宫游玩,继而沿淇河十里相送,表现了淇上女子的热情自然,以及对恋人的一往情深。诗人此处用其反意,"本非"和"宁践"义正言辞地表明了美女的坚定立场,我不是淇上女子,没有理由与你赴桑中之约!

随后,美女继续表明自己和丈夫都是忠贞专一的人,进一步拒绝轻佻之人。**"家无薄幸儿,白头负前诺。赠妾双明珠,还君抵飞鹊。"** 这是说我的丈夫不是负心人,我们夫妻感情和睦,情意绵绵,两人互相扶持,将白头偕老,任何一方都不会失守爱情诺言的。

诗末的结尾却出人意料,美女以家中已有钟爱自己的夫君为由拒绝了显贵之约,可当她日暮回到家中,等待她的竟是空闺守寂寞,这与她白天所说完全不同。诗人在末了以一句空闺寂寥收笔,与之前的细节描写相比,显出极大反差,也给人以极大的想象空间。

这首诗形象刻画了一名貌美忠贞、德行亦美却又落寞空守的女子。《陌上桑》中关于罗敷美貌的侧面描述,引人赞叹,成为千古以来描写美女的极致。商景徽的这首诗关于美女的外貌描写同样精彩,通过描绘美女佩戴的饰品、美女的灵动、美女的姿态,刻画出了美女曼妙灵动、生动活泼的样子。而美女不仅是貌美,更关键的是德行品性美,她落落大方地与轻佻男子周旋,立场坚定,托词得体。结尾的出人意料,表现了美女虽欲心有所托,却难觅知己,暗示了美女的孤寂和她心中的无奈。

诗人商景徽自己就是美女,其容貌倾国倾城,且博学多才,与丈夫合著《资治文字》,对于词语、典故等都极为熟悉。这首《美女篇》引经据典,将美女的装扮、样貌、语言描绘得细致到位,借用典故扩展了诗意内涵,在写法上保留了乐府的韵味,古意十足,值得细细品赏。

# 感 遇

## 【明】刘 淑

文山死日忠难尽,诸葛扶天策未谐。
莫笑钗环锋不利,时危却尽数应乖。

刘淑,别名淑英,字木屏,号个山人,江西安福人。明代扬州知府刘铎的女儿,嫁庐陵王蔼为妻。刘铎因反抗魏忠贤,被逮捕入狱,至死不屈。刘淑秉承家教,自幼攻读经史,饱读诗书。幼年丧父,新婚丧夫。清军攻入庐陵,刘淑倾尽家资招兵买马准备抗清。不料途中被永新守卫张先壁羁押,最后张先壁释放了她并遣散其部属。刘淑在湖南、四川避难流落五年后返回故乡。后半生报国之心并未泯灭,曾以尼姑身份在江西、湖南、广西等地联络遗民和反清志士。清廷曾严令缉捕她,她隐居深山得脱。遗稿多有仇视清朝的词句,直至民国初年,才刊刻为《个山遗集》。

刘淑生于明末清初的动乱之世,文才卓绝,经历坎坷,具有崇高的爱国情怀和凛然气节,她在有生之年从未放弃过反清斗争,她对清廷的仇恨也在诗稿中表现得淋漓尽致,毫无隐晦之辞。王伯秋先生在《重印〈个山遗集〉序》中称赞刘淑为"文武忠孝,备于一身""诚千古仅见之奇女子也"。

刘淑放下刀枪之后以笔抒志,共写下八百多首诗词作品,并写下我国第一部弹词长篇《天雨花》。但是她的诗集在整个清朝时期都无人敢予刊刻,因为其手稿中多有"伤国难雪国耻"之作,常把清军视作仇人。直至民国初年,才刊刻为《个山遗集》,广为流传。

刘淑的《感遇》共有七首,每一首都字字血泪,表达了诗人报仇复国的牺牲精神和必死的决心。其中的这一首集中地表达了诗人悲壮与绝望之心。

**"文山死日忠难尽,诸葛扶天策未谐"**,开篇用文天祥、诸葛亮的典故。文天祥是忠于南宋抗击元兵的民族英雄,大义凛然,宁死不屈。诸葛亮是扶持蜀汉反抗曹魏的相臣,鞠躬尽瘁,死而后已。刘淑在这里表达的重点不是文天祥和诸葛亮的历史功绩,而是他们在生命的最后时刻对国家和君主的忠诚,并且都带着巨大的遗憾而去。南宋敌不过元,蜀汉被魏所灭。文天祥和诸葛亮都忠于国家,具有高超的智慧天赋和坚韧不拔的意志,经历过艰险激烈的战争,但时不与己,抱憾而终。这种无法避免最后失败的结局和痛苦,正是让刘淑引起共鸣并感同身受的。这种"忠难尽""策未谐"的强烈共鸣在于诗人对两人的忠勇节义十分了解。

先说文天祥。在宋朝投降后,朝廷任命文天祥为使臣到元军中讲和谈判,因慷慨陈词激怒元丞相伯颜,被拘留,后设法在镇江逃脱,逃脱出来四处流窜寻找自己的部队,又被怀疑和通缉,既要躲避敌人,又要防备自己人。他重新集结部队后继续抗元,苦战东南,再攻江西,因势孤力单败退广东,在五坡岭战败被俘,被押至元大都,面对威逼利诱和元世祖忽必烈许以中书宰相之职亲自劝降,依然大义凛然,誓死不降,宁死不屈,遇害时终年四十七岁。文天祥对宋廷是尽了全力了,他的《绝命词》说是"义尽仁至",实乃"庶几无愧"了,但"国亡不能救,作为臣子死有余罪"。这个"忠"字实在是"难尽"了。

诸葛亮一生始终抱着"兴复汉室,还于旧都"的宏伟志望,出祁山,北伐中原,以图统一天下。不幸的是,当他和司马懿征战于渭水时,因积劳成疾病逝军中,遗恨千古。"出师未捷身先死,长使英雄泪满襟",杜甫这一名句写出了诸葛亮一生最大的悲剧。如果不了解诸葛亮是怎样实践"鞠躬尽瘁,死而后已"的誓言的,也就无法深入理解"策未谐"这三个字的沉痛。

**"莫笑钗环锋不利,时危却尽数应乖"**,世人啊,不要取笑说因为我是女子所以力有未逮,空呼奈何不分男儿将相或巾帼女流,纵然是历史上难得的将相之才,当大势已去、局面危殆之时,除了感叹天意如此、命数难逃之外,又能如何呢?刘淑本不是个怨天认命之人,但面对现实,纵然矢志不弃但希望已经渺茫,她也只能说"已明幻业无牵终"了。将一切归结为天数只不过是一种心理安慰,无须用封建迷信思想的局限性去评判。

我们也不必去分析刘淑的顽强抵抗是否是理性的追求选择,我们只需从诗中去体会她那颗忠贞爱国之心和嶙峋高尚的气节。这种民族精神生生不息,光耀千古,令人心魂震荡,是我们宝贵的精神财富。

# 次韵奉答

## 【明】柳如是

谁家乐府唱无愁,望断浮云西北楼。

汉佩敢同神女赠,越歌聊感鄂君舟。

春前柳欲窥青眼,雪里山应想白头。

莫为卢家怨银汉,年年河水向东流。

柳如是(1618—1664),本姓杨,名爱,改姓柳,名隐,又改名是,字如是,号河东君,浙江嘉兴人。明末是江南名妓,崇祯十四年(1641年)嫁钱谦益为妾。"甲申之变"后,劝钱谦益自杀殉明,钱谦益不从。清初,钱谦益去世,族人争家产,柳如是自缢殉死。工诗善画。著有《戊寅草》《柳如是诗》等。

崇祯十一年(1638年),二十岁的柳如是结识了原朝廷礼部侍郎钱谦益(号牧斋)。崇祯十三年(1640年),柳如是以男妆相、"柳儒士"之名与钱谦益再相遇,两人登山临湖,泛舟凭栏,吟诗作画,甚为相投。柳如是的风神才艺,完全征服了诗坛领袖钱谦益。崇祯十四年(1641年),二十三岁的柳如是嫁给五十九岁的钱谦益为妾,后生有一女。

钱柳良缘之所以成功和可贵可传,国学大师陈寅恪先生认为,最重要的是男女双方的知己相感。无论钱柳,双方都在对方那里找到了深切的知许。柳如是《次韵奉答》正是这一心灵秘密的真实印记。

这首七律是酬答钱牧斋《冬日同如是泛舟有赠》之作,诗的主旨是表达对钱的心许之意。牧斋在诗中用范蠡与西施同泛五湖的故事,以及姜白石苦恋合肥女的情事,表达了自己对追求柳如是的深情、苦情与美好想象,而柳如是亦不负知己,给予真情回应。一赠一答,两人的知识、学养和情谊产生共鸣,是为心意相通的知己知音。此诗最大的特点和不凡之处就是句句用典,用古典述今事,以才情表真情。

"谁家乐府唱无愁,望断浮云西北楼。"首联用君臣关系的可悲与亏缺,来反衬知己情缘的可贵与圆足,表达了在乱世人生中应珍爱有情世界的心声。"无愁",典出《北史》"无愁天子",北齐皇帝高纬骄奢无道,常命人隆重演奏《无愁之曲》,有时也亲自弹琵琶演唱,上百名侍者应和,北齐人便称他为"无愁天子"。"西北楼",典出《古诗十九首》"西北有高楼",喻指君暗臣明导致文人的悲凉和迷茫。同时喻当今崇祯帝为亡国之暗主,而钱牧斋为高才之贤臣。此诗开篇以君臣关系发唱,道出男女之辞,既古老又新鲜。"牧斋见此两句,自必惊赏,而引为知己"(陈寅恪语)。

"汉佩敢同神女赠,越歌聊感鄂君舟。"此联以神女指自身,以鄂君指牧斋,一赠一感,情义相通。"汉佩""神女"典自《韩诗》汉皋神女为郑交甫解佩,相传郑交甫于汉皋台下遇二女,二女解佩相赠。后多指男女的爱慕赠答。后一句典出《说苑·善说篇》所载越人歌:"今日何日兮,得与王子同舟……山有木兮木有枝,心悦君兮君不知。""鄂君"为美男或才俊的通称。此两典联用,言切味永,意旨通贯,"其巧妙诚不可及也"(陈寅恪语),同时喻河东君与钱牧斋共同泛舟水滨,以知己相感相惜之意。

"春前柳欲窥青眼,雪里山应想白头。"此联表达了爱慕之心和愿共白头之意。上句写柳爱钱,下句写钱恋柳。分析此联,须与钱牧斋诗"每临青镜憎红粉,莫为朱颜叹白头"对应着看。"青眼"典出阮籍"青白眼",青眼是对人喜爱或器重,白眼则是不喜欢。"窥青眼"对牧斋"憎红粉",风流切当,极美极雅。"雪里山应想白头"典出刘禹锡"雪里高山头早白"。牧斋表达了对河东君极富体贴的爱慕之意,柳如是此句对答典今交互,对牧翁报之以心仪性情之语,两人对"白首红颜"的因缘都极看重。

"莫为卢家怨银汉,年年河水向东流。"末联表达了人生感悟和期许。人生孰无老,朱颜有时凋,不要怨恨时光,体现了柳如是的善解人意和真情。"卢家""银汉"典出李商隐《代应》诗"本来银汉是红墙,隔得卢家白玉堂"。第二句典出《玉台新咏》所收《歌辞》"河中之水向东流,洛阳女儿名莫愁""恨不嫁与东家王"等句。钱牧斋自号"东涧老人",认识柳如是之后,为她取名为"柳河东",暗示"河中之水向东流",最后以极富迷魅的诗语召唤能力,打动了河东君深细漂泊的心。

全诗用典极为丰富巧妙,语言清丽,文采华美,与所奉答之诗辞锋相接,爱心真情层层深入,"专一而更专一,感慨复加感慨",诗中前尘后缘、丝丝关锁,如五音繁会,丝竹交响,组成一曲含蓄优美的爱情咏叹。陈寅恪先生称赞此诗为"明末最佳之诗","当时胜流均不敢与抗手"。

# 西湖八绝句

## 【明】柳如是

垂杨小苑绣帘东，莺阁残枝蝶趁风。

大抵西陵寒食路，桃花得气美人中。

柳如是的《西湖八绝句》共八首，是当时广为传诵的名篇。这是其中一首。

柳如是诗情广博，善于用典，其诗最难懂的地方，就是如果仅知诗人引用的古典，但不知其具体所处语境和心绪，也就不能读懂诗人到底要表达什么心情。如此诗的后两句，"西陵寒食"与"桃花"是什么关系，结尾是喜还是忧？

国学大师陈寅恪在晚年目盲体衰、极端困难的情况下，以口述由助手笔录的方式，经过十年不懈的努力，写成《柳如是别传》一书，对柳如是的一生，做了详细的考证，赞扬了柳如是的风节，评论了柳如是的文学创作。在《柳如是别传》一书中有对此诗的考证，堪为考据与诗学互为助缘、相得益彰的范例。

陈寅恪先生的考证路线是三项：时、地、人。这首小诗写于崇祯十二年，柳如是二十一二岁。与钱谦益晤，同游西湖。钱执意追求柳。但此时柳如是的心里仍苦苦挣扎在对陈子龙的思念之中。陈子龙，明末文学家，诗词大家。柳陈两人有一段恋情，双方情切意笃，长居松江南楼，赋诗作对，互相唱和，后因陈的原配张氏带人闹上南楼，柳毅然离去。陈柳二人相关情缘之作，此前已有一百〇六首之多。前一年，陈子龙还作有《戊寅七夕病中》《长相思》《萧史曲》等。

分析得出，这首诗的真正人物，是隐藏在语词之后的陈子龙。要想读懂这首诗，就得了解清楚陈子龙、柳如是的恋情经过和心灵秘史。而破译其中的钥匙，则是对比研究陈诗、柳诗中的关联词语。

其一，垂杨小苑。陈子龙《寒食》七绝（崇祯八年春）"垂杨小苑倚花开，铃阁沉沉人未来"，表明"垂杨小苑"不是一般的地方，是陈柳二人同居的松江南楼一小苑。

其二,桃花与春风。陈子龙《春思》(崇祯八年春):"桃李飞花溪水流,垂帘日日避春愁。不知幽恨因何事,无奈东风满画楼。"陈子龙《春日早起》(崇祯八年春):"独起凭栏对晓风,满溪春水小桥东。始知昨夜红楼梦,身在桃花万树中。"亦是陈柳热恋绵绵。"东风""小桥东",都关合了柳诗中的"绣帘东"。

其三,寒食。陈子龙《寒食》七绝:"今年春早试罗衣,二月未尽桃花飞。应有江南寒食路,美人芳草一行归。"这是崇祯八年寒食时节的相恋出行。而陈子龙《蓦山溪·寒食》(崇祯九年春):"……桃花透,梨花瘦。遍试纤纤手。 去年此日,小苑重回首。晕薄酒阑时,掷春心,暗垂红袖。韶光一样,好梦已天涯。斜阳候,黄昏又,人落东风后。"这是陈柳分开之后,回想二人同居于松江南楼往事。

陈寅恪先生用情史当事人前后相连的诗词章句,丝丝入扣地重建了心灵现场,即陈子龙与柳如是于崇祯六年至九年,由热恋到分手以及此后数年双方都难以摆脱相思之情。

"**垂杨小苑绣帘东,莺阁残枝蝶趁风。**"诗人在游赏西湖时,心中仍然思念着旧日情人,西湖春色重新唤起崇祯八年南楼时的甜蜜记忆。依依垂柳小苑,屋宇绣帘,小小莺阁房屋静谧,残花点点,微风拂面,偶尔有蝴蝶翻飞。以动衬静,动静结合,充满了生机。这是彼时的场景。

"**大抵西陵寒食路,桃花得气美人中。**"西陵寒食之热恋已成为回忆,虽然不能彻底忘掉刻骨铭心之所爱,但是诗人还是要奋力摆脱与陈子龙分手后相思的痛苦,做自主自由的自己。"得气"典出班固《答宾戏》:"得气者蕃滋,失时者零落。"诗人用班固的典语,将唐诗里的人面桃花相映红改写成了自己的生命气象。诗人非常自信,桃花之美乃是得到了"我"这位"美人"的辉映增彩。这是此时的胸襟。

陈寅恪先生称柳如是为"奇女子"。从这首诗中可以读出,诗中最美的是人的形象,"桃花"因人而"得气",可见这个人是何等的自尊、自爱、自信!诗中没有用传统中"人面桃花""明年春更好,知与谁同"等俗调,而是跳出了原有的心境和意境,绽放出了女性自主、生命自由的光彩。

古诗歌不只是一种语言的艺术,更是一种情感的交流方式。陈寅恪先生的考据既是手段,又是理解诗意本身;既推验出当时语境,又体会作者的心灵故事,

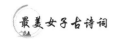

融想象、记忆、关心、感情于考据之中,才能与对象同心相印,窥得本真,这才是"今古同流"有生命的诗学研究。

柳如是像

# 金明池·寒柳

## 【明】柳如是

有怅寒潮，无情残照，正是萧萧南浦。更吹起、霜条孤影，还记得、旧时飞絮。况晚来、烟浪斜阳，见行客、特地瘦腰如舞。总一种凄凉，十分憔悴，尚有燕台佳句。

春日酿成秋日雨。念畴昔风流，暗伤如许。纵饶有、绕堤画舸，冷落尽、水云犹故。忆从前、一点东风，几隔着重帘，眉儿愁苦。待约个梅魂，黄昏月淡，与伊深怜低语。

柳如是的《金明池·寒柳》作于崇祯十二年（1639年）至十三年（1640年）之间。当时，由于重重障碍，柳如是与陈子龙已经分手，但她非常留恋与陈子龙相处的岁月，因而写下这篇作品，借咏物而言情，表达自己心中的种种思绪。这是柳如是的长调代表作，词中化用古人词意错综用典，足见其学问博洽。

这是一首咏物词，文外之意颇丰，甚可吟味。

上阕明写柳而暗写人生的遭际。"**有怅寒潮，无情残照，正是萧萧南浦**"，题为咏柳，一开始出以虚笔，渲染气氛。南浦是送别之地，本就使人伤感，"有怅""无情"用在了"寒潮""残照"上，落日黄昏寒潮往复，更显得萧飒冷清。这里虽然没有写柳，但古人有折柳送别的习俗，写了南浦，也就暗暗点出了柳，又用潮水之有信暗示人事之无常，已将气氛渲染得非常充分。"怅"，有的版本作"恨"。

"**更吹起、霜条孤影，还记得，旧时飞絮。**"这是直接写柳，今昔对比，今日风中摇曳的，是孤零零的枝条；往日风中吹散的，是满天的飞絮。一写秋天，一写春天。然而，不管是霜条飞舞，还是柳絮迷蒙，在心理上一般都是哀凄暗淡的景象。一个"孤"字，更为这凄凉的环境平添一丝的无助和孤独。"柳絮"这一意象，无根无蒂任风吹落，随意飘荡，令人产生怜悯之情。

"**况晚来、烟浪斜阳，见行客、特地瘦腰如舞。**"人生、人事、人情往往难以捉

197

摸,一个风尘女子纵然聪慧过人,终究也看不明人世的迷离。柳将飘零,词人赋予柳依恋人的情感,而不是写人依恋柳。"瘦腰如舞"是不忍分离的意思。这里笔锋一转,借柳自嘲,感慨流年,其心中自有百无聊赖,欲诉未诉。于是就进一步写出**"总一种凄凉,十分憔悴,尚有燕台佳句"**。"燕台佳句"是留恋过去,因为与陈子龙的那段生活曾给她人生不少的慰藉,致使她多年后回忆起这段生活,仍不禁泪流涔涔。唐代李商隐有《柳枝五首》,自序中说自己的《燕台》诗深得女娘柳枝的赞赏,但柳枝后来为人娶去,而未能与自己结成良缘。柳如是以此暗比自己被迫与陈子龙分开,但昔日互相酬唱的诗篇仍在,可以让她久久追忆回味。词人这几句艺术性地将物与人、昔与今紧密融合在一起,表达手法十分巧妙。"斜阳",有的版本作"迷离"。

换头句**"春日酿成秋日雨"**,作为承上启下的过渡,写得非常警动、精彩。一切果都有因。秋雨凄寒,柳必然会凋落,人必然会分离,沉浸在痛苦中的词人不能不忆旧、不思考。与陈子龙的短暂相识相恋给柳如是暗淡的生活带来了慰藉和亮色,但这短暂的欢娱却为以后埋下了如此的苦楚。词人心灵活动的跨度非常大,认为和春天有关,正如人们所说的"春华秋实",没有春天的华,就没有秋天的实。因此,秋天所造成的结果,当然也要到春天来寻找原因。从柳来看,经历了春天的繁荣,必然要走向秋天的萧瑟。从人来说,正因为往日沉浸在欢乐中,被幸福冲昏了头脑,所以导致了最后的不幸。下阕主要是借回忆过去来写对爱情的固贞执守。

**"念畴昔风流,暗伤如许。"**想当年,柳如是和陈子龙亲密相处,才子佳人,何等风流,现在回想,只能心内暗自悲伤。但其实,秋天的冷清主要是在词人的心上,因为她的外表仍和过去一样靓丽,她的排场仍和过去一样光鲜,只是经历了感情的大起大落,一切又都并非故我了,所以感觉**"纵饶有、绕堤画舸,冷落尽、水云犹故"**。柳如是身为一代名妓,色艺俱全,追求者自是摩肩接踵。"绕堤画舸",极尽红尘中的繁华,可是她的真情付出,换来的却是一场空。"画舸"本是欢情之物,但现在她的心已经死了,恍如一梦醒来,还是以前的水云凄清,冷淡如故。此处也表明了柳如是虽然身处烟花之地,却志向高洁,不愿折腰的心气。"画舸",有的版本作"画舫"。

"忆从前、一点东风,几隔着重帘,眉儿愁苦。"这是以曲笔写出当年让词人伤心的一段回忆。柳如是和陈子龙曾同居南楼,两情相契,但由于陈子龙的祖母和嫡妻反对,二人被迫分手。"忆从前",有的版本作"念从前"。"东风",有的版本作"春风",出自陆游《钗头凤》:"东风恶,欢情薄。一怀愁绪,几年离索。错,错,错。"陆游娶妻唐婉,两人情爱弥深,但由于陆母的逼迫,两人离异。柳如是用这个语典,不仅在事件上非常契合,而且题面是柳,与春天有关,联系非常紧密。用"一点"而不用"一阵"形容"东风",更形象地说明了外在压力之大,当事人之无能为力,于是只能在重帘之内,相对叹息,柔肠寸断,无限悲苦,真是无以为怀。

"待约个梅魂,黄昏月淡,与伊深怜低语。"词人在结尾借用汤显祖的《牡丹亭》的故事来表明自己的心迹。明清之际,《牡丹亭》有着非常大的影响力,杜丽娘青春觉醒,大胆追求爱情,为人们所赞叹不已。《牡丹亭》中写杜丽娘来到花园中,梦到书生柳梦梅,彼此相爱,成就一段姻缘。柳如是用剧中的这个情境,是与杜丽娘心意相通,一样追求"至情",让在现实中受到阻隔的爱情,能够在梦中得到补偿。从艺术上来看,梦境中是柳与梅"深怜低语",而《牡丹亭》中的书生正叫柳梦梅,这是用虚笔将咏柳的主题延续下来了,紧扣主题,同时又有余不尽,启人联想。"黄昏月淡"又暗用欧阳修《生查子》"月上柳梢头,人约黄昏后",也表达了心中对知心人的某种期待。

柳如是的这首咏物词,"浓纤婉丽,极哀艳之情",含义非常丰富。从内容上来说,有对过去的回忆,对现在的叙述,和对未来的期待。从手法上来说,以意象描绘为主,有写景,有抒情,有纪事,以柳为题,又以柳自喻,笔笔不离柳,却又翻转腾挪,时虚时实。词人感触细腻,体物精细,用典巧妙,每每一语双关,富有言外之意,让人洞察了她的不幸人生遭际,以及在困境中对爱情的固守坚贞和对命运的不屈不从。陈寅恪称这首词为明末最好的词,是有其深刻原因的。

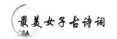

# 答素庵西湖有寄

## 【明】徐　灿

霜鸿朝送锦书还，知向寒灯惨客颜。

从此果醒麟阁梦，便应同老鹿门山。

十年宦态争青紫，一旦君恩异玦环。

寄语湖云归岫好，莫矜霖雨出人间。

徐灿（约1618—1698），字湘蘋，长洲（今江苏苏州）人。光禄丞徐子懋之女，大学士陈之遴继室。婚后曾随夫居住北京。陈之遴被革职后，徐灿随遣戍边，后陈之遴殁于辽左，五年后徐灿扶夫灵柩返回江南，以佛家居士终老苏州。诗词兼擅，有《拙政园诗余》三卷及《拙政园诗集》二卷。其词作糅合幽深复杂的女性心曲及政治情怀，为批评者所赏识，与顾春、吴藻并称清闺秀词三大家。

《答素庵西湖有寄》是徐灿回应丈夫陈之遴（号素庵）的一首诗。此诗在《拙政园诗集》中编排在《甲申七月有怀亡儿妇》诗前，可以推测写于崇祯末年，且是陈之遴在《拙政园诗馀序》中自称"以世难去国，绝意仕进"之时。但陈之遴并非真能"绝意仕进"之人，后来于清顺治二年（1645年）降清，出仕新朝。

此诗是诗人针对丈夫情绪低沉做出的回应，对丈夫官宦生涯提出自己的见解和建议，劝其不要再做出山之想。

**"霜鸿朝送锦书还，知向寒灯惨客颜"**，开篇直说缘由，告诉丈夫收到云中寄来的锦书，见信如面，对他的苦楚凄惨感同身受。

颔联直奔主题，直接陈述自己的选择和观点，劝他应该放弃继续做官的梦想，与自己一同退隐。**"从此果醒麟阁梦"**，"麟阁"是麒麟阁的省称，君主表彰大臣的功劳阁，典出《汉书·李广苏建列传》。**"便应同老鹿门山"**，诗人向丈夫指出一条明道，不再为官，共同隐退。"鹿门山"，在襄阳，是东汉隐士庞德公偕同妻子退隐的地方，唐代诗人孟浩然有《夜归鹿门山歌》。诗人运用此典，邀夫偕隐，既明白地表达了自己对丈夫将来生活志向选择的愿望,又暗示了作为妻子对其的忠贞柔情。

"十年宦态争青紫,一旦君恩异玦环",此联是诗人以史为鉴向丈夫说理,指出官场的无常和残酷。"青紫",本为古时公卿绶带之色,因借指高官显爵。"玦",是半环形有缺口的佩玉,古代常用以赠人表示决绝,典出《荀子·大略》"绝人以玦,反绝以环"。诗人一针见血指出为君主效力的艰难与残酷,官宦之间竞相斗争,功名可以毁于一旦,恩宠可以骤然决裂。陈之遴的仕途也确实如此,屡经挫折,受父亲陈祖苞的连累,他在明末亡以前就遭解官回乡。虽然陈之遴不断努力进取,也几度得到了明清两代君主的重用,但常常祸起萧墙,出仕新朝后又两次遭贬,最后一次死在流放地。此处可见诗人对官场政治斗争有非常深入的见解。

诗末以著名典故畅想归隐生活的意境,渲染主题。"寄语湖云归岫好,莫矜霖雨出人间",在阐述自己对官宦生涯的认识后,继续劝解丈夫。化用陶渊明《归去来兮辞》中的"云无心以出岫,鸟倦飞而知还",渲染烘托归隐的氛围。"霖雨",指大旱之际所需的甘雨、及时雨,后用以比喻济世泽民。如《尚书·说命》:"若岁大旱,用汝作霖雨。"李白《赠从弟冽》:"傅说降霖雨,公输造云梯。"诗人这一句的语气是舒缓的,态度是温柔的,与前面指责官场险恶的严厉语气形成对比,她是希望丈夫认识到"仕进"的残酷,尽早脱离官场,云归岫里,不要以布霖雨、济苍生为己任而将自己置身于危险的境地。

这首七律主题明确,连贯自然,对仗工整,读似一气呵成,很有感染力。诗中用典贴切,表明诗人对政治文化有深刻的认识。因是答丈夫所问,所以直抒胸臆,情理交融,体现了妻子对丈夫的关切和深爱之情。

# 秋感八首

## 【明】徐 灿

### 一

弦上曾闻出塞歌，征轮谁意此生过。
霜侵帘影催寒早，风递笳声入梦多。
有鸟是仙归故国，无鱼何客钓浑河。
家山明月今何似，夜夜长悬碧涧阿。

### 二

百感秋生旅客心，黄龙塞下独沾襟。
风来四野宵偏厉，天入三秋昼易阴。
绣幕哪堪围朔气，瑶琴独自理南音。
当时浮海将家属，云水茫茫不可寻。

### 三

异日甘泉照乱烽，凤池文史尚从容。
朝回弄笔题秋叶，妆罢开帘见晓峰。
玉露乍沾长乐佩，金飙遥送未央钟。
西山极望多佳气，缥缈云成五色龙。

### 四

鼙鼓声高散百官，雕戈一夜满长安。
日低春殿风霾合，霜落秋宫草树寒。
南狩銮舆虚命驾，西征旄节漫登坛。
龙归凤去须臾事，紫禁沉沉漏未残。

五

半壁谁言王气偏，繁华六代尚依然。

金莲香动佳人步，玉树花生狎客笺。

朱雀桁开延夜月，乌衣巷冷积秋烟。

石头城下寒江水，呜咽东流自岁年。


六

几曲横塘水乱流，幽栖曾傍百花洲。

采莲月下初回棹，插菊霜前独倚楼。

剑气千年寒古石，歌声五夜起层邱。

不知身在龙沙外，只道当时是梦游。


七

朱城西畔漾芳湖，景物依稀宋故都。

天堑潆洄环两越，风流娴雅接三吴。

烟销画舫波声咽，草没琼台月影孤。

闻道秋来谁眺赏，几行渔艇出菰芦。


八

织锦机寒素节开，捣衣砧急暮愁催。

吴山一望云高下，辽海三看雁往来。

谁诉琵琶怜别院，几闻觱篥怨荒台。

脂车应笈空囊在，携得千山秀色回。


  徐灿饱读诗书，工诗词，由于所处明清易代时期，丈夫陈之遴仕途大起大落，又遭遇随夫流放东北边疆之变，所以徐灿的作品中多抒发故国之思、兴亡之感。她的历史视野开阔，这组七律体《秋感八首》是以杜甫的经典之作《秋兴八首》为范本,融入自己的人生境遇,记录大时代的历史沧桑。

秋天总能触动诗人的诗绪。杜甫《秋兴八首》作于大历元年(766年),抒写的是"安史之乱"之后,诗人旅居夔州,对唐朝衰落和自身飘零的深沉感慨。一组八首,每首有一个特定的时空角度,组合起来,展现一幅庞大的历史画卷,情境深沉广阔。

徐灿的这组《秋感》诗深受杜甫诗的影响,其开篇、布局、视野、情怀都堪与之媲美。陈之遴降清之后,受到重用,又两次遭贬。清顺治十五年(1658年),陈之遴及全家被流徙尚阳堡(今辽宁省境内)。相似的时代变迁和人生境遇,使徐灿从杜甫的诗中找到了共鸣。

先看第一首。杜甫在《秋兴八首》第一首中表达了强烈的思乡之心,遥望故国,"丛菊两开他日泪,孤舟一系故园心"。徐灿的第一首主题一致,但角度不一。**"弦上曾闻出塞歌,征轮谁意此生过。"**对于绝大多数闺中女性来说,出塞一词听说过,在诗书中也读过,但亲身经历过的是极少数。女诗人开篇便是感慨自己所经历的意想不到的巨变,揭开了边塞生活的序幕。陌生的环境,过早的风霜,寒冷的天气,胡笳的扰声,既让人难以入眠,又时刻提醒诗人身处异地他乡的冷酷现实。浑河,是辽河的支流,点明了流放地。这陌生的河流,残酷的一切,都让诗人无比怀念家乡的青山明月。**"有鸟是仙归故国"**化用《搜神后记》中所载辽东人丁令威学道成仙后化鹤归辽的典故。可是讽刺的是,来自江南的诗人却身处辽东,远离家乡,不得不在"无鱼"的浑河中垂钓。"有鸟"与"无鱼"是对比,表达了诗人此时此刻想飞还故乡却不可能的悲凉心境。

第二首继续描写边塞恶劣的环境和自己的伤感。诗人用精美的"绣幕"暗示了自己江南闺秀的身份,生在异乡为异客,实在难以适应这里恶劣的气候,精美的"绣幕"不敌北方的寒气,心爱的瑶琴只弹奏自己熟悉的南音,独自凄泣是常有的事。虽然当初出嫁时做好了随夫四海为家的思想准备,但是万万没有想到最后被湮没到如此偏远的地方。"云水茫茫"之地,远方的亲人可能再也无法寻见。这一首以景衬情,通过一系列的凄凉之词深入表现边塞生活的艰难和心灵孤独的悲伤。

杜甫在描述了漂泊夔州的伤感之后,第二首开始转换时空,"每依北斗望京华"。徐灿也是这样,不过是在第三首开始回忆往昔居住京华的岁月。首联交代背景,"烽火甘泉"出自卢思道《从军行》中的"朔方烽火照甘泉",指战事兴起。"凤凰池"原指禁苑中的池沼,因为魏晋南北朝时设中书省于禁苑,故又称中书省为"凤凰池",后来也指宰相职位。诗人借用这一典故指自己的丈夫陈之遴掌管机要,具有临危不乱的政治能力。**"朝回弄笔题秋叶,妆罢开帘见晓峰"**,笔锋转向他们的家庭生活。丈夫理完朝政与妻子在家中共赏美景,吟诗题咏。这里不仅写出夫妻共享的美好时光,也暗指自己与丈夫才学匹配和感情融洽。接着情感转折,诗人多么希望良辰美景永驻,但是"长乐""未央"永远只是人们的美好愿望而已。西汉时期以"长乐"为宫名,希望社稷久安,但后代见证的只是汉墓出土的"千秋万岁""长乐未央"字样的瓦当残片。诗人已经暗示欢乐是短暂缥缈的,悲剧已经在酝酿,为下文做好铺垫。

第四首写京都被攻,江山崩塌。一夜之间,京城被围攻,百官散去,宫城一片风雨欲来的凋零景象。**"南狩銮舆虚命驾,西征旌节漫登坛"**,指的是南明政权仓皇建立,从西而来的李自成军队占领了北京。"狩"字是用作帝王逃亡或被俘的婉辞。**"龙归凤去须臾事"**指李自成攻破北京后,崇祯皇帝杀死家人然后自缢的惊天惨剧。人已去,漏声未残,沉寂的紫禁城给人留下的是无尽的遗憾和沉痛。杜甫在第四首诗中哀悼了长安城内波澜起伏的"百年世事",徐灿用同样的形式描写了自己经历的历史经过和感慨。这首诗用典故和富含象征意义的意象,不仅勾勒了历史的场景和重大事件,而且在其笔触中饱含深沉的情愫,显示了诗人深厚的古典诗歌艺术才能。

第五首角度移至南京,描写半壁江山的南明。江山易主,但似乎六朝之都繁华依旧,文人狎客在花天酒地中观赏莲花步,妙笔生花却谱写着亡国之音。朱门的盛宴对着乌衣巷的沉寂。"金莲佳人"是李后主的妃子窅娘,《玉树后庭花》是陈后主的音乐,象征着后主们的醉生梦死以及以此预示的灭亡。"朱雀桁""乌衣巷"出自唐代刘禹锡描述历史兴亡的诗《乌衣巷》:"朱雀桥边野草花,乌衣巷口夕阳斜。旧时王谢堂前燕,飞入寻常百姓家。"徐灿再一次运用多种暗含历史兴亡意味的典故,表达了对明朝灭亡的悲哀和遗憾,宛如石头城下呜咽的江水滚滚地流淌。同时,诗人对依然享受繁华"不知亡国恨"等现象隐含着讽刺和批判。

第六首的视野继续南移,聚焦在自己的家乡苏州,语气有所缓和。徐灿生在苏州,而且嫁给家在浙江的陈之遴后也曾在苏州居住。这首诗主要是回忆自己傍水倚花的青春时光。横塘是苏州非常著名的一条古堤,这里的好山好水激发了历代文人墨客的灵感。窈窕美丽的水乡姑娘在荷叶田田的池塘里泛舟、采莲、嬉戏,包括歌唱对爱情的向往。不仅如此,青春时代的徐灿除了和其他少女那样天真游戏,有着情窦初开的情愫之外,还在风霜之秋饱读诗书,对历史有着深沉的思考。谁知,自己竟然会亲身经历历史的大变迁,体会令人胆寒的"千年剑气",宛如从梦中惊醒一样。

第七首是以史讽今,借景抒情,转写杭州。徐灿婚后曾和陈之遴卜居杭州,他们对杭州有着特殊的感情,题咏了很多关于西湖的诗篇。诗人写杭州,首先想到的是杭州曾为北宋灭亡之后南宋的临都,充满历史沧桑感。杭州地理位置环两越、接三吴,关于三吴有不同理解,晋时指吴兴、吴郡、会稽;唐时指吴兴、吴郡、丹阳,又泛指长江下游一带。"烟销画舫波声咽,草没琼台月影孤",刻画了一种繁华褪尽的苍凉意境。杜甫在《秋兴》第七首诗中写到了长安,结句是"关塞极天惟鸟道,江湖满地一渔翁"。徐灿写的是杭州,但也以与渔翁有关的意象结尾,**"闻道秋来谁眺赏,几行渔艇出菰芦"**。古代文人传统中,渔夫常常用作隐身江湖的文人的另一种身份。在恶劣的政治环境中,君子的最佳选择是不出仕而隐没民间。徐灿就曾经力劝丈夫"从此果醒麟阁梦,便应同老鹿门山",希望一起归隐。

最后一首,诗人的视角回到自身所处之地,与首诗呼应。诗人用闺怨与边塞诗歌中常见的形象,在寒气中织机前忙碌的织女,为暮色发愁心急的捣衣妇,来渲染东北边塞生活的紧迫与愁苦。**"辽海三看雁往来"**,诗人以大雁的行踪来算计时日,表达出她对时光流逝的无奈和盼归心切的情绪。大雁是自由的,而诗人只能遥望云海那端的家乡。临院的琵琶声和偶尔响起的筚篥音,这些都是异乡的音乐,更加增添了自己的哀愁。**"脂车应笈空囊在,携得千山秀色回"**,全诗的这一结尾异常高昂,一反前面所有的沉郁格调和哀痛情绪,诗人和丈夫虽然物质贫乏,但是精神财富宽广。居家北迁时囊中空空,但书籍满满,学富五车。待他年回归时,胸中装有千山万水,更有经过洗涤和升华的精神力量!

此诗的结尾展现出高昂的人生境界,颇具豪气,**"携得千山秀色回"**,此等胸襟令人感奋。这与杜甫组诗结尾的低沉情绪完全不同。徐灿整组诗在主题和结构上都深受杜诗启发,但是她看世事、看历史、看个人命运的角度有所不同。虽然徐灿对丈夫降清有着很深的不安和痛楚,颇有微词,也对丈夫的再三出仕不满,但是,她还是本着温柔敦厚的原则,对逆境中的丈夫宽慰劝解,共克时艰。古时文人在仕途失意时常常寓志于诗书,寄情于山水,这首诗的题旨是非常符合古代文人的思想和追求的。

　　总而论之,《秋感八首》是一组艺术水平高超的杰作,它视野开阔,时空转换,气势磅礴,融入自身的经验、情感、视角和见解,记录大时代的沧桑巨变,表达了自己的批判精神和思想境界。此诗不仅可以代表明清女诗人的艺术成就,而且同样可以与男性文人的经典之作相提并论。

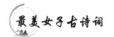

# 水龙吟·春闺

## 【明】徐　灿

隔花深处闻莺,小阁锁愁风雨骤。浓阴侵幔,飞红堆砌,殿春时候。送晚微寒,将归双燕,去来迤逗。想冰弦凄鹤,宝钗分凤,别时语、无还有。

怕听玉壶催漏,满珠帘、月和烟瘦。微云卷恨,春波酿泪,为谁眉皱。梦里怜香,灯前顾影,一番消受。恰无聊,问取花枝,人长闷花愁否。

徐灿的这首《水龙吟·春闺》是典型的女性闺怨作品,其主题、意象、场景,其语言、角度、口吻,包括闺房外的花、鸟、云、月、烟、波,闺房内的幔、琴、玉壶、珠帘、灯、影,等等,到处都弥漫透射着女性的哀愁。

起句"**隔花深处闻莺,小阁锁愁风雨骤**",写春日所闻,同时点出春愁。花丛深处的莺啼提醒她已是春深时分,但是孤身独守,小小的闺阁被愁云浓锁,她体会不了春的美好。小楼内女主人公愁绪满怀,却不直言,说"小阁锁愁",造语新奇又形象生动,让人仿佛见出一个弱不禁风的女子在对窗抒愁。

"**浓阴侵幔,飞红堆砌,殿春时候**",写窗外所见,同时交代时令。一场骤来的风雨,满地飘零的花瓣,更是让她觉得春已归去,美丽年华在流逝。古时常以花比人,以花之凋零比人之容颜衰老,故而常有落花流水之叹。

"**送晚微寒,将归双燕,去来迤逗**",双飞双栖的燕子更是衬托着自己的孤独,让她忆起别离时的情景。"**想冰弦凄鹤,宝钗分凤**",自己与爱人天各一方,禁不住愁从中生。"凄鹤"应是指古代流传的一首抒发夫妻离别之情的曲目《别鹤操》。汉代蔡邕《琴操》:"高陵牧子娶妻无子,父母将改娶,牧子援琴鼓之,痛恩爱乖离,故曰《别鹤操》。"晋陶潜《拟古》诗:"知我故来意,取琴为我弹。上弦惊别鹤,下弦操孤鸾。"后常用孤鸾别鹤指夫妻别离。

上阕主要写所看所思所想,营造了愁怨的氛围意境,点明了爱人别离的主题。下阕则重在抒情,抒发心中沉重的孤寂与愁思。

"怕听玉壶催漏,满珠帘、月和烟瘦。""玉壶催漏",玉壶是标刻时间的钟漏,它的每一个声响,就代表每一个心痛虚度的时光。透过珠帘望去,月照烟,烟笼月,月亮渐渐地消瘦了下去。隐含自己也一点点地变得憔悴,空闺独守的日子,那是一种无法言说的寂寞和凄凉。

"微云卷恨,春波酿泪,为谁眉皱。"微微卷起的一钩云,是她蹙起的眉尖。漾漾的水波,是她盈盈的泪水。这是移情于景。"梦里怜香,灯前顾影,一番消受",被他爱怜只是梦里的时光,梦醒时分却是灯前顾影自怜的凄凉,这是一番怎样的感觉,只有自己知道。

结句"恰无聊,问取花枝,人长闷花愁否。"孤寂之时,只好把自己的情感投射到无言的花朵:你是否也像我一样如此多愁呢? 以花开篇,以花结语,至此词人圆满完成了一段对闺中女性美丽如花、脆弱如花、飘零如花的命运和情感的抒发。以一个问句结尾,花枝本无法作为问取的对象,词人却作如是说,足以见出其极度无聊寂寞,这或是移用"泪眼问花花不语"之意境,构思巧妙,给人耳目一新的感觉。

此词写得愁婉绵丽、神味渊永,是一首闺怨及婉约风格的代表作,徐灿运用甚至堆砌了一个个的典型意象和情感符号,每一个都指向闺中女性的离愁别恨和被爱人撇下的哀怨,以及对青春流逝的遗憾。

闺怨是中国诗歌中对女性情感经历阐释最有影响力的悠久传统。这一传统的形成主要是基于男性文人以女性的角度和口吻对民歌的再创作,南朝梁代的《玉台新咏》和五代时期的《花间集》分别代表了诗词形式闺房之作的顶峰,后代文人包括女性作家继续对这一传统发扬光大。

古代女性和闺怨作品的关系很复杂,我们不能简单地把作品的内容等同于她们自身的真实生活,也不能认为是与个人生活完全无关的文学形式。闺怨作为女性诗歌传统之所以如此强大,是由古代社会背景造成的,无论是娼妓还是良家女子,在男女关系中常常是被动的,是留守的一方,思念离人就成了一种常见的处境。因此,孤单的女性在闺房内或者花园中,面对良辰美景或空中明月,思念远离的爱人和感慨自己的年华虚度,就成了最典型的闺怨内容。

# 孤　雁

**【明】黄幼藻**

渺渺高秋外,长空一雁迟。

哀鸣关底事? 澹远写相思。

瘦马征夫泪,回文少妇诗。

明年楼上过,莫向夕阳时。

　　黄幼藻,字汉荐,莆田(今属福建)人。晚明苏州通判黄议之女,举人林恭卿之妻。有《柳絮编》一卷。

　　黄幼藻家学渊源深厚,少年时受业于宿儒方泰,工声律,通经史,擅书法,能吟诗作词,闺阁翘楚也。她的一首诗曾被毛泽东圈选。1958年3月,毛泽东在成都召开会议期间,亲自圈点了唐、宋至明代的二十八位诗人歌咏四川的一些诗词,并题写书名结集出版。书中收录有李白、杜甫、苏东坡、陆游和黄幼藻、黄峨等人的诗作,其中黄幼藻的《题明妃出塞图》一诗入选:"天外边风扑面沙,举头何处是中华。早知身被丹青误,但嫁巫山百姓家。"这首诗看似通俗,语言简朴,然其好就好在大雅大俗,表达了同是女性的细腻关照之情。被毛泽东所看重并圈点入选诗集,足见她诗歌的功底和水平。

　　《孤雁》这首诗借孤雁寄相思,表达了闺中少妇对远戍征夫的眷恋和思念之情。诗人起笔高远,回笔悠长,情深意切却又无缠绵拖沓之感,透有一种大气和境界。

　　开篇**"渺渺高秋外,长空一雁迟"**,展现出一种边塞诗歌的阔大高远情怀。"渺渺""长空"的浩大空间与"一雁"的孤单弱小形成反衬,给人一种悲凉的感觉。这句起笔甚高,描写了孤雁独归的意象,寄托着相思刻骨之意。

　　**"哀鸣关底事? 澹远写相思。"**孤雁悲切的哀鸣,所为何故,原来是悄悄地带来了广远的思念。一声孤雁的哀鸣声,霎时间就激起了思妇浓浓的相思之情,想象着这只大雁或许是从丈夫身边飞来,是为了传达丈夫对自己同样的思念。孤雁的哀鸣仿佛就是思妇内心无法言说、长久积压的哀伤之音。

"征夫瘦马""回文少妇"两个典故,是思妇诗中常见的意象引用。"瘦马征夫"典出《诗经·周南·卷耳》,并将马致远的《天净沙·秋思》"古道西风瘦马,夕阳西下,断肠人在天涯"的意境融入其间。"回文少妇诗"典出《晋书·列女传》:"窦滔妻苏氏,始平人也,名蕙,字若兰。善属文。滔,苻坚时为秦州刺史,被徙流沙,苏氏思之,织锦为回文旋图诗以赠滔。宛转循环以读之,词甚凄惋,凡八百四十字。"据说这纵横各二十九字的回文图,可以任意组合成诗,以此表达她对丈夫的思念与关切之情。

"**瘦马征夫泪**"概述出了在外戍边、久居异乡的征夫之艰苦,一个"泪"字既道出了思妇对丈夫长久在外的担忧,更倾诉出了思妇在家苦苦守望的场景与悲情。"征夫瘦马"和"回文少妇"极力渲染了征夫与少妇虽然不在一处,却是一种相思,两处深愁,思念之情油然而生。两个场景,交相辉映,借由大雁的哀鸣融入了彼此之间的忧思之感。

末联"**明年楼上过,莫向夕阳时**",更进一步表达了这种孤雁哀鸣的悲伤。现实是残酷的,焦灼的等待也无法换来征夫的归期,明年依旧独守空楼,望着孤独的庭院,满满的离别相思,不忍心看那夕阳西下。"莫向夕阳时"典出《诗经·王风·君子于役》:"日之夕矣,羊牛下来。君子于役,如之何勿思"。女主人公独自一人才会如此不愿意面对夕阳,表达了自身独守空闺的孤寂,寄托着对远游良人深切的思念。此等期盼与煎熬,欲说还休,却不言自明。

由于古代征战频繁,许多壮年男性都被征军,所以导致征夫思妇是我国古诗中十分常见的题材,自《诗经》开始便兴唱不衰,这首《孤雁》不仅延续了传统,还写出了新意。全篇以孤雁哀鸣为线索,用相思之意贯串了两个人物、两个不同的场景,将征夫久离难回的思乡心情和思妇祈盼丈夫归来的心情婉转表达了出来,用语简练,含蓄蕴藉,"词意澹逸,笔致清高,殊非寻常闺媛所及"。

# 咏 月

### 【明】黄幼繁

清切空阶月,相依欲二更。

寂喧非一致,千秋同此明。

萧萧庭中女,俯仰触中情。

对此令人远,况乃兼秋声。

浅深各有感,今昔宁无惊。

秋在孤云外,愁从何处生?

人生有代谢,万物有衰荣。

茫茫乾坤里,相积为愁城。

欲挽西江水,一洗襟怀清。

虚窗来素影,清泪落寒檠。

黄幼繁,字汉宫,莆田(今属福建)人。晚明苏州通判黄议之女,黄幼藻之妹。

黄幼繁的这首《咏月》诗写得大气磅礴又婉转含蓄,寓意深刻,清代梁章钜称赞此诗"字字老成,不似闺房凡响"。

诗的前半部分写月夜感怀。空空的台阶独对着清切的月亮,满腹的愁绪使人到二更天都无法入眠。**"萧萧庭中女,俯仰触中情"**,点出了孤独的女诗人在孤寂的庭院里,一个人对月吟诗,俯仰之间触动了内心的情绪。深沉的黑夜,只有明亮的月亮与诗人相依偎。**"寂喧非一致,千秋同此明"**,千古明月曾经照过多少悲欢离合,而那些寂寞的喧哗的场景都已消逝,唯有千秋明月依旧在。诗人不禁怀古伤今,人生在世,**"浅深各有感"**,识人浅深不同,欢聚离散各异,如果一切终要在月光下消散而去,那么宁愿人生平淡无奇一点,也不要留下太多情怀,徒留自己独自伤感。

后半部分笔锋一转,借情抒情,展开哲理的思考。

"秋在孤云外，愁从何处生？"这是化用南宋吴文英名句"何处合成愁？离人心上秋"。此刻的秋远在孤云之外，那我的愁绪是从何而来呢？其实，愁与秋无关，愁是从心生，内心深处有对过去的遗憾、现在的无奈和未来的期盼，自然就有了许多人生的烦恼和困惑。

"人生有代谢，万物有衰荣"，表现出诗人的见识和胸怀很远大。孟浩然《与诸子登岘山》诗中"人事有代谢，往来成古今"是吊古伤今，表现一种时光流逝、世事变迁的宇宙意识。而女诗人则表现出豁达的生命思索：人生和万物有自然规律，我们应该坦然面对时光的流逝和万物的得失。

"茫茫乾坤里，相积为愁城。"女子易怀，常常伤感时光流逝，青春不再便会有幽怨愁思。诗人却能洒脱地面对时空流转，"乾坤"之茫茫、相积成愁"城"，展现了一种雄浑的意象，其中的磅礴气势区别于一般女子。

"欲挽西江水，一洗襟怀清"，这样的语词、句式、气魄简直让人眼前一亮，不得不为诗人的文学才华而赞叹。"西江水"出自唐代鱼玄机《江陵愁望寄子安》之名句"忆君心似西江水，日夜东流无歇时"，原作以江水比喻对恋人思念之深长，而诗人却不入窠臼，欲以江水洗愁，也只有以江水，才可一扫心中愁城郁结。此可谓翻新出奇、典出新意，营造出了生动阔大的诗境。

"虚窗来素影，清泪落寒檠。"结尾与开篇呼应，"虚窗""空阶""清切""寒檠"，都弥漫着一种清幽冷怨的氛围，收笔之处写得极其伤感，一行清泪掉落在寒夜里的孤灯上。诗人之细腻与敏感由此可见。

整首诗情景交融，境界开阔，借咏月叹人生感悟，展现了豁达的胸怀，语句凝练，词义通达，意蕴悠悠，确实不同凡响，是女性诗歌中的一篇佳作。

清

# 清平乐·忆别

## 【清】徐元端

珠帘轻揭,憔悴怜黄叶。忽忆小亭人与别,正是重阳时节。

当初一段清秋,平分两下离愁。试向西风寄问,知他还似侬不?

徐元端(1650—?),字延香,号延香主人。甘泉(今江苏扬州)人。徐石麒的女儿。聪慧,幼即能诗,通音律。擅长治印,曾自题一方章"染花妆阁"。有《绣闲集诗余》《绣闲词》各一卷。

题名《忆别》说明这是一首怀人惜别之作。

首句"**珠帘轻揭,憔悴怜黄叶**"交代时间和场景,"黄叶"暗示季节在深秋,"珠帘"是古代女子闺房的常用意象。我们把这首词读作是词人抒写她自己,在深秋的某个清晨,女主人公轻轻地掀开珠帘,看到了满眼的黄叶,柔软的心里自然就起了怜意,同时也不禁感叹:这些春季曾经新鲜嫩绿,夏季曾经苍翠繁茂的树叶,不正是代表着时光荏苒、岁月流逝吗?"怜黄叶"的"怜"字已经超出了"爱怜""怜惜"等基本意涵,具有更广阔的思想空间。

接着自然而然地由景入情,"**忽忆小亭人与别,正是重阳时节**",空闺独自一人,面对时节变化和草木枯萎,词人"忽忆"起在那个黄叶纷飞的重阳时节,自己与有情人在郊外小亭依依作别的场景。"忽忆"二字,既表达了是因为情境而引发的回忆,又暗含分别的时间太长了。

紧接上阕的"忽忆",下阕首句"**当初一段清秋,平分两下离愁**",把当年的离愁和别后的思念,像水墨画一样淡淡地点染出来。这两句颇有深意。"一段清秋"里的"一"和"清"两个字,代表双方的这种别情不是情场上轰轰烈烈的浓情蜜意,而可能是真挚恬淡的夹杂着亲情的爱情,两人的过往应该是纯洁美好、清净自然的,所以分别的对象可以想象为她的夫君,而非情郎。所以,词人写得清淡,不煽情,也没有细节描写。"平分两下离愁"的"平分两下"说明两人当初是彼此恩爱的，也是相互尊重的，不过由于种种原因而离别，这和很多怨妇的单相思截然不同，也为后面的结句埋下了伏笔。

"试向西风寄问，知他还似侬不？"词人以这十二字作结，可以说韵味无穷，充分体现了闺秀词人的特质。结合上阕的"轻揭""忽忆"，再到此处的"试问"，词作描摹的女主人公就像是一位柔婉亲和而敏感细腻的谦谦闺秀。"侬"即"我"，"知他还似侬不"把小女子内心的些许不安和丝丝疑虑表现得淋漓尽致。为什么有不安和疑虑呢，这不是凭空无据的，从词作手法上看，此句接应的正是上句"平分两下离愁"。因为当初是彼此恩爱、共担离愁，而现在时过境迁，是不是对方有了新的变化，甚至有无移情别恋。词人寄语西风，是表达要传话给对方，请问对方是否还像我一样保持着对当初那份感情的忠贞和坚守。

我待君心如明月，最怕君心负妾心。这是古今中外女子的一种共同心理，面对长久的分开和环境的改变，这种对疏离在外的男性的心理顾虑，是具有普遍意义的。深刻隽永的文学作品，正在于能够揭示这种人性中的普遍性，从而引发人们的共鸣，这样的作品才可成为经典和永恒。

悲秋怀人是古典诗词中的传统题材，徐元端的这首词写出了自己的特色，与一般的悲秋之作不同，女性词人词风的深婉、绵密、和雅在这首小词中表现得相当充分。词人借用小令这种艺术形式，用短短的几十个字深刻贴切地描写出真挚、善良与美好的普遍人性，兴发人意，萦绕于心。

# 曲游春·清凉山

## 【清】高景芳

虎踞关前路，近土岗西去，青山相接。古寺残碑，记当年曾是，六朝宫阙。旧事浑难觅。剩一片、夕阳黄叶，更几堆、破瓦颓垣，不见望仙踪迹。

况对，禅扉枯寂。听粥鼓斋鱼，销尽烦热。尘世荣华，似浮云变幻，不多时节。此意谁能识？透一点、清凉消息。便觉雪洒风吹，顿超净域。

高景芳，清康熙雍正间人，字远芬，正红旗汉军人。浙闽总督高琦的女儿，嫁世袭一等靖逆侯张宗仁为妻。工书法，兼善骈文词赋。被誉为"清初八旗第一才女"。著有《红雪轩诗文集》六卷。

高景芳是一位名门闺秀，自幼受文化教育，年十五即有佳作《晨妆诗》，后为江宁靖逆侯张宗仁妻，诰封侯夫人。其一生可谓是享尽荣华富贵。出身王侯大族的她，从少女到为人妻为人母，一直写作不辍，年老时仍被袁枚赞为"本朝之曹大家"，可见其文章高雅深古，颇有大家之风。

这首《曲游春·清凉山》是一篇怀古佳作。清凉山在金陵（今江苏南京），历来有"六朝胜迹"之称，词人前往凭吊而写的怀古之词，读后能让人感受到辛弃疾那样的雄浑气魄和深刻感慨。

首句中的"**虎踞关前路**""**青山相接**"都点出了清凉山要塞之重要。相传诸葛亮为联吴抗曹，曾亲赴京口与孙权会谈，途经秣陵时，曾作短暂逗留，骑马观察了秣陵的山川形势，并留下"钟阜龙蟠，石城虎踞，真帝王之宅"的名言。

金陵之所以能成为六朝古都，与它地势险要、易守难攻的优势位置有很大关系，但当年的六朝宫阙到如今却只有土岗、古寺、残碑、破瓦颓垣，如此历史之兴亡更替，世事之变幻莫测，不由得让词人慨叹"**旧事浑难觅**"。这样的思想见地和历史感慨，在男性怀古诗中多见，但不是一般闺秀能思虑到的。由于高景芳是一位清朝贵族，身居高位，所以能写出这种寄托兴亡之叹、世事无常之感的词也属正常。

下阕写词人在清凉山上的所见所闻,由上阕的怀古感慨过渡到个人情思,将思绪拉回眼前。无论是禅房的枯寂无声,还是粥鼓斋鱼,都能够帮助世人摆脱尘世的羁绊和无尽的烦恼,从而进入自我禅思的空间。在禅意里,尘世间的荣华富贵,不过都是一些浮云变幻之景。人生在世,也就是短短一瞬,没有多少时节。

"**此意谁能识?**"这种视人生为虚幻,视荣华如浮云的情思,又有谁能知道呢?作者发人深省之问,能让很多人意识到世事兴衰的无常和荣华的易逝,但可惜人们还是会继续追逐名利富贵,而忘却生命的真谛。于是词人审慎沉思,静下心来感受禅院的清凉之风,这种清凉似乎是雪花洒在身上,让人顿时清醒,就好像顿时进入了佛门的"净域"。

词人在词中借感慨古都荣败和时代兴衰,抒发了自己看透世事和视荣华如虚无的情怀,可见这也是词人来清凉山所闻所感的最大收获。高景芳的丈夫张宗仁在《红雪轩稿序》中曰:"其篇什清丽,托兴高远……间有讽喻。莫不忠厚悱恻,能使阅者憬然自悟,确乎古风人之遗。"确实,这篇词托兴高远,见解不凡,有古人之风;语言朴素,用词老练,有历史沧桑感。沈善宝在《名媛诗话》中赞扬高景芳"笔力雄健,巾帼中巨擘也"。

# 和夫子述怀

### 【清】冯　娴

李广当年亦未侯，书生何必苦悲秋。

舌存待执咸阳柄，志远曾归石室囚。

满目云霞俱是幻，半庭松竹尽堪收。

同君翰墨闲消遣，已觉身居百尺楼。

　　冯娴（1655前—1695后），字又令，浙江钱塘（今杭州）人。同安令冯仲虞之女，诸生钱廷枚之妻。性纯孝，侍奉婆婆，朝夕不离其膝下。工诗善画，为"蕉园七子"之一。著有《湘灵集》《和鸣集》。

　　《和夫子述怀》是冯娴与丈夫钱廷枚的唱和之作。钱廷枚，字照五，为诸生。沈心友在为冯娴《和鸣集》作序时，曾叙述冯娴与钱廷枚姻缘的由来："吾友钱子照五，光先达仙巢公之子，仲虞冯先生之贤倩也。幼随母夫人游西溪，偶过冯先生山庄，先生与其夫人一见奇之，以女又令归焉。又令生长西溪，钟山川之秀，弱龄即聪颖异人，读书过目成诵。太夫人春秋高，两人朝夕不离膝下，定省之余，唱和盈帙。"由于钱廷枚的作品流传甚少，此和诗的原唱已不见，从"书生何必苦悲秋"来看，原诗可能是钱廷枚抒发怀才不遇之感。

　　诗人开篇就用李广的典故安慰丈夫。唐代王勃《滕王阁序》云"冯唐易老，李广难封"，飞将军李广当年骁勇善战，临危不惧处变不惊，能与士卒同富贵共患难，最终也未能封侯。大将军尚且如此，劝慰丈夫也不必含恨怨念，悲苦伤秋。

　　诗人接着用战国谋臣张仪"舌存"的典故鼓励丈夫。战国谋臣张仪在楚国被怀疑盗走了相国之璧，被严刑逼供笞打数百，身心受辱。张仪回到家，他的妻子笑话他，说他虽称自己饱读诗书、满腹韬略，却落得如此下场。张仪就跟妻子说，你看看我的舌头还在不在，只要"舌存"，就可以东山再起，后来他果然两为秦相，也就是"执咸阳柄"。诗人鼓励丈夫只要有才能，将来就有机会。

"志远曾归石室囚"也是先秦典故，出自《吴越春秋》，讲的是范蠡、勾践囚于石室的故事。越王勾践战败，与范蠡一起入见吴王夫差。夫差想收范蠡为己用，但范蠡志不可夺，于是和勾践一起被夫差拘于石室之中。后来勾践用范蠡的计谋取得了夫差的信任，从而得到赦免离开石室，最终卧薪尝胆灭吴雪耻。诗人用此典故，意在表明志远才高的人，虽然遭受挫折，但仍要坚定信念，发愤图强，等待转机。

诗人并不是一个强烈的功名追逐者，也不是一个盲目的乐观者，她劝慰丈夫"学而优则仕"固然好，但又说**"满目云霞俱是幻"**，诗意也由此一转。所谓名利地位、荣华富贵，皆如过眼云烟，一切皆是幻象，生不带来，死不带去。**"半庭松竹尽堪收"**，接着诗人再开一笔，诗意转到亭中的松竹上。"半庭"即是中庭。庭中松竹高风亮节，何必非得去抓取那虚幻的功名利禄呢，不如将这如松竹一样的高贵精神收获为己有。一个是倏忽而逝的红尘幻象，一个却是实实在在的精神家园，诗人以此作为对比，道出其人生价值和追求。

尾联表现了诗人对丈夫的支持和深厚感情。"百尺楼"，用来形容崇高的事物，典出陈寿《三国志·魏书·陈登传》。刘备投靠刘表后，一日在席上共论天下人，许汜就评价陈登(字元龙)说"湖海之士，豪气不除"。刘表对许汜的看法不置可否，刘备就问许汜，这么说有什么事实依据。许汜说自己过下邳的时候见陈登，但陈登不仅不跟他说话，而且还自己卧于大床，让客人许汜卧于下床。刘备听后说，"君有国士之名，今天下大乱，帝主失所，望君忧国忘家，有救世之意，而君求田问舍，言无可采，是元龙所讳也。何缘当与君语？如小人，欲卧百尺楼上，卧君于地，何但上下床之间邪？"诗人在这里向丈夫表达了不管前路如何，只要夫妇二人翰墨唱和、恩爱度日，就已经觉得自己高居在崇高的百尺楼上，而不必强求那世俗的高位。

这首诗充分体现了诗人的智慧和开明，不为世俗名利所困，志趣高洁，"襟怀恬淡，颇得隐居之乐"(沈善宝《名媛诗话》)。诗中多处引用典故以劝慰怀才不遇的丈夫，既表现了诗人的文学才华，又体现出夫妻之间的深情厚意。古之才女"相夫"，相互唱和常常是一种特别的交流方式，因而留下了很多优秀诗作，本篇即是一例。

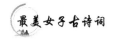

# 哭伯兄

## 【清】钱凤纶

在昔皇天倾，覆卵无完理。

兄不即殉身，感奋良有以。

摩挲双匕首，一夕再三起。

千钧重一发，恐复忧天只。

荏苒岁月间，隐痛入骨髓。

未揕雠人胸，抱疾忽焉死。

尸床目不暝，不继非人子。

尚有娀亲在，李寿汝莫喜。

钱凤纶（1644—1694后），字云仪，浙江钱塘（今杭州）人。钱开宗与顾之琼（字玉蕊）的女儿，嫁黄敬修（字式序，或作黄弘修）为妻，洪昇的表妹，为"蕉园七子"之一。幼时即聪慧，善画会诗，黄敬修的祖母顾若璞曾说："孙女钱凤纶，玉蕊夫人之次女也，自其儿时弄墨，花鸟品题，已有谢家风致，父母绝爱怜之。年十六归余仲孙。"有《古香楼集》四卷，另传有《散花滩集》。

《哭伯兄》的伯兄即长兄，作者钱凤纶诗中的这个"伯兄"是指钱元修。钱元修，字安侯，寄籍浙江仙居，钱开宗长子，钱静婉之弟，钱凤纶、钱肇修之兄。据《清实录》记载，钱元修为顺治十五年（1658年）进士，但同年十月因受科场案之牵连，被都察院左都御史魏裔介弹劾，称他春仲入场之时，正是其父钱开宗受逮审之日，斥责他知有科名而不知有父，明系不孝。随之，钱元修被革职。

清代兴科场大狱，草菅人命，甚至兄弟叔侄连坐而同科，罪有甚于大逆，这是从顺治十四年（1657年）之丁酉乡闱开始的。钱元修、钱凤纶的父亲钱开宗，为顺治九年（1652年）进士，曾官翰林院检讨，正是顺治十四年江南乡试副主考。在钱元修被弹劾的当月，钱开宗江南乡试作弊一案鞫实，清廷为儆戒将来而重加惩治,钱开宗被斩首立决,妻子家产籍没入官,家属一度被流放。钱凤纶的弟弟钱肇修《杏山近草·惜阴亭有作》曾叙述此事:"七岁为孤雏,哀哀泣路隅。八岁为俘虏,荷锸到上都。九岁还乡里,十岁通群书。"直到顺治十七年(1660年),钱开宗的家属才得从北京放还。

《哭伯兄》这首五言古诗与一般闺阁诗不同,写出了一个女子在一个特定历史事件中的为父报仇之志。

"**在昔皇天倾,覆卵无完理**",指的是钱家受科场案牵连一事。覆巢之下无完卵,典出《世说新语·言语》:"孔融被收,中外惶怖。时融儿大者九岁,小者八岁,二儿故琢钉戏,了无遽容。融谓使者曰:'冀罪止于身,二儿可得全不?'儿徐进曰:'大人岂见覆巢之下,复有完卵乎?'寻亦收至。"鸟巢既已倾覆倒翻,其卵自然不会完整。皇天无眷顾,钱家一人罹祸,全家老少不得幸免,自古皆然。

"**兄不即殉身,感奋良有以**",兄长没有随即殉身而是感奋不已,是有某些原因的。"良有以",是指某些事情确实是有原因的。而这个原因,诗人虽未明说,但从下文来看,可能就是要手刃仇人,为父报仇。父仇未报之时,兄长内心是焦灼的,他摩挲着那双匕首,一夜之间起来又坐下,坐下又起来,反复多次。

"**千钧重一发**"见《汉书·枚乘传》:"以一缕之任,系千钧之重,上悬无极之高,下垂不测之渊,虽甚愚之人,犹知哀其将绝也。"比喻事情万分危急或异常要紧。"**恐复忧天只**"中的"天"指"父","只"是语气词。毛亨《传》曰:"谅,信也。母也天也,尚不信我。天,谓父也。""**隐痛入骨髓**"中的"隐痛"指难言之隐,又指内心深处感到痛苦。兄长背负着父亲的深仇大恨,犹如千钧之重压在心头,令其焦虑万分,日夜所思,唯有报仇。在岁月荏苒蹉跎中,此事带来的隐痛渐渐深入其骨髓。

"**未揕雠人胸**","揕"即"刺",如司马迁《史记·刺客列传》云:"荆轲曰:'愿得将军之首以献秦王,秦王必喜而见臣,臣左手把其袖,右手揕其胸。'""雠人",敌人,仇人。但兄长还未能将日夜摩挲的匕首刺进仇人的胸膛,"**抱疾忽焉死**",却忽然抱疾而死。"**尸床目不瞑**",兄长陈尸床上,却死不瞑目,诗人哀痛无比,发誓"**不继非人子**",不继续做这件事,难为人子。

诗末"**尚有娥亲在,李寿汝莫喜**",是指庞娥亲为父亲报仇之事,见皇甫谧的

《列女传》。酒泉烈女庞娥亲,为赵君安之女。赵君安被同县的李寿所杀,庞娥亲有弟三人,皆欲报仇,但却遭到灾疫,三兄弟皆死。李寿听闻后大喜,认为赵氏已无男丁,只有女弱之流,可不必再担忧。但庞娥亲一直就有报仇之心,听闻李寿此言,怆然流涕,慨然而云:"李寿,汝莫喜也,终不活汝!"李寿闻言朝夕乘马带刀,乡人畏惮。庞娥亲扼腕切齿,夜数磨刀,为乡人所笑和友朋所劝。庞娥亲不为所动,称父母之仇不共戴天,李寿不死,难以苟活,如今虽然三弟早死,但"娥亲犹在,岂可假手于人哉!"光和二年(179年)二月,庞娥亲与李寿相遇,娥亲挺身奋刀斫之,在一番激烈的搏斗之后,终于手刃仇人。随后庞娥亲并没有逃,而是慷慨赴狱,此事一时之间闻名海内。钱凤纶在诗中引述这个故事,告诉仇人不要如李寿一样,因为自己的兄长去世而欢欣鼓舞,自己虽是弱质之辈,但为父报仇之志依然坚定。

诗中没有点明仇人是谁,甚至没有明说是什么仇,但能让兄长坐立不安、隐痛骨髓,能让诗人切齿含恨、不继菲子,应该可以猜测出是导致其父亲被斩立决的丁酉江南科场案。此案的具体情况可以参见相关史料。钱元修在其父罹难后,曾上书陈冤,但无奈"圣明不与直",可见钱家认为是被冤屈的。

钱凤纶的《哭伯兄》共六首,这是其六,写得摧藏掩抑,悲愤激昂,可谓闺中一首奇诗。哭伯兄,遗恨兄长未得报仇,其实也是遗恨自己未能报仇。沈德潜《清诗别裁集》评此诗:"因兄报仇之志未遂而死,己以一身任之,字里行间,读去铮铮有声,使人增孝思、增义气也。"

# 咏 鹤

### 【清】韩韫玉

丹顶玄裳白羽轻,芝田旧日得仙名。

生来云水原天性,望里蓬壶是去程。

代远每过千载寿,露寒常向九皋鸣。

不随卫国乘轩队,稳卧松巅梦太清。

韩韫玉,江苏长洲(今苏州)人。礼部尚书韩菼之女,知县顾渭熊室。幼承庭训,见闻广博,文学才华出众。著有《寸草轩诗稿》。

《咏鹤》是韩韫玉的一首咏物七律诗。"鹤"在中国古典文学中是一个与道家文化紧密相关的意象。"昔人已乘黄鹤去",在道教典籍里,既有仙人骑鹤而去,也有化鹤之飞仙。松龄鹤寿,是道家养生之追求。麈尾鹤氅,是道士服饰的显著特征。道教之所以选择鹤作为宗教符号乃至图腾,除了其一飞冲天、翱翔天宇、能牵引起道教升天遨游的神仙想象之外,鹤本身的高洁姿态,也正符合道家出尘超脱的不凡理想。因此,在鹤的身上,既包含了神仙想象,又寄寓了高洁情操。本诗主要也就是扣合这两层意思来写。

首联**"丹顶玄裳白羽轻,芝田旧日得仙名"**,描写鹤洁白飘逸的姿态,以及鹤与神仙联系的由来。"芝田",仙人种仙草的地方。《十洲记》:"钟山在北海,仙家数千万,耕田种芝草。"《汉武帝内传》也写到西王母所居之昆仑山种有芝田。鹤作为芝田最富象征意义的动物,在前人诗词中屡见不鲜,如南朝鲍照《舞鹤赋》:"朝戏于芝田,夕饮乎瑶池。"宋代葛郯《江神子》:"亭亭鹤羽戏芝田。"元代倪瓒《怀归》:"鹤情原只在芝田。"诗人将鹤与芝田相联系,说明了鹤之所以得仙名,与其"丹顶玄裳"的飘逸姿态是分不开的。

**"生来云水原天性,望里蓬壶是去程"**,颔联承接前意,写鹤的洒脱不羁的个性,再与神仙想象联系起来。鹤栖于水泽,翱翔九天,来去无羁无绊,人们提到它,往往第一个想到的词语就是闲云野鹤。可见,鹤是自由自在的象征。"蓬壶",即蓬莱,是道家十洲三岛之一,认为是神仙居所。鹤是仙物,故其翱翔嬉戏之地皆神方仙域。芝田、蓬壶是鹤的飞栖之所,也代表了鹤不履凡尘的仙风道骨。这两句,一写鹤之形,一写鹤之性,由外而内,加以相关的神仙想象,既将其超凡出尘、飘逸不俗的特征表现出来了,又丰富了诗歌的意象空间。

颈联的**"代远每过千载寿"**,是说鹤乃长寿之吉祥物,在古人心目中,鹤寿犹如松龄,能绵延千年。古人有这种说法是因为鹤总与仙游相关,屡屡出现在道家神仙场景之中。**"露寒常向九皋鸣"**,这是赞美鹤高洁不俗的品性,引自《诗·小雅·鹤鸣》:"鹤鸣于九皋,声闻于野。"意思是鹤鸣于曲折深远的沼泽,但很远都能听见它的声音,喻贤士身虽隐而名犹著。鹤唳也是美好生活的象征,西晋陆机在罹难之际,曾发出"华亭鹤唳,岂可复闻乎"的感叹。

尾联**"不随卫国乘轩队,稳卧松巅梦太清"**,典出鲍照《舞鹤赋》"入卫国而乘轩,出吴都而倾世",传说春秋时卫懿公好鹤,在王宫里以轩车载鹤。"太清",这里指道家三清境之一,又称太清天、大赤天。道家言"跳出三界外,不在五行中"者神仙也,最终超凌三界,逍遥太清境,就是真正的自由自在,长生不老。诗人在这里反用"卫国乘轩"典故,通过对比,进一步说明鹤的高洁志向。鹤性本不爱尘俗浮华,怎么能束缚在王宫轩车之中呢?鹤的理想是那寥廓翱翔的天空,是那松涛阵阵的美丽自然,是那逍遥自在的清仙之境。

这首诗通过描写鹤的形态习性,连绵出象征意象,喻指高洁的情操志向,描写生动贴近,寓意深刻含蓄。全诗充满了想象的意境空间,不露声色中托物言志,体现了诗人的文学才华和品格追求。

# 人 影

**【清】陈皖永**

依人恋恋最多情,身外深交共死生。

踏月随行如有伴,临波对语却无声。

行藏每寄灯明灭,去住常劳镜送迎。

与我周旋原是我,同卿出处不惭卿。

陈皖永(1657—?),字伦光,晚号汲云老人,浙江海宁人。举人陈之暹的女儿,大学士陈之遴的侄女,杨慎言的妻子。婚后不久杨慎言病死,其长子、次子又相继摧折。此后陈皖永寡居,寄情笔墨,哀婉一生。晚年,陈皖永诗名鹊起,《国朝杭郡诗辑》云:"季子开绪与同社有咏菊之作,因为七律十六章,以寄愁抱,一时名流,皆为搁笔。"著有《素赏楼稿》八卷,《破涕吟》一卷。

《人影》一诗选自陈皖永《素赏楼稿》。"影"是中国古典诗词中一个常见的意象,有人影、竹影、花影、树影、山影、水影、霞影,等等。诗人词人也多爱吟咏各种各样的影子,北宋词人张先因其词句"云破月来花弄影""娇柔懒起,帘幕卷花影""柔柳摇摇,坠轻絮无影"等,而被世人称为"张三影"。关于人影的名句有很多,如李白的"举杯邀明月,对影成三人",元稹的"荣辱升沉影与身,世情谁是旧雷陈",但整首都是刻画人影的诗词作品却不多见。陈皖永这首诗全文描摹"人影",从表明看如同一首猜谜诗,谜底即诗题,但此诗之意并不在文字游戏,而是通过人影的描摹抒发对人生的思考,意味深长。

"**依人恋恋最多情,身外深交共死生。**"首联使用拟人的手法,将人影写得活灵活现,赋予人的情感,似乎影子也具有了喜怒哀乐。如果我们只读字面的意思,可能会认为这是一句常见的恋情诗,但诗人实际上写的是人影。突出人影的"多情",对人最为依恋,如影随形,形影不离,除了自己肉身之外,只有影子与人同生共死,这可谓最"深交"。

　　颔联和颈联选取月光、灯光两个场景以及水面、镜子的镜像效果来描写人影。**"踏月随行如有伴"**，月明之夜，漫步徜徉，影子就像自己的浪漫情侣，与自己一起共赏明月，感受皎洁的月光。**"临波对语却无声"**，可临近碧波荡漾的水塘，看着水中的倒影，想要和她谈谈心，她却默默不语。**"行藏每寄灯明灭"**，在灯光的明灭之中，影子也随之出现或隐藏。**"去住常劳镜送迎"**，照镜子时看到镜中自己的影子，离开时影子也随之消失，影子的去留就像镜子在送迎一样。这两联对仗十分工整，意趣贯通，隽永悠长。

　　尾联升华了题旨，由之前对人影的描摹，转为对人生和自我的哲思。**"与我周旋原是我"**，既说明影子时时刻刻与自己周旋，根本上还是源出于"我"，又引申为在俗事烦扰的尘世，与自我周旋的还是自己。"世上本无事，庸人自扰之"，"我"为自己套上了心灵的枷锁，让自己无法施展才华以致停滞不前，只有突破超越自我，才能取得发展进步。**"同卿出处不惭卿"**，指自己与影子有着相同的出处，但是因为自己具有高尚的品格与情操，就可以做到问心无愧，面对自己的影子就不必惭愧，意指人要跳出自我，加强修身养德。

　　影子是一个人们都很熟悉的事物，诗人以丰富的生活经验，通过对细节的观察与体悟，道出了"人人心中有，人人口中无"的内在意蕴，可谓别出心裁。这首诗以小见大，用意新颖，可见诗人善于捕捉生活中的平常事物作为素材，观察细致入微，熟练驾驭灵感，遣词造句甚为工巧，每一句看似白描，又都蕴含着深刻的人生哲理。

# 五日吊古

### 【清】孙　淑

田文五日生，屈原五日亡。

吉凶同此日，理固难推详。

原与国休戚，一死分所当。

渔父枻自鼓，詹尹龟宜藏。

抱石投湘流，心与日月光。

文从狡兔计，高枕乐未央。

后合魏秦赵，伐齐何披猖。

身死薛遂灭，高户仍不祥。

文生鸡狗雄，原死蘅荃芳。

世人何梦梦，悲屈羡孟尝。

我心独不然，临风慨以慷。

抚时怀往事，聊进菖蒲觞。

孙淑，字静谷，江苏常熟人。嫁诸生许灏为妻。出身仕宦世家。著有《绣余集》四卷，又名《静谷诗集》。

孙淑的这首《五日吊古》诗，从一个不为人注意的巧合出发，突破对历史人物的传统看法，毫无矫揉造作与突兀之感，在历代吟咏屈原的诗作中具有较高的艺术成就，获得诸多赞誉。而这出自一位闺阁诗人之手，更属难得。沈德潜在《清诗别裁集》中评曰："定论出闺闱中，大难！大难！"

"**田文五日生，屈原五日亡**"，一生一死，孟尝君的生与屈原的死都在端午这一天，这种历史巧合是诗人借古抒怀的触发点。开篇提出这个巧合，既说明自己对比这两人的原因，又因"**吉凶同此日**"引起读者的思考。紧接着说"**理固难推详**"，但一个"固"字说明诗人虽表面上说个中原因难以推知，但却为下面表达自己的看法做了铺垫。田文，即孟尝君，妫姓田氏，名文，"战国四君"之一。

第五句到第十句写屈原，第十一句到第十六句写田文，诗人用同样的篇幅对屈原和田文的生平作了简要概括，在叙述中，采用传统的"春秋笔法"，通过带有强烈感情色彩词语夹叙夹议，表达自己的褒贬态度与爱憎之情。

"**原与国休戚，一死分所当**"言简意赅地概述了屈原人生不幸的原因，流露出叹惋与赞赏之情。"**渔父枻自鼓，詹尹龟宜藏**"，渔父和詹尹都是楚辞中记载与屈原相关的人物。《楚辞·渔父》："渔父莞尔而笑，鼓枻而去。""鼓枻"，划桨，泛舟。《楚辞·卜居》："屈原既放三年，不得复见，竭智尽忠，而蔽鄣于谗，心烦虑乱，不知所从，往见太卜郑詹尹。""龟"，古人以龟为灵物，乃灼龟甲以占卜，故谓占卜为龟。《渔父》通过对话体现屈原的高尚品德，《卜居》偏重于对黑暗政治的揭露。"**抱石投湘流，心与日月光**"，是说屈原自沉于汨罗江，以身殉楚国，名垂千古。

相对屈原，诗人对田文的态度则截然相反。虽然田文门客数千人，"其时孟尝君在齐固已戴震主之威名，天下知有薛，不知有齐矣"，并利用冯谖狡兔三窟之计高枕为乐，获得一时"披猖"，但却最终身死薛灭，绝嗣无后。诗人以"**高枕乐未央**"的奢侈享受、"伐齐何披猖"的一时猖獗，与"**身死薛遂灭**"的结局形成鲜明对比，表现出了对田文品质的蔑视和讽刺。

"**文生鸡狗雄，原死蘅荃芳。**"诗人之前已对屈原作出评价"**心与日月光**"，对田文是"**高户仍不祥**"，这两句继续总结和强调自己的看法：化用王安石"孟尝君特鸡鸣狗盗之雄耳"，以"鸡狗雄"表达对田文的不屑，用屈原诗作里中的两种香草"蘅荃"表达对屈原的高度赞誉。

最后，诗人以史鉴今，以屈原的高洁品行与田文的卑琐人格形成的对比，表现自己对世人"**悲屈羡孟尝**"行为的不满和愤慨。屈原投江殉国的悲壮行为，具有如"蘅荃"般的光彩，而孟尝君则是诗人否定的人物。诗人借对世人行为的批评，再一次表明自己对屈原"慨以慷"和"与日月光"的崇高品质的永恒追慕。

结句是一句感叹。"菖蒲觞"，指端阳酒。"菖蒲"是我国传统文化中可防疫驱邪的灵草，也是文人书房清供上品。《长物志》载"花有四雅，兰花淡雅，菊花高雅，水仙素雅，菖蒲清雅"，苏轼、陆游等诸多文人墨客都喜好菖蒲。"觞"，古代盛酒器，也作饮酒之意。

本诗以对比手法贯穿全篇,表达了对屈原忧国忧民、以身殉国的钦佩和对田文只为自己打算而终遭除灭的蔑视,文笔如行云流水,自然晓畅,质朴通俗,以情志取胜。诗中灵活运用"春秋笔法",爱憎鲜明而不失敦厚,"我心独不然"体现了诗人的别具一格和独到视野。《闺秀诗话》评价此诗"真戛戛独造之作",诚也。

# 乡　思

### 【清】王　炜

不禁乡思倚危楼，山色空濛海气浮。

风雨别来花半老，音书隔绝雁惊秋。

林间野鹤呼幽梦，天际浮云带远愁。

好寄相思与娄水，门前日日有潮头。

王炜，字功史，一字辰若，江苏太仓人。海盐诸生陈纬度室。工诗善画，博学敦古。"娄东十子"之一顾湄曾称王炜"笄帷中道学宿儒""不当以香奁目之"。著有《燕誉楼稿》《翠微楼集》等。

中国古典文学中，思乡是一个永恒的话题。一旦离开故土，任何一种情绪的变化或世事的变迁，都可能引发游子的乡思。他们自称异客、过客、旅客、征夫、游人、行子、羁旅，无论是居庙堂之高，或处江湖之远，还是求学、赶考、远游、出征，离乡越远，时间越久，浓浓的乡情与乡愁就越强烈。马致远的一曲《天净沙·秋思》唱出了无数天涯断肠人的漂泊坎坷，欧阳修的一句"夜闻归雁生乡思，病入新年感物华"则写出了人在官场心忧仕途的无边慨叹。士子们常常为家国天下为个人前途而忧，他们的诗句中包含了太多的沉重。久居深闺的女子，没有宦海沉浮，也少浪迹天涯，但在"秋风起兮白云飞，草木黄落兮雁南归"的季节，也常常有离家思乡的惆怅和感念。

王炜的这首《乡思》以一位女性所特有的细腻感受和丰富联想，表达了对故乡的无限怀念，语淡情深，别有韵致。

**"不禁乡思倚危楼，山色空濛海气浮"**，诗人起笔开阔，首先交代题旨和眼前所见之景。古人每每于心绪郁结之时登高望远，或借开阔景象纾解心中不快，或寄予高处能够解答心中疑惑。因此，在古人的诗词中常可看到"倚楼""倚危楼"等字眼，如温庭筠《望江南》"梳洗罢，独倚望江楼"，柳永《蝶恋花》"伫倚危楼风细细。望极春愁,黯黯生天际",欧阳修《踏莎行》"楼高莫近危栏倚,平芜尽处是春山"等。诗人不禁乡思之苦,独倚危楼希冀登高临远,或可得见故乡之一隅。虽然明知远隔千山万水,自己不过是在自欺欺人,但也只能借此聊以寄托。然而目之所见,尽是一片烟雨迷蒙,远处的海面云气升腾,故乡于此间更是遥不可及了。

远观不可得,于是诗人将视线转向近景。"**风雨别来花半老**",适逢一场秋雨过后,是处红衰翠减,冉冉物华将休。秋季,本就是一个多愁的季节。花草凋零又一秋,"自古逢秋悲寂寥",这落红满径的萧条之景更加增添了愁绪。古时交通不便,客居他方之人,对来自家乡的音信便尤为珍视,哪怕只言片语,亦可聊慰乡思。可是"**音书隔绝雁惊秋**",诗人很久都没有收到家乡的音书了,举目四望,但见长空万里北雁南飞。古人常用雁的迁徙来指代思乡,唐代李冶、明代黄峨都曾使用"衡阳雁"的典故。雁阵惊寒而知归,自己却滞留他乡,归期未定,思及于此,顿觉黯然神伤。

"**林间野鹤呼幽梦**"承接上联,因为"音书隔绝",又望而不得,诗人陷入了对家乡和亲人深深的回忆与想象之中。正在思绪万千之时,林间的鹤唳却将诗人拉回了现实。一个拟人化的"呼"字,而不是用"惊"字或其他字眼,将人与鹤之间的距离拉近了,让人觉得鹤的形象变得亲切,仿佛它也不忍让诗人长时间陷入对往事的沉思伤感之中。这里拟人手法的运用使得诗意富有感染力,与李商隐的"青鸟殷勤为探看"修辞手法一致。"**天际浮云带远愁**",正所谓"一切景语皆情语",诗人内心苦闷,万事万物也都带上了灰暗的色彩,连天边浮动的白云都好像和她一般满腹乡愁。这句也用了拟人手法,情寓景中,情景交融,显得自然而生动。

诗人在结尾直接写出了自己的心愿,"**好寄相思与娄水,门前日日有潮头**",将乡思寄托在门前的娄水,愿它能够把自己的思念带回故乡。"娄水",今天的江苏浏河。这句诗与李白的"我寄愁心与明月,随君直到夜郎西"有异曲同工之妙。流水、明月都是不断流转变换之物,门前日日有江水流过,天涯共看一轮明月,诗人的失落、愁闷和牵挂也便有了心理寄托。

这首思乡诗感情真挚,不假雕琢,后四句想象丰富,颇有特色,令人耳目一新,容易让读者产生共鸣。

# 四时白纻歌

## 【清】徐德音

羲和六辔回苍龙,长红小白纷作丛。

纤枝绰约随流风,翩翩冶态如惊鸿。

一寸眉峰晕春碧,酒潮欲上莲腮赤。

热心拟化百枝灯,长倚君王照瑶席。

徐德音(1681—?),字淑则,晚号渌净(一作绿净)老人,浙江钱塘(今杭州)人。出生在官宦世家,父亲徐旭龄,历宦云南道御史、山东巡抚、漕运总督等。母亲楼氏,号餐霞老人,能诗文。徐德音后适进士许迎年,两人婚后感情甚笃,时相唱和,可惜许迎年早逝。徐德音后复罹火患,艰苦持家,教子成立。善画,工诗,尤擅古风、乐府,年八十余犹手不释卷。著有《绿净轩诗钞》五卷,《绿净轩续集》一卷。

《白纻歌》是我国古代著名的乐府歌曲,产生于三国时的吴地,是配合《白纻》舞表演的歌曲。白纻是一种细而洁白的夏布,舞者穿着洁白柔软的长袖舞衣,模仿白鹤展翅飞翔而翩翩起舞,舞姿优美而飘逸。魏晋南北朝期间,《白纻》歌舞多在宫廷和贵族的宴会上表演。在唐代《白纻歌》风靡一时,被人们广泛传唱。南朝梁沈约曾作《四时白纻歌》五首,分咏《白纻》歌舞在春、夏、秋、冬及夜间的表演盛况。

徐德音《四时白纻歌》共四首,分咏四季,这里选的是第一首,描写春季的。此诗收于《绿净轩诗钞》卷一的首篇,该《诗钞》初刻于康熙四十四年(1705年),当时徐德音二十五岁,所以这是她青年时代的作品。

**"羲和六辔回苍龙,长红小白纷作丛"**,首联主要是描写春天的景物。"羲和",古代神话传说中驾驭日车的神,《楚辞·离骚》:"吾令羲和弭节兮,望崦嵫而勿迫。"王逸注:"羲和,日御也。"洪兴祖补注引《淮南子》注云:"日乘车驾以六龙,羲和御之。""回苍龙",指日落西山,因为《白纻》舞一般在晚上表演。"长红小白",指大大小小红红白白各种颜色的花朵。唐代李贺《南园》:"花枝草蔓眼中开,小白长红越女腮。"比喻白里透红的女子的脸颊。在一个春天的夜晚,太阳已经西斜,酒过三巡,宫女们已经做好了准备,如花团锦簇般聚拢在一起,盛行于上流社会的《白纻》舞马上就要开演了。

**"纤枝绰约随流风,翩翩冶态如惊鸿"**,第二联描写宫女们绰约的舞姿,犹如纤细的树枝在春风的吹拂下一样曼妙,又如白鹤亮翅般惊鸿一瞥,翩翩的舞姿神态妖冶,美不胜收。"惊鸿",暗用了曹植《洛神赋》中"翩若惊鸿,婉若游龙"的典故,形容宫女们身轻如雁,盈盈起舞。《白纻》舞的起源,很有可能来自于吴地古老的民间舞——白鹤舞。历代《白纻歌》都有对舞者美妙舞姿的生动刻画,如东晋无名氏的《晋白纻舞歌诗》描述条条玉臂迎风摇摆,如仙鹤引颈翱翔;舞姿宛转多变,舞者明眸善睐,如仙女下凡。沈约的《春白纻》则将节气的描写与舞女们的舞姿、神态巧妙地融为一体。

**"一寸眉峰晕春碧,酒潮欲上莲腮赤"**,此联换韵,体现了七言古诗在诗体上的自由跳荡,刻画了舞女们的美貌姿色,由远及近,含有一种香艳的意味。舞女们眉如春黛,腮如红莲,在酒力的作用下,摆出各种妖媚娇羞之态,青春的气息令观者心荡神摇。六朝时的《白纻歌》对于宫体诗的发展有过一定贡献,徐德音的这首拟作很好地继承了这一诗歌传统。

**"热心拟化百枝灯,长倚君王照瑶席"**,尾联别开生面,设想奇特,是全诗的亮点。写舞女们一片热忱之心,欲化作百枝明灯,常伴于君王之侧,共度良宵。"瑶席",这里指精美的酒宴。"百枝灯",据《开元天宝遗事》:"韩国夫人置百枝灯树,高八十尺,竖之高山,上元夜点之,百里皆见,光明夺月色也。"此处由舞女们白色的舞衣引起联想,感觉每一位舞者都如一盏明灯,气氛在这里达到高潮,但又表达得非常含蓄。诗人这里的想象,与柳宗元的"若为化得身千亿,散上峰头望故乡",以及陆游的"何方可化身千亿?一树梅花一放翁",有共通之处。华严世界,同体相即,文义相随。《白纻歌》历代拟作很多,很容易陷入俗套,但诗人在这里匠心独运,收笔出奇,体现了不凡的文学造诣。

徐德音出身名门,长于江南,娴于诗画,身上集中了清代闺秀的诸多优秀品格。她艰辛持家,刻苦好学,浏览百家,至老犹坚持日阅书一寸,其晚年的《养疴杂咏》就体现了她一辈子对诗意人生的追求。沈善宝《名媛诗话》评:"《绿净轩》无体不工,古风、乐府尤为擅长。"袁枚《随园诗话》赞曰:"比来闺秀能诗者,以许太夫人为第一。"徐德音读书一生,创作一生,虽为闺秀,实有林下之风,堪当闺秀第一。

# 初夏送夫子北上

**【清】顾　英**

杜鹃唤春归,和风吹芳芷。

何堪对斯景,把酒送吾子。

分手即天涯,惜此须臾晷。

别绪如茧丝,柔情似潭水。

离怀寄孤鸿,相思托双鲤。

征途勉加餐,努力拾青紫。

上慰高堂亲,下酬贤伯氏。

君行既雅醇,君才复俊美。

但保金石心,豪门勿投趾。

桃李易凋残,松柏岂朝萎。

行矣勿悲嗟,风云自此始。

　　顾英,字若宪,号兰谷,江苏长洲(今苏州)人。顾安的女儿,嫁印江知县张之琐为妻。年少聪慧,所作诗文令长者惊艳,平日喜读诗书,时称女学士。有《挹翠阁诗钞》传世。

　　《初夏送夫子北上》是一首五言古风,是女诗人送别丈夫张之琐北上赴考之作,表达了对丈夫的依依不舍之情和诚心美好的祝愿。

　　清代女诗人作品中有大量的"赠外"诗,对丈夫最常见的称呼是"外"和"外子",也有称"良人""夫子",或直呼其名,亦有称为"主人",不过较少见。"夫子"有时指丈夫,但经常是指老师,特别是有清一代收纳女弟子的男性文人并不罕见,如毛奇龄、袁枚、王文治、陈文述、任兆麟等。

　　全诗二十二句,分两个部门。前十句为第一部分,写送别丈夫的依依不舍之情,第二部分写对丈夫的希望和祝福。

开篇以杜鹃、和风点明当时正是"唤春归"的初夏时节,和风拂煦,芳草吐香,杜鹃啼鸣,一派生意盎然的佳景。"把酒"送夫,言别就暂分天涯了。此时短暂的道别时刻,口中声声珍重,心中千言万语。"晷",日影,喻时光。**别绪如茧丝**,离愁剪不断、理还乱,**"柔情似潭水"**,以水深比喻鹣鲽之情。

接着诗人连用"鸿雁传书"和"双鲤传书"两个典故,表达自己的"离怀"和"相思"。据《汉书》记载,汉使要求匈奴释放被囚禁已久的苏武,匈奴单于诡称苏武已死,后有人献计汉使,遂虚报汉帝猎得大雁,其足系苏武帛书,故知苏武尚在人间。此即"鸿雁传书"的由来。汉乐府《饮马长城窟行》中有:"客从远方来,遗我双鲤鱼。呼儿烹鲤鱼,中有尺素书。长跪读素书,书中竟何如?上言加餐食,下言长相忆。"这就是"双鲤传书"的故事。此处两句用典,互文见义,是诗人与夫君临别时相约日后不断鱼雁往还,书信互通,以慰相思。

"征途"四句是诗人对丈夫的关心、叮咛、勉励以及祝福。一是要"加餐",《古诗十九首》中有"努力加餐饭"句,诗人提醒丈夫在"征途"上要注意温饱,路途遥远,保重好身体。二是要"努力",努力考取功名,即所谓"拾青紫"。"青紫"泛指显贵之服色,古人"拾青紫"指以学问求富贵,获取高官显位。三是对丈夫送上美好的祝福,希望丈夫考取功名,光耀门楣。古代许多妻子希望丈夫考取功名不只是为了夫荣妻贵,而是希望丈夫可以**"上慰高堂亲,下酬贤伯氏"**,如此才能体现一个男人的社会地位和价值。"伯氏"指长兄。

**"君行既雅醇,君才复俊美"**,这是诗人对夫君的赞美,称他品行"雅醇",才华"俊美",表示自己对丈夫有绝对的信心。"醇",通"纯",纯朴厚重。同时,郑重告诫丈夫必须保持"金石心",永远如金石般坚贞,切不可投趾"豪门"、趋炎附势,应该做耐寒而不易凋零的松柏,不要做容易残败、空为点缀的桃李之流。诗人对丈夫的这番规劝和提醒,充分显示出其品格崇高。

诗末,诗人嘱咐和宽慰丈夫**"行矣勿悲嗟,风云自此始"**,起行之际勿过于伤感,人生征途本来就是风云变幻、丰富多彩的,遇到困难险阻不要悲伤嗟叹,所以从这一刻去体验和挑战吧。结尾与开头呼应,回到送别的主题。一句潇洒的结尾,体现了为人妻者既富有主见,又明白事理,聪慧也。

古之丈夫、儿子参加科举,作为妻子和母亲的女性常常怀有紧张、担忧、忐忑不安以及怀抱希望憧憬之情,实际上,她们一直在通过分担男性的焦虑而参与了科举文化。激励和送别丈夫、儿子赶考求仕是清代闺秀诗人"赠外诗"中一个多见主题。无论是科考前的勉励、祝福,还是事后的欢庆或安慰,反映出赴考男性并不是孤军作战的,这也是古代科举文化折射在家庭生活中的一部分。

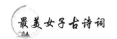

# 忆 母

**【清】倪瑞璇**

河广难杭莫我过，未知安否近如何？
暗中时滴思亲泪，只恐思儿泪更多！

倪瑞璇（1702—1731），字玉英，江苏宿迁人。痒生倪绍瓒的女儿，宜兴进士徐起泰继室。倪瑞璇的诗作评点古今，批评时政，读之发人深省。著有《箧存诗集》《静香阁诗草》。

清代诗坛领袖沈德潜声名显赫，素来"以规矩示人"，不轻易施人褒贬。但他在编纂《清诗别裁集》时，却对倪瑞璇盛加赞语："柔顺供职，妇德也。独能发潜阐幽，诛奸斥佞，巾帼中易有其人耶？每一披读，悚然起敬。"可见，沈德潜最为欣赏倪瑞璇诗中的"发潜阐幽，诛奸斥佞"，发潜阐幽的意思是阐发沉潜深奥的事义道理。

倪瑞璇的父亲是位秀才，有才学。倪瑞璇五岁时父亲不幸去世，后在舅父家长大，聪明好学，"七岁学古文，八岁作《九河考》"，而且"箫管琴棋、攒花刺绣，蔚裁刀尺，一见精晓"。倪瑞璇的诗作涉及题材丰富，其中多是慨叹古今兴亡之变，她创作了很多借古讽今、抨击时政、讽刺奸佞、关注民生的优秀篇章，譬如十七岁时写过一首《过龙兴寺有感》："自从秦与汉，几经王与帝。功业杂霸多，岂果关仁义？"目光如炬的见识，流畅激愤的文字，很难设想会是一位纤嫩柔弱少女的手笔。又譬如她十九岁时的《金陵怀古》："……高台风去荒烟满，废苑萤飞茂草生。往事不堪频想象，夕阳西下看潮平。"借古讽今，深沉而又委婉地抒发自己的亡国遗恨和沧桑之感，气势磅礴，开合有力。还有婚后所作的《游南岳寺》《阅明史马士英传》《读李忠毅公传》《德政碑》等，歌颂正义，讽刺史事，朗朗正气，笔力矫健，风格高雅，也体现了她悲天悯人的情怀。

这首七言绝句《忆母》词浅情深，令人泪下，富有感染力，也使作者获得了"宜兴贤媳,宿迁孝女"的评价。

"河广难杭莫我过,未知安否近如何?""河广难杭"出自《诗经·卫风·河广》:"所谓河广,一苇杭之。"这里是指道途遥远。旧社会女儿出嫁以后,一般很少有回娘家省亲的机会。自己与母亲关山阻隔,路途遥远,音信不通,而自己又无法回娘家,不知道母亲您最近是否平安。相距越远,思念越切。越是音信不通,心里就越不踏实。"近如何",说明只能在心里思念和问候母亲,希望母亲平平安安,体现了女儿对母亲的拳拳关切之情,也呼应了诗题的"忆"字,乃回不去而只能忆之。

"暗中时滴思亲泪,只恐思儿泪更多!"时常在私底下思念母亲而暗暗流泪,只怕母亲在思念女儿的时候流的眼泪更多!"时",时时也。着一"时"字说明思母之情一直萦回在心。这两句是感情喷发之句,因忆母而转出母之忆女,其情倍深,升华了诗意。前句说思母伤情,写自己的实感。后句说母亲思儿其情更悲,则是设想家中母亲的感情。本是自己思母,却想到母亲思儿,诗从对面飞来,这是更进一层的写法。作者以心心相通的母女同忆来推进感情,用"思亲泪"和"思儿泪"作为对比,"思儿泪"比"思亲泪"更多,就足以说明母爱更为深沉,母亲对孩子的爱永远比孩子对母亲的爱更加无私、广博、伟大。蒋士铨有诗句"爱子心无尽,归家喜及辰",放在这里就是"爱子心无尽,思儿泪更多"了。通过"泪"的对比,其实,一切已经尽在不言中了。

整首诗流畅自然,语短情长,完全从至性流出,无藻绘雕饰,巧妙使用诗从对面飞来的技巧,在淳朴素淡中蕴含着浓浓的、悠久的至爱亲情。

关于写母亲的诗,名作很多,如李白的《豫章行》,白居易的《母别子》,李商隐的《送母回乡》,当然还有千百年来广为传诵的孟郊的《慈母吟》:"慈母手中线,游子身上衣。临行密密缝,意恐迟迟归。谁言寸草心,报得三春晖。"同样采用白描的手法,通过回忆一个看似平常的临行前缝衣的场景,歌颂了母爱的伟大与无私,表达了对母爱的感激以及对母亲深深的爱与尊敬之情。倪瑞璿的《忆母》同样用细腻的心思写出了伟大的母爱之深,也写进了每一个儿女柔软的心里。

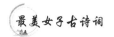

# 游大明湖

### 【清】孔继瑛

大明湖景似苏堤,也向熏风策杖藜。

历下亭环流水曲,会波楼绕远山齐。

香飘花浦莲初放,歌入芦洲舫又迷。

一抹烟云催夕照,回看月挂柳梢西。

孔继瑛,字瑶圃,浙江桐乡人。襄阳知县孔传志女,诸生沈延光室,巡道沈启震母。孔继瑛工书画,擅长写诗。沈廷光曾赴苏州开学馆谋生,孔继瑛在家里课子读书,并率婢女终夜纺织以自给。教子有方,曾告诫儿子"毋虑不足而多取一钱,毋持有余而多用一钱"。所以沈启震为官几十年一直保持勤勉廉洁。有《南楼吟草》《鸳鸯佩传奇》等传世。

《游大明湖》是一篇描写大明湖初夏景致的写景诗。大明湖位于山东济南,是泉城的三大名胜之一。早在北魏年间,郦道元所著《水经注》中便有记载。唐宋时期,大明湖就以撼人心弦的美景而闻名遐迩,获"天下第一湖"之美誉。明代重修城墙,遂初成今日形貌。清代的济南城号称"四面荷花三面柳,一城山色半城湖"。这半城湖,指的就是大明湖。古往今来,杜甫、李白、曾巩、苏辙、赵孟𫖯、乾隆皇帝等诸多名人曾作诗著文赞颂大明湖美景名胜。

**"大明湖景似苏堤,也向熏风策杖藜"**,首联引领全诗。"苏堤"又称苏公堤,以它命名的"苏堤春晓"居于"西湖十景"之首。杭州西湖之美甲天下,拿大明湖来比西湖,可见其美景非同一般。"熏风"指东南风、和风。《吕氏春秋·有始》:"东南曰熏风。""杖藜",谓拄着手杖行走。大明湖的秀美景色就像西湖苏堤,我拄着拐杖走在这温暖的和风中。

**"历下亭环流水曲,会波楼绕远山齐"**,颔联对偶工整,描写大明湖的名胜,总揽大明湖的美景。"历下亭",位于大明湖中最大的湖中岛上,是大明湖的名胜之一,因其南临历山(千佛山),故称历下亭。"历下秋风"是济南著名的八景之一。"会波楼",今作汇波楼,位于大明湖北岸东隅,是古代济南府北城城门楼。登临会波楼远眺,整个历城尽入眼底。其傍晚景致尤其动人,"汇波晚照"亦为济南八景之一。

这一联连用两个名胜,又连用"曲""齐"两个动词,把古历城一片山水风光都写活了。历下亭位于湖中岛上,流水是环着亭子流动的,所以是"流水曲"。会波楼是古城的制高点,登楼极目,南面的历山尽入眼中,才会感到远处山景融于天色,如在画中。这样真实的情境,只有亲自游览仔细欣赏后才会描述得如此贴切。"环"和"绕"两个动词,说明作者是坐着画舫,先环过历下亭,又绕到会波楼,最后登楼远眺。我们跟随作者,沿着她游览的轨迹,仿佛自己就置身于美景如画的大明湖上赏玩一番。如果理解为拟人手法,更体现出了流动的神态韵致。

**"香飘花浦莲初放,歌入芦洲舫又迷"**,诗意到此作一转折,写到时近黄昏,画舫误入芦洲深处。大明湖的荷花亦是绝,刚刚盛开的荷花尤其惹人喜爱。一阵花香,一阵歌声,游人都尽情陶醉于莲花初放的大明湖上,一不小心,钻进了芦苇丛中,不知归路。让我们很自然地就想起了李清照的《如梦令》:"常记溪亭日暮,沉醉不知归路。兴尽晚回舟,误入藕花深处。争渡,争渡,惊起一滩鸥鹭。"时隔数百年,两位女诗人均写出了迷路不知归途,却一不小心闯入另一番美景之中的欣喜之情。诗人于此处表达了与古人同样的情愫,为游赏增添了一层新的含义。

**"一抹烟云催夕照,回看月挂柳梢西"**,尾联描写了一幅秀美的落日归舟图。"月挂柳梢"典出欧阳修"月上柳梢头,人约黄昏后",这为即将到来的离别铺垫了一层缱绻的情思。从烟云夕照到月挂柳梢,既是空间上东方和西方的对应,又是时间上黄昏与夜晚的衔接,而这时空的转换,全在那一个"回看"的动作之中。全诗以此收束全篇,留下一个旷大的美景空间,引人无限遐思。

这首诗文字细腻,言辞流转,用典自然,很符合山光水色的风情。在格式上既讲究严整,也不乏变化,颔联精妙出彩,"历下亭"对"会波楼","流水"对"远山","花浦"对"芦洲",工整之外还体现了空间的次序,给读者身临其境的感觉。

# 灯

## 【清】袁　机

添尽兰膏惜寸阴，煎熬终不昧初心。

孤檠柄曲吹痕淡，细雨更残背壁深。

有焰尚能争皎月，无花只可耐孤吟。

平生一点分明意，每为终风恨不禁。

袁机（1720—1759），字素文，浙江钱塘（今杭州）人。袁枚的三妹，嫁如皋高绎祖为妻。高绎祖为人轻佻，性情暴戾，吃喝嫖赌，不仅家产败尽，还把袁机的嫁妆全部变卖，对袁机鞭笞火灼。袁机不得已归母家，依兄而居。有《素文女子遗稿》一卷。

《灯》是一首咏物诗，诗人不是单纯地为物写照，而是寄慨遥深，以咏物言己志。

18世纪著名文学家袁枚的三个妹妹袁机、袁杼、袁棠并称"袁家三妹"，三人都是才女，"而皆多坎坷，少福泽"，袁机尤其不幸。袁机自小被父亲许配给高氏，可高氏却是一个生性暴虐凶残、不走正道的人。高父担心对不住袁家，找理由商量退婚。但是袁机自小受"从一而终""不事二夫"的封建礼教思想的影响，坚持与高氏成婚，不管不顾往火海里跳。婚后，袁机受尽折磨和欺凌，末了，高氏竟扬言要将她卖掉以抵偿赌债，她才不得不与高氏离婚，回到娘家。短暂的婚姻，带给袁机的是无尽的痛苦。"灯"的形象正是袁机寓情于物，寄托着对自己遇人不淑、凄凉惨淡的人生感慨。

开篇**"添尽兰膏惜寸阴，煎熬终不昧初心"**是对灯的形象进行总体概述。灯油耗尽，是为了珍惜宝贵的时光，为此灯油不惜付出自己的所有。但为了珍惜每一寸光阴，哪怕受尽"煎熬"，却仍"不昧初心"，给人们驱散黑暗、延长光阴这一初始信念始终不曾动摇。这正是灯的价值的体现。"煎熬"突出了灯的意志坚强，这也是诗人自我形象的写照，作为一个封建社会的女子，她认为自己的人生价值就是成为一个遵从"三从""四德"的贤妻良母,尽管韶华易逝,煎熬折磨,但还是执着和坚守自己的心志。

"**孤檠柄曲吹痕淡,细雨更残背壁深**",这是描写灯在风雨交集的恶劣环境中的羸弱与压抑。灯焰的力量是柔弱的,以风和雨为代表的外界力量,极易对灯的生存构成威胁,风透过门窗的缝隙,轻轻拂过,火焰则随之摇曳,留下淡淡吹痕。屋外的细雨,同样对灯火构成潜在的威胁,幸有墙壁隔绝,更残夜深,一盏孤灯独自对着墙壁发出微弱的亮光,被风、雨及黑暗形成的浓重而强大的力量包围着,显得那么势单力薄。袁机的命运就如同这一盏风中摇曳的孤灯,在封建社会,不管是什么原因,对于女子及其娘家人来说,离异都是一种巨大的耻辱。袁机回到娘家后不再梳妆修饰,而是素服斋食,过着在家修行的深居简出的生活。社会环境对她具有强大的制约和束缚力量,她长夜不眠,独伴孤灯,听着屋外的风风雨雨,凝视着摇曳的灯火,联想到自己的悲惨遭遇,灯人合一,感受那种弱小、压抑和痛苦,悲从中来。

五、六句写灯的美德不被人赏识,遭受人们不公平的对待。"**有焰尚能争皎月**",灯的光亮尽管微弱,但它可以驱走人们身边的黑暗,带来光明,这一点亮光,足以与天上明亮的月光争辉。但是,"**无花只可耐孤吟**",由于它没有花朵那样光鲜迷人的外貌,所以往往并不为人们所赏识。人们被争奇斗艳的花朵所折服,为之歌咏,而孤灯这种庄静内敛的美德却总是被人们忽视,只能自叹自吟。诗人同孤灯一样,具备封建礼教要求女子的贤能和美德;无奈遇人不淑,嫁给一个粗暴无情的浪荡子,只落得个孤芳自赏、独自伤吟的残酷结局。

末两句作结,点出阻碍孤灯实现照明意志的邪恶力量是"终风"。"**平生一点分明意**"与首联"煎熬终不昧初心"形成呼应,突出强调孤灯牺牲自我给别人带来光明的意志非常坚定,但它所面对的险恶环境却对它造成巨大摧残,阻碍它实现自身价值。微风已使光焰摇曳,"终风"则足以将其毁灭。"终风"指急促的暴风,并暗用《诗经·邶风·终风》的典故,"终风且暴,顾我则笑。谑浪笑敖,中心是悼",描写的是一个被男子玩弄后又被抛弃的女子的烦恼和悲哀。因而,"终风"的表层意思是指急暴的大风能吹灭灯火,深层意思则是指喜怒无常、放纵无礼、玩弄女性的男子,让多少好女子抱恨终生。这是袁机对前夫的指责,她遇到一个顽劣粗暴的丈夫,使自己成为一个相夫教子的贤妻良母的普通心愿都无法实现,留下无尽苦恨。这也是封建社会给命运悲惨的女子带去的深刻烙痕。

诗人以灯自况,夹叙夹议,整首诗使用虚实相生的手法,明暗两条线并进,表面上写灯,却处处不离人,采用移情和比拟的修辞手法,灯的形象就是诗人自己命运的写照,咏物与抒情达到了高度统一,让人唏嘘悲切,写得非常成功。

# 春日小园读书作

【清】张　藻

小园半亩寄西城，每到春深倍有情。
花里帘栊晴放燕，柳边楼阁晓闻莺。
汉书旧读文犹熟，晋帖初临手尚生。
自笑争心仍未忘，闲招邻女对棋枰。

张藻（约1723—约1795），字于湘，江苏青浦（今上海市青浦区）人。印江知县张之顼的女儿，母亲是闺秀诗人顾英，丈夫毕礼，儿子是著名学者毕沅，女儿是闺秀诗人毕汾。幼承母教，能诗词，学术渊纯。有《培远堂诗集》四卷。

《春日小园读书作》是一首七律，题中有"春""园""读书"，时间、地点、事件均已交代，乃诗人在小园读书时所作。此诗在《国朝闺秀正始集》《国朝闺秀诗钞》中题作《小园》，但张藻的《培远堂诗集》（乾隆刻本）题作《春日小园读书作》，这个题目更能反映诗篇内容及写作环境。

**"小园半亩寄西城，每到春深倍有情。"** 园在西城，地只半亩，故称"小"，但园雅何需大？春暖花开时节，诗人观花倍有情思，情不自禁就吟出了**"花里帘栊晴放燕，柳边楼阁晓闻莺"** 这样美的诗句。可以想见她是对小园里的一切多么熟悉，多么喜欢，有花、有柳、有燕、有莺，赏心悦目又怡然自得。前两联描绘了城中小园鸟语花香的怡人景象，半亩的小园在和暖的"春深"时节，更加明媚动人。"春深"和初春不同，后者难免仍有寒意，但春深时分，夏天已经不远了，花儿朵朵开得美丽，柳树株株长得茁壮，燕子、黄莺都来了，一片春意盎然。

从《培远堂诗集》中可以看出诗人对春天特别有感情，诗集中有不少和春天有关的作品，如《留春》《送春》《春柳》《春残》《首春》《山村早春》《城南春日感怀》《春暮即事》《春昼憩静逸园示次儿沅》《春晚》《早春西阁看梅作》《春暮偶成》，而其他三季景物和人事入诗者就少很多。春天象征着生机和希望，"一年之计在于春"。张藻是书香世代的闺秀名媛，且以教子有成、经训克家名世，所以赏春读书，教育孩子善用春光、刻苦学习，是自然而然的。

颈联由写景转为叙事，描写在小园里读书之事。"**汉书旧读文犹熟**"，所指不一定仅是班固的《汉书》，而是泛指汉人著述，说自己往日已读过不少古书和史书，如今乃温故知新，因此文句犹熟。"**晋帖初临手尚生**"则说自己初次临摹晋人书帖，笔法生硬，这是和上句熟读古文的一个对照。《汉书》，又称《前汉书》，是中国第一部纪传体断代史，"二十四史"之一，是继《史记》之后我国古代又一部重要史书。"晋帖"，晋人的书迹或其摹本、刻帖，代表了书法艺术的一个顶峰，两晋书法最盛时，主要表现在行书上，包括《兰亭集序》《伯远帖》《快雪时晴帖》《中秋帖》等。

"**自笑争心仍未忘，闲招邻女对棋枰**。"琴、棋、书、画是一般读书人具备的文化修养，弈棋是高雅的消闲活动，古人常通过对弈来训练思维、参透哲理，感悟"世事如棋局局新"的真谛。大家闺秀亦不例外，诗人出身书香家庭，好棋和棋艺精湛都很正常，但是为什么要招"邻女"来对弈呢？"邻女"是谁？技艺如何？还是因为诗人未忘"争心"，在美好春光中来个争奇斗艳？诗中没有交代，我们也无须知道，给读者留下无限的想象空间就好。

整首诗语言清新明丽，活泼雅致，怡情喜人，是一首描述清代知识女性优雅生活片段的隽永之作，颇有文化韵味。

# 寄兄子才

**【清】袁　杼**

长路迢迢江水寒，萧萧梅雨客身单。

无言但劝归期速，有泪多从别后弹。

新暑乍来应保重，高堂虽老幸平安。

青山寂寞烟云里，偶倚阑干忍独看？

袁杼（1727—1776），字静宜，号绮文，浙江钱塘（今杭州）人。袁枚的第四个妹妹，嫁松江诸生韩思永为妻。早寡，于是依靠兄长居于随园。有一子一女，儿子早卒，袁杼为此作《哭儿》诗，甚有名。著有《楼居小草》。

诗者，志之所之，情动于中。诗人的笔墨，如同跃动的水珠，挥毫泼墨便成了蕴含着情愫的江水。诗人快乐，水珠便带着喜悦；诗人豪迈，水珠便载着铿锵；诗人沉郁，水珠便含着悲伤。于是诗篇因着诗人的心情，既有钟鼓馔玉，清水芙蓉，也有黄钟大吕，金石之声。而那或快乐或悲伤的水珠，则汇成了江面的风景，或浮光跃金，或涟漪荡漾，或波光粼粼。

袁杼的这首《寄兄子才》，宛如静水深流，看似平淡简单，却字字精心，结撰出款款浓情。子才即为袁枚，袁杼为其四妹。当时，袁枚在苏州，因心忧出门在外的兄长，袁杼便写下这首诗，将一片忧心化为浓浓诗情，寄予兄长。

首联"**长路迢迢江水寒，萧萧梅雨客身单**"，表达了对兄长的关心，以"长路""水寒""身单"渲染了一层淡淡的凄凉之境。"迢迢""萧萧"等叠词让诗节音律婉转，灵动有致，读来朗朗上口。"迢迢"一词进一步衬托路之"长"。其实，苏州和钱塘，相隔并不远，诗人却觉得"长路迢迢"，担心兄长衣物单薄，可见其对外出兄长之关切情深。

"**无言但劝归期速，有泪多从别后弹**。"诗人的思绪从远方收回，转而忆起离别之际，诗人没有"执手相看泪眼""无语凝噎"，只对兄长"劝归期速"，不愿在分别之时泪眼婆娑,而在兄长走后偷偷擦拭眼角。细节之处,将一个小妹对兄长依依不舍而又含蓄的心思写得栩栩如生。

颈联诗人的情绪又一转,轻描淡写一句**"新暑乍来应保重"**,似与一般人无异,提醒兄长暑热将至,应多多保重身体,同时不忘向他转告家中父母的状况,**"高堂虽老幸平安"**,言外之意让兄长无须担心,家中一切都照料得很好。这一联平淡中蕴含深情,也体现了诗人的贤惠知礼。

尾联诗人开阔视野,舒展空间,**"青山寂寞烟云里"**,远望那片青山,烟云渺渺,是青山在辽阔的烟云里寂寞呢,还是形单影只的诗人落寞寂寥呢?**"偶倚阑干忍独看"**,倚着阑干遥望,这不免让人想起晏殊笔下"昨夜西风凋碧树,独上高楼,望断天涯路"之景。一个"忍"字情意深重,将女诗人的多愁善感表露无遗。

这首寄远诗,宛如一封家书,所谓长兄如父,小妹对兄长的关切和想念之情,流露在字里行间之中。开篇诗情萧瑟,既含有一丝落寞,又带着一份关心。中间两联回忆离别,告慰兄长高堂平安,以安其心,于微小处见诗人蕙质兰心。结尾借景抒情,青山漠漠,雾霭蒙蒙,诗人倚着栏杆,望尽天涯路。全诗用语平实,寄意绵绵,词浅情深,把兄妹之间真挚的手足之情表达得真切自然,令人心头一暖。

子才在《随园诗话》卷一中载:"余在苏州,四妹《寄怀》云:(即本诗)余读之凄然,当即买舟还山。"由此可见此诗情真意切,让兄长深受感动。这种让人心灵为之一震的牵挂,宛若那洒落在窗外的阳光,只要你打开窗户,便可以触摸到它的温暖,感受到人世间的美好。

# 九日登高

【清】段 驯

西风木叶暮萧萧，黯淡秋容极目遥。

飞鸟带烟归蓼岸，寒蝉咽露下林梢。

他乡风景随时换，客里吟怀已渐凋。

最是中年哀乐感，每逢佳节意难消。

　　段驯，字淑斋，江苏金坛人。清代著名文字训诂学家、经学家段玉裁的女儿，嫁观察龚丽正为妻。著名思想家、文学家龚自珍的母亲。有《绿华吟榭诗草》。

　　这首诗是段驯在重阳之日于他乡登高感怀所作。九日登高，是指重阳节登高望远的习俗。唐代王维的名作《九月九日忆山东兄弟》："独在异乡为异客，每逢佳节倍思亲。遥知兄弟登高处，遍插茱萸少一人。"脍炙人口，妇孺皆知。重阳节正逢秋高气爽之时，古人远目遥岑，见江流滚滚、木叶萧萧，往往便生出对人生的深沉慨叹。

　　本诗开篇展开了一幅常见的秋天画卷。**"西风木叶暮萧萧"**，已经是傍晚了，天色渐渐暗了下去，萧条的暮色中，西风在枝头呼啸而过。"萧萧"，树叶被风掠过唰唰作响的声音。这让人联想到楚辞《九歌·湘夫人》里的"袅袅兮秋风，洞庭波兮木叶下"，还有杜甫名作《登高》中的"无边落木萧萧下，不尽长江滚滚来"。此处也暗用明代黄裳的"西风萧萧木叶稀，秋深作客何时归"，暗示了诗人的思归之心。

　　**"飞鸟带烟归蓼岸，寒蝉咽露下林梢。"**诗人登上高山，在秋风极目远眺，看到了四野漫漫一片黯淡，鸟儿穿过水雾缭绕的水面，掠向长满蓼草的江岸。平林漠漠、开阔、清旷，寥落。"寒蝉咽露"，增添出几分忧愁之感。寒蝉是深秋的知了，又叫秋蝉。在历代诗人眼中，秋蝉的鸣声时常让人产生惆怅伤感之情。如唐代姚合在《闻蝉寄贾岛》中有"秋来吟更苦，半咽半随风"，北宋柳永《雨霖铃》中的名句"寒蝉凄切,对长亭晚,骤雨初歇"。

**"他乡风景随时换,客里吟怀已渐凋"**,诗人从景物的描写转移到内心想法。从"他乡""随时""客里""渐凋"等词中可见中年辗转奔波之苦,常常漂泊在外,就会越来越缺乏对异地的兴奋感,反而是对家乡的怀念更加强烈。曾经遇到不同的风景物事就能触发灵感,而现在吟咏文字的心情也和飘零的心一样渐渐凋零了。这两句体现了诗人充分的生活阅历,如果没有真实的体验和感悟,很难用这样言简意赅的语句将心理变化描述得如此贴切。

结尾笔锋再次一转,全诗收束于**"最是中年哀乐感,每逢佳节意难消"**。明明已麻木迟钝了,习惯了生活带来的奔波辛苦,无意再多说什么,可是人到中年的个中况味,在这登高望远的重阳时节,又忍不住一齐涌上。诗人并未直抒胸臆和书写具体的愁闷痛楚,而是一种"欲说还休"的复杂的沉重的"意难消",留给读者唏嘘和感喟。

这首诗既表达了身在他乡,又表达人至中年,逢此佳节,本就恋家的女诗人自是不能胜情,从而抒发的复杂情感。整首诗笔致婉丽,语句整饬,浑然一体,有唐诗风味。

# 望 岱

**【清】李含章**

岧峣屼崒峙神州，万壑风云在下头。

海外天光明野马，寰中人影动蜉蝣。

金银气涌楼台壮，琴筑声寒草木秋。

欲拂穹碑问秦汉，苔封恐自有熊留。

李含章(1744—?)，字兰贞，云南晋宁人。巡抚李因培的长女，嫁归安叶佩荪为继室。从小随父宦游南北，通经史，善诗文，有班、谢家风。后随夫宦游，学识愈加渊博，诗名很大。其诗众体兼备，风格清新刚健。袁枚在《随园诗话》中称赞李含章为"一代闺秀之冠"。著有《繁香诗草》一卷。

李含章出身书香门第，生活在充满文学气息的家庭，得父亲言传身教，广闻博见，又与兄李翊(乾隆二十二年进士)并案读书，在经史文学方面打下了深厚的基础。婚后与丈夫宦游南北，学识愈加渊博，加之精于思考，勤于写作，所作诗文，无论古体近体、五言七律，皆卓然成家。其诗各体皆备，佳作纷呈，内容有咏物、景物即兴、咏史怀古、寄情四大类。其中的咏史怀古部分，所涉及的人物有传说中的尧、舜，有完成统一大业的秦始皇，有文武兼备的曹操，有力拔山兮气盖世的项羽，有女性历史人物娥皇、女英、西施、昭君等，对所写历史人物或赞叹，或讥讽，或褒扬，或鞭笞，皆能抒所感、陈己见，爱憎分明，发而为诗，形象生动，意境深远。李含章的子女皆能诗文，可谓一门风雅。

泰山素有"天下第一山"的称号，气势磅礴，风景壮丽。泰山，古称"岱山"或"岱宗"，是古代帝王封禅之所。自古以来，多少文人墨客慕名而去，登高而赋，怀古抒情，留下了一首首著名的诗篇，如杜甫的《望岳》、李白的《游泰山六首》、谢灵运的《泰山吟》，还有曹植、陆机、谢道韫、范仲淹、张养浩、李梦阳……数不胜数的诗人雅士写下了诸多佳作。李含章的这首《望岱》，即登临泰山而远望天地进而抒发内心感慨的诗作,其意境深远,回味无穷。

首联"**岩峣屼峄峙神州,万壑风云在下头**",写巍巍泰山高峻奇拔,矗立于神州大地,万壑风云也只在雄伟气势之下。"峙"字凸显出泰山卓然独立于天地之间的峻拔形象,连万壑风云都只能回绕在泰山的下头,这两句既表现出了泰山的"五岳独尊"之势,又表现出了诗人的博大胸怀。雄伟挺拔的泰山,尽收于诗人眼底,也尽在诗人笔下,正如杜甫"会当凌绝顶,一览众山小"的境界。女诗人能有如此气魄,自是非同一般。

颔联"**海外天光明野马,寰中人影动蜉蝣**",在泰山之巅极目远眺,看到远方的天光明亮,光辉显耀,那千山万壑间如野马般奔腾的雾气也瞬间明晰了起来;再俯瞰大地,那天下人间的人影好像蜉蝣一样在点点蠕动。"明"和"动"活用为动词,使诗歌由首联的静态描写变为动态描写,全诗都"活"了起来,生动而形象。前两联主要写诗人登上泰山远观俯视所看到的自然情景和自身感受,视野开阔,气势磅礴,是对泰山的总括概写。

泰山自古为帝王封禅场所,《白虎通》云:"金泥银绳,或曰石泥金绳,封以印玺。"这个"金泥银绳"是指帝王们为了向上天报告自己统治的升平隆盛,将文字刻于玉石等器物上,装在石匣子里,以银丝绳系之,再以水银和金粉为泥封上,埋于地下。为了封禅祭祀,帝王们也在泰山周边修建楼台亭阁,如汉武帝就曾在泰山大兴土木,扩建明堂,以朝见大臣,又令诸侯各自修建馆舍,以便朝宿。此后帝王亦多有仿效,于是在泰山周围形成了许多气势宏大的供帝王群臣们享用的建筑群落。千百年后,诗人登临泰山时,似乎仍能感受到当年帝王们封禅时的盛大场景,"**金银气涌楼台壮**",似乎"金泥银绳"的庄严神秘之气仍在涌动,当年那高大雄伟的楼台馆阁依然挺立,气势依然壮阔。但是今非昔比了,"**琴筑声寒草木秋**",物是人非,诗人眼前感觉一阵凄寒的琴筑之声和满眼的萧瑟秋景,曾经的盛世繁华景象已变得如此萧条了,随着时间的推移只留下一些历史陈迹罢了。

尾联"**欲拂穹碑问秦汉,苔封恐自有熊留**",这是诗人抒怀感慨。诗人看到那些曾经记载着帝王丰功伟绩的高大碑铭早已被尘埃覆盖,斑驳不堪,鲜人问津,想拂去尘埃看个究竟,不过心中猜想那碑石上厚厚的绿色青苔是从黄帝的时候就留下来的吧。"有熊",黄帝的国号,《史记·五帝本纪》曰"自黄帝至舜禹,皆同姓而异其国号,以章明德。故黄帝为有熊。"古代帝王封禅,上祭天以封,下祭地以禅,要刻石勒铭,纪功述绩,以期留名后世,仪式极为宏大庄严。苔封碑石,也许从黄帝在泰山封禅后就已出现。黄帝之后的世人不礼待纪念黄帝,以至尘覆勒铭,苔封碑石,何况秦汉。后人不礼前贤,代亦如此。曾经的英雄人物和他们建立的帝国功业都已尘封,历史沧桑,令人不禁叹息。

　　这首七律层次分明,前两联主要写景,气势宏大,境界壮阔,描绘出了泰山巍峨挺拔的形象特点;后两联主要抒怀,抚今追昔,历史上的封禅盛事和勒铭纪功都被世人渐渐遗忘,对历史沧桑充满深沉的感伤之情。前两联的情感豪迈雄阔,后两联则变得低沉悲怆。此诗表现了诗人对历史的独到见解,能通贯古今对历史人物和事件发表评论,并且形象生动,意境深远。因李含章出身书香门第,又随父、随夫行万里路,读万卷书,学识渊博,所以她的诗"见解高超,可与三百篇并矣"(袁枚《随园诗话》),可见她在文学上的造诣很深。

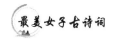

# 秋 云

## 【清】杨琼华

乱山飞不断,皎月失光明。

不解为霖雨,无端掩太清。

边关游子泪,亲舍旅人情。

愿藉西风力,依然万里晴。

　　杨琼华,字瑞芝,汉军旗人。大学士杨应琚的孙女,云南按察使杨重英的女儿,嫁举人姚明新为妻。著有《绿窗吟草》一卷。

　　沈善宝在《名媛诗话》记载,自己年幼时随外王母洪太孺人晋谒杨琼华时,洪太孺人评杨琼华"性至孝……父陷缅甸时,素服持斋,焚香吁天,愿得冤雪生还。弟在狱时,遣人周恤之。教子严肃,爱民如子,所到之邑,莫不称颂"。

　　"父陷缅甸"这件事发生在乾隆中期,杨琼华的父亲杨重英官至云南按察使,率兵驻守滇缅边境,抗节不屈,为缅人所俘虏。朝廷执政者不但不施以援助,反下令不许其跨入国境,否则以极刑论处,致使其久滞难归。杨琼华为了救父亲回国,以诗托物言志,抒发忧怨愤懑的内心情怀。俞陛云《清代闺秀诗话》中记载:"乾隆时征缅甸之役,节相杨应琚失利。其子重英被虏,廷议以其偷生阿瓦,籍其家,并置重英之子长龄于理(即大理),杨氏一门离散。重英之女琼华,抱荀灌救父之心,慕李文姬抚弟之义,计无所出,悉托于诗,故字里行间,深情行郁。"

　　《秋云》是一首咏物诗,诗人借物抒怀。屈原忠心而被放逐,宋玉为之作《九辩》,其中云:"何泛滥之浮云兮,猋雍蔽此明月! 忠昭昭而愿见兮,然霠曀而莫达。"大意是为何簇拥的浮云很快就掩蔽了明月,忠诚昭昭可鉴却因为阴霾而无法施展。本诗诗题《秋云》,或是取意于此。

　　首联二句**"乱山飞不断,皎月失光明"**,写秋云蔽月的景象,浓浓的乌云在山际飘浮游荡,连绵不绝,将皎洁的月光遮蔽住了。诗人以这一习见的自然景象,来表达忧思愁怨,借描绘天上飘浮的云隐约曲折地吐露心曲。皎月能发出明亮之光,象征圣明浩荡的帝王,而秋云则喻为把持朝政的小人,秋云掩月喻皇帝身边的近臣小人诬枉正直人士,结果皇帝听信了他们的谗言,在决断上失去公允。"乱山飞不断"说明秋云阻隔光明的势头迅猛,不可阻挡。诗人眼中的"秋云"和"皎月"是一对对立形象,象征权奸当道、明月失辉的社会现实。这两句不但写云和月,也兼写人,含蓄蕴藉。

颔联二句"**不解为霖雨,无端掩太清**"承上而来,表达了对秋云的愤怨之情。秋云本可化作霖雨,救活遭遇干旱即将枯死的禾苗,以造福人类,可它却偏偏无缘无故地掩蔽天空,使得天下一片黑暗。唐代张蠙《投翰林张侍郎》有诗句"愿与吾君作霖雨,且应平地活枯苗"。朝中大臣本应以救民于水火为己任,而他们却偏偏利用手中的权势,以陷害忠良为能事。对秋云的质问遣责,实则是抒发内心的愤慨。

颈联二句"**边关游子泪,亲舍旅人情**"仍写秋云,《古诗十九首·行行重行行》"浮云蔽白日,游子不顾返",天上的浮云常常让人联想到离家远游或久居外乡的人。云在天上飘浮不定,比喻游子离家在外漂泊无依。诗人想到父亲被囚于国外,弟弟身陷囹圄,一门离散,其泪下沾襟,心痛如绞,备受煎熬。

通过层层回旋曲折,末二句诗人发出了心中的呐喊:"**愿藉西风力,依然万里晴。**"希望凭借强劲的西风,扫荡一切阴云,还一个清澈明朗的万里晴空。这一联语意双关,呼唤朝廷的忠义良臣出来扫除权奸,既构筑一个清明的世界,又还父兄一个清白。"愿"字是诗人的理想,表达了她心中的愿望,也映射了为亲人冤雪但"计无所出"的无奈和愤懑。

此诗按照起承转结的结构书写,对"秋云"意象从多方面多角度进行取譬联类的想象。全诗以比为体,句句写云,而全篇不着一个"云"字;句句是景,又句句关情;句句咏物,又句句写人,物我两契,咏物与抒情"不即不离",所表现的情感真挚动人。

据记载,杨琼华的父亲杨重英自乾隆三十三年(1768年)被缅人囚之佛寺,在缅独居佛寺二十一年,不改中国衣冠服饰,乾隆五十三年(1788年)归还,时有汉代苏武之比拟,乾隆帝也亲书《御制苏杨论》一篇,将苏武和杨重英的事迹相提并论。遗憾的是杨重英在归途中病卒。

# 夫子报罢归诗以慰之

### 【清】席佩兰

君不见,杜陵野老诗中豪,谪仙才子声价高。

能为骚坛千古推巨手,不得制科一代名为标。

夫子学诗杜与李,不雄即超无绮靡。

高唱时时破碧云,深情渺渺如春水。

有时放笔悲愤生,腕下疑有工部鬼。

或逞挥毫逸兴飞,太白至今犹未死。

丰兹啬彼理或然,不合天才有如此。

今春束装上长安,自言如芥拾青紫。

飘然几阵鲤鱼风,归来依旧青衫耳。

囊中行卷锦绣堆,呼灯展读纱窗底。

燕晋山河赴眼前,春秋风月藏诗里。

人间试官不敢收,让与李杜为弟子。

有唐重诗遗二公,况今不以诗取士。

作君之诗守君学,有才如此足传矣。

闺中虽无卓识存,颇知乞怜为可耻。

功名最足累学业,当时则荣殁则已。

君不见,古来圣贤贫贱起。

席佩兰(1760—1829后),名蕊珠,字月襟,自号佩兰,江苏昭文(今常熟)人。内阁中书席宝箴的孙女,嫁孙原湘为妻。席佩兰为袁枚女弟子中诗才最著者,袁枚评其诗"字字出于性灵,不拾古人牙慧,而能天机清妙,音节琮琤"。著有《长真阁诗集》《傍杏楼调琴草》等。

《夫子报罢归诗以慰之》是席佩兰的一首七言歌行体,作于乾隆四十八年

（1783年），其丈夫孙原湘赴考落第归来，席佩兰作此诗以宽慰丈夫。

诗人开篇就写唐代两大诗坛巨人杜甫和李白，"**杜陵野老诗中豪**"，"**谪仙才子声价高**"，李杜二人在当时并未科举中式，所以不能"一代名为标"，但却成为骚坛推崇的"千古巨手"。诗人以诗慰夫的起笔，就为落第的丈夫找到了千古可以依傍的两大精神支柱，因为李杜就是孙原湘的师尊偶像，"**夫子学诗杜与李，不雄即超无绮靡**"，孙诗习效李杜的风格，不是雄放就是超迈，毫无绮靡之姿。

接续两句诗人展开夸赞丈夫"不雄即超"的诗才。"**高唱时时破碧云**"是进一步说明"雄"放磅礴的风格，"**深情渺渺如春水**"则是表达"超"迈深渺之意境。然后四句，再次将丈夫与李杜联系在一起。"**有时放笔悲愤生，腕下疑有工部鬼。或逞挥毫逸兴飞，太白至今犹未死。**"前两句说孙原湘放笔悲愤的诗作，宛如杜工部还魂。而逞毫逸兴的诗作，又像李白现身。"工部鬼""太白未死"都是强调孙原湘仿佛就是李杜的前世今生，对丈夫的诗才给予了极高的评价。

"**丰兹啬彼理或然，不合天才有如此。**""丰"是丰富、丰盛、丰庶之意；"啬"是相反词，意指少费、悭吝、贫俭。郑板桥句曰："啬彼丰兹信不移，我于困顿已无辞。"才女冯小青曾云："妾少受天颖，机警灵速，丰兹啬彼，理讵能双。""丰兹啬彼"的意思是富盛了这个，就贫少了那个。这是古人总结的人生真谛。诗圣、诗仙李杜二人的诗歌才华是富盛的，而于当世功名则是贫少的，可见两位天才的人生际遇也是如此。既然天才是这样，那么继承杜李诗学的丈夫有此境遇也就不稀奇了。诗人以此类比抚慰落第罢归的丈夫，既对丈夫予以赞许，又诠释了人生哲理。

"**今春束装上长安，自言如芥拾青紫。飘然几阵鲤鱼风，归来依旧青衫耳。**"此四句叙述丈夫赴京科考的经过。丈夫今春赴京赶考，自信满满，豪语自认有才，视领绶带官印之科考如同捡拾小草般容易，此番应考可轻取官爵。"芥"，小草。"青紫"，指古代官印青色或紫色的绶带，借指高官显爵。到了九月秋风飘起之时，科考结果没能如愿，仍着一袭青衫归返，未能衣锦还乡。"鲤鱼风"，指九月秋风。

"**囊中**"四句的意思是妻子帮忙清理丈夫归返的行李，发现丈夫的行囊中堆满了锦绣般的诗词，然后妻子掌灯于纱窗前一一展读，丈夫的诗词里记录了这次北行赴考之旅，行经燕晋山河的所见所闻，亦有吟风弄月的心思藏于字里行间。

这里表现的是妻子对丈夫的关心和尊重,从侧面再次表达了妻子对丈夫才华的赞赏。

接着,诗人的笔锋转到主旨上,"**人间试官不敢收,让与李杜为弟子**",这是诗人贬抑平庸的典试官,说他们没有识才的慧眼,只能将丈夫让给李杜为诗弟子。然后继续感叹,"**有唐重诗遗二公,况今不以诗取士**",如此重视诗歌的唐代,仍不免遗落了李杜二公,何况今日的科考并不以诗试士。此四句诗人将丈夫不第的原因归为典试官不识人才和科考不以诗才论。

诗的末尾回到诗题,慰勉丈夫不要将个人命运押在举业上,而要继续保持自信:"**作君之诗守君学,有才如此足传矣**。"有了传承于李杜的诗才,便足流传后世。"闺中虽无卓识存,颇知乞怜为可耻",诗人自谦虽然自己闺中无卓识,但也知自艾自怜是羞耻之举。末四句,追求功名向来牵累人的学业,功名也只是一时的,太史公《孔子世家》有言:"天下君王,至于贤人,众矣。当时则荣,没则已焉。"诗人最后安慰丈夫,"古来圣贤贫贱起",就算布衣贫贱,只要有才有行,终归有成为圣贤的时候的。

诗人作此诗的目的是抚慰丈夫落第之心,全诗以"诗才"为核心,以唐代两大诗坛巨匠李白杜甫为依傍,引入"丰兹啬彼"的人生哲理,抑贬主考官不具慧眼,批判科考不以诗取士,末尾从轻功名而重才学的角度,勉励丈夫继续追求诗学上进而不要被功名所困扰。本诗夹叙夹议,颂叹结合,文字流畅,铿锵有力,诗情昂扬,手写心口,具有性灵诗派的风格,体现了诗人作为妻子的细心和体贴,也表现出诗人爽明旷达的人生观。

席佩兰与孙原湘鹣鲽情深,恩爱逾恒,孙氏有《示内》诗:"赖有闺房如学舍,一编横放两人看。"两人互为知己,琴瑟调和,夫妇倡随,名重一时。

# 挽高氏女

## 【清】孙云鹤

由来情种是情痴,匪石坚心两不移。
倘使化鱼应比目,就令成树也连枝。
红绡已结千秋恨,青史难教后代知。
赖有神君解怜惜,为营鸳冢播风诗。

    孙云鹤,字兰友,一字仙品。浙江仁和(今杭州)人。观察孙嘉乐的女儿,嫁县丞金玮为妻,与其姊孙云凤同为随园女弟子。工诗善画,亦工词。有《听雨楼词》二卷。

    这首《挽高氏女》的背后有一个凄婉的爱情故事。袁枚在《随园诗话》中为这首诗作了一个详细的注解:"仁和高氏女,与其邻何某私通。女已许配某家,迎娶有日,乃诱何外出而自悬于梁。何归见之大恸,即以其绳自缢。两家父母恶其子女之不肖,不肯收殓。邑宰唐公柘田,风雅士也,为捐赀买棺而双瘗之;作四六判词,哀其越礼之无知,取其从一之可悯。城中绅士,均为赋诗。余按此题着笔,褒贬两难。独女弟子孙云鹤诗最佳。词曰:(即本诗)后四句,八面俱到,为得体。"擅写诗文的袁枚说,城中的文人学者,都为这件情事赋诗,他也想就此事赋诗,但是却非常为难。高氏女私通何某,其实为礼法不容,所以两家的父母都不肯收殓他们,可是她和何某殉情而死,又让人怜惜,是重理还是重情让人十分矛盾,难以落笔。然而他的女弟子孙云鹤就没那么犹豫了,她只看重情,别的并不重要,态度非常明确。

    诗人开篇就歌颂痴情,直表立场。**"由来情种是情痴,匪石坚心两不移"**,自古从来情种就是痴情之人,就是心意坚定之人,就是一心一意之人,没有别的例外。高氏女与何某,正是真正的痴情人,《诗经·邶风·柏舟》有云"我心匪石,不可转也",他们爱对方之心亦如此,像巨石一样,不可转移。

　　"**倘使化鱼应比目,就令成树也连枝**",就算把他们化作鱼,也一定是比目鱼,在水中成双成对;就算把他们变成树,也一定是连理树,枝叶交通,在风中摇曳私语。这两句使用比喻,更进一层地强调只要痴爱对方,无论在哪儿都要双宿双飞,始终在一起。

　　可让人痛憾的是,"**红绡已结千秋恨**",如此钟爱对方的两个痴情人,却无法实现自己的爱情理想,他们双双自缢,只留下千秋万古的愁恨。并且,由于他们的行为不为常理所容,遭到了世俗的贬责,"**青史难教后代知**",还将慢慢被人们湮没淡忘掉。

　　"**赖有神君解怜惜,为营鸳冢播风诗**",幸好还有风雅人士唐公怀抱怜惜之心,为他们捐赀买棺、营造鸳冢,让这对有情人生死同在,同时为他们写下四六判词,哀叹他们的越礼和年轻无知,又怜悯他们的深情和生死不渝。唐公的善举,也影响了很多人的看法,大家纷纷用诗文来传颂这一感人的故事,因而这段爱情绝唱就会永不磨灭。

　　这首诗主题集中,语气通贯,一气呵成,诗意也随之顺流而下,感情从首到尾不曾间断,表达了诗人坚定的爱情观和慷慨悲凉之感。像这样感情倾洒的诗句,一定是发自内心的文字,而并非只是在解读他人的情事,更像是推人及己,在倾诉自己对痴情的向往。关于爱情,孙云鹤及其姐孙云凤都一往情深,但是她们在实际生活中却有诸多不如意,所以长期压抑的情感只能借文字倾诉,以他人之事述自己情怀。

　　"情不知所起,一往而深,生者可以死,死可以生。生而不可与死,死而不可复生者,皆非情之至也。"这是明代汤显祖在《牡丹亭》题记中的名句,也是很多人的爱情理想。孙云鹤没有袁枚的左右顾虑,可能因为孙云鹤就是一个痴情至情的女性,所以对待感情的态度更为果敢和坚贞。

# 潼 关

**【清】钱孟钿**

潼关天险郁嵯峨，天外三峰俯大河。

六国笙歌明月在，五陵冠剑夕阳多。

时来杰士能扪虱，事去将军竟倒戈。

终古丸泥凭善守，英雄成败感如何。

钱孟钿，字冠之，号浣青，江苏武进（今常州市武进区）人。尚书钱维城的女儿，嫁巡道崔龙见为妻。幼承家训，熟读史记，擅吟咏，诗文有奇才。著有《浣青诗草》《鸣秋合籁集》。

钱孟钿好学聪慧，喜读《史记》《通鉴纪事本末》等史书，曾游历秦、蜀等地，咏史吊古之作颇多，其诗造境用语，时时逸出寻常闺阁作品路数之外，而走入雄健阔大一途。袁枚为钱孟钿的诗集《浣青诗草》题诗，称赞其诗"也因气得江山助，簪遍秦关蜀岭花"。

**"潼关天险郁嵯峨，天外三峰俯大河"**，首联即托出潼关地势之险，用粗笔勾勒，语势甚健。三峰犹如天外飞石，陡然直上，异常峻拔。山势高峻，又傍大河而立，更多一重屏障，愈加易守难攻。可见潼关号称"天险"，绝对名不虚传。"嵯峨"，形容山势高峻。

**"六国笙歌明月在，五陵冠剑夕阳多"**，颔联笔锋一转，由地理形势之险联想到人世兴废。潼关处于关中和中原交接之处，为西来东往的要塞，位置险要，所经历史风云不知凡几。从潼关往西三百里到长安，是秦汉以来不少王朝都城所在。秦始皇统一天下后，营造阿房宫，汇聚六国笙歌于一地，然而这一时之兴也不过是过眼云烟，唯有明月依旧皎洁。西汉时五陵原上熙熙攘攘的高官显宦，也同样政亡人息，唯有残阳亘古常在。以是观之，潼关所载历史是相当厚重的。诗人从秦代写起，两句均以自然之不变对比人事之变迁，借以抒怀，精练而富有意境,对仗也十分工整。

"**时来杰士能扪虱,事去将军竟倒戈**",颈联的视角由秦汉下移至南北朝,诗意也更拓一层。既然事往人去,站在后人角度,诗人认为关键在于时运。时运所至,则如扪虱而谈的王猛,虽系一介布衣也可平步青云,建功立业。反之,大势已去,即使拥兵一方,权势强大,也会遭致部将倒戈,顷刻土崩瓦解,"将军一去,大树飘零"。"扪虱",《晋书·王猛传》载:"桓温入关,猛被褐而诣之,一面谈当世之事,扪虱而言,旁若无人。"此联两句构成了鲜明的对比,与晚唐罗隐七律《筹笔驿》的"时来天地皆同力,运去英雄不自由",可谓异曲同工,不谋而同。

"**终古丸泥凭善守,英雄成败感如何**",末联转合,抒发感叹。上句呼应首联描写的潼关地势险要,点明凭借优势"善守"。"丸泥"典出《后汉书》的《隗嚣公孙述列传·隗嚣》:"元请以一丸泥为大王东封函谷关,此万世一时也。"意思是王元请以少数兵力为大王扼守险要函谷关,这是万世一时的良机。后以"丸泥封关"为守险拒敌之意。末句则呼应中间二联对改朝换代、时来事去所吐露的慨叹,该如何看待英雄的成败呢?点明了诗人诗意的主旨。

诗人题咏潼关,由潼关的重要地理位置自然而然就联系到历史,所以诗中所叙内容在时、空的维度上会有延展深入,这也是抒情比议论的发挥空间更大的特点。

全诗追史怀古,章法工整,以历史题材落笔,做到了女诗人难能可贵的取境阔大、气度沉稳,是一篇佳作。钱孟钿的七言古体诗深得袁枚赞赏,袁枚《随园诗话》云:"闺秀少工七古者,近惟浣青、碧梧两夫人耳。"从此七律中亦可得见。

# 感 旧

【清】熊 琏

叹我浮生不自由,娇痴未惯早知愁。

弱龄已醒繁华梦,薄命先分骨肉忧。

亲老偏逢多病日,家贫常值不登秋。

眼前俱是伤心事,几度临风泪暗流。

熊琏,字商珍,号澹仙,又号茹雪山人,江苏如皋人。父亲熊大纲工诗文,早逝。熊琏"好读书,能文章,不让须眉。才慧命舛,苦节一生。家贫,晚为闺塾师,依母弟居"。著有《澹仙词钞》《澹仙诗话》等。

熊琏是乾嘉时期生活在江苏如皋的一位平民女子,小时候失去了父亲,在寡母的抚育教导下长大。她自幼能读书,擅文章。幼时被许婚给同乡陈遵。不久,陈遵得了精神上的疾病,陈父允许她悔婚再嫁,但是熊琏坚持不肯,终于还是嫁给了智力不健全的丈夫。在邻里"贤德"的称赞中,过上了生计艰难、家贫不能给的日子。姑舅过世后,熊琏回家依母弟生活,事母至孝,苦吟终身以自遣,晚年设帐为闺塾师。

熊琏的这首《感旧》是对命运发出的一声沉重叹息,在艰苦生活中想起种种往事,抒发难以言说的复杂情感。

首二句**"叹我浮生不自由,娇痴未惯早知愁"**。以"叹"字开篇,全诗基调已出,如人生尘埃落定,前尘旧事浮上心头,正所谓"浮生如寄",《古诗十九首》里有"人生寄一世,奄忽若飙尘",人生的漂泊不定,命运的不可捉摸,已经是"不自由"的具体表现,而"浮生"二字,就更加凸显了这一特征。"娇痴",常用来形容小儿女可怜可爱的娇憨情状。如白居易《秦中吟·议人婚》:"红楼富家女,金缕绣罗襦。见人不敛手,娇痴二八初。"朱淑真《清平乐·夏日游湖》:"娇痴不怕人猜,和衣睡倒人怀。最是分携时候,归来懒傍妆台。""娇痴"的特点一是年纪小,二是无忧无虑、情状可爱。可是作者"娇痴未惯早知愁",可见幸福生活也存在过,但是如梦幻泡影般太过短暂,很快就结束了。这样的得而又失,更加让人低回怅望,早早就已知愁。

接着四句承上而来,细数自己所经历之愁。**"弱龄已醒繁华梦,薄命先分骨肉忧"**,"弱龄"指幼年、青少年,说明明年纪尚小;"繁华梦",这里指对于人生的美好幻想。意思是年纪很小的时候,已经对未来不抱有美好的幻想。这一句既呼应前句,也提领后句。"薄命"是古代女子面对悲凉命运时能给自己找到的宿命理由。白居易曾说"巧妇才人常薄命,莫教男女苦多能。"辛弃疾也在一首《贺新郎》写道:"自昔佳人多薄命。"熊琏将自己的悲惨也归结于"薄命",不然怎么能幼年丧父,早早就失去了骨肉至亲呢。

**"亲老偏逢多病日,家贫常值不登秋。"**诗人的忧愁没能终止于少年时的痛苦,长大之后,她需要面对的是没完没了的"伤心事"。母亲渐渐老去了,自己的身体也经常有病,不能好好侍奉母亲。更何况家中时常入不敷出,甚至青黄不接吃不上饭,一个弱女子支撑家庭生活十分不易,倍感艰辛。"登秋",指秋收。

诗人感叹完桩桩过往旧事之后,将全诗收束于**"眼前俱是伤心事,几度临风泪暗流"**。满眼看来都是伤心之事,命运不济,骨肉早分,老弱多病,家贫难熬,凡此种种又无人诉说,只有在没有人的时候默默地流泪。就算是流泪,也是一个人迎着晚风,悄悄地抹着眼角,独自黯然神伤。

熊琏出身贫寒人家,因为天性聪敏和清代的女教之盛,从而获得了读书识字的机会。才学给了她更加敏锐的双眼和善良的心灵,却没有给她展翅高飞的翅膀。由于家世、礼教和经济条件的限制,她生活步履维艰,苦节一生,所以她将满腔的才情和凄苦记录于文字中来。但是,熊琏在作品中并不呼天抢地,她的作品叙述平淡而客观,情绪不特别焦虑或者特别激烈,甚至没有闲愁淡恨,也没有慵懒娇憨,更多的是一个女人对冷硬生活无奈的接受,以及独自承担的勇气和挣扎,表达了一种欲说还休的惆怅和哀伤。

熊琏有诸多诗词文赋传世,颇多佳作,其作品切自身世,出于性灵,读之令人"神凄骨悲,如闻其声,如见其人",集中屡有惊人之句,然造语过哀,读之泪下。

# 钱塘渡江

### 【清】恽 珠

潮头不怕险，飞棹逐潮行。

风力一帆饱，山光两岸明。

南来出洞壑，东望达蓬瀛。

直破怒涛去，壮怀无限情。

恽珠（1771—1833），字珍浦，号星联，晚号蓉湖道人，江苏阳湖（今常州市武进区）人。典史恽毓秀的女儿，嫁知府完颜廷璐为妻。能诗善绘工绣。著有《红香馆诗词草》，辑有《兰闺宝录》。恽珠在儿子完颜麟庆的帮助下，耗时十余年，编成了清代闺秀诗歌总集《国朝闺秀正始集》及《续集》，选诗三千余首，为中国女性文学的重要作品集。

恽珠自幼天资聪慧颖敏，与二兄同学家塾，受四子、孝经、毛诗、尔雅诸书，学吟咏，工写生。十八岁嫁给完颜廷璐，满汉联姻。她集才女、贤妻、良母于一身，可谓清代闺秀中之典范。恽珠颇有儒士之风，无论是自身的行为规范，还是课子准则、选诗标准，都吻合儒家之道德要求。她在《国朝闺秀正始集》的"例言"中写道："是集所选以性情淑贞、音律和雅为最，风格之高，尚其余事。"这种准则也渗入到她自己的诗歌创作中去，其诗大多平和中正，气韵饱满，如果不加点明，多以为是男性的诗作。

这首《钱塘渡江》借景抒情，以景言志，充分展现了恽珠诗作的特点，通过描写钱塘渡江之情景，抒发其远大志向和人生情怀。

**"潮头不怕险，飞棹逐潮行"**，开篇就彰显了一种张力，突出表现人与自然共融之中的竞争。钱江之潮虽险，而小舟亦能睥睨巨浪，飞驰潮头，并且舟中之人竟能在此险境之中，气定神闲地欣赏两岸山色。

**"风力一帆饱"**，可联想到庄子《逍遥游》"且夫风之积也不厚，则其负大舟也无力",人生并非要与风浪抗争,而是可以凭借风浪,趋向那更高更美的境界。"**山光两岸明**"气度非凡,岸边景色飞快逝去,说明疾驰浪中还能欣赏两岸景色。因为速度快,所以没有进行细节描写,一个"明"字则照亮一切经行之处,属大的意境也照亮了前路人生。前四句大气舒展,已有相当壮阔之境界。

诗人接着更深一层,递进一步,"**南来出涧壑,东望达蓬瀛**",写小舟南下,突破千涧万壑,竟欲直抵海边,东望蓬瀛。这是一种悬想,又是一种似曾相识的情怀,李清照《渔家傲》词中曾写道:"九万里风鹏正举,风休住,蓬舟吹取三山去。"

"**直破怒涛去,壮怀无限情**",诗人要和李清照一样,壮怀激情,这又像李白的"长风破浪会有时,直挂云帆济沧海"。写出这样的诗句,让人去想象女诗人的内心到底有多么高远的理想。而读者也可以扪心自问一下,在自己的人生中,是否亦有如此的壮志与激情!

全诗语言流畅,节奏紧促,场景变换快捷,读之如行云流水,无片刻稍停,带读者从钱塘飞渡万水千山,须臾之间东达蓬瀛,直击理想。整首诗气度不凡,蕴藉深厚,余味无穷。

恽珠的心志一向宏大,希望像男子一样出类拔萃,除了追求社会名声地位,更有道德品行上的严格要求。她曾于席间写过一首《锦鸡》的诗:"闲对清波照彩衣,遍身金锦世应稀。一朝脱却樊笼去,好向朝阳学凤飞。"锦鸡的心气写得如凤鸟一般高。因为这首诗,索绰罗氏赞叹不已,乃三次派人议婚,成就了满汉联姻佳话。恽珠在儿子进士及第时写了一首诗:"乍见泥金喜复惊,祖宗慈荫汝身荣。功名虽并春风发,心性须如秋水平。处世毋忘修德业,立身慎莫坠家声。言中告戒休轻忽,持此他年事圣明。"告诫儿子功名虽然已经成就,但最重要的是立身修德。就如选诗一样,恽珠的标准体现在对诗作、对名利、对品行,包括对自己的要求上,她认为天才与美德需要相映生辉,女性也应该成为社会德行的典范。她自己身体力行,做到了兼才华、贤德、温良于一体,成为一代闺秀典范,并在儿子的帮助下,耗时多年,编辑出了《国朝闺秀正始集》这一传世文集,为推进女性文学发展做出了重要贡献。

恽珠像

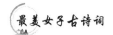

# 频伽水村图

## 【清】汪玉轸

深闺未识诗人宅，昨夜分明梦水村。

却与图中浑不似，万梅花拥一柴门。

汪玉轸，字宜秋，号小院主人，江苏吴江人。工诗善书，为袁枚随园女弟子。有《宜秋小院诗钞》一卷。

汪玉轸从小就"机敏能文"，由于父亲早逝，生活拮据。为了谋生，不得不靠十指为活。劳动之余，坚持写作，诗才渐渐显露。后嫁给无业游民陈昌言，陈卖光家产，长年外出不归。汪玉轸日夜操劳，抚养子女，白天卖画，晚上缝纫，艰难无比。

《频伽水村图》是汪玉轸的一首题画诗，诗的背后承载着一个翰墨飘香的文化故事，成为当时一诗坛佳话。

元代赵孟頫曾作一名画《分湖水村图》，其悠远、苍茫、出尘、脱俗的格调，对明清画家有着深远的影响，后代众多文人为其续题和续画，甚至民国时期，南社成员周芷畦还画了《水村第五图》。在乾隆、嘉庆年间，著名诗人、书画家郭麐(字祥伯，号频伽)曾作《水村第四图》，并请人题咏。汪玉轸诗才颖慧，但平素很少为人所知，她题写的这首《频伽水村图》诗，最后一句"万梅花拥一柴门"让郭麐读后非常高兴和惊喜，乃请画师奚铁生为其名句补图，以代前轴，一时名士纷纷前来题咏，汪玉轸从此诗名大振。

汪玉轸的《频伽水村图》为什么好？为什么能让著名诗人、书画家郭麐因诗补图呢？

首先，这首诗的开头让人意外，具有戏剧性。本为水村图题咏，汪玉轸却说自己**"深闺未识诗人宅"**，"我"处于深闺之中，足不出户，未曾去过您的居所。接着，汪玉轸从梦境着笔，**"昨夜分明梦水村"**。郭麐在《灵芬馆诗话》中说："余旧居芦墟,去分湖半里。天朗气清,湖光荡目,吴中远山,一痕如黛。"分湖映照天光、波光潋滟的景致,诗人宅第闲逸安静的桃源之境,汪玉轸在昨夜的梦中真切地看到和感受到了。关于水村的题咏和画作已很多,怎样才能出人寰臼呢? 汪玉轸这一开篇就与众不同,首先出人意料从虚题笔,以想象着意。

"**却与图中浑不似**",笔锋陡然一转,之前水村在作者的笔下已虚实相见,刻画了一种朦胧美和充满想象的空间。这一转折,就把观者从想象中的梦景和真实的画作之中拉了回来,让人想知道魂牵梦绕的水村到底是什么样子,有急于一窥、揭开谜底的欲望。前三句作足了铺垫,只为最后一句豁然开朗:"**万梅花拥一柴门**。"原来,万簇梅花护拥着一柴门农舍,那梅应是浓烈怒放的,那宅应是简洁疏淡的,看似朴素隐然,却因那数不胜数的繁簇浓艳的梅花而变得雅致、清幽、高洁,浓淡相间,生机益然,绝妙无穷。

作为一首题画诗而能超出画作本身,此诗立意清奇,自然景物被赋予了灵性,成为有情之物。梅花是品质高洁的象征,有迎雪吐艳、凌寒飘香之美,有卓尔不群、不与百花争春之精神,不仅与《水村图》作者远离世俗的归隐之心相契合,也是汪玉轸自己的精神世界之写照。由于生活的艰辛,汪玉轸的诗都发自内心、识见真挚、情感动人。这首诗语言通俗流畅,诗情清雅灵妙,富有浪漫主义的想象,表现了诗人的非凡才思。

清乾嘉时期,由于社会风气的嬗变,女性诗人得到了与外界结社和唱和交流的机会。汪玉轸同其他随园女弟子一样,有了相对广泛的交游圈,除了与女性诗友唱和之外,还与社会名士郭麐、袁棠、陈燮、徐达源及业师袁枚、表弟朱春生等赠答往还,这些经历无疑拓宽了其诗歌的表现领域,丰富了题材内容,也提高了诗作水平与境界,这首《频伽水村图》即是一例,她与其他吴江女性诗人一起为当时吴江诗坛增添了一片清丽典雅的云彩。袁枚曾让侄女袁淑芳为汪玉轸的诗集题诗,云:"一卷缥湘续玉壶,清吟字字出心裁。应知如此雕云手,定是前生带得来。"

# 苦　热

## 【清】姚允迪

碧空高高火云厚，溽暑著人如中酒。

斗室浑同深甑蒸，当檐恨不栽榆柳。

竹床莞簟卧不得，长箑何曾暂离手。

况逢久旱禾苗干，桔槔庠水鸣前滩。

农家妇子汗流血，足茧皮焦力已殚。

我庐正与田畴接，默坐思之心恻恻。

安居尚畏炎威逼，天生烝民皆食力，勤者辛劳惰者逸。

愿得飙风驱雨来，比屋俱变清凉域。

　　姚允迪，字蕴生，江苏金山（今上海市金山区）人。巡道姚培和的女儿，嫁知县戴鸣球为妻。在室时从嫂张佛绣学诗。著有《秋琴阁诗钞》。

　　这首《苦热》诗，不单单是描写天气暑热，而是借炎热的天气抒发对劳动人民和社会现实的感想。

　　首句"**碧空高高火云厚**"，描写了天空中如炎火燃烧般的景象，铺垫了一种酷热的氛围。接着写"**溽暑著人如中酒**"，"溽暑"是指盛夏的暑热闷湿之气，这样的热气扑着在人身上，让人感觉就像是饮过烈酒以后心中的那种翻腾煎熬一样，全身内外都很难受。这个比喻非常真切。

　　"**斗室浑同深甑蒸**"，诗人继续设喻作比来形容此等热气之苦。"斗室"表明屋子不大，在这不大的屋子当中，迎着这股暑热，如同是在深甑上被蒸煮一般。"甑"，是古代一种蒸饭的瓦器。这是寻常人家就有的物件，用来形容热气腾腾的苦热感受，让人很容易就能体会到。因为受不了苦热的炙烤，便生出了"**当檐恨不栽榆柳**"的悔叹。院子里没有栽种可以遮阴蔽阳的榆柳，在四处火云直射之时，一个"恨"字反映出诗人燥热不堪的情绪。

第五句"竹床莞簟卧不得",是说天气太热,以至于人在竹席和蒲席上都无法安寝。"莞簟",指蒲席与竹席,《诗经·小雅·斯干》中有:"下莞上簟,乃安斯寝。""长箑何曾暂离手","长箑"是扇子,把扇子拿在手上,一刻也不能离手,生动描绘出人在苦热之中焦灼的情态。这都是写屋内近景,那么屋子外面又该是一种怎样的情景呢?

接着诗人视角一转,渐入题旨,先对室外之情形作直观描述。"况逢久旱禾苗干",长久的干旱已经造成了旱灾,田中的禾苗早已经干枯。"久旱"表明人们当时深受暑热的困扰,短期的暑热很快就能过去,但是长期的干旱,就会对生产生活造成很大影响。"桔槔戽水鸣前滩",因为"禾苗干",所以要不停地"桔槔戽水"。"桔槔"是井上汲水的工具,在井旁架上设一杠杆,一端系汲器,一端悬、绑石块等重物,用不大的力量即可将灌满水的汲器提起。"戽水"是汲水灌田。一个"鸣"字暗示了人们为减轻干旱给农事造成的损失,不得不承受着酷热而付出的辛苦劳动。

此时,诗人自然而然地将目光聚焦到那些劳作的农人身上。"农家妇子汗流血,足茧皮焦力已殚",他们的身上流出了血汗,脚上被滚烫的泥土磨出了水泡。诗人看到如此景象,心中生起了无限的同情和怜悯。"我庐正与田畴接",她自己的屋子就在田地的旁边,亲眼所见农家妇子这般苦作,再联想自己待在屋中就难以忍受苦热煎熬的那种滋味,思之"心恻恻",道不尽的悲哀、悲痛、凄凉。

最后,诗人抒发感慨,老天生养万民本是要人们靠着自己付出劳动才能吃饭生活,可是现在勤劳的人很辛苦,而懒惰的人却很享受。"愿得飙风驱雨来,比屋俱变清凉域",诗人希望可以来一场大风雨,能将这苦热的天气变为清凉,可以使得这些辛苦劳动的人民得到休息和安宁。在这样的社会和自然条件下,诗人的心情非常沉重,但是也无能为力做更多,只好向上苍祈祷,流露出对苦难农民的怜悯和爱。

这首诗言语平实,着力对比,感情强烈,诗人先从自身的真切感受出发,再描写农人的辛苦,最后表达自己的祈盼,突出表现了劳动人民烈日劳作的不易,也表达出对"汗流血"的农人极大的恻隐和同情。除了残酷的自然条件给劳动人民带去劳苦,诗人还批判了"勤者辛劳""惰者逸"的社会现实,发出了"天生烝民皆食力"的感慨。这是本诗之主旨,发人深省。

# 秋 雁

### 【清】李佩金

无端燕市起悲歌,带得商声又渡河。

千里归心随月远,一年愁思入秋多。

水边就梦云无影,天际惊寒夜有波。

屈宋风流零落尽,那堪重向洞庭过。

李佩金,字晨兰,一字纫兰。江苏长洲(今苏州)人。司马李虎观的女儿,嫁山阴何仙帆为妻。工诗词,时人评其词"逼真漱玉"。有《秋雁诗》甚工,江南人呼为"李秋雁"。著有《生香馆诗》《生香馆词》各二卷。

在中国古典文学中,很多诗人都有悲秋之作,悲秋亦是一个文学传统。战国时宋玉《九辩》就有此种情结:"悲哉秋之为气也!萧瑟兮草木摇落而变衰。憭栗兮若在远行,登山临水兮送将归。"把秋天万木凋落、山川萧瑟的自然现象与人的遭遇联系起来,呈现一片哀伤悲婉之辞。李佩金《秋雁》诗共四首,也承继了这一文学传统,选择秋雁来抒写一己秋日的感受,不脱不黏,但幽怨之思溢于言表,这是其中一首。

**"无端燕市起悲歌,带得商声又渡河"**,作者用燕太子丹易水送别荆轲、刺杀秦王的典故开篇,渲染气氛。荆轲刺秦见《史记·刺客列传》:"太子及宾客知其事者,皆白衣冠以送之。至易水之上,既祖,取道。高渐离击筑,荆轲和而歌,为变徵之声。士皆垂泪涕泣。又前而歌曰:'风萧萧兮易水寒,壮士一去兮不复还!'复为羽声慷慨,士皆瞋目,发尽上指冠。于是荆轲就车而去,终已不顾。"此送别场景慷慨激昂,"风萧萧兮易水寒,壮士一去分不复还"定格了一个悲壮千古的画面。在诗人的想象中,秋雁南飞的景象就好似在悲歌的商声中飞渡易水凄清的水面一样。

**"千里归心随月话,一年愁思入秋多"**,接着笔锋一转,突出了秋雁的悲凉遭际和愁思随着入秋愈发凝重。此联对仗十分工整，继承了传统明月和秋愁意象的描写，如南朝谢庄《月赋》"美人迈兮音尘绝，隔千里兮共明月"，南宋吴文英《唐多令·惜别》"何处合成愁，离人心上秋"等，都是借秋和明月来表达离愁别绪。"千里"，极言其远。

"**水边就梦云无影，天际惊寒夜有波**。"这是诗人揣想秋雁的举动和心境，它终日徘徊在水边，是不是也有轻盈而美好的梦想，但是秋天到了，天际边的寒气已袭来，需要迁徙南方了。"惊寒"语出王勃《滕王阁序》："渔舟唱晚，响穷彭蠡之滨；雁阵惊寒，声断衡阳之浦。"相传秋雁到衡阳就不再南飞，待春而返。作者在这里没有写大雁的悲鸣，而是通过"惊寒""夜有波"两个意境，传达出丝丝的萧瑟和苍凉，留有很大的想象空间。

诗人在尾联借用屈原和宋玉的故实，在一片愁绪和情深中结束了倾述。"**屈宋风流零落尽**"，屈原以辞赋名世，加以忠贞爱国，备受后人的敬仰。其弟子宋玉，亦以辞赋见称，在作者看来，自属风流蕴藉之事。只不过，随着时光流逝，沧海茫茫，早已荡尽了昔日的旧迹，谁还能寻觅到他们曾经行吟泽畔的流风余韵呢？"**那堪重向洞庭过**"，诗人以拟人的口吻，秋雁又怎堪再次飞临洞庭，感受那浓浓无边的秋意呢？屈原《九歌·湘夫人》中有"袅袅兮秋风，洞庭波兮木叶下"，凉爽的秋风不断吹来，洞庭湖中水波泛起，岸上树叶飘落，可是望断秋水，却不见伊人的到来。

这首诗明写"秋雁"，诗中却不着"秋雁"二字，每句又都是紧扣秋雁来描写和发抒感情，衬托出诗人孤寂的心绪和愁思，就如《西厢记》中"碧云天，黄花地，西风紧，北雁南飞。晓来谁染霜林醉，总是离人泪"一般的情调。全诗细腻宛约，丝丝感伤，中间两联对仗精工，且意蕴婉然，堪为称道。清人况周颐《续眉庐丛话》："昔人以诗得名，如崔鹦鹉、郑鹧鸪之类，载籍多有，唯闺秀殊仅见。长洲李纫兰著有《生香馆集》，其《秋雁》诗最佳，名李秋雁，见钱塘陈云伯《颐道堂》诗自注。"李佩金被时人称为李秋雁，乃实至名归。

# 夕 阳

### 【清】孙荪意

闪闪翻鸦背，遥天一线留。

钟声孤寺暝，帆影半江秋。

流水杳然去，乱山相向愁。

虽怜无限好，行客莫夷犹。

孙荪意，字秀芬，一字苕玉，浙江仁和（今杭州）人。孙震元的女儿，嫁萧山高第为妻。长于作诗，兼善倚声。幼年失母，随其父学诗，年未及笄即有诗若干卷。婚后夫妻唱和，儿子亦为达官。居山水间，评量花鸟，描绘溪山，一生很圆满。有《衍波词》二卷，《贻砚斋诗稿》四卷。

孙荪意自幼爱读书，并随父亲学诗，年未及笄便已有诗集数卷。她的诗大气浑然，不像是女儿家的手笔；她的诗又不落窠臼，即使化用典故也跳跃自己的灵感。这首五律《夕阳》用语、用典以及结构、意象都具有唐人风范，是其一佳作。

开篇起句不凡，"**闪闪翻鸦背**"是借用典故，却自出新意。古诗中，乌鸦历来与太阳的关系密切，《淮南子·精神训》曰："日中有踆乌而月中有蟾蜍。"踆乌即三足乌，后以"三足乌"指日。《山海经·大荒东经》云："汤谷上有扶木。一日方至，一日方出，皆载于乌。"乌鸦又有载日而行之用。神话渗入文学作品中，乌鸦又与黄昏的意象联系在一起。如晚唐诗人温庭筠《春日野行》中有"蝶翎朝粉尽，鸦背夕阳多"之句，北宋词人贺铸有"鸦带斜阳投古刹，草将野色入荒城"之句。乌鸦负日，在文学作品中，多与日落相关联。可能是由于乌鸦是黑色，叫声萧瑟，所以与黄昏、黑夜更加贴近。孙荪意使用"闪闪"和"翻"字，非常灵动，增添了光影的变化和夕阳西下的动感。晚清诗人黄遵宪写的"鸦背斜阳闪闪红"诗句，很可能就是受了孙荪意这一句的启发。首联生动描摹了夕阳的动态，黄昏时分是灿烂与黑暗并存的时候，夕阳一闪一闪地逝去，黑暗一点一点地跳跃，这种自然光线的变化,让人觉得亦真亦幻,恍恍惚惚,不知不觉天地间只留下一线光束。

"钟声孤寺暝,帆影半江秋。"诗人的视线由天际线收回,转向眼前的光景。这种视线的转移,是因为听见了远远的钟声,循声而望,只见孤寺在暮色中暗去,又见帆影掠过半江秋色。"半江秋",应是化用白居易《暮江吟》中的"一道残阳铺水中,半江瑟瑟半江红"。诗人眼前的"半江秋",在夕阳洒满的江面上,一半是霞光的红,一半是秋水的碧,点点帆影缀在水上,让人的视线追随而去。

"流水杳然去",帆船在江面向前行驶,诗人仿佛就站立在舟头,看见渺渺江水迎面而来,又从身后远远逝去。李白的"桃花流水窅然去,别有天地非人间"表达的是一种人栖于碧山之中的惬意与和谐,而诗人在这里表达的则是一种对逝去的惆怅。整个诗意和画面是动态的,小舟在前行,江水在流逝,两岸青山相向而出。"乱山相向愁",此处不用"青山"而用"乱山","乱"字既写出了山之自然的形态各异,其实又是旅人的心境使然,"乱山"是令人心乱之山,是旅人并不熟稔之山。过尽无数山水,只在逆旅之中,又当黄昏日落,所以,人与山,山与人,相向而愁,愁也相向。

尾联化用了李商隐的名句"夕阳无限好,只是近黄昏",夕阳虽好但黄昏将至,一入黄昏,万象皆灭,所有能看到的一切,无论是恍惚的日光,还是那孤寺的剪影,包括江上的帆影,还有那两岸的青山,都将归于黑暗和沉寂。"行客莫夷犹",所以,虽然夕阳之中的风景再美,但是对于旅人来说,也不要徘徊不定,莫要流连于此。

这首以景抒情的诗,诗人动用了许多意象,但都形象地融入黄昏的卷轴之中,用典很多,但都不是直接引用典故,而是加之以诗人颇为灵动的再创造,所以整体自然流畅,不假雕饰,不留痕迹。整首诗视线连贯,视野开阔,展现了一幅夕阳西下的动态全景图,抒发了旅人的感叹,学古而不泥古,展现了诗人的画意和诗才。

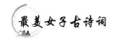

# 京江晚泊

## 【清】袁绶

系缆江干正长潮，荻芦风起晚萧萧。

人才有数传千古，山水无情送六朝。

铁瓮城荒斜照冷，金陵气王阵云销。

霸图凭吊空陈迹，乌鹊寒声答丽谯。

袁绶，字紫卿，浙江钱塘（今杭州）人。袁枚的孙女，河内知县袁通的女儿，上元吴国俊室。著有《瑶华阁诗草》《瑶华阁词》。

袁绶是随园老人袁枚的孙女，自然秉持家风，继承家学。夏恺在《簪芸阁诗词集序》评述袁授的诗时说："简斋（袁枚）先生高才博学，一代宗工，所著《小仓山房集》海内珍如拱璧。……安人（指袁绶）赋性颖异，髫稚时，读祖父诗，辄怡然意开。……予西游京师，与安人仲弟小村大令晨夕过从，试馆联床，挑灯话旧，侧闻安人同怀弟妹，多工吟咏，携囊扣钵，殆无虚日。"此文中又说袁绶的诗："集中怀古感时诸作，沉着痛快，无闺阁习气。"可见，袁绶小时候就读祖父袁枚的诗作启蒙，赋性颖异。但袁绶的诗歌风格是依从古典传统的，沉稳敦厚又清丽可嘉，无闺阁习气。这与袁枚倡导的"性灵"风格有所不同。

《京江晚泊》是袁绶的一首怀古七律诗。怀古诗是中国古典诗歌题材中重要的主题之一，作为古典式抒写情志路向的代表，大体上对作品的要求和评价具有基本的要素规则，比如七律怀古诗，一者诗体整肃端庄，谋篇讲究章法；二者文字要求功力阆健，下语务尚典切；三者风格以适度沉郁雄拔为好，体现出非同一般的思想空间。

袁绶此诗颇有唐人古味，其文字背后就可以看到诸多唐诗的影子，如："萧萧芦荻晚，一径入荒陂"（于鹄《途中寄杨涉》）；"秋风冷萧瑟，芦荻花纷纷"（岑参《楚夕旅泊古兴》）；"而今四海为家日，故垒萧萧芦荻秋"（刘禹锡《西塞山怀古》）；"芦获湘江水，萧萧万里秋"（司空曙《送魏季羔游长沙觐兄》）。长江、潮水、芦获、晚风，站在这些同样的自然物景面前，诗人与古人就产生了交错与共鸣。也许，同样的一刹那，诗人的脑海中浮现了杜甫的名句"无边落木萧萧下，不尽长江滚滚来"（《登高》）。物转星移，在这些自然景象的映照下，不由得生发感慨，**"人才有数传千古，山水无情送六朝"**，那千古流传的人物能有多少，那江山的起起落落，早已把六朝往事化作历史的烟云。夜泊江上的诗人，面对一湾江水嗟叹世事之苍茫。

**"铁瓮城荒斜照冷，金陵气王阵云销"**，此联描绘了人世历史的兴衰。"铁瓮城"即今镇江，古代镇江为润州城，孙权所筑，号为铁瓮，取坚固之意。金陵，即今南京，是吴、东晋、宋、齐、梁、陈六朝的帝都。这样的两座旧时坚固的城池，此时已不过是斜照荒凉、云销王气的风景。人世的历史记忆，帝王的宏图霸业，经过时间无情的洗刷，都成了空空的陈迹。前来吊古怀感的诗人，对着眼前的城楼，听着乌鹊的寒声凄唳，想着熙熙的历史、繁华的匆匆，便觉得一切都不过如是而已。

这首诗采取直呈胸臆的表达，站在长江滚滚的时间的此端，凝望历史的滔滔逝水的彼端，面对自身与周围的情境，感慨时运的流变，在并无答案的空无面前，完成一己的庄肃沉重的思索。

袁绶是袁枚长子袁通的长女，但袁通非袁枚亲生，而是袁枚堂弟袁树的儿子。袁枚的正室王氏没有儿子，所以袁枚最初就抚养堂弟袁树的儿子袁通作为自己的儿子。袁枚祖孙三代皆工吟咏，可谓一门风雅，以文学为家教之基，以诗歌陶冶思想与品位，这是袁氏家族文化的亮丽标志。袁绶的丈夫吴国俊也是金陵词坛的著名词人，夫妇唱和，袁绶婚后获得不同于祖父、父亲家族内部的风雅环境，所以袁绶的诗词呈现出不同的风格特点。

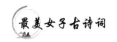

# 游南谷天台寺

## 【清】顾　春

三月三日天台寺，日午灵风入法堂。

一段残碑哀社稷，满山春草牧牛羊。

庭前柏子参真谛，洞口桃花发妙香。

笑指他年从葬处，白云堆里是吾乡。

顾春（1799—1876后），字子春，又字梅仙，号太清，自署太清春、西林春，故以顾太清名世。原西林觉罗氏，满洲镶蓝旗人。因祖父罹文字狱之祸，幼年流落他乡，养于顾氏，遂改姓顾。二十六岁嫁荣恪郡王贝勒奕绘为侧室。精于诗词，王鹏运有"满洲词人，男有成容若（即纳兰性德），女有太清春"之评。与徐灿、吴藻合称清闺秀词三大家。与丈夫奕绘酬唱甚得、伉俪情深。道光十八年（1838年）夫卒后，为府中嫡长子所不容，被逐出府。晚年母以子贵，起居遂得如意，然终不免精神之孤寂落寞。著有《天游阁集》《东海渔歌》。

顾太清多才多艺，且一生写作不辍，她的文学创作涉及诗、词、小说、绘画，尤以词名重士林，其文采见识，非同凡响。晚年以道号"云槎外史"之名著作小说《红楼梦影》，成为中国小说史上第一位女性小说家。她不仅才华绝世，而且生得清秀，温婉贤淑，甚得丈夫奕绘钟情。虽为侧福晋，一生却诞育了四子三女，几位儿子都有很大作为。

《游南谷天台寺》共二首，这是其中之一，属记游诗。"南谷"，也就是太清丈夫奕绘词稿《南谷樵唱》名字中的那个"南谷"，亦即"南峪"，在今河北省永定河以西、大房山以东地区，是太清夫妻二人常游之处。

**"三月三日天台寺"**，交代时间和地点。每年农历三月三日，是汉民族以及众多少数民族的传统节日，古称"上巳节"。三月三最早是追念伏羲氏的节日，亦相传是黄帝的诞辰日，中国自古有"二月二，龙抬头；三月三，生轩辕"的说法。在道教传说中，王母娘娘开蟠桃会和真武大帝的寿诞也是在三月三这天。魏晋以后，"上巳节"三月三成为汉族水边饮宴、郊外游春的日子。奕绘和太清虽是满族人，但由于清朝的统治阶级倡导汉化政策，所以有知识有文化的满族上层贵族，也都融入了汉民族的风俗之中。在汉族宴饮郊游的传统节日里，诗人怀着欣悦的心情，游览南谷的天台寺，描绘"**日午灵风入法堂**"的情景。"灵风"是春风、东风的美称，晚唐李商隐的诗中有"一春梦雨常飘瓦，尽日灵风不满旗"的名句，"灵风"也有指佛道神灵之风范之意，这里可谓一语双关。"法堂"本是佛经中七堂伽蓝之一，是高僧大德讲演说法的地方，相当于"讲堂"。

颔联承接首联，"**一段残碑哀社稷**"，诗人身处沐浴着"灵风"的"法堂"之中，联想到途中所见，不禁心有感叹，正如佛教的教义所揭示的，人世间的历史就如同幻影一般，多少人和事最终留存下来的只不过是"一段残碑"而已，使人凭空哀怜王朝更替、社稷兴衰罢了。而与这种荒芜记忆形成对比的是，大自然却不会有太多变化，四季如轮，三月三仍然是一片"**满山春草牧牛羊**"的美好风光。

颈联笔触一转，不再纠结于来途所见和飘远怀古，而是回到当前所处环境，从内心地去体认佛的智慧。"庭前柏子"是著名的赵州禅的佛门典故。有僧问："如何是祖师西来意？"从谂禅师答："庭前柏树子。"僧又道："和尚莫将境示人。"从谂答："我不将境示人。"僧又问："如何是祖师西来意？"从谂仍答："庭前柏树子。"无论僧如何问，赵州从谂禅师一律指庭前柏树子以示"无情说法"，即脱离语言、打断胡思乱想，才能反本归元，认识本来之面目，是所谓真谛也。"洞口桃花"用的是《增广贤文》中的"相逢不饮空归去，洞口桃花也笑人"，意思是说洞口的桃花见的阳光少，开得很弱小，所以它没有笑人的资格，但如果两个好友相逢，不喝几杯就分手的话，即使是洞口的桃花也会嘲笑他们的。诗人引用此语表达的是，既然来到了著名佛寺，那么自然要去感受和体悟佛法智慧，否则岂不是白来一回了吗？

诗人的"收获"正是尾联的"**笑指他年从葬处，白云堆里是吾乡**"，愿与自然俱化，舒卷而又坦然。这是基于诗人前面怀古历史之所得，觉感自然之欣喜，领悟佛理之真谛，从而获得的对人生智慧的认知，为全诗点睛之笔，也是诗人作此诗之深意。太清并不是诗意兴起之说而已，她最后的人生归宿正是遵照了诗中的意愿,埋骨于白云堆垛的"南谷"仙乡。

全诗舒卷自如,不假雕饰,按照古典诗歌传统的"叙景、怀古、见今、抒发"的架构而作,自然流畅,又蕴含着淡泊的人生哲意。

顾太清晚年像

# 早春怨·春夜

**【清】顾　春**

杨柳风斜,黄昏人静,睡稳栖鸦。短烛烧残,长更坐尽,小篆添些。

红楼不闭窗纱,被一缕、春痕暗遮。澹澹轻烟,溶溶院落,月在梨花。


　　这是顾太清的一首抒怀词。"早春怨"这个词调,其实更通行的名称是"柳梢青",但太清偏偏喜欢选取这个带"怨"字的名称,似乎是想取字面之义凸显春愁之绪。

　　上阕分写室外室内冷落清寂的景象。开头三句描写室外之景,**"杨柳风斜"**点明天气,**"黄昏人静,睡稳栖鸦"**点明时令。在依依杨柳被徐徐和风吹拂斜摆的黄昏时候,春日大地渐入沉寂,夜幕悄然降临,暮鸦也在巢中稳稳睡去了。"斜""静""稳""栖"等字,都是"静"字的铺垫和衬托。在这个幽静春夜之中的女子却仍未入眠,淡淡情思在如此静谧安宁的环境中弥漫开来。

　　"短烛"以下三句,句句都集中笔墨侧面描写女子的不眠。**"短烛烧残"**字面是写蜡烛燃烧渐尽,意在说明人长夜未寐。**"长更坐尽"**是正面描叙人之不眠,长夜孤灯独坐,寂寞难耐。"长更",长夜。古代一夜分五更,每更约两小时,两更交接时敲更以报时。"小篆"比喻盘香,因盘香的环纹有如篆体字,又名"篆香"。苏轼《宿临安净土寺》中有"闭门群动息,香篆起熠缕"。"些"是语助词,少许之意。**"小篆添些"**即夜长添香的意思,这里的"添香"行为无疑是女子内心无聊、失落及怅惘的一种外在表现。篆香燃尽后又行再添,深刻表现出入夜不寐之人的深惘和百无聊赖的心境。

　　下阕抒写春愁之情,但词人并非径情直行,而是通过景物描写侧面流露出来。**"红楼不闭窗纱"**,"红楼"明示女子闺阁的身份;"不闭窗纱"再一次强调长夜之不眠,照应前文,又启出下文窗外之景。静寂的夜里,全然不见春日里白天的妩媚与躁动。**"被一缕、春痕暗遮"**,"春痕"是春天留下的痕迹,指窗前烟柳。红楼的窗户并未放下窗纱,却被一缕杨柳的枝条在月光的掩映下暗暗遮挂。其实更可以反过来理解,是外面的春痕被窗纱遮掩住了,因为闭与不闭窗纱的结果是一样的。这里化用晏幾道《玉楼春·东风又作无情计》中的"碧楼帘影不遮愁",但变化其意,使意蕴更丰厚,更含蓄。虽不言怨字,但琐窗朱户,暗帘愁碧,已将怨情托出。

结句**"澹澹轻烟,溶溶院落,月在梨花"**描写得具体形象,借用宋代晏殊《无题》中"梨花院落溶溶月,柳絮池塘淡淡风"的诗意。"溶溶"是水流动的样子,这里形容月光如水。女主人在屋内无法排遣愁绪,只好凭窗望外,但见朦胧的月色下,薄雾犹如轻烟在院落中弥漫,月光寂寥地洒在梨花之上,一片恬静,境界优美,心中的愁绪就溶化在这无边的月色之中,成为情景交融的佳构。

王国维在《人间词话》中说:"一切景语皆情语也。"王船山《董斋诗话》曰:"情景虽有在心在物之分,而景生情,情生景,哀乐之触,荣悴之迎,互藏其宅。"这首词最大的特点就是词人并未直接抒写怨情,主人公的愁思主要是渗入景中,使情景"互藏其宅"。对于春天,很多人更愿意去描绘其白昼的亮丽与鲜艳,顾太清却通过人物视觉与行为的"场景化"细节描写捕捉到了夜晚的静美,将一片怀人之思绪化为满院的月光、梨花与轻烟,烘托出词中女子优美高洁的姿态,以及哀而不伤、怨而不怒的性情。

整首词语言自然灵动,清新蕴藉,看似不经意,细品却精巧轻灵,以景衬情,相互辉映,意境幽雅,韵味无穷。

# 满江红·谢叠山遗琴

### 【清】吴　藻

半壁江山，浑不是、莺花故业。叹回首、萧条野寺，凄凉落月。乡国烽烟何处认，桥亭卜卦谁人识？记孤城、只手挽银河，心如铁。

才赋罢，无家别。早殉此，余生节。尽年年茶饭，杜鹃啼血。三尺焦桐遗古调，一抔黄土埋忠穴。想哀弦、泉底瘦蛟蟠，苔花热。

吴藻（1799—1862），字苹香，号玉岑子，浙江仁和（今杭州）人。工诗，善琴，娴音律，词作尤为同时女性所喜爱。与徐灿、顾春合称清闺秀词三大家。著有《读骚图曲》《花帘词》《花帘书屋诗》《香南雪北词》等。

《满江红·谢叠山遗琴》有两首，这是其一。此词慷慨激昂，以宋末遗民谢枋得的遗琴为题，抒发了对爱国志士的无限景仰和爱戴之情。

谢叠山，即谢枋得（1226—1289），字君直，号叠山，信州弋阳（今属江西）人。与文天祥同科进士。南宋末年著名的爱国诗人，诗文豪迈奇绝，自成一家。德祐元年（1275年）任江东提刑、江西招谕史，率兵抗元，兵败后，流亡建阳，以卖卜教书为生，屡拒元朝征辟，后在北京殉国。他蔑视权贵，疾恶如仇，爱国爱民，用生命和行动谱写了一曲爱国的壮丽诗篇。其遗琴，琴名号钟，为新安吴素江明经家藏。

上阕起笔即险，"半壁江山，浑不是、莺花故业"，用凝重的语气点明谢枋得当时所处的大环境是国家残破，再无旧日繁盛。"叹回首、萧条野寺，凄凉落月"，紧接下来是一个画面特写，在萧条乡野的寺院中，孤独行人因回首往事而伤感，彻夜辗转，夜不能寐，不觉已到东方渐白之时。这里以"萧条野寺"承接"半壁江山"，用"月落"指黎明，照应上文的世事变迁，显得分外凄凉哀怨。

"乡国烽烟何处认，桥亭卜卦谁人识？"谢氏究竟为何难眠，原来是因为朝代更迭，曾在信州家乡鏖战的痕迹已无从辨认，如今流寓建阳，卖卜教书，已身更无人能识。"记孤城、只手挽银河"，苍凉岁月中，唯有坚守孤城的战斗画面萦绕在心头,当时的万丈豪情蓄积胸中。

"**心如铁**"是一个总束,纵观谢枋得的生平,无论孤城顽强激战,还是在建阳卖卜教书,都是因为其"心如铁"。"孤城"与"江山","只手"与"银河",都是强烈的对比,皆为不可为而强为之。在沙场厮杀时不降,在异地流亡时坚贞,体现了谢枋得的爱国忠诚和坚强意志。

上阕以国家危亡的时局起笔,以赞扬英雄的意志作结,高度浓缩谢枋得顽强抗敌的生平和现实状况,刻画出一个磊落天地间的英雄形象。

下阕集中笔墨写英雄就义的赞歌。"**才赋罢,无家别。早殉此,余生节。**"至元二十六年(1289年),谢枋得被强迫北上大都,临行前慷慨赋诗赠别亲友。早在景炎元年(1276年)谢抗元失败时,其妻李氏宁死不屈,与次女和两婢女自尽,谢枋得的两个兄弟、三个侄子也被元军迫害致死。因此,对谢枋得而言早已国破家亡,无家可别。谢枋得北上不久,被拘留于悯忠寺(今法源寺),继续进行绝食斗争。在绝食五天后,于四月初五尽节殉国,至死未降为元臣,时年六十四。"**尽年年茶饭,杜鹃啼血**",这是表达对英雄的悲慨之情和后人的追思。"杜鹃啼血",传说杜鹃昼夜悲鸣,啼至血出乃止,常用以形容哀痛之极。

"**三尺焦桐遗古调,一抔黄土埋忠穴。想哀弦、泉底瘦蛟蟠,苔花热。**"词的末尾作者将笔势收回,转到题名遗琴上。英雄长埋黄土,遗琴绝响至斯,想那弦歌哀乐,能惊起泉底的瘦蛟,使墓穴上的苔花绽放。末句接连化用李贺和袁枚的诗句,既赞琴,更扬人。"蛟"是龙的一种,潜行水底,李贺《李凭箜篌引》中有"梦入神山教神妪,老鱼跳波瘦蛟舞",此处用来形容遗琴古调的高绝,能让瘦蛟蟠闻曲起舞。"苔"即苔藓,生于阴暗潮湿之地,对应黄土忠穴,袁枚曾有"苔花如米小,也学牡丹开"的感叹,这里用来赞扬谢枋得身处逆境却忠贞不渝,与上阕"心如铁"意旨一致。

全词追古怀远,抒发了对爱国英雄的激赏之情,构思精巧,笔力沉放,格调高古,风骨朗致,在句首及转折跌宕处多用仄声,如"半""叹""记""尽""热"等,营造出清健空明之调,读之铿锵有力,颇有大家高调之风。据陆蓱庭考辨,此词作于嘉庆二十四年(1819年),其时词人年仅二十一岁,有如此才情笔力和人物见识,甚为难得。

# 浣溪沙

【清】吴　藻

一卷《离骚》一卷经，十年心事十年灯。芭蕉叶上几秋声。

欲哭不成还强笑，讳愁无奈学忘情。误人犹是说聪明。

　　这首《浣溪沙》是吴藻《花帘词》中的后期作品，《花帘词》于道光己丑（1829年）结集，为吴藻30岁以前的心声。这首词以婉约笔调描绘出作者消磨于曲折愁苦人生的无奈，沉郁苍凉，幽怨蕴藉，给人以强烈的震撼。

　　上阕三句勾勒写景，虚实相生，字中有画，画中藏情。

　　"一卷《离骚》一卷经"，女词人独坐书房内，一卷《离骚》、一卷佛经并置案头，意象简明，短短七个字便包含了时空对比转换，含意却深远，境界亦高浑。

　　吴藻出身商家，又嫁给黄姓商人，父亲和丈夫却十分支持她的学习，丈夫还专门布置了大书房供其吟咏。词人单单拈出一卷《离骚》、一卷佛经，大概是因为《离骚》是她青年时的梦想。吴藻"幼好奇服，崇兰是纫"，自幼就有《离骚》情结。二十岁初登文坛时，以杂剧《乔影》闻名大江南北，借"谢絮才"之口陈述自己"着男装、痛饮酒、读《离骚》"的名士倾向，反映出强烈的女性自觉意识。而佛经则暗示婚后无奈的生活，吴藻的少女梦想是嫁一个才郎，最后却嫁为商人妇。婚后夫妇不谐，她的老师陈文述曾劝其修道，并赠法名"来鹤"。经历了家变之后，吴藻开始隐居学佛。因此，首句的《离骚》和佛经既是实景，也是虚景，实景为书房陈设，虚景是对自己两种不同生活的高度概括。《离骚》是理想，佛经是现实；《离骚》是少女时代感性的梦，佛经是为人妇的理性思考。

　　"十年心事十年灯"，从时间上表达，意思与上文相对。"十"是虚数，概言其多，与"一"形成强烈对比。生命中的寄托就是上句的两个"一卷"，其余皆不足道，而这两个"一卷"都已历经多年。从幼时算起，《离骚》情结长达十数年。从二十二岁婚姻算起，"一卷经"也有六年左右。这两句十四字高度概括了作者的心路历程。

**"芭蕉叶上几秋声"**，在这青灯飘摇、心事恍惚之际，窗外传来了雨打芭蕉的声音。芭蕉性喜阴，叶面宽大，雨水滴在叶面上，声音嗒嗒地响，常被用作"阴郁孤独"的象征。"几秋声"的"几"字，有年年如此、岁岁依旧之意。当词人在几前佛灯下思索心事时，这雨打芭蕉的秋声更平添了几分哀怨。至此，上阕刻画从屋内到屋外，从空间和时间，从《离骚》到佛经，从摇曳青灯到芭蕉夜雨，虽无一字着"愁"，但无限愁思苦闷之情已尽在其中。

下阕三句主要是抒情。**"欲哭不成还强笑，讳愁无奈学忘情"**，在凄凉愁苦的氛围中，想哭却自觉没有理由，于是转而强笑。这一句既描绘了心境，又回应了前文《离骚》、佛经并列的原因。空有才情不得身为男儿已是生平憾事，作为才女又不能嫁一个与自己志趣相投的伴侣，想想都是悲哀，但是商人丈夫虽不解风情，却对自己极为欣赏，并为自己提供了极大的人身自由和优厚的物质条件，就世俗眼光而言，所以应该"还强笑"。自己得不到向往的生活，于是，为"讳愁"而"学忘情"，舍《离骚》而诵经文，以求超越和解脱。

结句**"误人犹是说聪明"**是自嘲之句，却尤为沉痛。明末开始民间甚为流传"女子无才便是德"的言论，认为女子"舞文弄法"不如"守拙安分"。词人年少时慨叹空有才情报国无门，此时却自嘲"聪明误人"，实则是对自身处境的无奈。在当时全面压抑个人才情的社会中，男子尚不能充分施展抱负，女性更只能"欲哭强笑"了。面对现实，恐怕禅境才是一个解脱的选择。当用出世的眼光来看待尘世，所谓世人眼中的聪明其实是"名累"的根源。这一自嘲透出人生的领悟，但显得十分清冷。

词人从理想与现实的矛盾出发，营造出凄清悲凉的情境，生发出深绵曲折的心绪，烘托出内心的苦痛、艰难的隐忍以及难以释怀的压抑，结句对世俗势力投去冷峻犀利的一瞥，令人印象深刻。正如赵庆禧所说："花帘主人之词善写愁者也。不处愁境，不能言愁；必处愁境，何暇言愁？"本词清寂疏朗，遣词凝练，蕴含深意，被认为是《花帘词》的压卷之作。

# 满江红·渡扬子江感赋

### 【清】沈善宝

　　滚滚银涛，泻不尽、心头热血。想当年、山头擂鼓，是何事业。肘后难悬苏季印，囊中剩有文通笔。数古来、巾帼几英雄，愁难说。

　　望北固，秋烟碧。指浮玉，秋阳赤。把篷窗倚遍，唾壶击缺。游子征衫揾泪雨，高堂短鬓飞霜雪。问苍苍、生我欲何为？空磨折。


　　沈善宝（1808—1862），字湘佩，号西湖散人，浙江钱塘（今杭州）人。江西义宁州判沈学琳的女儿，吏部郎中武凌云的继室。幼秉家学，工于诗词，兼擅书画。著述甚丰，有《鸿雪楼初集》《名媛诗话》。沈善宝十二岁时父亲去世，以诗书画润笔所入供养母亲和弟妹。母亲弟妹相继故去后，北上入京。归于武氏之后，仍教授女弟子，有百余人从其受业。一生游走南北，广结各方才媛，尤其是通过《名媛诗话》的编撰，奠定了她在清道光咸丰年间女性文坛上的领袖地位。

　　这首《满江红·渡扬子江感赋》是沈善宝应寄父李怡堂之邀前往山东寿光途中渡扬子江时所作（有说此词作于1842年英军侵南京之事，应是误解，因为沈还有一首《重渡扬子江》作于1832年左右）。父亲去世三年后，沈善宝奉母回浙，除了养家，拥有不凡才华的她也自觉地将复兴家族声望的责任扛在肩上。道光八年（1828年），沈善宝结识李怡堂，拜其为师。这年冬，李怡堂写信收沈善宝为螟蛉女，并召其赴山东寿光家中。对老师的知遇之恩，沈善宝非常感激，也抱有很大的期望。离家千里去投靠他人，沈善宝的内心充满无法言喻的悲伤和孤独。

　　"**滚滚银涛，泻不尽、心头热血**"，起句写江水滚滚，恰似胸中热血豪情。想当年，巾帼英雄奇女子梁红玉在金山擂鼓、抗击金兵，激励将士、豪气冲天，阻击入侵的金军，是何等的业绩，何等的名震天下。词人起首慷慨激昂，借梁红玉的故事表达自己心中向往建功立业的浩荡之情。然而回转现实，却让她幻想顿时破灭。

"肘后难悬苏季印,囊中剩有文通笔。""苏季印"象征着不世功业,指的是战国时期苏秦的故事。苏秦,字季子,战国时期著名的纵横家,学成游历多年,潦倒而归。后游说列国,提出合纵"六国"以抗秦的战略思想,并最终组建合纵联盟,任"从约长",兼佩六国相印,使秦国十五年不敢出兵函谷关,煊赫一时。"文通笔"是指南朝文学家江文通的文学才华,这句是对才华能否帮助自己实现自我价值心存疑虑。词人从自身遭遇出发,扩展至感叹古往今来那些空有满腔才华远大抱负的女性,却难以实现理想。"愁难说",在作者看来,其根本原因在于受制于女性的身份,屈指算来,有几个像梁红玉那样建功立业的巾帼英雄?苏秦和江文通是沈善宝作品中经常出现的人物,代表了"立功"和"立言"两种人生价值,作者借此抒发自己的怀抱。

"北固"即镇江北固山,南宋辛弃疾在此写下了脍炙人口的篇章。"何处望神州?满眼风光北固楼。千古兴亡多少事?悠悠。不尽长江滚滚流。"(《南乡子·登京口北固亭有怀》)"廉颇老矣,尚能饭否?"(《永遇乐·登京口北固亭怀古》)思古幽情与自己建功立业的怀抱结合,气势跌宕慷慨。"浮玉"即"浮玉山",是镇江的另一座名山,现称天目山。"篷窗"指船窗。"**唾壶击缺**",形容心情忧愤或感情激昂。典出《晋书·王敦传》,王敦严于律己,喜欢清谈,口不言钱财和女色,因素来威名远扬,又重兵在握,很多朝臣都拥附于他,从此日益骄横,欲专制朝政,有夺政权的野心。司马睿感到恐惧和担心,想办法抑制王敦的势力,暗作军事部署。于是,大将军王敦每次酒后都愤愤不平,并吟诵曹操的诗"老骥伏枥,志在千里,烈士暮年,壮心不已"。一边吟诗一边拿玉如意敲打唾壶,以致壶口全给敲破了。这几句作者借山水、烈日、晴空起兴,以历史人物作类比,表达了词人悒郁忧愤难解之情。

"**游子征衫挼泪雨,高堂短鬓飞霜雪**。"游子在外,都说"慈母手中线,游子身上衣",想到家中母亲年迈,头发都已发白,不禁泪如雨下。"**问苍苍、生我欲何为?空磨折**。"才学过人而空怀抱负,外敌当前而报国无门。作者内心充满了不甘和无奈,而这一切,无人可以诉说,也难以改变,她只能是仰问苍天,诉说命运的不公。

作为一个身怀才华的女性,词人面对生活的奔波与艰辛,面对理想与现实的巨大落差,以女性社会地位作为视角进行深入思考,表达了内心的强烈不满和沉重悲凉。全篇激情喷涌,壮志满怀又苍凉悲切,语言浑厚,用典丰富,展现了词人的诗才和女性觉醒的先声。

# 感　怀

## 【清】劳蓉君

英雄何必皆逢时,陡然遇合犹嫌迟。

凡鸟纷纷占芳树,凤凰安得梧桐枝?

自撇茅庐近红日,曩时花草休回忆。

君不见春雷一声天地惊,幺麽瑟缩莫敢出。

劳蓉君(1816—1847),字镜香,浙江山阴(今绍兴)人。举人劳丙堃的女儿,山东盐使陈锦室。"性至孝,自幼工诗,才识聪隽,博通经史。为诗文不沾沾于绮丽骈偶,其怀古之作,卓具史识。"著有《绿云山房诗草》二卷、附录一卷。

《感怀》这首诗一扫女子诗词的脂粉气,英姿勃发,气势不凡,表现出了女诗人劳蓉君的远大襟抱。

**"英雄何必皆逢时,陡然遇合犹嫌迟"**,诗人在开篇中直言,真正的英雄不一定都能逢时。君臣遇合则为千古美谈,亦为文人向往之事。但是怀才不遇的英雄,不一定都能遇到知人善用的明主。他们在陡然的境遇之下相遇,惺惺相惜,则有相见恨晚之感。

接着顺势而下,**"凡鸟纷纷占芳树"**,那些平庸的鸟儿纷纷占领了圣洁美好的"芳树",那么**"凤凰安得梧桐枝?"**百鸟之王的凤凰哪里还能找到梧桐树栖息呢?"凡鸟",出自《世说新语·简傲》:"嵇康与吕安善,每一相思,千里命驾。安后来,值康不在,(嵇)喜(即嵇康兄长)出户延之,不入。题门上作凤字而去。喜不觉,犹以为欣,故作。'凤'字,凡鸟也。"意思是说吕安书写的"凤"字,繁体字看起来像"凡"与"鸟"字的合体,以此讽刺嵇喜为凡鸟。《庄子·秋水》曰:"南方有鸟,其名为鹓雏……发于南海而飞于北,非梧桐不止,非练实不食,非醴泉不饮。"鹓雏乃鸾凤,即凤凰。凤凰除了梧桐树以外绝不栖息于其他树木上,常常用来比喻贤才择良主而辅佐,没有良主宁可淹没于凡夫俗子之中。此二句诗人以凤凰隐喻英雄,以凡鸟比喻窃据高位的无能之辈,真正有才华的人被排挤,等不到那个赏识他又知人善用的明主。

"**自撇茅庐近红日,曩时花草休回忆**",笔锋一转,世道的纷乱没有让英雄退却,英雄也不会沉陷于生不逢时的哀叹之中,于是英雄不再苦苦干等,而是主动去接近红日,主动去寻找自己的明主,过往的恬静安逸的生活就被他甩在身后了。"茅庐",既可以指英雄的住处,也喻指三顾茅庐这个典故。刚开始,英雄如姜子牙、诸葛亮一样等待着明主,但是明主却久等不至,所以主动出击。"曩"是以往、以前的意思。花草,指代英雄出山以前那种恬静安逸的生活。既然决定了寻找明主来实现自己的抱负,就不要再去回忆以前的闲暇时光了。既然有才有能,就应尽情施展;既然胸怀天下,就要勇往直前!

诗的末尾描绘了英雄出世时惊天动地的气魄,表达了一种豪迈乐观的态度。"**春雷一声天地惊,幺麽瑟缩莫敢出**",春雷一声,天地为之惊动,那些原本蝇营狗苟、得意扬扬的小人们被吓得瑟瑟发抖,缩成一团,再也不敢出来张牙舞爪了。英雄一出,乌烟瘴气被一扫而空,还以清平世界。"幺麽"本意微小,此处引申为平庸无能的小人。诗歌歌颂的英雄,无论环境多么恶劣,无论时事如何不利,他都能从"凡鸟"中脱颖而出,彰显自己的独特魅力,发挥自己的才干,这也呼应了开篇所说的"英雄何必皆逢时",只待春雷一声,天地则惊。

劳蓉君作为一个闺阁女子,却有不逊于男儿的眼界与气魄。这首诗可能为现实中的某位人物所作,也可以是读史咏史为古今英雄而感慨。诗人所处清道光时期,此时康乾盛世已成为历史,衰颓之势愈演愈烈,她敏锐地察觉到了这一点,正所谓天下兴亡匹夫有责,于是在乱世之中呼唤英雄,期待"惊"出一个清朗乾坤,这也展现了诗人的侠女气概和开阔胸襟。

# 中秋夜作

## 【清】李长霞

明月出云崖，飞光薄前轩。

搴帷怡清夜，景物何澄鲜。

熠燿度虚牖，络纬响颓垣。

清辉时相照，嘉木郁芊芊。

斜汉引长素，空籁出苍烟。

圆灵无停斡，顾兔不时安。

扶疏丹桂枝，既有复非然。

俯仰感世人，营营将何干？

李长霞（1825—1879），字德霄，号绮斋，山东掖县（今莱州市）人。"山左四名家"之一李图的女儿，嫁胶州柯蘅为妻，是近代著名历史学家柯劭忞的母亲，清末北方文坛颇有声望的女诗人和女学者，有"诗古文词，冠绝一世"的美誉。有《绮斋诗集》《绮斋日记》《校文选李注》等。

李长霞出身于一个富有文化教养的家庭，从小喜欢读书，酷爱吟咏，少时就显才华。丈夫长于经史之学，善诗文，夫妻琴瑟和谐。儿子柯劭忞，光绪进士，清末民国官吏、学者，治学广博，尤精元史，独力编著《新元史》，负责总成《清史稿》，学术成就令人称道。

徐世昌在其所编诗歌总集《晚晴簃诗汇》中评价李长霞的诗曰："格调高古，寄托遥深，蔚为国朝一作家。至其合作，当与施、宋颉颃。"可见李长霞的诗有"高古遥深"的风格。这首五言古体诗《中秋夜作》，写得风雅高古，就颇有汉魏古风。

**"明月出云崖，飞光薄前轩"**，开篇出语不凡，"出""薄"二字概括了中秋夜的明月初升和月光皎洁之情景，下接**"搴帷怡清夜，景物何澄鲜"**，在这样皎洁的夜光下，清冷的夜空和景物也变得鲜明了。"澄鲜"语出东晋诗人谢灵运《登江中孤屿》中的名句"云日相辉映,空水共澄鲜",本指日光照射下,云水辉映的鲜亮之状。女诗人移之以描绘夜晚皎洁的月光对景物之笼罩,也很贴切。

"**熠燿度虚牖,络纬响颓垣**"中"熠燿",出自《诗经·豳风·东山》"仓庚于飞,熠燿其羽"。郑玄《毛诗笺》曰:"熠燿其羽,羽鲜明也。"此处状月光鲜亮之貌。月光从空空的窗口穿过,虫子的鸣叫也从颓垣中传来。"络纬",虫名,即莎鸡,俗称络丝、纺织娘。夏秋夜间振羽作声,声如纺线,故名。这几句清寒高远,其幽深处神似阮籍之咏古诗,与唐代骆宾王的《秋晨同淄川毛司马秋九咏·秋月》"云披玉绳净,月满镜轮圆。蔓露珠晖冷,凌霜桂影寒。漏彩含疏薄,浮光漾急澜。西园徒自赏,南飞终未安"风格颇为接近,体现出李长霞作诗学古高绝,功底深厚。

"清辉"四句写中秋的清辉、嘉木、空籁、苍烟等,颇有汉唐古韵,风雅清绝,很有意境。"**圆灵无停斡,顾兔不时安**"中的"圆灵"指天,南朝谢庄的《月赋》:"柔祗雪凝,圆灵水镜。"李善注:"圆灵,天也。""顾兔",即月中兔也,古代神话传说有月中阴精积成兔形的说法,后因以为月的别名。李白《上云乐》有"阳乌未出谷,顾兔半藏身"。这两句写月亮可谓新颖别致,圆圆的月亮如精灵一样,不停地向西移去,月中兔不时会安静下来,静静地注视着大地。"**扶疏丹桂枝,既有复非然**",枝叶繁茂的丹桂枝,在月光清辉的照耀下,也不太像平时的样子。在这样一个洒满清辉的中秋夜晚,女诗人看到的月景是如此美好,在诗的结尾她要抒发什么样的感慨呢?

"**俯仰感世人,营营将何干**",人与人相互交往,就在一俯一仰之间也,很快便度过一生,可现在的世人依旧营营于追逐富贵名利,这样下去终究能得到什么呢?王羲之《兰亭集序》中有"人之相与,俯仰一世"。诗末最后这一声叹息,可见女诗人内心不凡的胸怀和高洁的志向。宋代苏轼《临江仙》:"长恨此身非我有,何时忘却营营?"可知这样的叹息是很多人在现实中难以摆脱的。

诗人于一个本该团圆的中秋之夜欣赏月景,对月感怀,可知家中并未团圆,一声喟叹,给整首高古的诗意中增添了一份惆怅。全诗用语凝练,诗意典雅,气氛静谧,最后落笔表达了诗人宁静淡泊的心境。

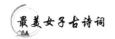

# 甲申仲秋感事五首

**【清】杨蕴辉**

### 一

连营徒说拥貔貅，帷幄宁无借箸筹。
覆辙忍教全局误，厉阶谁识万民愁。
也知士庶难扪舌，独让将军誓断头。
太息沧江回首处，陶公战舰付洪流。

### 二

七载封疆政太仁，谁知遗玷半乡亲。
已看豺虎窥铃阁，犹委苍黎付劫尘。
采铁岂知终铸错，沉舟何异自焚身。
乌猪白犬原天堑，坐视酋轮往返顾。

### 三

何曾姓字敌心寒，坐拥都成壁上观。
独木忝颜支大厦，中流无计挽狂澜。
纵横纸上谈兵易，镇定临危授命难。
国耻未湔民怨起，彭田小住且偷安。

### 四

驱羊饲虎计何穷，下策生怜一例同。
既已积薪思厝火，缘何临敌尚催工。
粉身士卒空殉国，捷足官军待叙功。
切齿不堪鼙鼓恨，尸浮马渎水流红。

296

五

半百年华黯自怜,两番浩劫幸生全。

微躯久已轻身命,大义难容割爱缘。

避地漫夸三窟巧,移家莫择一枝便。

何时得遂澄清愿,扫尽夷氛万里烟。


杨蕴辉(1832—1914),字静贞,江苏金匮(今无锡)人。杨萝裳的孙女,嫁闽县董敬箴为妻。善读书,能诗,亦能画,工花卉草虫,栩栩如生。著有《吟香室诗草》二卷,《续刻》一卷。

《甲申仲秋感事五首》是杨蕴辉亲历1884年(甲申年)的马尾海战,亲眼看到强大的福建水师覆灭而作的组诗。因为杨蕴辉是福建军董敬箴之妻,所以她亲历战争,感受深刻,以诗纪事,以诗感慨。

为加强台海防务,清末开办福州船政局,当时福州船政局拥有的舰船已初具规模,有万年青、福星、伏波、镇海、飞云、靖远、济安、振威、永保、琛航等十余艘舰船,又从国外购得海东云、长胜、建威三舰。1879年7月4日,清政府诏令闽局轮船先行练成一军,福建水师宣布成立。经过数年发展后,至中法战争前,福州船政水师已经成为中国吨位最大的一支舰队。

1884年8月23日,爆发了中法战争中的重要战役马尾海战,又称马江海战。7月14日,法国借口"北黎事件"派其远东舰队闯入福建水师基地马尾军港,与中国军舰同泊一条江上,期间清廷不许先发制人。福建船政大臣何如璋和会办海疆事宜大臣张佩纶不作戒备,又禁止港内福建水师舰只移动。8月23日下午,法舰向福建水师发动突然袭击,何如璋、张佩纶弃师不顾、仓皇逃遁,中国舰队在毫无准备的情况下仓促应战。旗舰"扬武"号被水雷击伤,舰上官兵仍用尾炮还击法旗舰"伏尔他"号;运输舰"福星"号亦冲入敌阵与法舰激战,后中弹爆炸,舰上官兵全部壮烈牺牲。海战历时三十分钟,福建水师舰船被击毁九艘,自沉两艘,官兵伤亡七百多人。第二天,法舰又轰毁马尾船厂。中国第一支近代化海军舰队——福建水师几乎全军覆没,自此再未能恢复往日气象。

因为内容多感慨多,单首诗不足表达,所以诗人用组诗的形式表现。这五首诗内容互补,各叙一面,增强了表现力。

第一首诗中,"貔貅",传说中一种凶猛的兽;"帷幄",指天子决策之处或将帅的幕府、军帐;"厉阶",祸端;"扪舌",闭嘴。意思是讲,在战争发生前后,大家在军营中商量推选一个有决策力的将帅,可是当事者却拿不定主意,所以一误再误,以前犯过的错如今又重蹈覆辙,误了全局,满盘皆输。将帅处事不当,致使大战失利,谁去理会民众的愁怨?也知道无法禁止战士们说实话,但仍然只让军官独扮了英雄。回首一望,如此强大的水师,如此多的战舰在短短时间内就全部付诸东流了,可悲可叹!作为开篇,先叙战争失利之事,并分析其中缘由,乃将帅不得力和决策有失误,这是悲叹的主要原因。

第二首诗中,"貔虎",凶猛的野兽,这里指代西方列强;"铃阁",指翰林院和将帅或州郡长官办公的地方;"乌猪""白犬",今广东江门台山市外的海岛。"酉轮",洋人的轮船。意思是,多年以来清廷政府的政策太软弱,导致一再被欺凌。其实早就能看出西方列强图谋我领土主权,却一再退让使百姓遭受无尽劫难。**"采铁岂知终铸错,沉舟何异自焚身"**,指我们做的许多事没有得到想要的结果,最后竟只是为西方列强做嫁衣。乌猪、白犬这些南海小岛本是阻敌的天堑,可是西洋人的船只在我们的海上跑来跑去,如入无人之境!这一首从更高层面来分析战争失败的原因,就是太软弱的外交军事政策,致使列强得寸进尺,步步紧逼。

第三首诗,"湔",洗,指洗雪耻辱。诗的内容是讲,其实有人威名能震敌,可在战事发生时却只作壁上观,不出手相援。福建水师独力支撑,可力量有限,无法力挽狂澜。没发生大事的时候,纸上谈兵、指点江山,都是很容易的事,可要让谁临危受命,镇定指挥却就难了。到了如今这样境地,国耻未雪,民怨沸腾,我们无奈在彭田小住,也只是暂且偷安吧。这是从一个在闽清朝官员家属的角度来看,指出当时无人援助也是致败原因之一,从当事者的视角再次分析战败原因和暂且偷安的心境。

第四首,"驱羊饲虎",比喻用孱弱的军事力量抵抗强大的外敌侵略,无异于驱羊群入虎口;"积薪厝火",把火放置在柴堆下面,比喻隐藏着很大的危险,后患无穷。这一首继续追究上层决策者的罪责。如今国势,赶走外国侵略者已经没有什么好办法。总是号称做好了一切准备,实际上都是很危险的,真正敌人打来了的时候,则手忙脚乱,难以应对。"粉身士卒空殉国,捷足官军待叙功",这句对比与高适《燕歌行》的"战士军前半死生,美人帐下犹歌舞"有异曲同工之处。战士们粉身碎骨为国壮烈牺牲,军官们却在等待论功行赏。看着江上漂浮着的为国捐躯的战士尸首,看着那被染红了的江水,如此败仗,如此现实,令人切齿发恨! 这一首指出战争中诸多不合理不公平的现象,为壮烈牺牲的战士,为被侵略的祖国感到愤恨。

最后一首写自己,抒发最后的感慨。作者说自己已年过半百,常常暗自神伤,历经了两番浩劫,所幸都逃脱大难,生命犹在。自己早已看破生死,不惜微躯了,然而祖国的、家庭的大义还是不能割舍。如今虽然自身安全了,也不必炫耀自己能"狡兔三窟",苟全性命于乱世。"何时得遂澄清愿,扫尽夷氛万里烟",不知道何时才能够实现大愿,一举消灭入侵的洋人,还我朗朗乾坤太平盛世! 这是用个人的感受和抒发心愿来收束前面的分析讨论,作为一个中国人表达了扫灭侵略者的愿望,作为最后总结。

这一组诗,就马尾海战失利,福建水师几乎全军覆没的悲剧,从不同层面进行探讨:国家政策的软弱,将帅用人的不当,临危应战的决策失误,缺乏统一布防和相互救援的遗憾,军中不公平的现象,战士白白牺牲的感慨,等等,连环相扣,各方互补,感受深沉,张弛有度,"诵之懔懔有生气"。

诗人在诗中表现出来的忧国忧民情怀以及实事求是、高屋建瓴的分析令人感叹,颇有杜甫诗史的影子。就诗论诗,也表现出杨蕴辉深厚的文学功底以及体察史实和时局的才能。

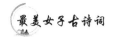

# 黄海舟中日人索句并见日俄战争地图

### 【清】秋　瑾

万里乘风去复来，只身东海挟春雷。

忍看图画移颜色，肯使江山付劫灰！

浊酒不销忧国泪，救时应仗出群才。

拼将十万头颅血，须把乾坤力挽回。

秋瑾（1875—1907），近代民主革命志士，字璇卿，号竞雄，自称"鉴湖女侠"，浙江山阴（今浙江省绍兴）人。秋家自曾祖起世代为官。父亲秋寿南，官湖南郴州知州。嫡母单氏，萧山望族之后。秋瑾幼年随兄读书家塾，好文史，能诗词，性豪侠，习文练武。1896年父母命嫁湘潭富绅子弟王廷均。1904年赴日本留学，又在上海办报，积极提倡男女平等，并投身推翻清政府的革命活动。1907年安庆起义失败后，在绍兴大通学堂被捕。7月15日从容就义于绍兴轩亭口，遗骸几经迁葬，后建墓于杭州西泠桥侧。诗词作品多宣传民主革命、妇女解放，笔调雄健，感情奔放。今有《秋瑾集》。

这首诗的题目采用王灿芝《秋瑾女侠遗集》中的题目。在秋瑾案发生时，此诗原稿被清吏抄去，作罪状公布。

此诗写于日俄战争结束后秋瑾从日本回国途中。1904年2月到1905年9月间，日本与俄国为了争夺东北，在中国领土上进行了一场战争，民不聊生，哀鸿遍野。俄国战败后，日本夺去了南满铁路和旅顺、大连港口的租借权，清政府对此却置若罔闻。当年12月，秋瑾从日本回国，途中有人告诉她日俄海战的地方，此前曾见日俄战争地图，她看到中国国土被吞并，异常悲愤。恰逢日本友人请作诗，于是秋瑾把满腔怒火化作为诗，抒发自己的气愤之情和投入革命、拯救民族危亡的决心。

首联"**万里乘风去复来,只身东海挟春雷**",气魄雄伟,格调高昂。秋瑾诗词中常用"乘风"一词,流露出诗人的豪迈气概。"去复来"指自己于1904年仲夏初次东渡,翌年春回国,1905年夏再次赴日,此次返国。"只身东海"指单身乘船渡海,在滔滔碧海之上往来,塑造出为国赴汤蹈火、不惜牺牲的形象。"春雷"既借指轮船航行海上所发出轰鸣之声如春雷沉响,又有"春雷惊群蛰"之说,这里可以理解为振聋发聩的新思想。一个"挟"字,既饶形象,又有气魄。天上春雷轰响,脚下激流澎湃,这一联写自己胸怀壮志,东渡求学以寻找救国救民的真理,壮志凌云,大气磅礴。

"**忍看图画移颜色,肯使江山付劫灰**",表达了诗人怒不可遏、忍无可忍的心情。"忍看"是反诘词,意为"哪儿忍看"或者"不忍看"。"图画",指地图。"移颜色",指中国的领土被日俄帝国主义侵吞后,地图上的颜色随之改变了。"劫灰"是佛语,指劫火之灰,这里借指被日俄兵火焚毁后的残迹。诗人将万种痛惜之情化为一个"忍"字,岂能让祖国的大好河山被日俄帝国主义的战争炮火化为灰烬呢!这一联的语气苍凉悲郁,大好河山被列强瓜分,不能忍;帝国主义为了利益在中国领土上开战,不能忍;清政府施行的卖国政策,不能忍!

"**浊酒不销忧国泪,救时应仗出群才**。"秋瑾善饮酒,可借酒消愁并不能使人忘却祖国生灵涂炭的现实,也无法遏制一颗忧国之心洒下的热泪。当国家危难之际,要号召其他出类拔萃的人士一起来共同为祖国效力。"应仗出群才"出自杜甫《诸将》:"西蜀地形天下险,安危应仗出群才。"诗人在严酷的现实面前,并未悲观失望,也不会用浊酒来麻痹自己痛苦的内心,而是呼唤救时救国的良才。此联上句极言愁苦之深,下句则流露出坚定信心。

最后,诗人发出了"**拼将十万头颅血,须把乾坤力挽回**"的豪言壮语,大义凛然,视死如归。为了救亡图存,就不要怕流血牺牲,只要万众一心,英勇抗敌,就一定能挽回祖国的危难形势。此联满怀忧国济世之心,也是告白自己不惜牺牲生命,誓将用鲜血拯救祖国于水火之中的决心。徐自华曾回忆,秋瑾有一次执镜自照,自言自语道:"好头颅,孰断之?"在《致徐小淑绝命词》中,她说"虽死犹生,牺牲尽我责任;即此永别,风潮取彼头颅。"可见秋瑾早已抱有为国捐躯的决心。

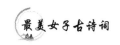

　　这首诗是因日籍友人索句而写,诗人身处多种矛盾之中,但她不卑不亢,写得豪迈英气,情感激荡,语言雄健明快、风格激越奔放,情辞令人动容,字重千钧,力能扛鼎,唱出了晚清社会风雨飘摇中的最强音。

# 感　愤

【清】秋　瑾

莽莽神州叹陆沉,救时无计愧偷生。

拚沙有愿兴亡楚,博浪无椎击暴秦。

国破方知人种贱,义高不碍客囊贫。

经营恨未酬同志,把剑悲歌泪纵横。

秋瑾的这首七律具体写作时间不详,第一次发表在1907年3月的《中国女报》,题为《感愤》。诗存手稿,当秋案发生时,被清吏搜去,作罪状公布。

秋瑾出身于士大夫家庭,接受旧式教育,但身上有着鲜明的叛逆性格,喜着男装,身佩宝剑,冲破封建束缚,自费东渡日本留学,寻求救国真理,这样的思想和经历使其作品表现出超乎寻常的豪迈气概。这首诗就充分表现出诗人豪勇尚侠的性格。

首二句“**莽莽神州叹陆沉,救时无计愧偷生**”,开篇写神州大地在沉沦,国家兴亡,匹夫有责,在这严峻的局势中,若不能救时,便为苟活,诗人急于救国却无力回天,因而感到惭愧,心急如焚。“莽莽”,形容广大无际之貌,此处指祖国大地的辽阔无边。“神州”,在《史记·孟子荀卿列传》中,邹衍称中国为“赤县神州”,后惯以神州称中原,进而指代中国。“陆沉”,喻国土沦陷,《晋书·桓温传》:“遂使神州陆沉,百年丘墟,王夷甫诸人不得不任其责。”诗人不断以救时救国的重任砥砺自己,为了救国而四处奔波,令人肃然起敬。反之,当时中国贪图安逸享乐之人,不知有愧乎。

颔联“**拚沙有愿兴亡楚,博浪无椎击暴秦**”,感叹自己的力量暂时还是不足以与外国侵略者和清廷相抗衡,徒有报国之愿而已。“拚沙”,尘沙为分散之物,拚而聚集,喻指团结有志于救国救民的同道。“亡楚”,出自《史记》,秦灭楚后,楚人仍欲复国,楚南公曾预言道“楚虽三户,亡秦必楚”。“博浪”,地名,即博浪沙,在今河南省,因韩国丞相后裔张良曾派人在此地刺杀秦始皇帝未遂而名扬天下。晋袁宏《后汉纪·光武帝纪一》:"张良以五世相韩,椎秦始皇于博浪之中。""暴秦",这里既可指瓜分中国的帝国主义列强,也可暗指曾夺取汉族政权的清政府。

颈联**"国破方知人种贱,义高不碍客囊贫"**,表达了诗人的无比痛心和无限愤慨,以及为了正义的事业,不在乎财富和穷困。国破山河在,此时的中国四分五裂,帝国主义列强纷纷划定势力范围,中国面临被瓜分的危险。中国人被帝国主义列强看作劣等民族,任人奴役宰割。"义高",指深明大义,品格高尚。"客囊贫",指居处穷困、身无钱财,这是化用"阮囊羞涩"的典故,东晋"竹林七贤"之一阮咸的儿子阮孚不与权贵同流合污,衣冠不整,酣纵终日,不治产业,十分贫困,甚至于"但有一钱看囊,恐其羞涩"。革命事业开支巨大,秋瑾曾向夫家筹款,向好友筹款,常常处于困窘之中,"万里求学,往返者数,搭船只三等舱,与苦力等杂处",但她相信自己所从事的是正义的事业,贫穷困苦是阻挡不了正义的力量的。谭邦和曾指出,"'国破方知人种贱'一句,应是我中华民族刻骨铭心之奇痛,被诗人一语道出,惊心动魄,能不感愤之!"

诗的前三联全部使用对比手法,"叹陆沉"对"救无计","有愿兴"对"无椎击","人种贱"对"义高",极力烘托出自己救国的坚定信念。所以,尾联抒发自己的感愤:**"经营恨未酬同志,把剑悲歌泪纵横。""经营"**,这里指诗人在日本所从事的革命活动。秋瑾与友人筹划了一些活动,但远未达到预期的目的,革命尚未成功,有愧于同志,唯有倚剑高歌,热泪纵横,祈盼能够早日实现胸中的志向。末句充满画面感和壮怀激烈的感染力,既是诗人,又是女侠,诗人手持宝剑、仰天悲歌,体现出她力挽乾坤的胆识胆略和为革命献身的决心与英勇。

这首诗既写恨国运不昌,又愧救时无计,既对"反满复汉"充满信心,又为难以推翻清朝统治感到焦虑,既痛恨国破"人种贱"(此结论带有阶级局限性),又相信"义高"前路明,最后表达了革命尚未成功的深深遗憾和把剑悲歌的英雄气概。

全诗感情奔放,悲壮激越,笔调雄健,用典自如,在国家生死沉浮之际,将个体生命与国族命运紧密相连,抒发了自己的忧心之心、报国之志、救国之情,展现了诗人崇高的人生理想和高远的思想境界。

秋瑾像

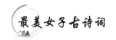

# 望海潮·送陈彦安孙多琨二姊回国

### 【清】秋　瑾

惜别多思,伤时有泪,内绌外侮交讧。世局堪惊,前车可惧,同胞何事懵懵?感此独心忡。美中流先我,破浪乘风。半月比肩,一时分手叹匆匆。

从今劳燕西东,算此行归国,立起疲癃。智欲萌芽,权犹未复,期君力挽颓风。化痼学应隆。仗粲花莲舌,启瞆振聋。唤起大千姊妹,一听五更钟!

这首词作于1904年夏天,秋瑾当时在日本就读于东京的实践女校,结识同在该校就读的中国籍学生陈彦安和孙多琨,结为好友。不久陈彦安、孙多琨二人毕业,毕业典礼后即准备回国。

首句"**惜别多思**",说的是作者与二友相投相惜,却马上又要分离,不免有些留恋。面对同窗姐妹间的分离,尽管让人依依不舍,但秋瑾的忧思绝不限于这种小我的悲欢离合,她"**伤时有泪**",是为时局感伤,为中国当前的困境而伤。因为当时"**内绌外侮交讧**","内绌"是指国内的忧患,"外侮"是指来自外国、外族的侵略凌辱。

"**世局堪惊,前车可惧,同胞何事懵懵?**"作者始终将个人体验和家国离乱紧密联系在一起,在国内政治腐败、内忧外患、祸不旋踵的情况下,世界的局势也是令人惊怕。秋瑾通过阅读报纸和在国外的学习见闻,了解到印度、波兰等一些国家相继沦为帝国主义殖民地,所以中国的未来发展令人担忧。《荀子·成相》曰:"前车已覆,后未知更何觉时。"前车可鉴,来者可追,但遗憾的是,当时的国民却是"懵懵","懵懵"是指昏愦、蒙昧的状态。自鸦片战争以来,特别是1894年中日战争和1900年"庚子事变",都是以中国的失败而告终,加速了中国被瓜分和被奴役的程度。秋瑾为同胞的麻木而感到痛心,所以大声疾呼同胞们面对列强的虎视眈眈怎么还毫无知觉呢!"**感此独心忡**",秋瑾有感于此,内心深处总是怔忡不安,独感伤悲。

接着笔触回到姐妹身上，**"羡中流先我，破浪乘风"**，对两位姐妹谆谆叮咛。"中流先我"典出《晋书·祖逖传》，晋代祖逖与刘琨友好，两人以恢复中原相期，祖逖首先被朝廷所用，刘琨在给亲友的信中说："吾枕戈待旦，志枭逆虏，常恐祖生先吾着鞭。"又载，祖逖率兵北伐，过江时中流击楫而誓曰："祖逖不能清中原而复济者，有如大江！"秋瑾在这里用"羡中流先我，破浪乘风"的意思是陈、孙二友先于她乘船回国，既指陈、孙二友归途乘船，又比喻她们回国后即将施展远大的理想抱负。

上阕以**"半月比肩，一时分手叹匆匆"**作结，秋瑾羡慕两位姐妹学业有成，即将归国大展宏图。当时秋瑾抵达日本的时间不长，与两位朋友相识方才半个月余，临别难舍，因此感叹人事匆匆。

**"从今劳燕西东"**承上启下，化用古乐府《东飞伯劳歌》中的"东飞伯劳西飞燕，黄姑织女时相见"，借喻作者与陈、孙二友从此分隔两地。**"算此行归国，立起疲癃"**，这是秋瑾对朋友寄予殷切期望，希望她们回国后，能立即行动起来，振兴女界，挽救民族的危亡。"疲癃"本指年老多病衰颓之貌，代指苦难之人。"起"是发动、兴起之意。

**"智欲萌芽，权犹未复，期君力挽颓风。"**这是进一步阐述上句的观点，对于中国妇女而言，她们的心智有待启蒙，女权还没有得到恢复，男女平权运动可谓任重道远，这是当前迫切的要求，期望两人能够大力挽回日趋颓败的世俗风气。**"化痼学应隆"**，"化痼"是指化去积久之疾，消去难治之顽症，与上句意思紧联。"学应隆"是指打破世俗轻视女子的成见，使女学昌盛起来。秋瑾对兴办女学十分重视，她在《致湖南第一女学堂书》中云："欲脱男子之范围，非自立不可；欲自立，非求学艺不可，非合群不可。东洋女学之兴，日见其盛，人人皆执一艺以谋身，上可以扶助父母，下可以助夫教子，使男女无坐食之人，其国焉能不强也？"

**"仗粲花莲舌，启瞆振聋。"**"粲花莲舌"又作"舌粲莲花"，据《高僧传》和《晋书·艺术传》记载：后赵国主石勒召见佛图澄，想看看他的道行，佛图澄取来钵盂，盛满水，烧香持咒，不多久，钵中竟生出青莲花，光色曜日。于是，后人便用"舌粲莲花"来形容说话的文采和美妙，或比喻一个人的口才好，能言善道。"启瞆振聋"，使目盲者复明，让耳聋者听到声音，比喻唤醒糊涂与麻木不仁者。这两句的

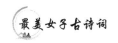

意思是通过宣传教育,使广大女子意识到自己所处的弱势地位,并为了争取自己的权力而行动起来。

结句**"唤起大千姊妹,一听五更钟!"** "五更钟"指清晨的钟声,五更是黎明前最黑暗的时刻,亟待有人振臂一呼,打破死寂的夜空,所以晨钟也是唤醒世人迷梦的钟声!秋瑾希望两位朋友回国后能够竭尽所能,唤醒中国的女子,使她们从麻木痛苦中觉醒,就像黑夜的人们听到了五更传来的一记清醒的光明的钟声。

秋瑾在词中表达了对友谊和知己的珍惜,并由此延展出深厚的爱国内涵,寄望两位友人回国后为国家尽责,为提高妇女地位、启发妇女觉悟而努力,为妇女启蒙运动事业而奋斗。秋瑾从小接受了江南书香的传统文学教育,后经过进步新思潮的洗礼,又到日本求学开阔见识,她始终把个人体验升华为对广大深受压抑迫害的女同胞的同情与挚爱,为妇女觉醒与人格独立而奔走,将女界解放与国家的命运紧密相连,具有超越时代的卓越见识和非凡胆魄。

民国及当代

# 哀山阴

## 吴芝瑛

一

爱书滴滴冤民血,能达君门死亦恩。

论到盖棺犹未定,轩亭谁与赋《招魂》。

二

大地苍茫百感身,为君收骨泪沾巾。

秋风秋雨山阴道,太息难为后死人。

吴芝瑛(1867—1933),字紫英,别号万柳夫人。安徽桐城人。知县吴康之的女儿,桐城派名家吴汝纶的侄女,嫁无锡文士廉泉(惠卿)。自幼聪慧,幼年随父读书,继承家学,工文章,娴诗词。有《吴芝瑛夫人诗文集》《鞠隐山庄遗诗题跋》等。

光绪二十四年(1898年),吴芝瑛随夫移居北京。居京时,与女侠秋瑾近邻,朝暮相处,遂成至交。两人唱和频繁,共斥清廷腐败,同抒报国情怀。秋瑾遇害后,吴芝瑛撰《秋女士传》《秋女士遗事》,并与友人安葬秋瑾于西湖旁,作诗《哀山阴》(又名《营葬诗》)以记之。

山阴,即今绍兴。秋瑾祖籍绍兴,1907年7月15日凌晨在绍兴轩亭口英勇就义。题中以山阴代指秋瑾。

第一首诗中,上联"**爱书滴滴冤民血,能达君门死亦恩**",对秋瑾就义事件进行了简洁的叙述,秋瑾的判决书上滴满了冤屈的鲜血,然而几千年封建统治下的人们已习惯于只要臣顺帝王,即使被赐死亦是沾恩的古训,因而时人对秋瑾的死无公正的评论,所以作者为其"冤"而痛哀之。"爱书"是古代记录囚犯供词的文书,也用来指判决书。

  下联"**论到盖棺犹未定,轩亭谁与赋《招魂》**"两句,引用了古典文学中常见的典故。"盖棺定论"是指一个人的是非功过到死后才能作出结论,唐代韩愈《同冠峡》中写道"行矣且无然,盖棺事乃了",明代张煌言《甲辰九月狱中感怀三首》中也有"莫道古人多玉碎,盖棺定论未嫌迟"之句。诗人在这里反用其语,说盖棺犹未定。"轩亭",是秋瑾就义的地方。《招魂》是指《楚辞》中的《招魂》篇,它模仿民间招魂的习俗而写,抒发爱国情怀。这两句是写对友人的功过评说到盖棺时仍未能定论,有谁能为就义的秋瑾赋一篇《招魂》以慰其亡魂呢?表达了对麻木不醒的国人以及那些慑于反动势力而不敢主持正义为烈士鸣冤的人们极大的不满。

  第二首诗中,上联描述诗人为朋友奔走和营葬时的百感交集,天地苍茫也为之动哀,自己则挥泪如雨,悲恸万分。秋瑾被清廷杀害后,无人敢为其收尸,中国报馆"皆失声",因为如领尸体便被视作同党。吴芝瑛闻讯后悲痛欲绝,后来她冒死将秋瑾尸体"偷"回,与盟妹徐自华于1907年腊月将其埋葬在西湖湖畔。当时,吴芝瑛、徐自华冒险义葬秋瑾的壮举令海内外革命志士极为振奋,深受鼓舞,却触怒了清廷的鹰犬爪牙。一时间,其命运受到各国舆论关注。英国《泰晤士报》在头版刊登吴芝瑛大幅照片,发表她的美国朋友撰写的专文,声援吴芝瑛和徐自华。迫于中外舆论的强大压力,清王朝未敢贸然加害于二位女士。

  下联"**秋风秋雨山阴道,太息难为后死人**",移情入景,抒发对秋瑾的哀悼之情。秋瑾被羁押于绍兴知府衙门时,绍兴知府贵福深夜提审她,她坚贞不屈,仅书"秋风秋雨愁煞人"七字以对。这是秋瑾引用清代诗人陶澹人《秋暮遣怀》中的诗句,表达了秋瑾作为一位革命家忧国忧民、壮志未酬、面对死亡的悲愤心情。诗人以"秋风秋雨"四字描绘山阴的阴霾氛围,更有深层含义。末句中的"太"通"叹",即叹息的意思,好友的遇害和风雨飘摇的时局,让吴芝瑛不禁发出了"后死人"的深深叹息,一气贯注,收束全篇。

  吴芝瑛与秋瑾是至交,秋瑾的英勇就义光照日月,气贯长虹,这两首诗是为悼念亡友而写,却并没有完全沉溺在悲痛的情绪中,诗中既愤慨于朋友的不幸遭遇,又展现出对国家时局命运的忧虑,呈现出哀而不伤、沉郁厚重的风貌。两首诗文字简短,语言平易畅达,用典贴切,采用或直接或婉曲的笔法,使得本诗具有丰富的内容和深厚情思,真挚感人。

秋瑾曾作《赠盟姊吴芝瑛》诗:"曾因同调访天涯,知己相逢乐未偕。不结死生盟总泛,和吹埙篪韵应佳。芝兰气味心心印,金石襟怀默默谐。文字之交管鲍谊,愿今相爱莫相乖。"结合这首《哀山阴》,可见女中豪杰秋瑾和奇女子吴芝瑛两人之间的深厚情谊,义薄云天。然而,这两首诗所承载的不仅是两位女性的深厚友谊,也勾勒着中国近代民主革命的轨迹,更是对 20 世纪初中国社会的深刻反映。

# 谒岳王坟

## 徐自华

狱成三字了英雄,坟在栖霞第几峰?

半壁江山埋碧血,一生功业痛黄龙。

饥餐胡虏悲歌壮,念切君仇怒发冲。

宰木至今无北向,空怜顽铁铸奸凶。

徐自华(1873—1935),字寄尘,号忏慧,浙江石门(今桐乡市)人。祖父徐宝谦为清光绪六年进士,曾官至安徽庐州知府。徐自华婚后七年便寡居,育有一双儿女,亦不幸先后夭折,常以诗赋自遣,并专志树人。曾任南浔浔溪女学校长,与前来任教的秋瑾结识,1907年初与秋瑾约定"埋骨西泠"。秋瑾牺牲后,徐自华姐妹赴绍兴将其灵柩护送至杭州,在当时引起极大震动。1909年加入南社。民国建立之后,徐自华重建秋瑾墓,赴上海接办竞雄女学,策应讨袁斗争。1920年回杭营葬苏曼殊,晚年主持秋社事务,直至去世。

《谒岳王坟》这首诗作于1907年,正值清末风雨飘摇之际,革命之潮风起云涌。是年2月,徐自华和秋瑾泛舟西湖,一同拜谒岳王祠,并且立下约定要"埋骨西泠",这首诗正是作于其与鉴湖女侠同游西湖之时。不幸的是,秋瑾数月后即英勇就义。徐自华前往绍兴,与友人费尽周折将秋瑾葬在了西湖边的西泠桥旁。

**"狱成三字了英雄"**的"狱成三字"指的是爱国将领岳飞惨遭"莫须有"的罪名被害一事,一代英雄岳飞葬于西湖之畔、栖霞岭之下。作者不禁追思"坟在栖霞第几峰",表达了对岳飞的英雄敬仰和凭吊怀古之意,进而将对岳飞等民族英雄的追思纪念转化为对当时社会的抨击和反思之情。

**"半壁江山埋碧血,一生功业痛黄龙。"**"半壁江山"指偏安江南的南宋朝廷,"黄龙"代指金人,当时女真人入侵中原,大宋朝廷不仅没能夺回燕云十六州,反而将整个中原都丢掉,人人为之愤懑,这也正是晚清时国人面对丧权辱国的清廷的心理写照。岳飞含冤蒙屈,一生功业未成,诗人既为历史上的南宋半壁江山和黄龙入侵感到心痛,更为现实中清末社会的风雨飘扬和革命斗士遭遇镇压而感到心痛。

颈联二句**"饥餐胡虏悲歌壮,念切君仇怒发冲"**,是化用岳飞《满江红》的名句"壮志饥餐胡虏肉,笑谈渴饮匈奴血","怒发冲冠,凭栏处,潇潇雨歇",表达了对岳飞遗志的继承,对异族统治者的愤恨。徐自华所处正是国人民族意识开始觉醒的时代,所以这里的"胡虏"暗指清朝的异族统治者,"君仇"以岳飞大业未成之仇隐代清末的民族仇恨。

诗人在尾联抒发了兴亡之叹,"宰木至今无北向"是未能收复河山无颜面对北方父老之意。"宰木",即墓上的树木。《浙江通志》载:"宋忠武王岳飞墓,《辍耕录》在栖霞岭,王子云旁拊焉。"万历《杭州府志》:"孝宗时改葬是处,墓木皆南向。明景泰间,同知马伟修葺,取桧析干为二,植墓前,名'分尸桧'。正德八年,都指挥李隆范铁为桧、桧妻王氏、万俟卨三人像,反接跪墓前。嘉靖十四年,巡按御史张景刻'尽忠报国'四大字于石,树墓之南。""空怜顽铁铸奸凶",这是诗人怒斥佞臣误国。"顽铁铸奸凶",指的是岳王祠前秦桧等奸臣的跪像。国已丧,土已失,即便是将奸凶铸成铁的跪像又如何,只不过被千古唾骂罢了,后人也只能"空怜"了了。诗人表达了对英雄事业未尽的遗憾,对佞臣陷害忠良的斥责,不仅是对历史的追思,更是对时事的感慨。

这首诗文辞简括,情感深切,用典流宕自然,其中既有对英雄的痛惜,更有对时局的讥讽,而且丝毫不见脂粉气,正如"蛾眉绝世,人间脂粉如土"(柳亚子语),体现了徐自华后期的诗歌风格,多抒发家国兴亡之叹,流露出不凡的巾帼英雄气度。

让人悲痛的是,诗人的好友秋瑾女侠一语成谶,竟然几个月之后就追随岳武穆而去。徐自华在《鉴湖女侠秋君墓表》中写道:"石门徐自华,哀其狱之冤,痛其遇之酷,悼其年之不永,憾其志之不终,为约桐城吴女士芝瑛,卜地西泠桥畔葬焉,用表其墓,以告后世。俾知莫须有事,固非徒南宋为然;而尚想其烈,或将俯仰徘徊,至流涕不忍去,例与岳王坟同不朽云。"

# 和铁花馆主见赠韵

## 吕碧城

> 风雨关山杜宇哀，神州回首尽尘埃。
>
> 惊闻白祸心先碎，生作红颜志未灰。
>
> 忧国漫抛儿女泪，济时端赖栋梁才。
>
> 愿君手挽银河水，好把兵戈涤一回。

　　吕碧城（1883—1943），行名贤锡，字遁夫、明因，后改字圣因，法号宝莲，安徽旌德人。山西学政吕凤岐的女儿。女权运动的首倡者之一，中国女子教育的先驱，曾在《大公报》连续发表诗文，呼吁女权，倡办女学，为南社社员。曾任天津北洋女子公学总教习兼国文教习。后赴美国哥伦比亚大学研习美术，1922年回国，后又游历欧洲。晚年信佛，弘扬佛法。著有《信芳集》《晓珠词》《文史纲要》《雪绘词》《香光小录》等。

　　吕碧城出身书香门第，自幼聪慧晓事，酷爱读书，但是年幼的她经历了一番坎坷：少年失怙，家产被夺，夫家退婚，寄人篱下，母妹服毒。后只身"逃登火车"，奔赴天津，并受聘为《大公报》第一名女编辑，发表了诸多兴女权、倡导妇女教育的文章，在文坛上声名鹊起，一时曾有"绛帷独拥人争羡，到处咸推吕碧城"的盛况，她也走上了独立自主的人生之路。吕碧城被赞为"近三百年来最后一位女词人"，与秋瑾一起被称为"女子双侠"。

　　《和铁花馆主见赠韵》一诗最初发表于光绪三十年(1904年)四月十一日天津《大公报》。铁花馆主，为晚清民国著名藏书家傅增湘的别号。在此之前，铁花馆主作了两首题为《昨承碧城女史见过，谈次佩其才识明通，志气英敏，谨赋两律，以志钦仰，藉以赠行》的诗。原作二首，吕碧城亦步韵和二章，这是第一首。

　　"**风雨关山杜宇哀，神州回首尽尘埃**"，首联二句写中国的危难时局，情景交融，笔势苍莽。"杜宇"，即杜鹃，又名子规、望帝，传为古蜀王杜宇魂魄所化。杜甫《杜鹃行》："古时杜宇称望帝，魂作杜鹃何微细。"李白《宣城见杜鹃花》："蜀国曾闻子规鸟，宣城还见杜鹃花。一叫一回肠一断，三春三月忆三巴。"李商隐《锦瑟》："望帝春心托杜鹃。""杜宇"这一意象在古典诗词中常常使用，多寄寓离愁别恨或亡国之悲，吕碧城在此是以"杜宇"喻指对国家战乱频繁，神州大地一片狼藉的无限哀痛。

额联**"惊闻白祸心先碎，生作红颜志未灰"**，紧承首联之意，"白祸"指欧美列强侵华，点明战乱的来源。19世纪末20世纪初，清王朝历经甲午中日战争惨败和庚子八国联军侵华的打击，变得衰弱不堪。"红颜"句写自己虽身为女性，但怀有救国之志，未曾灰心绝望。这两句表现了吕碧城的爱国之心和忧患意识，她矢志妇女运动和教育事业，始终关注时局和国家命运。

**"忧国漫抛儿女泪，济时端赖栋梁才。"**颈联进一步拓宽诗意，"忧国"句化用了王勃的"无为在歧路，儿女共沾巾"；"漫"，不必、不要也。王勃的诗是写承平时期送别友人的豪迈意气，吕碧城则表示国难时期不必洒泪，意志要坚强，可见品格更高。"济时"句是对铁花馆主而言的，救国济世的时候要依靠铁花馆主这样的栋梁人才，这既是对友人的期许，也是对自己的勉励。

诗人的诗意一贯而下，结联紧承上句，**"愿君手挽银河水，好把兵戈涤一回"**，这是化用杜甫《洗兵马》"安得壮士挽天河，净洗甲兵长不用"，表达了与友人共同努力、消除战乱、救国救民、还世界清宁的愿望。吕碧城一直怀有报国之心，希望参与社会改革，消除中国在政治、文化方面的流弊，并勇于付诸实践。

和诗步韵是中国传统诗人与朋友交往和增进感情的一种常用形式，《诗经·小雅·伐木》中有"嘤其鸣矣，求其友声"，孔子云"诗……可以群"。铁花馆主敬佩吕碧城"才识明通，志气英敏"，赠诗中对其提倡女权给予鼓励支持，吕碧城同样表示了对铁花馆主的敬重，和诗第二首有"……流水高山曲未终……会看造世有英雄"之句，可见，在唱和诗中常常能表现出双方的真情实感和理想志趣。

这首诗将个人志向与国家命运融为一体，语言明畅，舒卷自如，气格雄健，境界高远，诗中多处化用前人诗句以言志抒情，步原韵而不为所限，足见吕碧城深厚的文学底蕴。

# 金缕曲·纽约港口自由神铜像

## 吕碧城

值得黄金范。指沧溟、神光离合,大千瞻恋。一簇华灯高擎处,十狱九渊同灿。是我佛、慈航叙岸。萦凤羁龙缘何事,任天空海阔随舒卷。苍霭渺,碧波远。

衔砂精卫空存愿。叹人间、绿愁红悴,东风难管。筚路艰辛须求己,莫待五丁挥断。浑未许、春光偷赚。花满西洲开天府,是当年、种播佳荄遍。翻史册、此般鉴。

吕碧城为人旷放,两度周游世界,行踪遍及英、美、法、德、意诸国,写了大量描述西方风土人情的诗词,以"新材料入旧格律",脍炙人口,传诵一时。

《金缕曲·纽约港口自由神铜像》作于1928年,为追记旧游之作,当时吕碧城居住在瑞士。1921年秋,吕碧城抵达美国旧金山,翌年入哥伦比亚大学,寓居纽约。曾为同学凌楫民《云巢诗集》题诗云:"银海光寒瑶霰急,扣舷同访自由神。"自注:"予识君于纽约,时值冬季,尝于雪中同游。自由神,纽约港口之铜像也。"1926年秋,吕碧城再度漫游欧美。

此词以议论开篇:"**值得黄金范。**"对人类追求自由独立的精神予以极高评价。"范",铸模。《礼记·礼运》:"范金合土。""黄金范"典出《吴越春秋》,范蠡助越王勾践破吴后,乘舟出三江,入五湖,不知所终,勾践以黄金铸范蠡之像,置于座侧。在古代中国,君主视天下为私有,在政局稳定时常常杀戮功臣,以除后患。范蠡洞察先机,远走高飞,这是一种明哲保身的消极自由。作者借用此典,赋予新意,赞美西方民族奋起斗争的积极自由。

接着是描绘自由神光辉伟岸的形象。美国人民经过艰苦奋战,终于脱离英国的殖民统治,获得独立自由。为庆祝其独立一百周年,法国铸造此尊铜像,名为自由女神,赠予美国。自由女神像高九十三米,重二百二十五吨,矗立在纽约哈德逊河口的自由岛上。"**指沧溟、神光离合,大千瞻恋。**"神像高擎火炬,遥指沧溟，照耀大千世界。"神光离合"，指神像光彩变幻。曹植《洛神赋》："神光离合，乍阴乍阳。""**一簇华灯高擎处，十狱九渊同灿。**"高擎的灯炬把光明照耀到最幽深最黑暗的十狱九渊，尚在苦难中的人类因此而瞻仰。"十狱九渊"，泛指山河大地。

"**是我佛**"以下几句，将女神与佛等量齐观，神佛都是以慈悲为怀，旨在挽救众生脱离苦海，东西方圣哲的终极关怀在词人笔下殊途同归，融为一体。"慈航"，佛怀有慈心救度众生，如以航船渡人。"舣岸"，停船靠岸。"萦凤羁龙"，比喻杰出的人物受到束缚，不得自由发挥才能。向往自由是人类的天性，尤其是人类中杰出的才士，更不愿遭受羁束，要求人从身体到心灵都获得彻底的解放，施展所有的才能。词人在描写神像的同时，融入了企慕和崇敬的情感，展现出一个人人自由、绝无欺凌拘禁的美好境界，体现了她从青年到中年一贯追求自由的思想和志在普度众生的胸襟。

过片"**衔砂精卫空存愿**"，词笔陡转，词人清醒地认识到，人人自由只是一种善良的愿望，如同精卫衔砂石以填海，目标极难实现。"衔砂精卫"，意即精卫衔石，出自《山海经·北山经》，炎帝之少女名女娃，溺于东海，化为精卫，常衔西山之木石以填海。

"**绿愁红悴，东风难管**"，人间仍是多灾多难，千古以来，善不胜恶。词人从瞻仰铜像得到深刻的启示，"**筚路艰辛须求己，莫待五丁挥断**"，苦难中的人们要获取自由，必须不畏艰辛，依靠自身的力量奋斗，不能寄望于不可知的神力，不要企图坐享其成而白白荒废时光。"筚路"，筚路蓝缕的省称，形容创业之艰。《左传·宣公十二年》："筚路蓝缕，以启山林。""筚路"是柴车，"蓝缕"是敝衣。"五丁"，五个力大无比的力士。常璩《华阳国志·蜀志》："蜀有五丁力士，能移山，举万钧。"传说秦惠王伐蜀，不识道路，造五头石牛，把金置于牛尾，对外谎称石牛能屙金，蜀王信以为真，派五丁去拉回石牛，于是为秦打开了通蜀的道路。

"**花满西洲开天府**"，美国之所以自由独立，繁荣昌盛，正是前辈奋斗的结果。"西洲"，指美国，美国所在的北美洲处于西半球，故称西洲。"天府"，也是指美国。"**是当年、种播佳荄遍**"，自由精神的种子播下以后，需要持久地栽培爱护，才能遍植于人心，影响深广，形成繁花似锦的局面。"**翻史册，此殷鉴**"，为中华民族的自强自立提供借鉴。"殷鉴"，鉴的原意为铜镜，用作动词，借鉴。出自《诗经·

大雅·荡》:"殷鉴不远,在夏后之世。"

吕碧城中年皈依佛教,弘扬佛法,积极护生,以中文翻译《美利坚建国史纲》,可见她并非迷信或消极避世,而是以宗教的精神激发人的力量,期望实现自由的理想。她积极汲取新知识,勇于实践,不是一味盲从"西化",而是以东方的智慧理解西学,取其精华,加以改造,以为己用。

自由女神像是美国脱离英国殖民统治获得独立自由的象征,它是美国人民经过长期艰苦卓绝、浴血奋战的结果。吕碧城深谙美国开国史,从对自由女神像的瞻仰中,她得到了深刻的启示,"筚路艰辛须求己",被奴役被压迫的民族,要想取得革命的成功,要创造美好的世界,只有通过自身的努力奋斗。像许多忧国忧民的爱国志士一样,她渴望国人能自省自强,使灾难沉重的祖国早日摆脱列强的欺凌,赢得民族的自由解放。

诗人选用长调描绘异域风光,有利于展开铺叙,层层推进。这首词有精彩的描绘,炽热的情感,深沉的哲理,正如自由女神像一样光华朗耀、气象万千。吕碧城的异域风光词,真正做到了传统文学的意境创新和别开生面,标志着她创作的最高成就,为词苑增光添彩。

吕碧城像

# 玲珑玉

## 吕碧城

**阿尔伯士雪山游者多乘雪橇飞越高山，其疾如风，雅戏也。**

谁斗寒姿，正青素、乍试轻盈。飞云溜屧，朔风回舞流霙。羞拟凌波步弱，任长空奔电，恣汝纵横。峥嵘。诧瑶峰，时自送迎。

望极山河幂缟，警梅魂初返，鹤梦频惊。悄碾银砂，只飞琼、惯履坚冰。休愁人间途险，有仙掌、为调玉髓，迤逦填平。怅归晚，又谯楼、红灺冻荣。

这首《玲珑玉》词描写高山滑雪运动，题材新，意境也新。高山滑雪起源于阿尔卑斯山地域，故又称"阿尔卑斯滑雪"，是冬季奥运会竞技项目。

题记中的"阿尔伯士"，现译为阿尔卑斯。阿尔卑斯山脉位于欧洲中南部，西起法国东南部的尼斯，经瑞士、德国南部和意大利北部，东到奥地利的维也纳，平均海拔约三千米，多座高峰终年积雪，是滑雪圣地。"雪橇"，原为冰雪严寒地带一种狗群拉动的运载工具，这里指运动员使用的滑雪板。运动员手撑双杖，脚踏狭长的滑雪板，从高山上滑下，速度极快。

上阕写滑雪的人物和场景。"**谁斗寒姿，正青素、乍试轻盈**。"起句设问，词人与滑雪者素不相识，所以用"谁"字。"斗"字表现了滑雪者不畏严寒的精神和力量。"青"，指青女，传说中的霜雪之神。《淮南子·天文训》："至秋三月，青女乃出，以降霜雪。""素"，素娥，即月中嫦娥，因月为白色，亦泛指月宫仙女。

"**飞云溜屧，朔风回舞流霙**。""屧"，木屐，这里指滑雪板。"流霙"，飘舞的雪花。这里暗用李商隐《霜月》诗"青女素娥俱耐冷，月中霜里斗婵娟"，以仙子来比喻滑雪的青年女性，形容她们动作轻盈，身姿美妙。

"**羞拟凌波步弱**"是借用曹植《洛神赋》中的"凌波微步，罗袜生尘"，形容女子滑雪步履轻盈，用一"羞"一"弱"活画出女性初试滑雪时的娇怯。以上主要描写滑雪者动态之柔美,接着词笔转为劲健:"**任长空奔电,恣汝纵横**",滑雪者的身影如同闪电划过长空,在高山旷野之间尽情驰骋,场面极为壮观。

"**峥嵘。诧瑶峰,时自送迎。**"在作了正面描绘之后,词人转写环境以作侧面烘托,将峥嵘的雪山拟人化,它们时时迎接滑雪者的到来,又目送滑雪者飞驰远去,为滑雪的精彩表演而惊诧。

文似看山不喜平。词人在上阕描写滑雪群体场面时笔意变换灵动,描绘得有声有色、活灵活现,表现出词人作为观赏者的赞赏和喜悦之情。

过片"**望极山河幂缟**"紧承上文"瑶峰"的意脉,词人极目远眺,山河覆盖着茫茫白雪,一片高远空寂。"幂",笼罩。"缟",白绢。"**警梅魂初返,鹤梦频惊**",因滑雪者来此竞技,惊醒了梅魂鹤梦。"梅魂"来自苏轼《次韵杨公济奉议梅花诗》"临春结绮荒荆棘,谁信幽香是返魂"。"鹤梦"语出陆游《秋夜》"露浓惊鹤梦"。"梅""鹤"都与寒冬雪景相关,是传统辞章常见的意象,象征清高孤傲的品格。词人以此写内心感触,纤微凄婉,有弦外传音之妙。

"**悄碾银砂,只飞琼、惯履坚冰。**""飞琼",即许飞琼,神话中西王母的侍女。观看滑雪,引发了词人的孤独之感,滑雪者喧闹过后山野空旷了,心境也寂寞了,以仙女"飞琼"自比,在冰天雪地中,只有自己艰难跋涉的身影。"惯"字表明对此种状态已经习以为常了。

"**休愁人间途险,有仙掌、为调玉髓,迤逦填平。**""仙掌",原指汉代建章宫中承露的铜盘,状如掌。出自《汉书·郊祀志上》注引《三辅故事》:"建章宫承露盘高二十丈,大七围,以铜为之,上有仙人掌承露,和玉屑饮之。""玉髓",原指治伤的灵药,此喻白雪。出自段成式《酉阳杂俎》:"东吴孙和夫人邓氏脸上受伤,命太医合药,医言得白獭髓,杂玉与琥珀屑,当灭痕。"词人借用典故,既写出了积雪覆盖山野的实景,又喻出为人类解除疾苦、不畏艰险的情怀,这种积极入世的精神,源于词人虔诚的佛教信仰。此句此意都甚为精警。

"**怅归晚,又谯楼、红灿冻檠。**"结三句从想象中回到现实,融情入景。"谯楼",古时建在城门上用于瞭望的楼。"冻檠",寒灯。"檠"是灯架。归时天色已晚,谯楼上一点红灿的灯光映照雪野,增添了凄丽之色。这一点红灿的微光,正是词人立志弘扬佛法的写照,是心灵燃烧的火焰,呼应了上文的"只飞琼、惯履坚冰"。

　　吕碧城此词描摹高山滑雪和茫茫雪景,通篇字词着一白色,如素、云、霙、瑶、缟、梅、鹤、银、琼、玉等,都与白相关,词调名《玲珑玉》亦含白意,可见其匠心锤炼。与白形成鲜明对比的是,结句写灯光凸一"红"字,形成映照,而其中深意正是词人所要表达的。

　　这首词精雕细琢,格调高华,使用了诸多内涵华贵、气质雅洁的词汇,表达情感的方式变化多端,在生动的描绘中寄寓深沉的感慨,展现词人博大的襟怀,思笔双绝,是吕碧城海外词中的一首杰作。

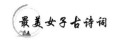

# 甲寅春悼渔父太一

## 张默君

莽荡河山剩劫灰，虫沙猿鹤警春雷。

东南王气销磨尽，西北风云郁不开。

宁戚墓前芳草长，贾生祠畔夕阳催。

桃源渔父今何在？谁为招魂赋大哀！

 

张默君（1884—1965），原名昭汉，字漱芳，湖南湘乡人。南社成员，近代著名妇女活动家、教育家、民主革命者。邵元冲的夫人。1906年加入同盟会，与秋瑾意气相投、结为同志。武昌起义爆发后，张默君参与谋划光复苏州行动。先后创办《大汉报》《神州女报》和神州女学。擅诗词，多反映社会现实，寄寓忧国忧民之思。有《默君诗存》《红树白云山馆词》等。

诗题《甲寅春悼渔父太一》中的"甲寅"，即1914年；"渔父"指宋教仁；"太一"指宁调元。宋教仁，字遁初，在日本期间曾用笔名"桃源渔父"，湖南桃源人，1913年3月20日在上海火车站遭暗杀，于22日逝世。宁调元，字仙霞，号太一，湖南醴陵人，因反对袁世凯篡夺革命政权，1913年9月在武昌被杀害。宋教仁和宁调元都是清末民主革命的著名人物，他们先后被害，引起了革命党人的强烈悲痛和愤慨之情。这首悼念诗是张默君在宋、宁被害的次年所作。

首联**"莽荡河山剩劫灰，虫沙猿鹤警春雷"**，这是从当时的时代环境写起。"虫沙猿鹤"，古时比喻战死的将士，典出《抱朴子》："周穆王南征，一军尽化，君子为猿为鹤，小人为虫为沙。"这里是指以宋教仁、宁调元为代表的广大为革命而牺牲的烈士。辛亥革命后，由于袁世凯窃取了革命果实，多灾多难的旧中国面临着内忧外患，形势非常严峻。大好河山在接连不断的劫难之下，快要支离破碎了。那些为国家、为民族命运而壮烈牺牲的人们，警告和预示着更加猛烈的革命暴风雨即将到来。

颔联"**东南王气销磨尽，西北风云郁不开**"，以隐晦的语言，反映了当时的政治现实。南京古称金陵，地处东南，自古被认为有帝王之气。"东南王气"指1912年在南京建立的临时政府。在袁世凯等反动势力逼迫下，临时政府仅在南京存在了两个多月便迁往北京，沦为北洋军阀控制的工具了。与之相对，"西北风云"则是指以袁世凯为代表的北洋军阀势力。他们阻挠革命，投靠帝国主义势力，谋取私利，使国家民主富强的希望变得渺茫。两句对比，强调当时的国家已经到了非常危急的关头。此联以精炼含蓄的文字，道明了宋、宁被害之后的国家政治形势。

颈联"**宁戚墓前芳草长，贾生祠畔夕阳催**"，这是化用历史人物与典故来寓情。宁戚是春秋时期的卫国人，早年怀经世济民之才而不得志，后由齐桓公拜为大夫，辅佐其称霸诸侯。这里是代指宁调元，宁调元去世已经半年多，如今春天到来，其坟墓上应已长出芳草。贾生，指贾谊，西汉文帝时曾被贬为长沙王太傅，空有报国之心而不能实现，后来长沙修建了贾生祠，以示悼念。这里是代指宋教仁，满怀爱国之心，却遭到谗毁忌恨，以致英年早逝。此联以历史上著名的空怀抱国之情而不得志的人物，来指代已经去世的革命烈士，寄寓了深切的怀念、惋惜和悲愤之意。

"**桃源渔父今何在？谁为招魂赋大哀！**"诗人在尾联以强烈的语气，表达了对宋教仁和宁调元的深切悼念。"桃源渔父"是宋教仁的笔名。《招魂》是《楚辞》中一篇独具特色的作品，它模仿民间招魂的习俗而写。"大哀"指《大哀赋》，明末爱国志士夏完淳所作。《招魂》《大哀赋》都是为哀悼爱国者所写的。在革命形势受到挫折的今天，又有谁来为宋、宁两位烈士写下悼文，继承他们的遗志呢？此联以一问一答的形式，直抒胸臆，表达了对逝者的怀念，但更多的是对邪恶反动势力的讨伐与质问，其内心不可抑制的愤慨之情跃然纸上。

这首七律对仗工整，善用典故，语调激昂，抒发感情深沉而强烈，通过表达对遇害革命同志的悼念之情，体现了民主革命者对革命事业的信念，是内容和形式完美融合的一篇佳作。

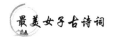

# 谒金门·自美渡大西洋之欧舟中对雨

### 张默君

光不定,飞去飞来云影。空翠湿衣灵雨冷,烟波千万顷。

欲说宝刀谁赠,除却词仙诗圣。举目放歌凌碧溪,玉龙潜出听。

这首词作于1919年,是张默君在从美国横渡大西洋前往欧洲参加巴黎和会的轮船上所作。当时张默君三十六岁,在美国哥伦比亚大学留学。前一年,她奉民国教育部之命,来欧美考察女子教育。1919年1月,巴黎和会在法国巴黎凡尔赛宫召开。中国政府的外交失败,导致国内"五四运动"的爆发。张默君召集哥伦比亚大学同学会,给北洋政府发电,极力反对签署《凡尔赛和约》。后来,她被推举为代表,到巴黎和会上去据理力争。除这首词外,途中作者还作有《渡大西洋口号》诗四首。

"**光不定,飞去飞来云影。**"以写景起笔,描写在大海上遇到雷雨时的情景。在轮船上望去,乌云密布,雷电在云影幢幢间不断闪烁。这是对海上暴风雨景象的写实,也是当时中国在世界的险恶环境中的比喻。词的开篇是一种激烈和压抑的气氛,表明词人虽然身在他乡异国,但仍心怀祖国、关心国家和民族的命运,也暗含了此行定是艰难险阻。

"**空翠湿衣灵雨冷,烟波千万顷。**""空翠湿衣"出自王维《山中》"山路元无雨,至翠湿人衣",形容雨后的凄冷之意。面对浩瀚的大西洋,烟波笼罩,灵雨湿衣,深碧色的海水给人以寒冷之感,多重意象叠加,为诗境蒙上了萧森清冷的色彩。

下阕气势陡起。"**欲说宝刀谁赠,除却词仙诗圣**"中的"宝刀",象征着词人的爱国勇气、热情和民族自信心,包括报效国家的才能。瞭望大洋上骤雨刚过的开阔与宏伟,词人的满腔豪情,无法用语言来表达。想要表达出来,除了李白、杜甫这样的诗仙诗圣才能够做到。这形容了词人当时的内心情绪极其激动,难以自已。

"**举目放歌凌碧溪，玉龙潜出听**。"胸中的豪情逸气既然无法用语言来表达，那就举目远望，昂首高歌。那浩瀚无边的大西洋，在词人眼中成了一条深碧色的溪水。连深海里蛰伏的"玉龙"也为之惊动、为之吸引，偷偷地潜出水面，来听这充满豪情的壮歌。李白《行路难》诗云："闲来垂钓碧溪上，忽复乘舟梦日边。""玉龙"这里也喻指欧美列强，表现了词人极强的民族自尊心和自信心，蕴含着一种志在必行的勇气和气势。

这首词想象奇特，意境壮伟，文辞瑰奇，语调激昂，气势磅礴，在国家主权危亡的紧要时刻，用短短数句描绘出一幅气势宏阔的图景，以昂扬的思想和美好的憧憬鼓舞国人，显示了词人坚定勇敢为国伸张正义的决心和意志。

# 浣溪沙

## 沈祖棻

芳草年年记胜游。江山依旧豁吟眸。鼓鼙声里思悠悠。
三月莺花谁作赋？一天风絮独登楼。有斜阳处有春愁。

沈祖棻（1909—1977），字子苾，号紫曼，江苏苏州人。古典文学专家程千帆的夫人。1934年毕业于中央大学中文系，同年9月进入金陵大学国学研究班进修。抗战期间，流亡四川，曾任教成都金陵大学。新中国成立后，先后在江苏师范学院、南京师范学院、武汉大学执教。其著作《唐人七绝诗浅释》和《宋词赏析》兼具普及性和学术性。有新诗集《微波辞》，古典词集《涉江词》以及《沈祖棻诗词集》。

这首《浣溪沙》是沈祖棻的成名作，她也因末句"有斜阳处有春愁"而获得了"沈斜阳"的美誉。

1932年春，南京中央大学文学院院长兼中文系主任汪东先生给学生们留下了一道填词的作文题。大二学生沈祖棻交上来的这首《浣溪沙》，让汪东先生拍案叫绝，称赏不已，曰："后半佳绝，遂近少游。世人服其工妙，称之沈斜阳。"秦少游，即秦观，北宋婉约派词人，其词作"将身世之感打并入艳情"，"体制淡雅，气骨不衰，清丽中不断意脉，咀嚼无滓，久而知味"。

首句**"芳草年年记胜游"**，点明时令和情事。"芳草"将繁盛热闹的春景展现出来，仿佛明媚阳光、茵茵青草已在眼前，和煦东风也拂面而来。如此美景正与往年一样等待着人们前去游览。着墨简省，却勾勒出丰富的画面感。

**"江山依旧豁吟眸。""吟眸"**是指词人的视野。元代范康的《竹叶舟》第一折中有"暇日相携登眺，凭高处共豁吟眸"。清人赵翼的《奉命出守便道归省途次作》中有"株守频年想壮游，从今景物豁吟眸"。沈祖棻借此表达了面对灿烂春光点染的大好河山，也不禁有了"精骛八极""心游万仞"的创作激情。

  "**鼓鼙声里思悠悠**。""鼓鼙"即"鼙鼓","鼙"是有柄的小鼓,这是两种军乐乐器,也可用于演奏一般乐曲。《六韬·兵征》:"金铎之声扬以清,鼙鼓之声宛以鸣。"故鼙鼓常用来比喻战争。白居易《长恨歌》:"渔阳鼙鼓动地来,惊破霓裳羽衣曲。"沈祖棻的悠悠诗情越过千山万水,融入北方战云密布的鼓声里。鼓鼙动地,多是慷慨意气、金石掷地之强音,但作者笔致含蓄,以"思悠悠"淡淡收束上阕。

  下阕承接"思悠悠"进一步抒怀。"**三月莺花谁作赋?**"今年的三月,莺儿的歌声还是那样悠扬,花儿还是开得那般鲜艳,可是外敌入侵,战事已起,谁还有闲情来赏花听莺,吟咏这大好春光呢? 南朝梁丘迟《与陈伯之书》:"暮春三月,江南草长,杂花生树,群莺乱飞。"三月春盛花繁,此处以莺花代春,既具美感,又彰显春的活力。

  词人将飘远悠悠的思绪拉回,可是没有人回答她的问题,或者说回答的是无人作赋。"**一天风絮独登楼**",漫天飞舞的风絮中,只有自己一个人孤独地登高望远。登高而赋本是文士的风雅传统,这里寥寥两句可以想见词人伫立感怀时的怅惘和无奈。"一天风絮"与"三月莺花"构成极大反差,三月百花盛开是一年最美之景,柳絮飞舞代表着春天即将结束,"一天风絮"象征着将明艳的芳草莺花一扫而光,让人感到"满城风雨"将要来临之意。

  末句"**有斜阳处有春愁**"甚妙,人所共赏。自古以来,面对暮春时节的夕阳西下,多少文人纤细的心弦会发出深深的叹息。此句妙在娴雅素淡而有衷情。"春愁"总是浩荡无际,飘飘渺渺,无处不在,词人以斜阳的视觉形象点出春愁的内心感触,是由景入情。斜阳的景象很美,但给人的感觉是美好的事物将要消逝,"夕阳无限好,只是近黄昏",给人一种美中不足的遗憾,是为哀美,与春愁相叠加,增添了春愁的沉重感。词人由此生发的感慨是心系国家民族的安危。程千帆先生云:"此篇1932年春作,末句喻日寇进迫,国难日深。"1931年"九·一八"事变之后,东北国土沦入日寇之手,时世风雨飘摇,有识之士皆忧虑国事日艰。这首词表面写暮春游赏,实际上将家国江山之思并入其中,以"鼓鼙"明喻东北战事,以漫天风絮暗示战乱前夕的人心惶惶,用"独登楼"让人想起汉末王粲的《登楼赋》,与杜甫《春望》"国破山河在,城春草木深"的感触相似,表达了作者对山河破碎的切肤之痛和渴望国家和平统一的心境。

　　沈祖棻用女性特有的婉约清丽的笔触,抒发了民族危难时刻对国家命运的深切感怀,语言摇曳多姿,缥缈含蓄,既灿烂又晦暗,既凄清又绮丽,既沉重又飘逸,末句以象征手法使词情词思趋向厚重,境界宏阔,格外精彩。

# 水龙吟·火箭射月

## 王筱婧

　　瞥然一箭冲霄,红尘直入清虚府。天荒竟破,明朝奔月,云衢有路。何羡灵槎,银河迢递,往来指顾。问青天碧海,姮娥无恙,人间事,曾知否?

　　还忆琼楼玉宇,怯高寒、欲飞难举。前人往矣,长风万里,今看吹度。露冷星明,休忘试罢,霓裳新舞。向广寒深处,桂花香里,写游仙句。

　　王筱婧(1931—　　),别号青女,福建福州人。毕业于上海外国语大学,曾从龙榆生学词。后任教于福建师范大学,已退休。有《爇余稿》。

　　随着时代的发展和科技的进步,许多前所未有的新生事物逐渐成为古体诗词写作的题材。这类诗词,既有古典诗词特有的韵律和意境之美,又富于时代气息。王筱婧这首词即是以传统文体写新生题材。

　　1960年2月,由我国自行设计、制造的试验型液体探空火箭,在上海南汇简易发射场首次发射成功,虽然飞行高度只有八千米,但迈出了我国探空火箭技术的第一步,十分振奋人心。在此背景下,王筱婧写了这首词,词题名"火箭射月",这是夸张想象的用语。

　　"**瞥然一箭冲霄,红尘直入清虚府**",词人开篇就表达了对火箭这种新生事物的新奇之感。"瞥然",形容非常迅速。火箭是人类目前制造的飞行器中速度最快的。"清虚府",即月宫。转瞬之间,巨大的火箭便由地面冲向云霄,到了月宫仙府。曾经是神话传说中的故事,今天中国人将之变为现实了。当时举国激动欢腾,词人也展开了自己丰富想象的翅膀。

　　"**天荒竟破,明朝奔月,云衢有路。**"人们抬头仰望的苍天,今天竟被人类制造的火箭造访,那么在不远的将来,人们想要到达月宫,应该可以在云端间铺就一条通衢大道吧。"**何羡灵槎,银河迢递,往来指顾。**""灵槎",指能乘往天河的船筏。典出晋代张华《博物志》:"近世有人居海渚者,年年八月有浮槎,去来不失期,人有奇志,立飞阁于槎上,多赍粮,乘槎而去。"银河更是遥不可及的所在,现在有了火箭这一"灵槎",将来就能轻易地往来自如了。词人以古今对比,突出惊叹和喜悦之情。

**"问青天碧海,姮娥无恙,人间事,曾知否?"** "姮娥",即嫦娥。这里化用李商隐《嫦娥》中的"嫦娥应悔偷灵药,碧海青天夜夜心"。火箭升入太空,将造访那居住在碧海青天的月宫之中的嫦娥,想问一问嫦娥别来无恙啊,你可知道人间发生了沧海桑田的巨大变化。这几句将联想的触角引入月宫中的嫦娥,从嫦娥的角度来观照人世间的巨变,透露出时代的自豪感。

下阕**"还忆琼楼玉宇,怯高寒、欲飞难举"**,化用苏轼的《水调歌头》:"我欲乘风归去,又恐琼楼玉宇,高处不胜寒。起舞弄清影,何似在人间。"与上文一样包含着今昔对比的意思。**"前人往矣,长风万里,今看吹度"** 是化用李白的《关山月》:"明月出天山,苍茫云海间。长风几万里,吹度玉门关。"万里之遥的距离,今天就能在短时间内越过。这几句作者继续采用借古人典故衬托今时变化的手法。

**"露冷星明"** 至末尾诸句,是词人给火箭的嘱托之辞,采用了拟人和比喻的手法。火箭犹如传说中的嫦娥,从大地起飞也奔月而去,所以把火箭比喻为嫦娥。霓裳,可指神仙的衣裳,喻指火箭喷射而出的火焰。词人对火箭说,在那露水冷冷、星光闪耀的夜空里,别忘了披着霓裳,尽情地舞蹈;到了月亮中的广寒宫深处,在月桂树之下,要写下华美的游仙诗句。这几句想象别致,意境瑰奇。

整首词语言清丽,境界开阔,虚实交融,表现出词人的惊喜、感叹和自豪之情,具有振奋人心的艺术效果,这也是当时人们为国家发展进步而充满激情豪迈的一种精神写照。

这首词将高科技产物与古代神话传说有机结合,巧妙化用古人典故,将古典咏月的意象经过想象变为今用,使古典诗词焕发出时代的新光彩,迸发出新的活力与魅力。

# 附　录

## 佳句索引
### （按笔画排序）

大抵西陵寒食路,桃花得气美人中。

与我周旋原是我,同卿出处不惭卿。

万里西江水,孤舟何处归?

万梅花拥一柴门。

千里归心随月远,一年愁思入秋多。

凡鸟纷纷占芳树,凤凰安得梧桐枝?

女子弄文诚可罪,那堪咏月更吟风。

女子善怀,亦各有行。

飞鸟带烟归蓼岸,寒蝉咽露下林梢。

木落庭皋,秋色满回廊。

五十年功如电扫,华清花柳咸阳草。

不信比来长下泪,开箱验取石榴裙。

巨石崩崖指下生,飞泉走浪弦中起。

长路迢迢江水寒,萧萧梅雨客身单。

风力一帆饱,山光两岸明。

　　　　——恽珠《钱塘渡江》267

风自碧空来,吹落歌珠一串。

　　　　——孙道绚《如梦令·宫词》119

风轩动丹焰,冰宇澹青辉。

　　　　——沈满愿《咏灯》34

六国笙歌明月在,五陵冠剑夕阳多。

　　　　——钱孟钿《潼关》263

文山死日忠难尽,诸葛扶天策未谐。

　　　　——刘淑《感遇》188

为底鲈鱼低价卖,年来朝市怕秋风。

　　　　——沈清友《绝句》148

为是秋来展转多,更有双双泪痕渗。

　　　　——萧观音《回心院》150

石头城下寒江水,呜咽东流自岁年。

　　　　——徐灿《秋感八首》203

平生一点分明意,每为终风恨不禁。

　　　　——袁机《灯》244

且自独居杨子宅,任他遥指米家船!

　　　　——顾若璞《修读书船》180

叶下洞庭初,思君万里余。

　　　　——上官婉儿《彩书怨》46

由来情种是情痴,匪石坚心两不移。

　　　　——孙云鹤《挽高氏女》261

叹我浮生不自由,娇痴未惯早知愁。

　　　　——熊琏《感旧》265

生当作人杰,死亦为鬼雄。

　　　　——李清照《夏日绝句》102

生来云水原天性，望里蓬壶是去程。

      ——韩韫玉《咏鹤》225

生憎平望亭前水，忍照鸳鸯相背飞。

      ——徐月英《送人》86

白云堆里是吾乡。

      ——顾春《游南谷天台寺》280

白玉断笄金晕顶，幻成痴绝女儿花。

      ——来氏《水仙花二首》146

白发愁偏觉，归心梦独知。

      ——元淳《寄洛中诸姊》75

半壁江山埋碧血，一生功业痛黄龙。

      ——徐自华《谒岳王坟》313

宁当血刃死，不作衽席完。

      ——韩希孟《练裙带诗》132

出有日，还无期。结巾带，长相思。

      ——苏伯玉妻《盘中诗》22

有斜阳处有春愁。

      ——沈祖棻《浣溪沙》328

至高至明日月，至亲至疏夫妻。

      ——李冶《八至》59

此去但看江上月，清光犹照故园楼。

      ——项兰贞《送外赴试》165

贞魂化作原头草，不逐东风入汉郊。

      ——朱妙端《虞姬》160

当初一段清秋，平分两下离愁。

      ——徐元端《清平乐·忆别》216

血化三年碧，心存一寸丹。

      ——郑允端《读文山丹心集》156

江山留与后人愁。

——李清照《题八咏楼》105

寻寻觅觅,冷冷清清,凄凄惨惨戚戚。

——李清照《声声慢》114

远水浮仙棹,寒星伴使车。

——李冶《寄校书七兄》49

花开堪折直须折,莫待无花空折枝。

——杜秋娘《金缕衣》68

花自飘零水自流。一种相思,两处闲愁。

——李清照《一剪梅》109

花里帘栊晴放燕,柳边楼阁晓闻莺。

——张藻《春日小园读书作》247

别绪如茧丝,柔情似潭水。

——顾英《初夏送夫子北上》237

何时得遂澄清愿,扫尽夷氛万里烟。

——杨蕴辉《甲申仲秋感事五首》297

应知万古夜,一点破鸿蒙。

——徐媛《禅灯》167

君看湘水祠前竹,岂是男儿泪染斑。

——谢氏《送外》96

抱石投湘流,心与日月光。

——孙淑《五日吊古》229

若得山花插满头,莫问奴归处。

——严蕊《卜算子》130

林间野鹤呼幽梦,天际浮云带远愁。

——王炜《乡思》232

枕前泪共帘前雨,隔个窗儿滴到明。

——聂胜琼《鹧鸪天·寄李之问》117

易求无价宝，难得有心郎。

    ——鱼玄机《寄李亿员外》70

知否？知否？应是绿肥红瘦。

    ——李清照《如梦令》107

采桑攀远杨，搴芳捋丛薄。

    ——商景徽《美女篇》185

空翠湿衣灵雨冷，烟波千万顷。

    ——张默君《谒金门·自美渡大西洋之欧舟中对雨》326

居常土思兮心内伤，愿为黄鹄兮归故乡。

    ——刘细君《乌孙公主歌》9

驿馆夜惊尘土梦，宫车晓辗关山月。

    ——王清惠《满江红》137

经营恨未酬同志，把剑悲歌泪纵横。

    ——秋瑾《感愤》303

春风一夜入闺闼，杨花飘荡落南家。

    ——胡太后《杨白花歌》36

拼将十万头颅血，须把乾坤力挽回。

    ——秋瑾《黄海舟中日人索句并见日俄战争地图》300

按辔岭头寒复寒，微风细雨彻心肝。

    ——薛涛《罚赴边上韦相公二首》66

相期智勇士，慨然赋同仇。

    ——毕著《纪事》178

幽谷泉声冷，鸟啼僧定深。

    ——林杜娘《游碧沼胜居》144

秋风秋雨山阴道，太息难为后死人。

    ——吴芝瑛《哀山阴》310

秋在孤云外，愁从何处生？

    ——黄幼蘩《咏月》212

流水杳然去,乱山相向愁。

　　　　——孙荪意《夕阳》276

家山明月今何似,夜夜长悬碧涧阿。

　　　　——徐灿《秋感八首》202

谁为道辛苦,寄情双飞燕。

　　　　——鲍令晖《古意赠今人》32

谁言千里自今夕,离梦杳如关塞长。

　　　　——薛涛《送友人》63

梦魂千里,夜夜岳阳楼。

　　　　——徐君宝妻《满庭芳》140

野外香飘丹桂影,芙蓉分出满江红。

　　　　——商景兰《中秋泛舟》182

晚云带雨归飞急,去作西窗一夜愁。

　　　　——王氏《咏怀》94

斜汉引长素,空籁出苍烟。

　　　　——李长霞《中秋夜作》294

望极山河幂缟,警梅魂初返,鹤梦频惊。

　　　　——吕碧城《玲珑玉》321

惆怅庙前多少柳,春来空斗画眉长。

　　　　——薛涛《谒巫山庙》61

寄语湖云归岫好,莫矜霖雨出人间。

　　　　——徐灿《答素庵西湖有寄》200

落日镕金,暮云合璧。

　　　　——李清照《永遇乐·元宵》111

剩一片、夕阳黄叶。

　　　　——高景芳《曲游春·清凉山》218

游子征衫揾泪雨,高堂短鬓飞霜雪。

　　　　——沈善宝《满江红·渡扬子江感赋》289

幕府若容为坦腹,愿天速变作男儿。

　　　——黄崇嘏《辞婚诗》83

暗中时滴思亲泪,只恐思儿泪更多!

　　　——倪瑞璿《忆母》240

暗魄初笼桂,虚弓未引弦。

　　　——张夫人《拜新月》77

微云卷恨,春波酿泪,为谁眉皱。

　　　——徐灿《水龙吟·春闺》208

满目云霞俱是幻,半庭松竹尽堪收。

　　　——冯娴《和夫子述怀》220

愿君手挽银河水,好把兵戈涤一回。

　　　——吕碧城《和铁花馆主见赠韵》315

愿教青帝常为主,莫遣纷纷点翠苔。

　　　——朱淑真《落花》123

愿得一心人,白头不相离。

　　　——卓文君《白头吟》11

愿得飙风驱雨来,比屋俱变清凉域。

　　　——姚允迪《苦热》272

愿藉西风力,依然万里晴。

　　　——杨琼华《秋云》256

瘦马征夫泪,回文少妇诗。

　　　——黄幼藻《孤雁》210

醉里眉难熨,正秋宵、半帘霜影,满林风叶。

　　　——王微《贺新郎·对月有怀》176

燕晋山河赴眼前,春秋风月藏诗里。

　　　——席佩兰《夫子报罢归诗以慰之》258

燕燕于飞,差池其羽。

　　　——庄姜《燕燕》2

瞥然一箭冲霄,红尘直入清虚府。

　　　　——王筱婧《水龙吟·火箭射月》331

澹澹轻烟,溶溶院落,月在梨花。

　　　　——顾春《早春怨·春夜》283

壁网蛛丝镜网尘,花钿委地不知春。

　　　　——王凤娴《空闺》169

霜帷眠不稳,愁重肠千结。

　　　　——张玉娘《白雪曲》135